ジュール・ヴェルヌ〈驚異の旅〉コレクション V

LES VOYAGES EXTRAORDINAIRES

Jules Verne, LE CHÂTEAU DES CARPATHES　LE SECRET DE WILHELM STORITZ

# カルパチアの城
# ヴィルヘルム・シュトーリッツの秘密

ジュール・ヴェルヌ　新島進＝訳　石橋正孝＝解説

インスクリプト

INSCRIPT Inc.

# LES VOYAGES EXTRAORDINAIRES

ジュール・ヴェルヌ〈驚異の旅〉コレクション

ジュール・ヴェルヌ〈驚異の旅〉コレクション

V

目次

カルパチアの城

ヴィルヘルム・シュトーリッツの秘密

ジュール・ヴェルヌ〈驚異の旅〉コレクション

V

# LE CHÂTEAU DES CARPATHES

## カルパチアの城

『カルパチアの城』：初出〈教育娯楽雑誌〉一八九二年一月一日号から同年一二月一五日号まで連載。単行本初版は一八九二年、エッツェル社より刊行。
挿絵：レオン・ブネット

# 一

これは空想の物語ではない。ただ小説じみているだけである。信じがたい話だからといって本当の話ではないと結論するのはいかがなものだろう。それは誤りではなかろうか。われわれの時代にはどんなことも起こりうるのであり——あるいは起こってしまった、といっても過言ではあるまい。これから語るこの話が今日日《きょうび》いかにも信じがたくとも、未来が受けとる科学の力があれば、明日にはその限りではなくなる。この話を伝説のひとつに加える者などいなくなるだろう。そもそも伝説など、実用と実証の一九世紀が暮れようとする当世には生じようがない。それは、乱暴者コリガンの郷ブルターニュ地方でも、ブラウニーとグノームの地であるスコットランドでも、アース、エルフ、シルフ、ワルキューレ*の祖国であるノルウェイでも、あるいはカルパチア山脈を背にしていることから人々が自ずと、さまざまな魂呼《たまよ》ばいの儀式に向かうトランシルヴァニアでも同じことだ。とはいえトランシルヴァニア地方では今なお、人々の暮らしが古の迷信と強く結びついていることは特に記しておかなければならない。

ヨーロッパの端に位置するこの地域についてはド・ジェランドー氏*による描出があり、エリゼ・ルクリュ*も同地を訪れている。二人ともこの小説の基となった興味深い物語についてはなにも語っていない。だが、小耳くらいには挟んだのではなかろうか、おそらくは。しかし信憑性に欠けると思ったのだろう。残念なことだ。なぜならド・ジェランドー氏ならば年代記編者としての正確さでもって、ルクリュならばその紀行文に刻まれている生来の詩的感性をもって、この話を語ったはずだから。

ならば両氏に代わり、ひとつ私が試してみよう。

この年の五月二九日、ひとりの羊飼いが、レテザト山*の麓に広がる緑の高原のはずれで家畜の群れを見張っていた。見おろす肥沃な谷には、すっくと伸びた木々が茂り、見事な畑が広がっている。高く聳えた、むき出しの、遮るものとてないこの高原を、冬にはガレルヌ、つまり北西の風が、理髪師の剃刀のように丸坊主にする。里ではこれを、高原が鬚を剃っていると言い習わす——ときには一本残らず剃ることもある。

異様な風体のこの羊飼いはアルカディア*の民とは似ても似つかない。身のこなしは牧歌的な雰囲気とはほど遠い。男はダプニスでも、アミュンタスでも、ティテュルスでも、リュキダスでも、メリボエウス*でもなかった。その無骨な木靴のもとで滔々と流れるのはリニョン川*ではない。それはワラキア・ジウ川*だ。ただ、水は清々しく、田園詩に出てきそうで、小説『アストレ』のもつれた筋のあいだを流れていてもおかしくはなかったが。

フリック、ヴェルスト村*のフリック——この野卑な牧夫はそう呼ばれていた——の身なりは彼の獣にも等しく、村の入口にある、じめじめとした汚い小屋に住むのに似つかわしかった。その近くには羊と豚が暮らす、見るもおぞましい汚穢所《プルアクルリ》*——区《コミタ》*にある、虱だらけの不潔な羊小屋を指すには古語から借りてきたこの語を用いるよりほかあるまい——が建っていた。

そのフリック——恐ロシキ姿ノ番人《イマニオール・イブセ》——に連れられ、恐ロシキ獣《イマヌム・ペキュス》*が草を食んでいた。男は大きなパイプをくわえ、雑草で厚く覆われた丘に寝そべり、片眼で眠り、片眼で羊の番をしていた。ときおり子羊が牧場から離れると犬どもに向かって口笛を吹き、あるいは角笛を鳴らすと、山に木霊が幾重にも響き渡った。

午後の四時だった。日は傾こうとしていた。東の山々の裾野はたゆたう霧に呑まれ、頂のいくつかは残陽を浴びていた。南西では、半開きの扉から光が射してくるように、連山に開《あ》いた二つの裂け目から斜光が漏れていた。

この山岳系はトランシルヴァニア*でも一、二を争う未開の地であり、クラウゼンブルク、ないしはコーロズヴァル*という名の区《コミタ》に属している。

トランシルヴァニア。オーストリア帝国のなかでもとりわけ興味深いこの一隅は、マジャール語で言うところの「エルデーイ」、つまりは「森の国」だ。北はハンガリー、南はワラキア、西はモルドヴァと境界をなす。六万平方キロメートル、つまり六〇〇万ヘクタールの面積——フランスのおよそ九分の一——を有し、形はスイスに似るが、ヘルヴェティア人*の土地をさらに半分足したほど広く、人口は逆に少ない。畑に供された高原、豊かに茂る牧地、自由気ままにくねる谷、人を見おろすような数々の頂を擁するこのトランシルヴァニアには、カルパチア山脈の深成岩《プルトニック》*を源とする支脈が縞のように走り、また、無数の水流が縦横に流れてティサ川、そして壮麗なるドナウ河を肥やす。ドナウの数マイル〔原註／ハンガリーの一マイルはおよそ七五〇〇メートルに相当する〕南に位置する鉄門*は、ハンガリーとオスマン帝国の国境付近でバルカン山脈の峡谷を閉じている。

　これがかつてのダキア人*の国であった。西暦一世紀にはトラヤヌス帝*によって征服され、サポヤイ・ヤーノシュ*とその後継者たちのもとで独立を謳歌するも、一六九九年、オーストリアのレオポルト一世*に併合されることでそれに終止符が打たれた。だが、政治体制がどう変わっても、異民族、つまりワラキア人、ないしはルーマニア人、ハンガリー人、ロマ、モルドヴァを出自とするセーケイ人*、さらには時と情勢に促され、最終的にはトランシルヴァニア統一のために「マジャール化」することになるザクセン人*らが混じり合うことなく肘をつき合わせて暮らす、共通の居住地が残ったのだ。

　羊飼いフリックはどの民族とつながっているのだろう。かつてのダキア人の、品下れる末裔だろうか。蓬髪、黒ずんだ顔、もじゃもじゃの鬚、馬の赤毛でできた二本のブラシのように太い眉毛、青とも緑ともつかない瞳、老齢による隈で囲われた、湿った目頭を見た限りでは、そう明言するのは難しい。齢は六五だった——その見たては妥当だ。だが、胸のほうがよほど毛深い黄ばんだセイヨン*を着た体は上背があり、痩身で、しゃんとしていた。エスパルト編み*の帽子ならぬ、ただの藁束を被り、先端が鉤型の杖にもたれかかり、岩のようにじっと動かずにいるときなど、なかなかどうして画家もその姿を捉えてみたくなるだろう。

　西の裂け目を光が貫くと、フリックはふり向いた。それから軽く手を閉じ、遠くを見るために庇をつくると——遠くに声を届けるために手でラッパをつくるように——そちらの方角をしかと眺めた。

　たっぷり一マイル〔七・五キロメートル〕先の、遙か彼方の雲の切れ間に、距離があるためにごくごく小さくではあったが、ブルク*の姿がくっきりと浮かびあがっていた。古《いにしえ》の城は、オルガル*と呼ばれる高原の上部をなすヴルカン峠にぽつんと突き出た丘陵に座していた。ぎらぎらした光の戯れで、城の輪郭の凹凸は生々しいほど鮮明に見え、立体鏡《ステレオスコープ》*を覗いているかのようだった。だが、遠くにある巨軀の細部をわずかなりと見分けられたのも、牧夫の視力が生まれながらに秀でていたからである。

　そのフリッが突然、頷きながら大声で言う。

「ブルク爺さん！　ブルク爺さんよ！　今は地面にどっかと座わってらっしゃるがね！　あと三年で、おめえさんもおしめえさなあ。橅の木の枝がもう三本しか残ってねえからね」

　ブルクの稜堡*のひとつ、その先端に植えられた橅の木は、空の背景に、細長い紙の切れ端のように黒く貼りついていた。その距離では、フリック以外の誰にもまず見ることができなかったはずだ。羊飼いが発した言葉は、城にまつわる言い伝えにちなむものだが、その説明はしかるべき時が来たらなされよう。彼はくり返した。

「うん！　枝が三本……。昨日は四本だったけんど、ゆんべ四本目が落ちたんだな……。もう落ちた跡しか残っちゃいねえ……。股んところから伸びた枝がもう三本しかねえ……。もう三本しかねえよ、ブルクさん……もう三本しか！」

　羊飼いというものを理想化した一面で捉えるならば、夢見がちな、物思いに耽る姿を思い浮かべるかもしれない。天体と言葉を交わし、星々と議論をし、空を読む者*だと。実際には、この者らはたいてい無学で、おつむの弱い獣のような存在である。にもかかわらず誰もが盲目的に、超自然的な力を彼らにやすやすと授けてしまう。羊飼いは呪文を知っている。気分次第で、人や動物の呪いを解いたり、かけたり――この場合どちらでも同じことだ――する。万能膏《プードル・サンパティック》*を売る。媚薬や処方を彼から買える。果てには、魔法の礫を投げて田畑を不毛にしたり、左眼で睨むだけで雌羊を不妊にすることだってしかねないのだと。こうした迷信はどの時代にも、どの国にもある。より文明化した土地でも、田園で羊飼いの前を通るときには、親しげな言葉をかけたり、彼らが好む「牧人《パストゥール》」の呼び名で挨拶をし、意味ありげにこんにちはと言ったりする。きちんと帽子を持ちあげれば、厄災を避けることができるのだと。他所と同様、トランシルヴァニアでも、道すがら人々は必ずそうする。

　フリックは魔法を使うことができ、幻獣を召喚できると目されていた。ある者が言うには、ヴァンパイア*とストリージュ*を従えているという。別の者を信じるならば、月が欠けた暗い晩、水車小屋の堰板に跨がって、狼と話し、星々のことをぼんやり考えている彼と出会ったという。ほかの土地ならグラン・ビセクスト*に出くわすようなものだろう。

　フリックは、うまい汁を吸えるならとそう言わせておき、まじないとまじない封じを売っていた。だが、註釈をつけておくと、彼自身もまた客と同じくらい迷信深いのであって、自分の魔法なんぞは嘘っぱちだと思っていても、里に流布している伝説についてはそれを信じていたのだ。

　よって、フリックが橅の木の枝が三本に減ったことから、古のブルクの来たるべき死を予見したのも不思議ではない。その知らせを急いでヴェルストにもたらそうとしたことも。

　フリックは、長い白木の角笛を力いっぱい吹き鳴らして喧しい音を出し、群れを集めると、村への道に戻った。犬どもが、獣をしつこく攻めたてながら牧人に続く――それ

群れを集めると

らはグリフォンが混じった雑種で、喧嘩っ早く、凶暴で、羊の番をするよりはそれを貪り食うほうがよっぽど性に合っていそうだ。群には一〇〇匹ほどの雄羊と雌羊がおり、そのうち一ダースほどが生後一年目の子羊《アントネ》で、残りは、四本と六本の歯を持つ、三歳と四歳の羊*だった。

群れはヴェルストの判事《ビーロー》*、コルツ判事のもので、彼は村に重い税を払い、羊を持つ権利を得ていた。また、世話を任せている牧夫、フリックのことをたいへんに買っていた。実に器用に毛を刈りとったし、鵞口瘡、青舌病、旋回病、肝蛭症、悪性水腫、鼓脹症、羊痘、腐蹄病、ラビュズ*といった病気や、家畜を因とする他の疾患の手当を実によく心得ていたからだ。

群れは小さくまとまって歩いた。首に鈴をさげた一頭が先頭、その横にはビラヌ*がいて、ともにメエメエという鳴き声の合間に、ちゃりんちゃりんと鈴の音を響かせていた。

牧場を出るとフリックは幅のある山道に入った。両脇は広大な畑になっており、とても背の高い、とても長い薹ができる見事な小麦の穂が波うっていた。あるいは、この地方のトウモロコシである「ククルズ」*が作付けされていた。道は、なかが涼しくて暗い、松と樅の森のはずれへと続いた。さらにくだると、足下をジウ川が悠然と流れ、川底の砂利に濾された水が光っていた。川面には、上流の材木所で挽かれた丸太が浮かんでいる。

犬と羊は川の右岸で足を止め、あたりに茂る葦を乱暴に踏みつけながら、土手すれすれのところでたらふく水を飲んだ。

そこからヴェルストまでは、鉄砲の届く距離三つ分しか離れておらず、あとは、深い柳の林を越えればよかった。その林は、根から数ピエしか伸びない萎びた短軀の木ではなく、本当の柳の木でできていた。

柳の林はヴルカン峠の坂まで広がっていた。なおヴルカンという同名の村は、プレシャ山塊の南斜面にある隆起した土地に位置している。

その時間、野は無人だった。日が暮れてからでないと、畑に出ている人は家路につかない。よって道を行きながらフリックは、おきまりの平素の挨拶を交わすことができなかった。そして喉を潤した獣の群れが、段々になった谷に分け入ろうとしたとき、ジウ川の下流、五〇歩ほど先の角に、ひとりの男が姿を見せ、牧夫に向かってこう叫んだ。

「おおい！　だんな！」

それは、この区《コミタ》の市場を回っている旅の商人だった。大きな町でも小さな町でも、どんな貧しい村でも眼にする輩だ。彼らは会話に困ることはなく、どんな言葉でも話した。この男はイタリア人だろうか、ザクセン人あるいはワラキア人だろうか。言いあてられる者はいまい。だが男はユダヤ人、ポーランド系のユダヤ人だった。大柄で、細身、鷲鼻で、ピンと尖った鬚、額は張り出し、眼は爛々と輝いていた。

この行商人は眼鏡、温度計、晴雨計、小型の置き時計を売っていた。丈夫な背負革で大包みをしっかりと肩に括りつけ、袋に収まらない品は首や帯に吊していた。まさに露天商、売り台と一緒に旅する商人といったところだ。

おそらくこのユダヤ人は羊飼いというものに対して敬意と、そして畏怖にも似た感情を抱いていたのだろう。彼はフリックに手を振って挨拶をした。それから異国訛りのある、あの、ラテン語とスラブ語からできた言葉、つまりルーマニア語でこう言った。

「万事うまいことといってますかな、だんな」

「ああ……お天道さま次第だね」フリックは答えた。

「では、今日は調子がいいんでしょうな、晴れてますから」

「んで、明日は悪かろうな、雨が降るから」

「雨が降る?」行商人は大声を出した。「ここいらじゃ、雲がなくても雨が降るんですかい?」

「今夜、雲が出るよ……あっちから……山の悪い側から」

「どうしてそれがわかるんで?」

「羊どもの毛じゃよ、なめした革みてえに乾いてざらざらしてやがる」

「なら、街道を行く人は気の毒ですね」

「んで、家の玄関に残っている者にゃ結構なことだ」

「そもそも家がなくちゃ話になりませんがね、牧人さん」

「あんた、子どもは?」とフリック。

「いませんや」

「かかあは?」

「いませんや」

フリックがそう尋ねたのも、この里では、出会った人にそう尋ねるのが習わしだからだ。

そして続けた。

「どこから来なすった、行商人?」

「ヘルマンシュタット*から」

ヘルマンシュタットはトランシルヴァニアの主要な町のひとつだ。その町の先には、ハンガリー・ジウ川の谷が広がり、それはペトロシャニの町まで延びている。

「で、どこへ?」

「コーロズヴァルへ」

コーロズヴァルへ行くにはマロシュ*の谷に向かっていけばいい。それからカールスブルク*を経、ビホールの山々の裾に沿って進めば区《コミタ》の首府*にたどり着く。せいぜいが二〇マイル［原註／約一五〇キロメートル］ほどの道のりだ。

彼のような温度計、晴雨計、古時計の商人といったものは実際、そのどことなくホフマン*風の雰囲気で、世離れた者という印象をつねに与える。職業柄そうなのだ。彼らは時《トン》や天気を諸々の形で売る。流れる時《トン》を、今日の天気《トン》を、明日の天気《トン》を。大包みを背負ったほかの商人が、籠や編んだ服、綿布を売るように。彼らはいわば「金の砂時計」の看板を掲げたサトゥルヌス商会の外交員*なのだ。おそらくはそれが功を奏したのだろう、フリックはユダヤ人が見せびらかしている品々を、驚きをもって眺めた。ついぞ見たことのない、用途のわからぬものを。牧人は手を伸ばしながら尋ねた。

「なあ！　行商人。このガラクタどもはなんの役にたつのかね。首吊り台にぶらさがった老いぼれの骨みてえに、あんたの帯でかちゃかちゃいっているのは」

「こいつらですかい、これはお値打ちもんですぜ。誰にとっても便利なものでさあ」旅の商人は答えた。

「誰にとっても」フリックは目配せをしながら大声を出した。「羊飼いにもかい？」

「羊飼いにも」

「じゃ、この仕掛けは？」

「この仕掛けがあれば、暑いか、寒いかがわかるんでさあ」ユダヤ人は、温度計を手の上でぽんぽんと弾ませながら答えた。

「ああ！　おめえさん、わしゃ、そんなもの使わなくたってわかるよ、セイヨンを着ていて汗が出りゃ暑い、ウプランド*を着ていて震えたら寒い」

確かに。学問上の疑問など気にかけない牧夫にはそれで事足りる。フリックは、アネロイド型気圧計*を指さして続けた。

「じゃ、針がついている、この大っきな古時計は？」

「それは古時計なんかじゃありませんぜ、こいつは、明日が晴れか雨かを教えてくれる道具です」

「本当かい？」

「本当で」

「へえ！　だったら一クロイツァー*でも、欲しいとは思わんね。山で雲がたなびいているか、いちばん高けえ峰を通り過ぎていくのが見えたら、それで二四時間前に天気がわかるからね。ほれ、あれを見なされ、地面から薄い靄がわき出ているみたいじゃろ？　さっき言ったように、あれが明日の雨水だよ」フリッツはそう返した。

実際、羊飼いフリックの気象観測は正確で、晴雨計などなしでも済むのだった。行商人は続けた。

「時計はご入り用じゃありませんか？」

「時計とな？　だったら勝手に動くやつをひとつ持っとる

よ。頭の上にぶらさがっているやつをね。空のお天道さま
さ。いいかい、おめえさん、お天道さまがロデュック山のてっぺんにあるときにゃ、昼だ。エジェルト*の穴から顔を覗かせているときゃ、六時だ。わしだけじゃねえ、羊だって知ってることさ、羊だけじゃねえ、犬どもだって知っていることさ。だからあんた、古時計はしまっておきなせえ」

「参りましたな、お客が牧夫ばかりだったら商売あがったりだ！ では、なにもご入り用のものはないのですな？」

行商人は答えた。

「なんにもね」

そもそも、こうした安物はどれも作りが実に雑で、晴雨計は「天気定まらず」にも「晴れ続き」にも合わないし、時計の針は、時間がひどく進むか、分がひどく遅れるかしていた――つまり正真正銘の粗悪品だった。羊飼いもそう思ったのだろう、買う素振りを見せる気配はなかった。だが、杖を取ろうとしたとき、行商人の背負革に吊るされていた、筒状のものを揺すりながら言った。

「ここについとる、この筒はなんに使うのですかな？」

「こりゃ、筒は筒でもただの筒じゃありませんぜ」

「じゃあ、ラッパ銃《グラール》かね」

羊飼いが言いたかったのは、銃口が朝顔のように広がっている昔の鉄砲のことだ。ユダヤ人は言った。

「いいえ、これは望遠鏡です」

それはごくありきたりの望遠鏡で、物を五、六倍に大きくしたり、あるいは遠くの物を近づけたりした。その結果は同じことだが。

フリックはその道具を行商人の背負革から外した。眺め、いじくり、上下にひっくり返し、輪をひとつずつ伸ばした。そして首を振りながら言った。

「望遠鏡とな？」

「そうですよ、牧人さん、おまけにこいつは有名なやつでさあ。えらく遠くまで見えますよ」

「おお！ あんた、わしは眼がよくてね。晴れてれば、レテザト山のてっぺんの岩だってひとつ残らず見えるし、ヴルカン隘路のいちばん奥にある木まで見えるがね」

「眼をしばたたかずに？」

「眼をしばたたかずにだ。それは朝露がやってくれるのさ、晩から朝まで野宿したときにゃね。そのあいだに眼ん玉をきれいに洗ってくれるってわけだ」

「なんと……朝露が？ むしろ眼が見えなくなってしまうでしょうに」行商人が答えた。

「羊飼いは違うんじゃ」

「いいでしょう！ ですが、どんなにだんなの眼がよくったって、あっしのほうがずっとよくなってしまうでしょう

よ、この望遠鏡の端に眼をあてて見ればね」

「どうだかな」

「眼をあてて見てごらんなさい……」

「わしがか？」

「試してごらんなさい」

「ただなんだろうな？」生来とても疑い深いフリックが尋ねた。

「ただですよ……この仕掛けを買う気になれば別ですが」

その点ですっかり安心すると、フリックは望遠鏡を手にし、行商人は眼のところに筒をあてがってやった。羊飼いは左眼を閉じ、右眼に接眼レンズをつけた。

はじめに見たのはヴルカン峠の方角であり、次にプレシャのほうに視線を移していった。それが済むと、望遠鏡をさげ、ヴェルスト村のほうへ向けた。彼は言った。

「おや！　おや！　こりゃ、確かに本当だ……。こいつはわしの眼よりも遠くに届きよる……。村の大通りが見えるぞ……。人の見分けもつく……。おお、あれはニック・デックだ、林務官だ。見回りから戻ってきたんだ。背嚢を背負って、鉄砲を肩にさげとる」

「だから言ったでしょう！」行商人は指摘した。

「ああ……ああ……確かにニックだ。で、コルツ村長の家から出てきたのは誰だ？　赤いスカートを履いた、黒いブラウス姿のあの娘っこは。ニックを迎えに行くようじゃが？」羊飼いは続けた。

「しっかり見てごらんなさい、牧人さん、男か女かもちゃんと見分けられますから」

「おお！　わかった！　あれはミリオタだ……べっぴんのミリオタだ。ああ！　惚れた者同士……惚れた者同士の！　さあ、もっと近う寄れったら。わしのほうは、筒の先っぽで二人に寄っているからの。婀娜《あだ》っぽいしぐさのひとつも見逃すまいて」

「あっしのカラクリはいかがなものですかな？」

「ああ！　ああ！　遠くがよく見えるよ！」

フリックがこれまで望遠鏡を通して物を見たことがなかったというなら、ヴェルスト村を、クラウゼンブルクの区《コミタ》のなかで、もっとも遅れた土地のひとつとして数えなければなるまい。実際そのとおりであることは、じきにわかろう。旅の商人は続けた。

「さあ、牧人さん、他所にも向けてみなさい……ヴェルストよりも遠くへ……。村はここから近すぎます……。もっと向こうに、ずっと向こうに、さあさあ！」

「それでも、ただなんだろうな？」

「それでも」

「ならば！　ハンガリー・ジウ川のほうを探ってみよう！

ほう……ありゃリヴァドゼル*の鐘楼だ。片腕のねえ十字架が立っているからな……。その先の谷にゃ、樅の木のあいだにペトロシャニの鐘楼が見える。ブリキの風見鶏が嘴を開けてらぁ、若い雌鳥どもを呼んでるみてえに！　で、向こうのあれ、林から突き出てる塔は……ペトリラの塔に違いねえ……。じゃが、なあ、行商人、もうちょっといいかい、ずっと同じ値段なんだろう……」

「ずっとね、牧人さん」

　フリックはオルガル高原のほうを向いたところだった。そして望遠鏡の先で、プレシャの斜面に広がる薄暗い森の帳をなぞっていった。やがてレンズは枠内に、遠い影のようなブルクの姿を捕らえた。羊飼いは大声を出した。

「ああ！　四本目の枝がまだ地面にある……。さっき見たままだ！　あれを拾いに行って、聖ヨハネ祭*のたき火にくべようなんて誰も思わんだろうね……。まさか、誰もね……わしだって！　身も心もあぶねえもの……。けんど心配はないのでね！　今夜、あの枝を、地獄の業火のなかに投げこむやつがいるのさ。ショルト*だよ」

　ショルトとは悪魔のことで、里の者は会話のなかで遠まわしにそう言う。

　ユダヤ人は、ヴェルスト村かその近辺の者にしか理解できないこの語の説明を求めようとしたのだろう、そのときフリックが、恐れと驚きが入り混じった声でこう叫んだ。

「ありゃいったいなんだ、主塔から出とるあの霧は？　あれは霧か？　いんや！　煙みてえだ……まさか！　もう何年も何年も、ブルクの煙突から煙なんぞ出た例はねえのに！」

「そこに煙が見えるのなら、それは煙でしょうな、牧人」

「いいや……行商人、いいや！　こりゃ、あんたのカラクリのレンズが曇っとるんじゃ」

「拭いてみなさい」

「拭いてみようじゃないか……」

　フリックは望遠鏡をひっくり返し、袖でガラスを擦ると今一度、片眼にあてた。

　主塔の先端から伸びているのは確かに煙だった。穏やかな空にすっとあがっていき、広がったその先は上空の靄と一緒くたになっていた。

　フリックはびくりともしなくなり、言葉を失っていた。ただただブルクを見ていた。這いのぼる影は、オルガル高原に建つその城のところまで迫ろうとしていた。

　突然、羊飼いは望遠鏡をおろすと、セイヨンの内側にぶらさげてある頭陀袋に手をやり、こう尋ねた。

「この筒はいくらだね？」

「一フローリン*半でさあ」行商人は答えた。

「煙みてえだ」

フリックが少しでも値切る気を見せたならば、一フローリンでも望遠鏡を譲っただろう。だが羊飼いはそんな素振りを見せなかった。見るからに、不可解な理由から、突如、我を失ってしまったかのようだった。そして頭陀袋の奥に手を突っこむと、金を出した。行商人は尋ねた。

「この望遠鏡は、だんなのお勘定で買われるんですか?」

「いいや……わしの主人のだ、コルツ判事の」

「では、だんなが立て替えたと……」

「ああ……こいつにかかった二フローリンをね……」

「えっ……二フローリンですと?」

「ええと! そうじゃろ! じゃあ、おめえさん、さようなら」

「さようなら、牧人さん」

フリックは口笛を吹いて犬どもを呼び寄せ、羊の群れを追いたてると、ヴェルストのほうに急いであがっていった。

ユダヤ人は、羊飼いが行ってしまうのを見て頭を振った。あの男は狂っていたと言わんばかりに。彼はつぶやいた。

「わかってりゃ、もっと高く売りつけたのになあ、あの望遠鏡を!」

それから品物を帯と肩につけ直すと、カールスブルクの方角に向かい、ジウ川の右岸をくだっていった。

どこに行くのだろう? それはどうだっていい。行商人はこの話にちょいと立ち寄っただけなのだから。もう二度と会うことはあるまい。

# 二

　地質時代、地表が最後の大変動を起こしたのちに、自然がその力で積みあげた岩であれ、人の手がなし、やがて時の風にさらされた建造物であれ、数マイル離れたところから眺めるなら、その外観にさしたる違いはなくなるものだ。自然の石と加工した石の見分けは容易につきにくい。遠目には、色あいも、輪郭も、その曲がり具合も同じであり、数百年のあいだに帯びた、灰色っぽい緑青から生じる一様な雰囲気もまた同じに見える。

　ブルク――またの名を、カルパチアの城――もそうであった。城は、ヴルカン峠の左方でオルガル高原の頂を飾っていたが、背景の山々に溶けこんでおり、その朧な形を見分けることは難しかったろう。あれは主塔ではないかと思っても、ただ円い岩山をそうととり違えただけかもしれない。幕壁の銃眼が見えたと言う者がいても、岩の尾根をただそうと信じただけかもしれない。全体がぼやけ、形が定まらず、不確かなのだ。よって旅行者が口々に言うことを真に受けるならば、カルパチアの城は、この区《コミタ》の人々の想像の存在でしかないということになる。

　その真偽を確かめたいのなら、もちろん、ヴルカンないしはヴェルストで案内人と交渉し、隘路をあがり、丘陵を登って、一群の建物を訪ねるのがなにより簡単な方法だ。ただし問題は、案内人を見つけるのは、ブルクに通じている道を見つけるよりもはるかに難しいことにある。どんなに褒美をはずもうと、両ジウ川に挟まれたこの里で、旅人をカルパチアの城に連れていくことを承諾する者などいないだろうから。

　ともかくもその古館を、羊飼いフリックがコルツ村長の勘定で買った安物の道具よりも強力で、焦点がよく定まる望遠鏡で捕らえたならば、視界に映る姿は以下のとおりである。

　ヴルカン峠の八〇〇ピエから九〇〇ピエ〔二六〇〜二九〇メートル〕後方に城壁が見える。それは砂岩のような色をし、生い茂った植物によって碑文のような化粧がほどこされ、オルガル高原の高低差に応じながら、四〇〇から五〇〇トワーズ

〔七八〇～九七〇メートル〕の外周を持つ円を描いている。左右の角には稜堡が築かれ、右のそれには例の橅の木と、とんがり屋根の貧相な物見櫓、ないしは哨舎が建っていた。左の稜堡の壁面は、小窓の開いた扶壁によって補強され、礼拝堂の鐘楼を支えている。強い突風が吹くと、そのひび割れた鐘が揺れ、地元の者たちを心底震えあがらせた。中央には、銃眼のついた屋上を戴く重々しい主塔が聳えている。鉛の網入りガラスが嵌めこまれた窓が縦に三つ並び、二階部分をテラスがぐるりととり囲んでいた。屋上には、封建時代のヴィロレ*に飾られた金属の長い棒が立っている。それは錆びて動かなくなってしまった一種の風見鶏で、最後に吹いたガレルヌに煽られたあと、つねに南西の方角を向いたままだった。

いたるところに亀裂が走っているこの城壁がなにを囲っているかといえば、もしも内部にまだ住める建物があり、また、跳橋と通用門によってそこに入ることができたとしても、もう長いことそれを知る者はなかった。実は、カルパチアの城はその見た目よりも保存状態がよかったのだが、恐怖という名の伝染病、そして迷信が、前世紀の大砲であるバシリスク砲、ソートロー砲、ボンバルド砲、カルヴァリン砲、トノワール砲*などと同じくらい強固に城を守っていたのだった。

それでもカルパチアの城は、旅行者や骨董品屋が訪ねて損のない場所だったはずだ。オルガル高原の尾根という立地は類を見ないほど好ましいものだ。主塔の頂にある屋上からは、最果ての山々まで見渡すことができた。背後には自在に枝分かれする連峰がうねり、ワラキアとの国境をなしていた。前方には、近隣地方を結ぶ、ただひとつ通行可能な道であるヴルカンの隘路が蛇行している。両ジウ川の谷の向こうにリヴァドゼル、ロニアイ*、ペトロシャニ、ペトリラといった町がふいに現われ、それらは立坑の開口部周辺に集まり、豊かな炭層から採掘がおこなわれていた。その後景にはレテザト山とパルング山〔原註／レテザト山とパルング山はそれぞれ海抜二四九六メートル、二四一四メートル〕が聳え、この二つの鋭峰に見おろされるように丘陵地帯が折り重なり、山麓は森に覆われ、山腹は緑豊かで、山頂は切り立っていた。そしてハツェグの谷とマロシュの流れのずっと先に、中央トランシルヴァニア・アルプス*が、霧に包まれた遠い横顔を覗かせているのだった。

この漏斗状の地の底にはかつて、地盤沈下によってできた湖があった。山脈のあいだを縫っている両ジウ川も、以前はそこに流れこんでいた。今、その沈下した土地は、利益と損失とをもたらす炭坑になりさがっている。ポプラ、樅、楡の枝に混じって、煉瓦の高い煙突が頭を突き出している。かつて果樹や花々の香気に満ちていた空気が、今は薄黒い煙に汚染されているのだ。ただし、ここで語られる話の時代、確かに産業はこの鉱山地区を鉄の手でがっしりと摑んでいたが、同地域は、周囲の自然に起因する未開の性質をなにひとつ失っていなかった。

　カルパチアの城は一二世紀、ないしは一三世紀に遡る。当時、僧院、教会、宮殿、城は、首長ないしは太守《ヴォイヴォダ》に治められ、町や村同様、入念に防備を固められていた。領主と農民は種々数多な侵略に対して身を守らなければならなかったのだ。ブルクが旧式の幕壁、稜堡、主塔を備え、防備に最適な、封建時代の建造物を思わせる外観をしているのも、そうした事のありようから説明がつく。オルガル高原の、あの高みに城を築いた建築家は誰なのだろう。その大胆な芸術家《アーティスト》のことは知られていない。あるいはそれは、黒のロドルフ*の、かの有名な城をクルテヤ・デ・アルジェシュに建てたとされ、ワラキアの伝説のなかで高らかに歌われているルーマニア人、マノーレ*その人であろうか。

　建築家については定かでなくとも、ブルクを領している一族については疑問の余地がない。古の時代からこの地方を治めてきたのはゴルツ男爵家*だった。一族は、トランシルヴァニア地方を血で染めた戦争につねに関与してきた。彼らはハンガリー人、ザクセン人、セーケイ人と戦った。その名は「カンテック」*や「ドイナ」*にも刻まれ、災厄の時代の記憶を永遠のものとしている。一族の銘句は「死スマデ捧ゲヨ《ダ・ペ・マオルテ》」*であり、彼らは命を捧げ、独立のために血をまき散らしてきた——彼らの祖先、古代ローマ人からひき継いだ血を。

　死力を尽くし、身を挺し、自己犠牲を払ったものの、知ってのとおり、その果てに、この勇敢なる民族の子孫にふりかかったのは不当なる圧政であった。彼らは政治的にはもはや存在していない。三つの踵によって捻り潰されたのだ。だが、トランシルヴァニアのワラキア人たちは希望を捨てず、支配の軛を揺るがそうとしている。未来はこの者らのものであり、揺るぎない確信を持ってこうくり返しているのだ、「羅馬尼亜人ハ滅セズ《ロマン・ノ・ペレ》」*と。この言葉には彼らの願いのすべてが凝縮されている。

　一九世紀の半ば、ゴルツ家の現当主はロドルフ男爵だった。カルパチアの城で生まれ、青年時代のはじめに肉親たちを次々と失った。二二歳のときには天涯孤独の身だった。近親者たちは毎年のように倒れていった。まさに樹齢数百年の橅の枝のごとく。民たちの迷信は、これをブルクの命運に結びつけたのだ。死がもたらした、変わりばえのしない、孤独な暮らし。縁者もなく、おそらくは友もいないロドルフ男爵は、その余暇をどう埋めていたのか。なにを好み、どんな性格で、いかなる才能を有していたのか。ひとつ知られていたのは音楽に、とりわけ当代における偉大な歌い手《アーティスト》の歌に抗しがたく魅せられ、熱い情熱を傾けていたことだった。そこで、すでに荒れ放題だった城を数名の年老いた召使いに任せると、ある日忽然と姿をくらませた。のちに判明したことだが、男爵はその相当な財を遣い、ヨーロッパにおけるオペラの中心地を、ドイツ、フランス、イタリアの劇場を経めぐり、音楽好き《ディレッタント》特有の、満たされざる酔狂を満たしていたのだった。彼は偏執狂《マニアック》とまでは言わなくも、ひとりの奇人であったろうか。その奇異な暮らしぶりからすればそう考えるに足る由はあった。

しかし若きゴルツ男爵の心の奥底には故国への思慕が深く刻まれていた。遠い地を漫遊していても祖国トランシルヴァニアを忘れることはなかった。ゆえにハンガリーの圧政に対してルーマニアの農民が血みどろの反乱*を起こすと、国に戻って彼らに加勢した。

古代ダキア人の子孫は敗れた。その土地は分け前として勝者の手に落ちた。

この敗北ののち、ロドルフ男爵は、すでに一部が廃墟と化していたカルパチアの城にきっぱりと背を向けた。やがて最後に残った召使いたちが死に絶えると、ブルクは完全にうち捨てられた。ゴルツ男爵については、愛国心から、あのロージャ・シャーンドル*の軍に加わったという噂が流れた。街道を荒らしたかつての追いはぎであり、独立戦争*によって悲劇の英雄となったあの男だ。ロドルフ・ド・ゴルツにとって幸いなことに、戦いのあと、男爵は危険なベチャールの一団とは袂を分かった。それは賢明な選択であり、なぜならかつての盗賊は泥棒の長に戻り、最後は警察の手に落ちて、サモシュー＝イヴァールの牢獄に収監されたからである。

しかしながら区《コミタ》の人々の大半は別の説を信じていた。それによると、ロージャ・シャーンドルが国境の税関吏に遭遇した際、ロドルフ男爵は殺害されたというのである。確かに、この時期より、ゴルツ男爵はブルクにまったく姿を見せなくなり、その死は誰にとっても疑いの余地のないことであった。だが、それは事実とは異なっていた。この里のおめでたい村人たちの噂話は話半分に聞いておいたほうが無難なのだ。

うち棄てられた城、とり憑かれた城、幽霊城。旺盛かつ熱烈な想像力のおかげで城にはたちまち化物が住まい、亡霊が現われ、夜になると精霊が舞い戻ってくるようになった。ヨーロッパの迷信深い地域では今でもこうしたことが起きるのであり、トランシルヴァニアはその筆頭に名乗り出たがっているようである。

そもそもヴェルスト村に対し、超自然現象を信じるなというのは無理な相談であったろう。信者たちの信仰を導いている司祭《ポップ》*も、子どもたちの教育を担っている教師も、自分たちが真に受けているだけなおのこと、そうした類いの作り話を憚りなく教えていたからだ。彼らは「確固たる証拠」があるとして、野を駆けるルーガルー*のことを話した。あるいは人の血を浴びるように吸う、ストリージュと呼ばれる――ストリジーと叫ぶためだ――ヴァンパイアのことを。はたまた廃墟を徘徊している「スタッフィ」のことを。そいつは毎夜、飲み物と食べ物を持っていかないと人に悪さをする。フェアリーもおり、そのうち「バブ」については、一週間のなかでも縁起の悪い火曜日と金曜日には出くわさないよう注意しなければならない。危険を冒し、区《コミタ》の森、魔法の森の奥深くに足を踏み入れるならば、そこには雲にまで顎《あぎと》を開く巨大なドラゴン、「バラウール」が身を隠している。とてつもなく大きな翼を持つ「ズメイ」のほうは王家の娘を攫っていく。あるいは、美しければ、どんな傍系の娘でも構わない！　そんな恐るべき怪物が無数にいるらしいのだが、では、それらに対抗するため、民たちはどんな善い精を想像したのだろうか。それはほかでもない、家の暖炉に住む蛇、セルピ・デ・カーサ*だ。この蛇は火床の奥でくつろいでおり、農民は良質な牛乳を与えることで、救いの力という対価を得るのである。

さて、もしも、こうしたルーマニア神話の賓客たちの隠れ処としてブルクが整備されるようなことがあったならば、カルパチアの城はまさにうってつけではないだろうか。城は、ほかとは隔絶した高原にあり、ヴルカン峠の左方以外からは近づくことができない。ドラゴン、フェアリー、ストリージュが身を寄せていてもおかしくはないのだ。あるいはゴルツ男爵家の亡霊たちも。こうしてブルクには、たちの悪い噂がつきまとったわけだが、ある意味、それも至極当然のことであった。あえて城を訪ねてみようなどとは誰も夢にも思わなかった。ブルクの周辺には、不潔な沼地が悪臭のする瘴気を発散するがごとく、恐怖という名の伝染病が広まっていたのだ。四分の一マイル〔二キロメートル〕でも近づけば、この世の命と、あの世での救済が危険にさらされよう。それはヘルモッド先生の学校でくり返し教えられてきたことだった。

とはいえ、かくなる状況も、ゴルツ男爵家の古い砦が最後の石ひとつを残すだけになれば、たちまち終焉を迎えるはずだ。そしてそこに例の言い伝えが入りこんだのである。

幕壁の右隅を固める稜堡の上に古い橅の木が生え、枝を伸ばしていたが、ヴェルストきっての名士によれば、ブルクの寿命はこの橅に結びついていた。

ロドルフ・ド・ゴルツが去ってからのち――村人と、と

それはヘルモッド先生の学校で教えられてきたことだった

りわけ牧夫フリックがそれに気づいていたが――この樅は毎年、大枝を一本ずつ失っていた。ロドルフ男爵が主塔の屋上で最後に目撃されたとき、木の股のところには一八本の枝を数えることができたが、今はそれが三本しかなかった。こうして一本の枝が落ちると、城の命から一年がさし引かれることになった。最後の枝が落ちたとき、城は完全に崩壊するはずだ。そうなったらもはや、オルガル高原にカルパチアの城の残骸を見つけようとしても無駄であろう。

実際のところそれは、ルーマニア人が想像の力でかくもやすやすと生んでしまう言い伝えのひとつにすぎない。第一、古い樅は本当に毎年一本ずつ枝を失っていたのだろうか。羊の群れがジウ川近くの荒れ野で草を食んでいるあいだ、城から片時も眼を離すことのなかったフリックはそう断言したが、証拠は皆無だ。しかしフリックに信をおけなくとも、ヴェルストの一介の農民から最高位の役人まで、ブルクの余命があと三年しかないことを疑う者はなかった。なぜなら「守護の樅の木」に三本の枝しか数えることができなかったのだから。

さて、羊飼いは村への道に戻るための準備をした。望遠鏡の出来事がひき起こした、あの重大な知らせをもたらそうとして。

重大な知らせを、実際のところあまりにも重大な！　主塔の先に煙が現われるとは……。肉眼では気づかなかった煙が、行商人の道具によってはっきりと見えたのである……。それは蒸気ではなく、雲のなかに混じり合っていく煙だった……。だが、ブルクに人はいない……。実に久しく、通用門からなかに入った者、跳橋を渡った者はおらず、門はおそらく閉じられ、橋もあがったままのはずだった。もしも誰かが住んでいるのならば、それは超自然的な存在でしかありえない……。だが、なにを企んで霊たちは主塔の部屋で火など燃やしたのだろう。それは寝室の火なのか、台所の火なのか。まったくもって説明のつかないことであった。

フリックは獣を家畜小屋へと急かせた。牧人の声に、犬が羊の群れを登りの道へ追いたてると、土埃が晩の湿り気とともに舞い落ちた。

遅い時間まで畑に残っていた農民たちが何人か、通りがけに羊飼いに挨拶をした。その礼に対し、フリックは返事をするのもそこそこだった。そのため人々は心底不安になった。呪いを避けたいならば、羊飼いにこんにちはを言うだけでは足らず、挨拶を返してもらう必要があったからだ。しかしフリックにはその気がないようだった。眼は血走り、挙動はおかしく、木に竹を接いだかのようだった。狼と熊に羊の半分を連れ去られたとしても、これほどとり乱しはしまい。いったいどんな悪い知らせを携えているのだろう。

　最初に知らせを聞いたのはコルツ判事だった。その姿がまだ見えぬほど遠くから、フリッツは怒鳴った。

「ご主人さま、ブルクに火が！」

「なにを言ってるんだ、フリック？」

「ありのままを」

「頭がおかしくなったのか？」

　実際、積み重なった古い岩に火がつくことなどありえまい。それはカルパチア山脈の最高峰、ネゴイウ山*が炎に呑まれているなどという話を鵜呑みにするようなものだ。それよりもよっぽど馬鹿げている。コルツ村長はくり返した。

「フリック、お前はブルクが燃えていると言いたいのか、そう言いたいのか？」

「燃えてなくとも煙が出とります」

「靄だろうよ」

「いいえ、煙でさあ……来て見ておくんなせえ」

　二人は、村の大通りのなかほどにある高台《テラス》の縁に向かった。峠の峡谷を見おろすその場所からは城を見分けることができたのだ。

　高台《テラス》に着くなりフリックは、望遠鏡をコルツ村長にさし出した。

　判事もまた、羊飼い同様、明らかにその道具の使い方を知らなかった。彼は言った。

「これりゃなんだ？」

「二フローリンで旦那さまのために買いましたカラクリでございます、四フローリンの価値があるものです！」

「誰からだ」

「行商人から」

「なんのために」

「こいつを眼にあてて、ブルクを正面にもってきて、そんで見てくだせえ。そうしたらわかりますから」

　判事は望遠鏡を城の方角に向け、長いあいだ検分した。

　確かに！　主塔の煙突のひとつから煙が出ている。煙は今、そよ風に流され、山腹のほうを這っていた。コルツ村長は茫然自失の態でくり返した。

「煙だ！」

　そのあいだに、フリックとコルツ村長のもとにミリオタと林務官ニック・デックがやって来た。二人は少し前から家に戻っていたのだ。若者は望遠鏡を手にすると尋ねた。

「これはなんの役にたつのだね？」

「遠くを見るのに」羊飼いが答えた。

「冗談だろ、フリック？」

「冗談どころか、林務官、一時間足らず前、あっしはあなたを見たのでしてね、ヴェルストへの道をくだっていたで

フリックは、望遠鏡をコルツ村長にさし出した

しょう、あなたと、そして……」

フリックは言葉を濁した。ミリオタは美しい眼を伏せ、顔を赤らめた。とはいえ、どうだろう、貞節な娘が許婚を迎えに行っていけないことはあるまい。

二人は順に、その望遠鏡なるものを手に取ると、ブルクのほうに向けた。

そうこうしているうちに、近所の者たちが半ダースほど高台《テラス》にやって来た。そして何事かと尋ね合いながら、代わる代わる件の道具を使った。ひとりが言った。

「煙だ！　ブルクに煙が！」

「主塔に雷が落ちたんじゃねえだろうか？」別の者が指摘した。

「雷など落ちたか？」コルッ村長がフリックに向かって尋ねた。

「ここ一週間は一度も」羊飼いは答えた。

素朴な村人たちは、かりにレテザト山の頂上に火山口が開き、そこを通って蒸気が地下からあがってきたと言われても、これほど呆気にとられることはなかったであろう。

近所の者たちが半ダースほどやって来た

# 三

ヴェルストはあまりに小さな村であり、ほとんどの地図にその位置は記されていない。行政上の順列においても、ヴルカンと呼ばれる隣村より位が低い。ヴルカンとはプレシャの山塊の一区画を指す名称でもあり、両村はそこに風情を湛えて載っかっている。

　この時代、数マイル離れたペトロシャニ、リヴァドゼル、そのほかの町では、鉱床の採掘によって大規模な事業の転換がおこなわれていた。だが、ヴルカンもヴェルストも、一大産業拠点の近郊にあるという利にまるであやかっていない。五〇年前も、おそらくは半世紀後も両村は両村のままなのであり、現在もまたそうなのだ。エリゼ・ルクリュによれば、ヴルカンの村人の半分強は「国境監視の任に就いている者、税関吏、憲兵、税務官、検疫所の看護人*」であるという。ここから憲兵と税務官をさし引き、農夫の割合をやや多めに加えると、それが四、五〇〇の住人を数えるヴェルストの村人ということになる。

　一本の通り沿いの集落。つまるところこの村は、幅の広い通りにすぎなかった。その傾斜は急で、登り降りにはたいそう難儀させられる。この通りはワラキア国境とトランシルヴァニア国境を結ぶ山道として利用されてきた。通るのは、牛、羊、豚の群れと、生肉、果物、穀物を売る商人たちであり、旅人はまれで、それはあえて、コーロズヴァルからマロシュ谷間の鉄道《レイルウェイ》を使う代わりに、この隘路に分け入った者たちであった。

　ビホールの山々、レテザト山、パルング山のあいだに穿たれた盆地はなるほどたいそう豊かな自然に恵まれていた。肥沃な土壌に加え、その懐に一財産を蔵していた。トルダ*には岩塩坑があり、年間の産出量は二万トンをくだらない。外周七キロに及ぶ円頂丘を持つパライド*山は、そのすべてが塩化ナトリウムだ。トロッコ鉱山は鉛、方鉛鉱、水銀、とりわけ鉄を産出し、一〇世紀からすでに鉱脈の採掘がおこなわれていた。ヴァイダ・フニャド*鉱山の鉱石からは上質の鋼鉄が鋳造される。炭坑についてはハツェグ管区のリヴァドゼル、ペトロシャニが知られ、湖のある谷間の浅い地層から容易に採鉱することができる。これら広大な窪地の含有量は二億五〇〇〇トンと見積もられている。最後に金鉱については、オッフェンバーニャ*の町や、トパンファルヴァ*が砂金採りの集う地としてあり、実に簡素な仕組みの水車が無数に見られる。ヴェレシュ＝パタク*、つまり「トランシルヴァニアのパクトロス川*」の砂は同地で精製され、毎年、二〇〇万フランに相当する金が輸出されている。

このように、この管区は自然の恩恵を存分に受けているようではある。だが、その富は村人たちに豊かな暮らしをもたらしてはいない。いずれにせよ、トロツコ、ペトロシャニ、ロニアイといった主要な拠点が近代産業に見合った快適な施設を有し、こうした町に、直角と直線で統一されている整った建物や、倉庫、商店、労働者用のきちんとした集合住宅があり、また、バルコニーやヴェランダを備えた住居が一定数あったとしても、それらはヴルカン村やヴェルスト村では見つかるはずもないものばかりであった。

きちんと数えてみると、村には唯一の通りに沿って六〇軒ほどの家が、うずくまるように散らばっていた。練り土の壁を棟木が縁どっている不揃いな屋根、庭に面した正面玄関、天窓のついた上階の穀物倉、別棟になった粗雑な納屋。藁が敷かれた家畜小屋はひどく傾き、あちらこちらにある井戸の上には、木桶の吊された横木がとりつけられている。嵐がくると「逃げてしまう」二、三の沼があり、くねった溝のような小川が流れている。それが、峠の斜面を横切る通りの両側に建てられたヴェルスト村だった。だが、ここは人の眼を惹く、清々しい村でもある。家屋の扉や窓は花で飾られ、壁は緑の幕で覆われ、古い黄金色の藁葺き屋根には雑草が入り混じり、ポプラ、楡、橅、樅、楓といった樹木は「登れるほど高い」家々よりも高く伸びていた。彼方に見える山脈では中腹で地層が等間隔に並び、後景には山々の最高峰が聳え、遠く離れているため、青くかすんで紺碧の空と見分けがつかなくなっている。

ヴェルストで話されている言葉はドイツ語でもハンガリー語でもなかった。トランシルヴァニアのこの地域ではどこでもそうであるが、ルーマニア語である――ロマでもその言葉を使っている家庭がある。この区《コミタ》のいくつかの村に、野営しているというよりは居を定めた者たちだ。このよそ者たちは信仰と同様、里の言葉を選んだのだ。ヴェルストのロマたちは、ある太守《ヴォイヴォダ》の権限のもと、小部族といったものをなしている。尖った屋根を持つ「バラッカ」という小屋に住み、大勢の子どもに囲まれ、その風習や規則正しい生活という点で、ヨーロッパを放浪している同類とはかなり異なっている。彼らは、腰を据えた地域のキリスト教の信仰に順応し、ギリシア正教の典礼にさえ従う。実際、ヴェルストではひとりの司祭《ポップ》が宗教上の長としてあり、ヴルカンに住み、半マイルしか離れていない両村の祭務を執りおこなっている。

　文明とは空気や水のようなものだ。通り道――ただの裂け目であっても――が開けばどこであれ浸透していき、一国の状況に変化をもたらす。もっとも南カルパチア山脈のこの地域では、その裂け目はまだ生じていなかったことを知っておかねばならない。エリゼ・ルクリュがヴルカンをして「ワラキア・ジウ谷における最後の文明の砦」と言い得たのなら、ヴェルストがコーロズヴァル区《コミタ》のもっとも遅れた村のひとつであっても不思議はなかろう。誰もがこの土地を離れることなく、生まれ、成長し、死ぬ。ほかにどうあろうというのか。

　しかし、こう指摘する者もいるだろう。ヴェルストにだって学校の教師や判事がいるのではと。まあ、確かに。とはいえ、ヘルモッド先生が教えられるのは彼のできることに限られていた。つまりは読み書き、そして数字の勘定を少しばかりである。彼個人の教養はその先にはいかない。科学、歴史、地理、文学については、民謡と、近くの里の伝説を知るばかりだった。その方面における先生の記憶は類まれなほど豊かであった。空想的な話にめっぽう強く、数少ない村の学童たちにとってその授業はたいへんためになっていた。

　判事についてだが、まずこの肩書は、ヴェルストにおける最高位の役人に与えられるものとして理解したほうがよい。

　判事《ビーロー》、つまりコルツ村長は五五歳から六〇歳の小男だった。ルーマニア人で、白いものの混じった髪を短く刈り、まだ黒々とした口髭を生やして、鋭いというよりは柔和な眼をしていた。山男らしいがっしりとした体つきで、大きなフェルト帽を被り、人物像で装飾された留金つきのベルトを腹の高いところに巻き、上は袖なしのヴェストを着、下は少し膨らんだ短ズボンを、大きな革の長靴のなかに突っこんでいた。彼は判事というよりは村長であり、その職務に求められるのは隣人のあいだで起きる多様な揉めごとの仲裁をすることであったが、村を強権的に管理することにとりわけご執心で、それは彼の財布にとっておいしいことでもあった。実際、売り買いを問わず、すべての取引には税がかけられ、それは彼の稼ぎになった――さらに、旅行者であれ密売人であれ、よそ者が彼のポケットにそそくさと落としていく通行税もあった。

　そんな実入りのいい職にあったため、コルツ村長はなかなか裕福な暮らしをしていた。区《コミタ》の農民の多くが窮乏にあえぎ、やがては古代イスラエル人*の金貸しに土地を明け渡すことがあっても、判事《ビーロー》だけはあの連中の強欲とは無縁だった。彼の財産はこの地方で言うところの「アンタビュラシオン」、つまり抵当には入っておらず、誰にも借りはなかった。コルッ村長は借りるよりも貸す側の人間であり、貸したとしても、貧者たちを赤裸にするようなことは間違ってもしなかったろう。家畜のための荒れ野をいくつかと、質のよい牧草地、新式の耕作法には抵抗を示していたが、きちんと手入れのされた畑を持っていた。また、自身の葡萄畑の収穫を——自分で飲むのに必要な、それも、かなりの量を除いて——高値で売却していた。房をつけた葡萄の木の株を横目に散歩をするときには、虚栄心がくすぐられたものだった。

コルッ村長の住居が村でいちばん美しい屋敷であることは言うまでもない。それは、長い登り道を横切る高台《テラス》の角にあった。しかも石造りの家だ。正面玄関は庭に面し、三つ目と四つ目の窓のあいだに扉があり、緑の花綱飾りが、その毛深い小枝で樋《とい》を縁どり、大きな二本の橅の木は、花を咲かせた藁葺き屋根よりも上で枝分かれしていた。裏手の美しい果樹園では、野菜が格子状に整然と作付けされ、実をつけた樹木の列は峠の斜面のほうにはみ出している。屋敷のなかには、きれいに掃除された美しい部屋があり、ひとつは食堂、別のひとつは寝室として使われ、けばけばしく塗られた家具、つまり食卓、寝台、長椅子、腰掛が置かれていた。また、食器台には、ぴかぴかの壺や皿が収められ、天井でむき出しになっている小梁には、リボンで飾られた花瓶や、色鮮やかな布が吊され、布とキルトで覆われた大箱は、物入れ、衣裳入れとして用いられていた。そして白い壁には、ルーマニアの愛国者たち——とりわけ一五世紀の有名な英雄で、太守《ヴォイヴォダ》だったフニャディ将軍*——を描いた、荒々しい色づかいの肖像画が掛けられていた。

家屋はこのように感じのいいものだったが、男のひとり暮らしには大きすぎたかもしれない。だが、ひとりではなかったのだ、このコルッ村長は。十年近くやもめ暮らしをしていたが、娘がひとりいた。ヴェルストからヴルカン、さらにその先にまで名の知られた評判の美人、ミリオタが。ワラキアの家庭で広く好まれているように、この娘もフロリカ、ダイナ、ドーリシアといった奇異な異教風の名をつけられていてもおかしくはなかった。いやいや！　彼女はミリオタ、つまり「小さな雌羊」だった*。だが、この小さな雌羊は大人になっていた。今では二〇歳になる淑やかな娘で、金髪に褐色の瞳、まなざしはとても優しげで、かわいらしい顔立ちをし、うっとりするような姿形をしていた。実際、彼女がこのうえなく魅力的に見えるのには確か

ミリオタ・コルツ

な理由があった。襟と袖と肩に赤糸の刺繡が入った半袖のブラウスを着、スカートを、銀の留金のついたベルトで止め、青と赤の縞模様が入った二重の前掛け、「カトリンタ」を腰に結わえ、黄色い革製の小さな長靴を履き、頭には軽やかなスカーフ、そして、一本に編んでリボンか硬貨で飾った長い髪が揺れていたのだ。

そう！　美しい娘なのだ、このミリオタ・コルツは。そして――なお結構なことに――カルパチア山脈の奥地に埋もれたこの村にしては裕福だった。家事はしっかりできただろうか？　おそらくは。父の家を賢しくとり仕切っていたのだから。教養は？　もちろん！　ヘルモッド先生の学校で読み書き計算を学んだから。よって正しく計算し、書き、読むことができたが、それより先には進まなかった――まあ、もっともなことだ。逆に、トランシルヴァニアの作り話や伝承《サーガ》に関することであれば、なんであれ彼女には敵わないであろう。その知識は先生に匹敵した。レアニュ＝ケーの伝説では、少々空想癖のある若き王女が韃靼人の追っ手から逃れて処女の岩壁に隠れる。ミリオタは知っていた。「王の登頂道」の谷には、ドラゴンの洞窟の伝説があることを。デヴァ砦の伝説によると、その砦は「妖精の時代」に建てられたという。「雷に撃たれた」デートナータの伝説では、かの有名なその玄武岩の山を、悪魔が嵐の晩、石でできた巨大なヴァイオリンのように弾くのだという。ひとりの魔女がその頂を刈りあげたというレテザト山の伝説。聖ラースローの剣が一刀両断したというトルダ隘路の伝説。*ミリオタがこうした空想のお話を信じていたのは事実だが、それでもなお彼女が魅力的な、愛らしい娘であることに変わりはない。

里の多くの若者がミリオタに好意を寄せていた。娘が、ヴェルストにおける最高位の役人、判事《ビーロー》であるコルツ村長の唯一の相続人であることをさほど考慮に入れなかったとしてもだ。だが、ミリオタに言い寄っても無駄だった。娘はニコラ・デックとすでに婚約していたのだから。

そのニコラ、むしろニック・デックはルーマニアの典型的な美男子だった。二五歳、長身、頑強な体つき、顔を堂々と持ちあげ、白いコルパク*で黒髪を覆い、まっすぐな眼をし、縫い目が刺繡された羊革のヴェストを着てくつろいだ様子で、立ち姿は堂に入り、細い足は雄鹿のようで、歩き方、身のこなしからは強い意志が感じられた。ニック・デックは林務官の職にあり、つまりは、民間人でもあり軍人であるとも言えた。コルツ村長のほうは、彼がヴェルストの近隣にいくらか畑を所有していたのが気に入り、娘のほうは、感じのいい若い衆といった印象と堂々とした姿が嫌いではなかった。ニックも娘を気に入っていたので、彼と競ったり、細かいケチをつけたりするべきではなかった。おまけに誰も、そんなことは考えもしなかった。

ニック・デックとミリオタ・コルッは来月の中頃に――あと二週間だ――挙式することになっていた。その日、村はお祭騒ぎになるだろう。コルッ村長はしかるべく物事を進めるはずだ。氏は吝嗇ではなかった。金儲けは好きだが、必要とあれば惜しまず遣った。そして式が済めば、ニック・デックは一族の家に居を構えることになる。判事《ビーロー》のあと、彼のものとなる家に。そしてミリオタは夫が近くにいれば、冬の長い夜、扉がぎしぎしいったり、家具がみしみしいったりするたびに、化物が、彼女お気に入りの伝説から抜け出して家に現われるのを恐れずに済むようになるだろう。

ヴェルストの名士一覧を埋めるなら、さらに二人の人物を挙げておくのがよかろう。重要さではひけをとらない先生と医師である。

ヘルモッド先生は眼鏡を掛けた太っちょで、五五歳。磁器の火皿がついたパイプの、曲がった管をいつも歯にくわえていた。平らな頭には少ない髪が乱れ、顔は鬚がなくつるつるで、左の頬にひきつりがあった。先生は教え子たちに鉄のペンの使用を禁じ――それが方針だった――子どもたちの羽根ペンを削ることを一大事業にしていた。よく研いだ古い小刀を用い、なんと器用にペン先を伸ばしたことか！　片眼を細め、切先に最後のひと削りを入れるときの正確さときたらなかった。なによりもまず美しい文字。先生はそれに能うる限りの力を傾けていた。己の使命を果たさんとする師たるもの、美しい文字の習得にこそ教え子を向かわせなければならないのだった。知識は二の次だ――ヘルモッド先生がなにを教えていたか、代々の少年少女たちが学校の席でなにを学んでいたかはすでにご存じのとおり。

お次はパタク医師の番である。

ヴェルストに医師がいるのならば、村はなぜ、超自然的なものを未だに信じていたりするのだろうか。

確かに。だが、コルッ判事の肩書がそうであったように、パタク医師の肩書についても、その意味を正しく理解しておく必要がある。

パタク。小男で、太鼓腹の、ずんぐりした四五歳。彼は、ヴェルストや近隣の村において日々、医療行為を衒いもなくおこなっていた。厚かましい態度を平然ととり、耳にうるさいほどの饒舌で、パタク医師は羊飼いフリックに負けないほどの信用を得ていた――それではまだ言葉が足りないほどに。診察料をとり、自前の薬を売っていたが、それらはまったく無害であるため、放っておいても治ってしまう患者たちのいたいいたを悪化させることはなかった。そもそもヴルカン峠の人々は健康だった。空気は澄みわたり、流行病《はやり》はなく、かりに死んだとしても、人はいつか死ななければならないからであった。それだけは、この恵まれたトランシルヴァニアの一隅でも同じなのだ。パタク医師――そう！　医師ということになっているのだ！――について言えば、その肩書で通ってはいても、なんら教育を受けたわけではなかった。医学も、薬学も、ほかのなんであれ。彼は単に、以前、検疫所の看護人をしていただけだった。その役目は、検疫証明のために国境にひき留められた旅人を監視することだ。それ以上のことではない。気難しいことのないヴェルストの村人たちにとってはおそらくそれで十分だったのだ。さらに言っておくと――これは意外でもなんでもないが――同胞の手当をすることを生業にしている者にとって都合のいいことに、パタク医師は合理主義者だった。よって彼は、カルパチア地方に流布している迷信をなにひとつ受けつけなかった。ブルクに関する迷信でさえ。それを鼻で笑い、軽口をたたいた。遠い昔から、何人《なんぴと》も城に近づこうとしなかったではないかと言われると、耳を傾けた者たちにこうくり返した。

「なんならあの古ぼけたあばら屋を見に行ってみせますよ！　出任せじゃありません」

だが誰も、出任せだとは言わなかったし、言わないようにもしていたので、パタク医師は実際には城に行ったことはなかった。カルパチアの城はこうして人々の盲信に守られ、不可侵の神秘に包まれたままであった。

# 四

羊飼いがもたらした知らせは、ものの数分で村中に広まった。貴重な望遠鏡を手にしたコルツ村長はすでに家に戻り、ニック・デックとミリオタがそれに続いた。このときにはもう、高台《テラス》にはフリックと、二〇人ほどの男、女、子どもしか残っていなかった。ロマたちも何人か加わっていたが、ヴェルストの村人たちに負けず劣らず気を昂らせていた。彼らはフリックをとり囲み、質問攻めにした。羊飼いの答えは、今しがた真に驚くべきものを見てきた者の常で、ひどくもったいぶったものだった。彼はくり返しこう言った。

「そうなんじゃ！　ブルクから煙が出ていたんじゃ。今も出てるし、これからも出るだろうよ、城の石垣が積みあがっとる限りな！」

「けんど、誰が火を点けたんだい？」ひとりの老婆が、手を合わせながら尋ねた。

「ショルトじゃよ」フリックは、この里における悪魔の通り名で答えた。「やつぁ、火を消すよりも消えないようにするのが得意じゃからな！」

この返答を聞くとめいめいが、主塔の先から煙が出ているかを確かめようとした。しまいには、ほとんどの者が、はっきりと煙が見分けられると断じた。実際には、その距離からでは見えるはずもないのに。

このおかしな現象が村にもたらした騒ぎときたら、まるで想像の埒外にあった。この点は強調しておく必要がある。どうか読者諸氏もヴェルストの者たちと同じ心境になっていただきたい。そうすればこれから語る事柄が不思議でもなんでもないことがわかろうというものだ。超自然現象を信じて欲しいと言っているのではない。無学な村人たちが超自然現象を鵜呑みにしていることを頭に置いていただきたいのだ。カルパチアの城に対して抱いていた不審に今、恐怖心が加わろうとしていた。無人だとされていた城に何者かが居ついているらしいのだ。それも、とんでもないやつらが。ああっ！

ヴェルストには、酒飲みが通う溜まり場があった。飲ま

「ショルトじゃよ」フリックは答えた

ないが、一日の終わりに自分の話をしたい者にもお気に入りの場所だった――飲まない者のほうが少なかったのは言わずもがなだが。誰にでも門戸を開いていたその場所は、村の主《おも》だった、より正しくは唯一の旅籠だった。

　旅籠の持ち主は誰か。ジョナスという名のユダヤ人だ。六〇歳ほどの正直者で、感じのいい顔をしていたが、その黒い瞳、鷲鼻、薄い唇、直毛の髪、伝統的な山羊髯はまさにセム族のそれであった。平身低頭、親切丁寧に誰彼なく喜んで小金を貸し、質《しち》についてうるさく言ったり、ひどい暴利を貪ったりということもなかった。天よ願わくば、トランシルヴァニアに居を構えるユダヤ人が皆、ヴェルストの宿主《やどぬし》同様、話のわかる者であらんことを。

　残念ながらジョナスのような立派な者は例外的だ。信仰では同宗、仕事では同業の者たちは――彼らは一様に、飲み物と食料雑貨を商う酒場を経営している――飽くなき貪欲さをもって金貸し業を営んでいるからだ。そのあこぎさたるや、ルーマニア農民の将来が危ぶまれるほどである。土地は少しずつ、もといた民族から他所の民族の手に渡っていくだろう。前貸金の返済が滞れば、抵当に入っていた美しい畑はユダヤ人の所有になる。彼らの約束の地がジュデ*でなかったならば、それはいつの日か、トランシルヴァニアの地図上に現われるに違いない。

〈マーチャーシュ王〉亭*――それが屋号だ――は、ヴェルストの大通りが貫く高台《テラス》の角にあり、判事《ビーロー》の屋敷の向かいにあった。半ば木造、半ば石造りの、ばかに大きな古い建物で、ところどころに大規模な修繕をした跡があった。だが、すっかり緑に覆われ、なんとも心惹かれる外観をしていた。平屋建てで、ガラス戸は高台《テラス》に通じている。なかに入るとすぐに広間があり、一杯引っかけるための卓と、長尻の客のための腰掛が置かれ、ひどく虫に食われた栗の木の食器台では皿、壷、小壜が光沢を放ち、ジョナスは薄汚れた木のカウンターの向こうに立って客の注文を聞いていた。

　この部屋の日当たりはどうだったろう。二つの窓が高台《テラス》に面した正面玄関に穿たれ、その真向かいの、奥の仕切り壁にも二つの窓があった。二つのうちひとつは、這いあがるか垂れさがった草の厚い幕に覆われて外から塞がれているため閉めきりの状態で、かすかな明かりを通すのみだった。もうひとつの窓を開けるとそこには、ヴルカンの谷全体を目下に見渡せる奇跡のような眺めが広がっていた。窓枠の数ピエ下では、ニャド川*がざわざわと音をたてながら流れていた。この急流は、一方で、ブルクの巨大建築を戴くオルガル高原の山頂近くを水源として峠の斜面をくだり、他方で、夏季であっても、いくつもの山川によってつねに豊富な水量を保ちながら、ワラキア・ジウ川の流路に轟々となだれ落ち、それに飲みこまれていくのだった。

広間に隣接して、右には半ダースほどの小さな寝室があったが、旅人を泊めるにはその数で十分だった。国境を越える前に〈マーチャーシュ王〉で休みたいと望む者はまれだったのだ。旅人は篤くもてなされること請け合いで、宿代は手頃であり、酒場の店主はまめまめしく世話を焼いてくれた。彼が、付近にある最良の「トラフィックス」*まで買い出しに行く良質のタバコも常備されていた。ジョナス自身は、狭い屋根裏部屋に寝泊まりしており、その、花の咲いた藁葺屋根に開《あ》いている不格好な天窓は高台《テラス》に面していた。

五月二九日のその晩、ヴェルストの要人たち、すなわちコルツ村長、ヘルモッド先生、ニック・デック林務官、村の主だった住人一ダースほど、そして、こうした人々に重要さでは負けていない羊飼いフリックがさっそく寄り合いを開いたのはジョナスの旅籠だった。パタク医師はこの名士の集会に欠席していた。とある顧客の老人が、あの世に行くのにあとは彼を待つだけとなり、緊急に呼び出されていたのだ。そこで故人に対し、彼の手当がもはや必要でなくなり次第、馳せ参じると約束していた。

人々は検疫所の元看護人を待ちながら、件の深刻な出来事を本日の議題として話し合っていたが、ただし、話し合いながらも飲み食いすることを忘れはしなかった。ジョナスは何人かの客に「ママリガ」という名で知られるトウモロコシの粥、ないしは菓子のようなものを出していたが、これは搾りたての牛乳に浸すとなかなか乙なものだった。別の客には、小さな杯に注いだ数種の強いリキュール酒を勧め、それらはルーマニア人の喉に真水のように落ちていった。「シュナップス」という酒は一杯半スーもせず、とりわけ「ラキウ」はプラムからつくられる紫色の蒸留酒で、カルパチア地方での流水量は夥しいものだった。

記しておくと、店主のジョナスは——それが旅籠の習わしだが——「皿《アシエット》」にしか、つまり席についている者しか相手にしなかった。立ち飲みの客よりも座《アシ》った客のほうがたっぷり飲み食いすることを経験から知っていたからだ。その晩の儲けは約束されたも同然だった。客たちは腰掛を奪い合っていた。ジョナスは酒瓶を手に卓から卓へと移り、気前よく干されていくコップに酒を注いで回っていた。

夜の八時半だった。住民らは日暮れどきから長広舌をふるっていたが、今後なすべきことについて意見の一致はみなかった。だが、素朴な彼らは以下の点で同じ考えを持っていた。つまり、見知らぬ者が居ついているのならば、カルパチアの城は今、ヴェルスト村にとって危険な存在になったのであり、いわば町の入口に火薬庫を抱えているようなものなのだと。コルツ村長が言った。

「これは一大事だ！」

「一大事だ！」先生が、決して口から離さないパイプをふかすあいだに言った。

「一大事だ！」集まっていた者たちがくり返した。ジョナスが続けた。

「ブルクの悪い噂のおかげでこれまでもこの里は損をしてきました、それはもう間違いのないことです……」

「今回はまるで別の話じゃろうて！」ヘルモッド先生が大声を出した。

「よそ者などめったに来なかったからな……」ため息をつきながらコルツ村長が返した。

「これからは人っ子ひとり来なくなるでしょう！」判事《ビーロー》のため息に合わせてジョナスが言い足した。

「多くの住人がもう村から離れたがっておる」飲んでいた客のひとりが指摘した。

「おらは、まっさきにそうする」近隣の農民が答えた。

「ぶどうの木さ売れたら、すぐに出るだ」

「そうは言ってもご老体、買い手なんぞつかんでしょうよ！」店主が反論した。

　彼らご立派な名士たちの会話が行き着いた先は自明だ。カルパチアの城が人心に植えつけていた恐怖のおかげで、なんとも悔しいことに、己の利益が害されているという心情が芽生えていたのだ。ジョナスについて言えば、旅人がいなくなることは旅籠の実入りにとって痛手だった。コルツ村長について言えば、よそ者が来なくなることで通行税の徴収額は少しずつ減り、その損失に悩んでいた。ヴルカン峠の地主たちについて言えば、買い手がつかなくなることで土地を、たとえ捨て値であっても売ることができなかった。こうしたことはすでに数年来続いていたのだが、甚大だった被害状況は今、さらなる悪化の危機にあったのだ。

　実際、ブルクの霊たちがおとなしくしており、姿を垣間見せることすらなくてもそんな調子だったのなら、なにか物的な行動で自らの存在を誇示した日にはどうなることやら。

　羊飼いフリックは、ここでひとつ言っておかなければならないと思った。だが、その声はどうにも歯切れの悪いものだった。

「やらなきゃならんのでは？」

「なにをだ？」コルツ村長が尋ねた。

「見に行くんでさあ、旦那さま」

　皆はめいめいの顔をうかがい、眼を伏せた。問いに答えはないままだった。

コルツ村長に向かい、言葉を継いだのはジョナスだった。彼はしっかりとした声で言った。

「羊飼いさんの言うとおり、それが唯一なすべきことです」

「ブルクに行くと……」

「そうですとも、みなさん」宿屋の主人は答えた。「主塔の煙突から煙が出たのならば、そこで火が焚かれたのです。そこで火が焚かれたのならば、人の手によって点けられたのです」

「人の手……ではなく、鉤爪じゃないかね！」先ほどの年老いた農民が首を振りながら言葉を返した。

「手だろうが鉤爪だろうが、どうでもいいのです！　なにが起きているのかを知らなければなりません。ロドルフ・ド・ゴルツ男爵が城を去ってこのかた、煙突から煙が出た例はなかったのですから……」と店主。

「じゃが、誰も気づかなかっただけで、前から煙が出ていたってこともありうるな」コルツ村長が注意を促した。

「それは考えられんことじゃ！」ヘルモッド先生が激しい口調で言葉を返した。

「逆だ、実にありえることだよ。望遠鏡がなかったのだから。あれば、ブルクで起こっていたことを確かめられたのだが」判事《ビーロー》は指摘した。

その見解は正しかった。怪奇現象はずっと以前より起こっていたのであって、羊飼いフリックの視力をもってしても見落とされてきたのかもしれないのだ。ともあれ、件の怪奇現象が最近起きたことか否かはともかく、今、カルパチアの城に人がいるのは疑問の余地がないことであった。この事実はヴルカンとヴェルストの住人に、なんとも憂慮すべき隣人ができたことを意味していた。

ヘルモッド先生はしかし、己が信じていることの証拠だとばかり、こんな異論を持ちださねばと考えた。

「皆の衆、城にいるのが人ですと？　すまんが、わしにはまるでそうは思えんのでな。ブルクに逃げこもうと考える人間などいるじゃろうか？　どんな狙いがあって？　それに、どうやって城にたどり着いたのじゃろうか？」

「じゃあ、なんだっていうんだ、城に入りこんだのは？」コルツ村長が声を張りあげた。

「超自然的な存在じゃよ。霊、幽鬼、小鬼《ゴブリン》、あるいは、別嬪のおなごの姿をしておる危険な蛇女《ラミア》が何匹かいるのかもしれん……」ヘルモッド先生が有無を言わせぬ声で答えた。

先生がそんなふうに列挙しているあいだ、皆は、〈マーチャーシュ王〉の広間の戸や窓、暖炉のほうに視線を走らせた。師が次々に挙げていった化物のどれかが実際に姿を現わすのではないかと思って。ジョナスが思い切ってこう言った。

「ですが、みなさん、そいつらがなにかの精ならば、火を点けた理由がわかりませんな。だってやつらは料理なんぞしないでしょうから……」

「魔法じゃないかね？　魔法には火が要るのを忘れちゃならねえ」牧夫が答えた。

「そうだとも！」先生は、反論を認めないといった調子でつけ加えた。

　この判決は異議なく受け入れられた。満場一致で、カルパチアの城にいるのは疑いなく超自然的な存在であるということになったのだ。人が、なにかの企みの舞台として城を選んだのではないのだと。

　ここまでニック・デックは会話にまったく加わらなかった。林務官は、誰彼の言葉を注意深く聞くだけに留めていた。彼はこれまでずっと、古きブルクの、あの謎めいた城壁、由緒、封建時代風の外観に好奇心と敬意を抱いてきた。さらに、ヴェルストのどの住人にも負けず劣らず迷信深かったものの、実に勇ましい性格だったので、城の囲いをいつか乗り越えてみたいという欲求を一度ならず表明していた。

　想像するに易しいが、ミリオタは執拗に、その無謀な試みを思いとどまらせようとしていた。自由気ままにふるまえる身ならば、そんな考えを持っても構うまい！　だが婚約をしている以上、その体はもはや彼だけのものではないのだ。そんな危険に身をさらすなど狂っているか薄情者の所業であろう。とはいえ美しい娘は、彼女のたっての願いにもかかわらず、林務官がその計画を実行に移すことをつねに恐れていた。ニック・デックがこれまでブルク行きを公言することがなかったのは、ミリオタの気持をいくぶん楽にしていた。もし公言していたら林務官をひき留めるだけの力がある者は——彼女でさえ——いないだろうから。許嫁が頑固一徹な、二言のない男であることは知っていた。有言実行。よって、もしもミリオタが、今この青年が没している考えを感じとったならば不安に慄いたことだろう。

　しかしニック・デックは無言を貫いており、牧夫が言いだしたことを相手にする者はいなかった。今や霊にとり憑かれたカルパチアの城に赴く、正気を失ったのでない限り、どこの誰がそんなことをするだろう。よって各々が、自分はなにもできないという最良の口実を打ち明け合った。判事《ビーロー》は、そんな険しい道に踏み出すような年齢ではなかった……。先生は学校を離れるわけにいかず、ジョナスには店番をする旅籠があり、フリックには草を食ませる羊がいて、ほかの農民たちは家畜と干し草にかかりきりだった。

　いいや！　そんな自己犠牲を受け入れる者などひとりもおるまい。皆、内心こううくり返していた。

「ブルクに行くなんて大それたことをすれば、絶対に帰って来られまい！」

と、旅籠の戸がばっと開き、集まっていた者たちは肝を冷やした。

なんのことはない、それはパタク医師だった。その姿は、ヘルモッド先生が話していた、怪しい魅力を放つ蛇女とは似ても似つかなかった。

顧客が逝ったため――それは彼の医学的洞察力の誉れだった、ないしは彼の才能の――パタク医師は〈マーチャーシュ王〉での寄り合いに駆けつけたのである。コルツ村長が大声を出した。

「先生が来なすった！」

パタク医師は、まるで薬をさし出すかのように、急いで皆に手をさし出した。そして、甚だ皮肉に満ちた調子で声を張りあげた。

「それで、みなさん、またブルクの話ですか……ショルトのブルクにご執心なことで！　ああ！　肝っ玉が小さい！あの古い城が煙を吐きたいのなら吐かせておけばいいじゃないですか！　ヘルモッド博士だって煙を吐いているでしょ、それも朝から晩まで。本当に、里中がすっかり恐怖に青ざめてますな！　往診のあいだ耳にすることときたらその話ばかり！　亡霊があそこで火を焚いた？　連中だって鼻風邪をひけば火ぐらい焚くでしょう！　主塔の部屋は五月でも凍てつくほどなんでしょうな……。あるいは、あの世向けに、せっせとパンでも焼いてるんでしょうよ！　復活なんてものが本当なら、向こうにいるうちにたんと食べておく必要がありますから！　さしずめあれは、天界のパン職人がパンを焼きに来たんでしょうよ……」

そして締めくくりに、ヴェルストの人々にとって面白くもなんともない冗談を連発し、信じがたいほど高慢な態度で捲したてた。

皆は医師に言わせておいた。

それから判事《ビーロー》が尋ねた。

「では先生は、ブルクで起きていることは大事ではないと？」

「そのとおりで、コルツ村長」

「先生は以前おっしゃってましたな。口から出任せなどではなく……いつでも向こうに行ってやると」

「わしが？」元看護人は、言質をとられた者の当惑を垣間見せながら答えた。

「そうそう……言っておったな、それもくり返し」ヘルモッド先生が力をこめて言った。

「言った……かもしれませんねえ……確かに……ただくり返すために……」

「またブルクの話ですか」

「実行するためにじゃ」とヘルモッド。

「実行する？」

「そうです……そしてわしらは先生に、そんなのは出任せだと言う代わりに……お願いするだけにしておきますよ」コルッ村長が言い足した。

「いいかね……みなさん……まさか……そんな申し出は……」

「おや、二の足を踏んでいらっしゃるのなら、お願いはしませんよ……先生が出任せを言っているんだと思うまでです！」店主が声を張りあげた。

「わしが出任せを？」

「ええ、先生！」

「ジョナスよ、それは言いすぎじゃ」判事は続けた。「パタクが出任せを言うなど……。先生は有言実行の男だ……。先生がやってくださると言うのなら、やってくださるはずだ……村と里全体への務めのためにも」

「なんですと、本気ですか？　わしにカルパチアの城へ行けと？」そう続ける医師の赤ら顔は真っ青になっていた。

「城に行かないわけにはいきますまい」コルッ村長はにべもなく言った。

「お願いです……みなさん……お願いです……どうか、筋道を通しましょうよ！」

「筋はすっかり通っています」ジョナスが答えた。

「おかしいですよ……わしが向こう行ってなんになるというのです……なにかあるとでも？……害のない人間が何人かブルクに逃げこんだだけで、彼らは悪さなどしませんよ……」

「ほうら、害のない者たちならば恐れることもないじゃろう。おまけに治療をほどこす機会にもなろうて」ヘルモッド先生が返した。

「治療が必要ならばね、依頼があればわしは迷わず……信じてください……城に行きますよ。ですが、呼ばれなければ私は動きません。往診は無料ではないのです……」パタク医師が答えた。

「ご足労願えたら金は払うよ、時間いくらで」コルッ村長が言った。

「誰が払うので？」

「わしが……わしらが……あんたの言い値で！」ジョナスの客のほとんどが答えた。

いつも空威張りをしていたが、医師もまた、少なくともヴェルストの同郷の者と変わらぬくらい臆病なのは見るも明らかだった。ゆえに依頼を拒みたかったが、あれほど合理主義を標榜し、里の言い伝えをからかったあとでは、それもままならず困り果ててしまった。とはいえ、出張費を払ってもらおうがなんであろうが、カルパチアの城に行くなどもってのほかだった。よって、城を訪ねても甲斐のないこと、ブルクの調査のために彼を派遣などしたら村が馬鹿にされることを断りの理由にしようとしたが……。その説得は不発に終わった。ヘルモッド先生が続けた。

「そうそう、思うにあんたは、なにひとつ危険に身をさらすことはないのでな。なにせ霊を信じちゃいないのだから……」

「ええ……信じちゃいませんよ」

「では、城に霊が戻ってきたのではないとしたら、あそこに居ついたのは人だということじゃな。あんたはその者らと知り合いになれるだろうて」

先生の理屈はまったくもって論理的だった。反駁は難しい。パタク医師は答えた。

「わかったよ、ヘルモッド、だが、わしがブルクにひき留められたら……」

「そのときは先生が歓待されたんだと思いますよ」ジョナスが返した。

「なるほど……だが、わしの不在が長びいたら、そして、村でわしが必要になったらどうするんです……」

「わしらは全員ぴんぴんしとるよ。先生のさっきのお客があの世への切符を手にしてから、ヴェルストにはたったひとりの病人もおらん」コルツ村長が答えた。

「はっきりしなされ……出発する決心はつきましたか?」宿屋の主人が尋ねた。

「絶対に嫌だ!」医師は返した。「ああ！　怖いからなんかじゃない……。知ってのとおり、わしは魔術なんぞこれっぽっちも信じていませんからね……。本当に、わしには城に行くのが意味のないことに、くり返しますが、馬鹿げたことに思えるからなんですよ……。主塔の煙突から煙が出たのだから……おそらくは煙じゃない煙で……。お断りです……なにがあろうとも！　わしはカルパチアの城には行きません……」

「行きますぞ、私は！」

この言葉を投げつけながら会話に入ってきたのは林務官ニック・デックだった。

「君が……ニック？」コルツ村長が大声を出した。

「私がです……ただしパタクが一緒に行くという条件で」

それはパタクに直接向けられたものだった。医師は窮地から脱しようとするかのように跳びあがると、言葉を返した。

「なんだって、林務官？　わしが……お前さんと一緒に？　そりゃ確かに、気持のいい散歩になるだろうけどね……二人なら……ただ、行ってどうなるんだい……第一、危険を冒そうにもできやしないんだ……。ほら、ニック、そもそもブルクへの道がもうないことは知っているだろ……城にたどり着くことはできないんだよ……」

「私はブルクに行くと言いました。そう言った以上、行くのです」ニック・デックが答えた。

「だが、わしは……言ってない！」医師は大声を出した。まるで誰かに襟首を摑まれたかのように、じたばたしながら。

「いいや、行くと言っておりましたぞ」ジョナスが言葉を返した。

「そうだ！　そうだ！」店にいた者が声をひとつにして答えた。

方々から急きたてられた元看護人にもはや逃げ場はなかった。ああ！　強がって、ああも易々と空約束をしたことをどんなに悔やんだことか。まさか言質をとられ、体を張れと請われるなど思ってもみなかったことだった。かわすことはもはや不可能。そうすればヴェルスト中で物笑いの種になり、ヴルカンの里中で容赦なく嘲笑されることだろう。そこで苦境に挑む覚悟を決めた。医師は言った。

「なるほど……それがお望みならばニック・デックと一緒に行きますよ。そうしたって意味はないでしょうがね」

「いいぞ……パタク先生、いいぞ！」〈マーチャーシュ王〉で飲んでいた客の全員が大声を出した。

「で、いつ出発するんだい、林務官？」パタク医師は尋ねた。平然とした口ぶりだったが、臆病風に吹かれているのは隠しようがなかった。

「明日、朝のうちに」ニック・デックは答えた。

この最後の語が発せられると、かなり長い沈黙が続いた。コルツ村長、そのほかの者の動揺がどれほど大きかったかがわかろうというものだ。杯はすべて空になり、酒壺もまたしかりだったが、誰も立ちあがらず、遅い時間であるのに、広間をあとにして家路につこうと考える者はいなかった。ジョナスはよって、シュナップスとラキウをもう一巡ふるまうよい機会だと思った……。

突然、客たちの沈黙のなか、はっきりとした人の声が聞こえた。以下の言葉がゆっくりと発せられたのだ。

「ニコラ・デックよ、明日、ブルクに行くな！　行くではないぞ……さもなくば汝に災いがふりかかるぞ！」

誰の言葉なのか。声はどこから来たのか、誰にも聞き覚えのない、眼に見えない口から発せられたかのごときこの声は。これが亡霊の声、超自然的な存在の声、あの世からの声でなかったらなんであろう……。

恐怖は頂点に達した。顔を見合わすことさえ憚られた、言葉を発することさえ憚られた……。

恐怖は頂点に達した

いちばん勇気のある者――それは当然ニック・デックだ――が、状況を確かめようとした。言葉が部屋で発せられたのは間違いなかった。林務官はまず、果敢にも戸棚に近づき、それを開け放った。

誰もいない。

広間に通じている一階の寝室を見て回った……。

誰もいない。

旅籠の戸を押し開け、外に進み出ると、ヴェルストの大通りまで高台《テラス》を走った。

誰もいない。

少しあとで、コルツ村長、ヘルモッド先生、パタク医師、ニック・デック、羊飼いのフリック、そのほかの者たちは旅籠を出、残った店主のジョナスは大慌てで、厳重に戸締まりをした。

その晩、ヴェルストの住人たちは幻獣に脅されたかのように、家に頑として閉じこもった……。

恐怖が村を席巻していた。

# 五

翌日、朝の九時頃、ニック・デックとパタク医師は出発の準備をしていた。林務官は、ヴルカン峠を登り、最短の道をとってあの怪しいブルクに向かうつもりだった。

主塔から煙が出るという怪奇現象が起こったのち、また、〈マーチャーシュ王〉の部屋で声が聞こえるという怪奇現象が起こったのち、村人すべてが気も狂わんばかりに恐怖に慄いたとしても不思議はなかろう。ロマたちのなかにはすでに里を捨てることを口にする者もいた。どこの家でも会話はそのことに終始した——今はまだ声をひそめてではあったが。若き林務官に向けられた激烈な脅しの文言、あれは悪魔の、「ショルト」の仕業などではないと異議を唱えてみても無駄だった。彼らが、一五人ほどがあの場に、ジョナスの旅籠にいたのだから。誰よりも信をおける者たちが、あの奇っ怪な言葉を聞いたのだ。なにかの聞き違いだと言い張っても同意はとりつけまい。疑いようがないのだ。カルパチアの城を調べるという企てに執着するなら災いがふりかかると、ニック・デックが名指しで予告されたことは。

しかし若き林務官にはヴェルストを発つ覚悟ができており、それは誰かに強いられてのことではなかった。ブルクの謎が解明されれば実際、コルツ村長は潤い、城で起こっていることが判明すれば村には利するところがあったが、皆は急いで働きかけ、ニック・デックから前言の撤回をとりつけようとした。悲嘆に暮れたミリオタは美しい瞳に涙をため、必死の思いで、そんな危険なことにこだわるのはやめてちょうだいと懇願した。声による警告の前から事はすでに深刻だった。警告のあとでは狂気の沙汰だ。ニック・デックは結婚を控えながら、そんな試みに命を賭けようとしていた。許婚がその足元にひれ伏そうが、彼をひき留めることはできなかった……。

仲間の勧告もミリオタの涙も、林務官には届かなかった。とはいえ、それは意外なことではなかった。彼の不屈の精神、一途な性格、いわば頑固さは皆の知るところであったのだ。彼がカルパチアの城に行くと言った以上、なにがあろうとその道を阻むことはできまい――脅迫が直接、彼に向けられたとしても。そう！　二度と村に戻れずとも彼はブルクに行くであろう！

出発の時間になったとき、ニック・デックは最後に一度、ミリオタを胸に押しつけ、娘のほうは、ルーマニアの習慣に従い、親指、人差し指、中指で十字を切って至聖三者に敬意を捧げた。

そしてパタク医師は？　そう、林務官と一緒に行くよう請われたパタク医師は難を逃れようとしたが、それは不首尾に終わった。医師はありとあらゆる反論をした！　想像できる限りの異論を唱えた！　はっきりと聞こえた、城に行くなというあの厳命を楯に、その背後に身を隠してみた……。ニック・デックはそれに対してこう答えることでよしとした。

「あの脅迫が相手にしているのは私だけです」

「だが、お前さんに災いがふりかかったら、わしも、とばっちりをくわずに済むだろうか」パタク医師が答えた。

「とばっちりがあろうがなかろうが、先生は私と一緒に城に行くと約束されましたし、実際に行くのです、私が行くのですから」

ヴェルストの人々は、林務官はなにがあろうと約束を守るのだと理解し、パタクを連れていく点で彼の正しさを認めた。危険にひとり身をさらすべきではないと。よって悔恨に憤懣やるかたない医師も、もはや退くに退けず、村での自分の立場があやうくなり、さんざんいつもの空威張りをした手前、侮蔑の的になりかねないと感じ、怖くてたまらなかったのだが、ついに折れた。ただし道中、連れがひき返さざるをえないような障害が現われれば、どんなささいなことであれ、それにつけこもうと固く心に決めていた。

ニック・デックとパタク医師はこうして出発した。コルツ村長、ヘルモッド先生、フリック、ジョナスは大通りの曲がり角まで二人を見送り、そこで立ち止まった。

その場所からコルツ村長は、今一度、望遠鏡を――もはや肌身離さぬようにしていた――ブルクのほうに向けた。主塔の煙突から煙はあがっていなかった。遥か彼方まで澄みわたる、春の晴れた朝であったから、煙が出ていれば容易にそれとわかるはずだった。ならばこう結論していいのだろうか。自然の存在であれ超自然の存在であれ、城の主たちは、林務官が脅迫を意に介さないと見て立ち退いたのだと。そう考える者もおり、それはこの出来事が大団円に向かっている決定的な事由なのであった。

皆と握手を交わすと、ニック・デックは医師を引っぱっていき、峠の角に姿を消した。

若き林務官は森を巡回するときの服装をしていた。鍔の大きな、飾り紐つきの帽子、ヴェスト、鞘に収めたカットラス*と革のベルト、だぶついた短ズボン、鉄の鋲を打った長靴、腰には弾薬帯、そして銃身の長い銃を肩に掛けていた。彼は実に巧みな射撃手であり、その腕前は折り紙つきだった。亡霊でなくとも、国境を闊歩する放浪者と遭遇するかもしれず、放浪者でなくとも、人に襲いかかってくる熊かなにかと遭遇するかもしれなかったため、身を守れるようにしておくのは賢明というよりほかなかった。

　医師はといえば、古い、石の拳銃で武装したつもりでいたが、それは五回に三回は弾が出ない代物だった。また、プレシャの鬱蒼とした雑木林を通り抜ける必要が生じた場合に備え、ニック・デックから手斧を渡されていた。田舎風の大きな帽子を被り、ぶ厚い旅行用ケープ*のボタンを閉じて、重厚な鉄具のついた長靴を履いていた。ただ、逃げ出す機会があっても彼がそうしないのは、この重装備一式が邪魔だからではなかった。

　ニック・デックと医師はまた、必要あらば調査を延長できるよう、頭陀袋のなかに糧食も準備していた。

　大通りの角を越えると、ニック・デックとパタク医師はニャド川の右岸を上流に向かって数百歩ほど進んだ。道は山塊の谷のほうを回っていくため、そちらに行くと西に大きく外れていってしまうからだ。また、急流に沿ってそのまま進み続けることができたなら、二人はずいぶんと時間を稼げただろう。ニャド川の源流はオルガル高原の懐にあるため、三分の一ほど距離を縮めることになったはずだ。だが土手は、はじめは進むことができても、やがて深々とえぐられ、高い岩に塞がれて、徒歩でさえ通行が不可能になる。よって、そこからは斜め左に進んでいく必要があった。プレシャの森の下方を通り過ぎてから、城にひき返すことになろうとも。

　そもそもブルクにはそちらの側から近づくよりほかなかった。ロドルフ・ド・ゴルツ伯爵*がいた時代、城とヴェルスト村、ヴルカン峠、そしてワラキア・ジウ川の谷は、その方向に抜けていた狭い通り道によって連絡していた。だが二〇年前より草木が蔓延《はびこ》るままとなり、小径なり曲道なりを探しても、絡み合った藪の茂みに塞がれてその痕跡すら見いだせなかったはずだ。

　両岸が鋭く切りたち、水がうなりをあげているニャド川をあとにしたとき、ニック・デックはいっとき立ち止まって方向を見定めた。城はもう見なかった。森は、山の裾野の斜面に段をなして広がっており――カルパチアの山岳系すべてに共通の光景だ――それを越えなければ城は見えてこない。ゆえに目印なしで方向を定めるのは困難なはずであった。確かめるには太陽の位置に頼るしかなく、そのとき陽光は、遠い東の尾根をかすめていた。医師が言った。

「ほら見ろ、林務官、ほら！　道さえないじゃないか……というか、なくなった！」

「あとで見つかります」ニック・デックは答えた。

「言うは易しだよ、ニック」

「おこなうは易しです、パタク」

「じゃあ、気持は変わらないのかい？」

　林務官は答えるに頷くだけでよしとし、木々のあいだを進んでいった。

　その途端、医師は道をひき返したくて矢も楯もたまらなくなった。だが、ふり向いた相方が寄こした視線は有無を言わせぬもので、臆病な医師は、うしろにひとり残るのは具合が悪いと判断した。

　パタク医師にはまだ最後の希望があった。ニック・デックが早晩、迷路のようなこの森で迷ってしまえばいいのだ。林務官もこれまで、ここには職務で来たことはなかったのだ。だが医師は、林務官が持っている奇跡のような嗅覚を考えに入れていなかった。職業的な勘、言うなれば動物的な能力を。林務官は、些細な手がかりさえあれば、それを頼りに進むことができるのだ。木の枝が伸びている方向、地面の凹凸、樹皮の色合い、南あるいは北からの風にさらされることで表情をさまざまに変える苔によって。ニック・デックは己の職を熟知してあまりあり、実に賢明に職務をこなしていた。よって未知の場所であろうとも決して迷うことはないのだ。彼がクーパーの国にいたならば、レザーストッキングやチンガチグック*といい勝負になっていたであろう。

　真の困難はむしろ、木々が密集するこの地帯を横断することだった。楡、橅、「偽プラタナス」とも称される楓が少々、そして立派な栗の木が前景を占めていた。その上方、峠の左手にある丘陵の高いところには樺、松、樅が折り重なっている。これらの木々は見るも壮麗であり、幹は太く、枝は新鮮な樹液で熱気を放ち、葉叢は厚く、互いにもつれ合って緑の天井をつくり、日の光を遮っていた。

　こんな森でも、低い枝の下で身を屈めれば、比較的楽に通過できると思うかもしれない。しかし地表には地表で手強い障害があった。藪をどかし、刺草や茨をとり除き、少し触れるだけで抜ける無数の棘から身を守るために、どれほどの労力を強いられることか！　とはいえ、ニック・デックはそんなことを憂う男ではなかった。森のなかを進んでいけるならば、少々のかすり傷など特段、気にもならない。ただ確かに、こんな状況では歩みは実に遅々としたもので――困ったことにそれは深刻な問題だった。なぜならニック・デックとパタク医師にとっては、午後のあいだにブルクに到着することが肝腎だったからだ。そうすれば、まだ十分明るいうちに城を訪ねることができるだろう——そして日が暮れる前にヴェルストに戻れるのだ。

　よって林務官は斧を手に、草木の銃剣が逆立つ、棘だらけの深い下生えに分け入り、道を切り開く作業をした。足場は安定せず、凸凹で、瘤のように出ばった木の根や切り株につまずいた。あるいは、枯葉が風に掃きだされることなく積もってできた泥濘にはまった。医師は、莢が瘰癧玉のように四方で爆ぜるたびに恐れ慄き、破裂音に飛びあがった。木の若芽が、彼をひき留めようとする鉤爪のようにヴェストに引っかかると、左右を見回し、おっかなびっくりふり返った。まったく！　不安でたまらなかったのだ、この男は。だが今は、ひとりで退きさがることもできず、つれない相方にひき離されまいと必死だった。

　ときおり木漏れ日が、急に思い出したかのように現われ、森に光の雨が射しこんだ。黒い鸛《こうのとり》のつがいが数組、静寂を乱され、高い枝から舞いあがると、大きく羽ばたきながら逃げていった。こうした空地を通るのはさらに骨が折れた。というのも、そこでは木々が、巨大な棒崩し遊びの棒のように積み重なっていたからだ。嵐に打ち倒され、あるいは老齢で崩れ落ちたそれらは、まるで木樵の斧に死の一撃を食らったかのようだった。横たわる巨大な幹は腐っており、道具で挽いて丸太にしたり、荷車でワラキア・ジウ川の流れまで運んだりすることもできまい。ニック・デックと相方は、乗り越えがたい、ときに避けて通ることもままならないこの障害物を前に、大いに手間どった。動きが軽やかで、体も柔らかい、逞しい若き林務官は突破することができたが、短足で太鼓腹のパタク医師はあえぎ、息も絶え絶えで、木から落ちては林務官が手を貸しに行く羽目になった。彼はくり返し言った。

「ニック、これじゃそのうちどっかを折っちまうよ」

「ご自分で骨接ぎをなさってください」

「おいおい、林務官、無茶を言うなよ……。できもしないことに対してむきになるべきじゃないよ！」

だが！　ニック・デックはすでに先に進んでおり、返事をもらえない医師は、急いで追いつこうとするのだった。

　ブルクの正面に出るため、これまでたどってきた方向は合っていたのだろうか。それと知るのは難しかったろう。ただ地面はずっと登りだったため、森の際に向かってあがっていると考えるのは妥当だった。そして実際、午後の三時には森に着いた。

　木々がなす緑の帳は、その先のオルガル高原まで広がっており、山塊の斜面が高くなるにつれてまばらになっていた。

彼は、ひき離されまいと必死だった

その場所でふたたび、岩のあいだを流れるニャド川とぶつかった。川が北西に湾曲していたのか、ニック・デックが流れに向かって斜めに進んだためかは定かではなかったが、若き林務官は道が正しかったと確信した。この小川の源流はオルガル高原の懐にあると考えられていたからだ。

ニック・デックは医師の懇願を拒むことができず、急流の傍で一時間の休憩をとることにした。おまけに胃が、足と同じくらい緊急に己のとり分を要求していた。頭陀袋は満杯で、医師とニック・デックの水筒にはラキウがたっぷりと入っていた。さらに数歩先には、川底の小石に濾された、清々しく澄んだ水が流れていた。これ以上なにを望もう。たくさん使ったなら、使った分をとり戻さなければなるまい。

出発からこのかた医師は、つねに先頭を行っていたニック・デックと話す暇がなかった。だがニャド川の土手に二人で座るや、その埋め合わせをした。一方が口の重い者であったなら、もう一方は喜んでおしゃべりに興じる者であった。であるから質問のほうは長ったらしく、答えのほうはそっけなかったとしても不思議はあるまい。医師は言った。

「少し話そうよ、林務官、まじめな話をしよう」

「うかがいましょう」ニック・デックは答えた。

「ここで立ち止まったのは、体力を回復するためだよな……」

「そのとおりです」

「ヴェルストに戻るために……」

「いいえ……ブルクに行くために」

「なあ、ニック、歩きはじめてからもう六時間が経つが、まだやっと半分といったところだ……」

「つまり悠長なことはしていられません」

「だが城の前に着くときにゃ、夜になろうな。そんでもって、思うに林務官、お前さんは暗くて物がよく見えないところで危険なまねをするような馬鹿者じゃないだろう。だから日が出るのを待たなければならないね……」

「待ちましょう」

「じゃあ計画をあきらめないのか？　こんなの常軌を逸しているよ」

「あきらめません」

「なんだって！　もうへとへとだよ。いい食堂でいい食事をして、いい部屋のいい寝台で寝なけりゃならん。まさか野宿でもしようと思っているのかい？」

「ええ。なにか邪魔が入って城の囲いを越えることができなかったならば」

「邪魔が入らなかったら？」

これ以上なにを望もう

「主塔の部屋に行って横になりましょう」

「主塔の部屋にだって！」パタク医師は声を張りあげた。「林務官、まさかわしが、あの呪われたブルクのなかで丸ひと晩明かすことに同意するとでも思っているのかい……」

「するのではないですか。それとも外で、おひとりでいるほうがいいですか」

「ひとりだって！　林務官、それは最初のとり決めと違うぞ。どうせ別行動になるなら、ここで村に帰るほうがましだ！」

「パタク先生、最初に決めたのは、先生が、私が行くところについて行くということでした……」

「昼ならいい！　夜はだめだ！」

「ならば行ってしまうのはご自由です。どうかこの大樹林で迷わぬように」

迷う、それこそが医師の心配の種だった。捨て置かれた場合、プレシャの森で何度も方向を変えるなどしたことのない彼は、ヴェルストへの道には二度と出られまいと感じていた。第一、夜が——真っ暗闇の夜に違いない——やって来たとき、ひとりでいるなど彼のお気には召さなかった。峡谷の底に落下する危険を冒しながら峠の坂をくだるなど。よって日が暮れてなお林務官が城に入ることにこだわるのなら、幕壁は登らないにしても、城の囲いの下までついていくほうがましだった。だが医師はなんとか相方を足止めしようと、最後にもう一度食いさがった。彼は続けた。

「ニックよ、お前さんと別行動になるのにわしが同意などしないことはわかっているよな……。どうしても城に向かうというのなら、お前さんをひとりで行かせるわけにはいかない」

「よくぞ言ってくれました、パタク先生。二言のないようにと思います」

「いや……もうひとつ言いたい、ニック。約束してくれ、もし到着が夜になったら、ブルクに入ろうなどとはしないと……」

「私がお約束できるのは、先生、是が非でも城に入るということです。なにが起こっているのかがはっきりするまでは、一歩たりとも退かないということです」

「なにが起こっているかだって、林務官！」肩をすくめ、パタク医師は声を張りあげた。「なにが起きてるって言うんだい？」

「見当もつきません。それを知ることに決めたので知るまでのことです……」

「とはいえ、着かないことにはどうにもならんだろうて、あの悪魔の城に！」議論が行き詰まった医師はそう返した。

「ここに来るまでにふりかかった困難、プレシャの森を横切るのにかかった時間から判断すれば、城にまみえる前に日は落ちてしまうよ……」

「そうは思いません。上のほうの樅林は、このあたりの楡や楓、樵の大木ほど密ではありませんから」ニック・デックは答えた。

「だが、登るには地面が荒れているだろう！」

「問題ではありません、通れさえすれば」

「だがオルガル高原の近辺じゃ、熊に遭遇すると聞いたことがあるぞ！」

「私には銃があり、先生はお持ちの拳銃で身を守ることができます」

「だが夜になったら、暗闇のなかで迷ってしまうかもしれない！」

「それはありません。今、私たちには案内人がいるからです。こいつはもう、そう願っているのですが、私たちを見捨てはしないでしょう」

「案内人？」医師は大声を出した。

そして、ぱっと立ちあがり、おどおどとあたりを見回した。ニック・デックは答えた。

「ええ、案内人というのはこのニャドの急流のことです。この右岸を登っていくだけで、水源のある高原の尾根まで行くことができます。ですから、ここで、もたもたせずに出発すれば、二時間足らずでブルクの城門前に着くでしょう」ニック・デックは答えた。

「二時間以内か。六時間以内じゃなければいいがな！」

「さあさあ、準備はいいですか？」

「もうかい、ニック、もう行くのかい！　休みはじめてまだ数分も経ってないじゃないか！」

「その数分はゆうに半時間になっています。――これで最後ですよ、準備はいいですか？」

「準備か……足が鉛の塊のように重いのに……こちとら林務官のようなひかがみをしてるわけじゃないんでね、わかるだろう、ニック・デック！　足が腫れてる。それなのについて来いだなんて残酷だよ……」

「ああ、もううんざりだ、パタク！　私と別れたいならお好きにしなさい！　どうぞよい旅を！」

そしてニック・デックは立ちあがった。医師は大声を出した。

「お願いだ、林務官、もう少し話を聞いてくれ」

「馬鹿げた話など結構！」

「なあ、もう時間も遅くなったから、ここに留まってはどうかな、木の下で野宿するというのは？　明日、夜が明け次第出発するというのは。それなら午前中を丸々使って高原まで行くことができる……」

「先生、くり返しますが、私はブルクで夜を明かすつもりなのです」ニック・デックは答えた。

「だめだ！」医師は大声を出した。「だめだ……それはいかんぞ、ニック！　わしがそうはさせん」

「先生が？」

「お前さんにしがみついてでも……引きずってでも！　なんなら殴ってでも……」

かわいそうに、パタクはもう自分がなにを言っているのか、わけがわからなくなっていた。

ニック・デックはといえば返事さえしなかった。銃を斜めに背負い直すと、ニャド川の土手に向かって何歩か進んだ。医師は惨めったらしく大声を出した。

「待て……待ってくれ！　なんてやつだ！　あと少しだけ！　足が強ばってるんだ……関節がもう言うことを聞かない……」

だが、すぐに言うことを聞くようになった。元看護人は短い足をトコトコと動かし、うしろをふり返りもしない林務官に追いついたのだから。

四時だった。プレシャの尾根をかすめていた陽光は、まもなく山に遮られ、樅林の高い枝に斜光を浴びせることになろう。ニック・デックが急いだのは実に正しかった。日が落ちるや、森のなかはまたたく間に暗くなったからだ。

亜高山帯の野生植物が群生しているこの森は興味深い、奇妙な外観を呈していた。木々は歪んだり、曲がったり、顰め面をしてはおらず、代わりに、まっすぐでむき出しの幹が間隔を空け、根元から五〇、六〇ピエ〔一六―一九メートル〕上方に伸びていた。節のない幹は常緑の葉を天井のように広げている。足もとに、絡み合った茂みや下草はほとんど見られない。長い根が地表を這い、まるで寒さにぐったりとした蛇のようだった。黄色っぽく、毛の短い苔が地面を絨毯のように覆い、その上方に、かさかさの小枝が点々と落ち、また、踏むとぱちぱちと音をたてる木の実が散らばっていた。勾配は急で結晶岩が縦横に走っており、その鋭い角に触れれば、どんな厚い革も無傷では済まない。ゆえに四分の一マイル〔二キロメートル〕にわたるこの樅林を通り抜けるのには苦しめられた。この岩場を登っていくには、柔軟な腰、頑強なひかがみ、手足の確かさが必要であったが、パタク医師はそれらを持ちあわせてはいなかった。ニック・デックは、もしも彼ひとりであったら一時間も要さないところ、相方というお荷物を待つために立ち止まり、医師の短い足には高すぎる岩を登るのを助けているうちに三時間を使ってしまった。医師は今、ひとつのことだけを恐れていた――凄まじい恐れを。それは、この陰気な寂しい場所にひ

登るのを助けているうちに……

とり、とり残されることだった。

そのあいだにも斜面の登りはさらに骨の折れるものになり、プレシャの頂の丘陵では木々がまばらになりはじめていた。もはや、たいした広がりもない木立がぽつぽつとあるだけだ。こうした木立の隙間から山の稜線が垣間見え、その輪郭は、今はまだ背景画のように夜霧から浮きあがっていた。

それまで林務官が並行して進んできたニャドの急流は、もはや小さな流れとなり、水源は間近のはずだった。そして地面が今一度起伏したあと、数百ピエ上方にオルガル高原がなだらかに広がるのが見え、そのてっぺんにブルクの建物が鎮座していた。

ニック・デックは最後のひと踏ん張りをしてついに高原にたどり着き、おかげで医師のほうは、生気のない肉塊と化していた。あと二〇歩かそれ以上、足を引きずっていく力もなかった。みじめな男は肉屋の槌に打たれた牛のように倒れこんだ。

ニック・デックはこのきつい登攀をこなしてもほとんど疲れを感じていなかった。立ったまま、微動だにせず、これほど間近に来たことのなかったカルパチアの城を貪るように眺めていた。

眼の前には、銃眼を戴いた城壁が広がっていた。城は深い壕に守られ、それに架かる唯一の跳橋は持ちあがっており、石でできた紐状の装飾が囲う通用門を塞いでいた。城の囲いの周辺、オルガル高原の地表は荒れ放題であり、静寂に包まれていた。

日の名残のおかげで、夕闇に混じって姿を消そうとしている城の全体を見渡すことができた。幕壁の上に人影はなかった。主塔の屋上にも、二階をぐるりと囲うテラスにも。数百年分の錆がついたばかでかい風見鶏に、糸煙は巻きついていなかった。パタク医師は尋ねた。

「ほら、林務官、壕を越えて、跳橋を降ろし、通用門を開けるなんてできっこないことがわかったろ?」

ニック・デックは答えなかった。城の壁の前で休憩をしなければならないことを認めて。この暗がりのなかでは、壕の底まで降り、内岸に沿って登り、城のなかに入るなど望むべくもなかった。なにより賢明なのは間違いなく、夜明けを待ち、日中に行動することだった。

林務官が大いに落胆し、医師が狂喜したことに、事はそう決められた。

# 六

　鋭利な銀の鎌のごとき、か細い三日月は、日暮れとほぼ同時に姿をくらませた。西から流れてきた雲が、黄昏の終《つい》の光を順に消していく。低い土地から闇が這いのぼり、あたりを徐々に覆っていった。山谷は暗がりに浸され、ブルクはやがて夜のヴェールの陰に消えた。

　その晩は闇夜になりそうだった。だが、これから野宿をするつもりのニック・デックとその相方にとって幸いなことに、嵐、雨、雷といった大気現象が起きる気配はなかった。

　無味乾燥のオルガル高原に木立は見あたらない。丈の短い草木があちらこちらに茂っているだけで、夜の肌寒さから身を守ってはくれなかった。ただし岩ならば、地面に半ば埋まったものや、なんとか平衡を保っているものの、ひと押しすれば樅林まで転がっていってしまいそうなものまであまりあるほどあった。

　石ころだらけのこの土地一面に生えているのは実際、一種類の草花で、「ロシアの棘」と呼ばれている厚ぼったい薊《あざみ》だけだった。エリゼ・ルクリュによればその種は、モスクワから来た馬の毛について運ばれてきたという——「ロシア人がトランシルヴァニアの民に贈った、めでたい征服の贈答品」なのだと。

　日の出まで、どこか適当な場所でよしとし、この高度では顕著な気温の低下に備える必要があった。パタク医師はつぶやいた。

「どんなひどい目に遭うことやら……選りどり見どりで困っちまうな！」

「せいぜい愚痴りなさい！」ニック・デックが答えた。「ああ、愚痴るさ！　こんな居心地のいい場所にいたら、ひどい風邪をひいたり、ひどいリウマチになったりしちまうよ、治しようがないようなね！」

　工夫もへったくれもない言葉が、検疫所の元看護人の口から漏れた。ああ！　ヴェルストにある、心地よい小さな自宅がどれほど恋しかったことか。ぴたりと戸の閉まる寝室、クッションと掛布団がきちんと重ねられた寝台が！

南西の風が肌を刺しはじめる。オルガル高原に散らばった岩のなかから、衝立にするのに都合のいい向きのものを選ばなければならなかった。ニック・デックはそうした。やがて医師も、上が天板のようになった、卓のように平べったい、大きな岩の陰に入ってきた。

　その岩は、マツムシソウとユキノシタに埋もれていた石の腰掛で、ワラキア地方では道の曲がり角にしばしば見かけるものだった。旅人はそこに座ることができ、また、上に置かれた甕の水で喉を潤すことができた。水は地元の者が毎日新しくする。城にロドルフ・ド・ゴルツ男爵が住んでいた頃には、一族の召使いがこの腰掛の器が決して空にならないよう気を配っていた。だが今、器はごみで汚れ、緑の苔に覆われており、軽く叩くだけで粉々になりそうだった。

　腰掛の端に立っている棒状の花崗岩は、かつて十字架だったものの残骸で、今やそのまっすぐな柱に穿たれた消えかけの溝が、腕を表わすばかりだった。神を信じていないパタク医師は、その十字架が超自然的なものからわが身を守ってくれるという考えを受け入れることができなかった。しかし多くの不信仰者に共通の例外があって、彼も悪魔のほうは頭から信じていた。医師の考えでは、ショルトは遠からぬところにいるはずであった。ブルクにとり憑いているのはまさにショルトであり、戯れに二人の首を捻りたいと思ったならば、通用門が閉じられていようが、跳橋があがっていようが、高い幕壁が聳えていようが、壕が深かろうが、構わず城から這い出てくるであろう。

　こんな状況で一夜を過ごさなければならないのかと思い、医師は胴震いした。いやだ！　これは、ひとりの人間にはすぎたる要求だ。どんな頑強な精神の持ち主でも耐えきれるものではない。

　おまけに、今さらながらあることを思い出した――そんなことはヴェルストを出てから考えもしなかったのに。今は火曜日の夜だった。区《コミタ》の者が日没後、必ず外出を控える曜日だ。火曜日は、知ってのとおり、呪いの日だ。伝承によると、あえて外に出れば、なにか悪い精と出くわしかねない。だから火曜日は、日が暮れたあとに街路や道を行き来する者はない。なのにパタク医師は今、家から遠いどころか、霊に憑かれた城の近くにいたのだ。村から二、三マイル〔一五－二三キロメートル〕も先に！　彼はそんな場所で夜明けの光を待つのだ……夜明けが来るとしてだが！　実際、それは悪魔に喧嘩を売るようなものだった！

　医師はそんな思いに没しながら、林務官が水筒の水をぐっと呷り、頭陀袋から冷肉の塊を静かにとり出すのを眺めた。そしていちばんよいのはそれに倣うことだと思い、そうした。鷺鳥の腿肉、厚切りのパン、どれにもラキウがふりかけてあり、体力を回復するのに十分だった。しかし空腹を鎮めることはできても恐怖を鎮めることはできなかった。岩の下に頭陀袋を片づけるやニック・デックは言った。

「さあ、もう眠りましょう」

「眠るだと、林務官！」

「おやすみなさい、先生」

「おやすみなさいなど、言うは易しだ。わしは不安だよ、それどころではなくなるんじゃないかと……」

おしゃべりをする気になどなれぬニック・デックは返事をしなかった。職業柄、森のなかで寝ることに慣れている彼は、石の腰掛になるだけ身を寄せ、たちまち深い眠りに落ちた。相方の規則正しい寝息が聞こえてくると、医師はぶつぶつと愚痴をこぼすよりほかなかった。

医師のほうは、たとえ数分でも、視覚と聴覚をなくすことができなかった。ひどく疲れているのに、どうしても眼を開き、耳を傾けてしまう。脳は、不眠から生じる突飛な幻の餌食になった。厚い闇のなかからなにが見えてくるのか？ あるものないものが。周囲の物の朧な形が、空を横切るちぎれ雲が、はっきりしない城の巨軀が。さらにオルガル高原の岩は、地獄のサラバンド*かなにかに合わせて踊っているかのようだった。そんな岩の基部がぐらつき、斜面を転がり落ち、無謀な二人に襲いかかって、禁断のブルクの門前で押し潰す！

かわいそうな医師は身を起こし、高原の地表を騒がす物音に耳を傾けていた。ささやき声のような、うめき声のような、ため息のような、心乱すつぶやきに。昼盲症の鳥が狂ったように羽ばたいて岩をかすめ飛び、あるいはストリージュが夜の散策のために飛び立つ音も聞こえてきた。二、三組の不吉な梟《ふくろう》のつがいが放つ鳴き声は、人の嘆きのように響き渡った。すると途端に、医師の筋肉は強ばり、身は震え、冷たい汗でびっしょりになるのだった。

こうして長い時間が流れ、真夜中になった。せめて話ができたなら、ときおり短い言葉を交わし、好きなだけ文句を言えたなら、これほど脅えることもなかったのに。しかしニック・デックは眠りこんでいた、ぐっすりと眠りこんでいた。

真夜中――身の毛もよだつ刻、霊が出現する刻、呪いの刻。

いったいなにが起きたのだろう？

医師はふたたび身を起こし、自分が目覚めているのか、それとも悪夢にうなされているのか、そのどちらなのかを問い質していた。

彼は実際、頭上で、異形の類を眼にしたと思う――い

異形の類を眼にした

や！　本当に見える。幽玄な光に照らされたそれらは、遠い地平から地平を移動し、空を昇り降りし、雲とともに滑り落ちてくる。尾っぽが蛇になったドラゴン、翼をばっと広げたヒポグリフ、巨大なクラーケン[*]、偉容を誇るヴァンパイア、そんな種々の怪物が、まるで医師を爪で捕まえるか、顎でくわえて呑みこもうとするかのように襲いかかってきたのだ。

　さらにオルガル高原ではなにもかもが動いているようだ。岩も、高原の際に立つ木々も。そして鐘が間断なく撞かれ、音が鮮明に聞こえてくる。彼はつぶやく。

「鐘だ……ブルクの鐘だ！」

　そうなのだ！　それはまさしく古い礼拝堂の鐘だ。ヴルカンの教会の鐘ではない。それならば風が音を逆方向に運んだはずだ。

　そして今、鐘の音は矢継ぎ早になっている……。鐘を揺らす手が鳴らしているのは弔鐘ではない……。いいや！　それは警鐘であり、息切れしているような打音は、トランシルヴァニア国境に木霊を目覚めさせているのだ。

　その陰鬱な振動を耳にしたパタク医師は、痙攣をひき起こしそうな戦慄、抑えがたい不安、耐えがたい恐怖に捕らえられ、全身に鳥肌がたつ。

だが林務官が、この恐ろしい鐘の連打で眠りから覚めた。彼が身を起こすと、パタク医師のほうは我に返ったかのようだ。

　ニック・デックは耳をそばだて、眼は、ブルクを覆う濃い闇を貫こうとする。パタク医師がくり返す。

「城の鐘だ！……城の鐘だ！……ショルトが撞いてるんだ！……」

　無論、パタク医師がこのときほど悪魔の存在を確信したことはない。彼は完全にとり乱していた！

　林務官はじっと動かず、言葉を返さなかった。

　すると突然、港に入る船が放つ汽笛に似た咆哮が、荒れ狂う波のように轟く。耳をつんざく爆風が、広い範囲であたりを揺らす。

　続いて、城中央の主塔から光が、強烈な光がほとばしり、ぎらぎらと刺すような輝き、眼も眩む閃光が飛び出す。放たれた光はオルガル高原の地表をすっかり覆うようにさまよう。いったいどんな炉があればこれほど強烈な光を生みだせるのだろう。いったいどんな竈から写像の水が漏れ、岩山を包みこみ、同時に、それらを奇妙な蒼白さで浸しているのだろう。医師が大声を出す。

「ニック……ニック……わしを見てくれ！……わしもお前さんのように、もう死体になってるんじゃないか？……」

　実際、林務官も医師も死体のような様相だった。顔は青

ニック……ニック……わしを見てくれ……

ざめ、眼の光は消え、眼窩は虚ろで、頬はツグミの斑点のように緑がかり、髪は、言い伝えによれば、首吊り死体の頭蓋骨に生えるという苔のようだった……。

ニック・デックは眼にしているもの、耳にしているものに唖然としている。恐怖が行き着くところまで行ったパタク医師は筋肉が収縮し、髪は逆立ち、瞳孔は開き、破傷風を発症した者のように体が突っ張っている。『静観詩集』の詩人が言うように、彼は「恐怖を吸っている!」*

身の毛もよだつようなこの怪奇現象は一分間——たかだか一分間だ——続いた。やがて奇妙な光は徐々に弱まっていき、うなり声はやみ、オルガル高原に静寂と闇が戻った。

二人とももはや眠る気になどなれず、医師は茫然自失の態、林務官は石の腰掛に向かって立ちつくし、夜明けの光が戻るのを待った。

この事態を前にニック・デックはなにを思ったか。彼の眼に、すべては明らかに超自然的なものと映った。決心が揺らぎはしなかったか。向こう見ずな旅をどうしても続けるつもりだろうか。確かに彼は、ブルクに入って主塔を調べると言った……。だが、侵入を拒む城の囲いまで至り、悪い精の怒りに触れ、自然の混乱を招いただけでもはや十分ではなかったか。村に戻ったとして、約束を違えたと誰が彼を咎めよう。悪魔の城で危険を冒したならば、それこそ狂気の沙汰ではないか。

と、医師がニック・デックに飛びかかり、その手を掴むと、声を押し殺してこうくり返しながら、彼を引っぱっていこうとする。

「来るんだ! 来るんだ!」

「いやです!」ニック・デックは答えた。

最後の力をふりしぼったパタク医師は崩れ落ち、今度はニックのほうが彼を支えた。

ついに夜が明けたが、そんな精神状態であったため、林務官も医師も、日の出まで時間の感覚を失っていた。朝の光に先だつ数時間の記憶はいっさいなかった。

その瞬間、東の彼方、両ジウ川の谷に対面するパルング山の稜に、薔薇色の線が引かれた。天頂では純白の雲が軽やかに散り、背景の空を縞馬の体毛のようにしていた。

ニック・デックは城と向き合った。その輪郭は少しずつはっきりとしてきた。主塔が、ヴルカン峠を降りてくる高い霧のなかから姿を現わし、礼拝堂、回廊、幕壁が夜の靄から頭を出していた。角の稜堡ではあの楡の木が浮きあがって見え、葉が、東のそよ風にざわめいていた。

ブルクの姿は平素となんら変わりがなかった。鐘楼も、封建時代の古い風見鶏もじっと動かない。主塔の煙突が煙の冠を被ることもなく、鉄格子が嵌まった窓は頑なに閉ざされたままだった。屋上の空を鳥が数羽、明るい鳴き声を小さく放ちながら飛び回っていた。

ニック・デックは城門に視線を向けた。ゴルツ男爵家の紋章で飾られた石の壁柱が二本立ち、そのあいだに通用門があったが、あがった跳橋がその口を塞いでいた。

林務官は危険に満ちた遠征を完遂する覚悟だったのか。そうなのだ。昨晩の出来事があろうと、その決意が揺らぐことはなかった。有言実行。周知のとおり、それが彼の座右の銘だった。〈マーチャーシュ王〉の広間で謎の声に名指しで脅迫されようが、光と音の不可解な怪奇現象に遭遇しようが、ブルクの城壁を越えんとする彼を阻むことはできない。回廊を経めぐり、主塔を訪れるには一時間もあれば足りる。そして約束を果たしたならば、ヴェルストへの帰路につき、昼前には村に着くことができるだろう。

パタク医師はといえば、ただの動かぬ機械仕掛けと化していた。もはや抵抗する力も失せ、なにを望みもしなかった。押されたほうにただ進むだけ。ひとたび倒れれば立ちあがれまい。昨晩の恐怖のおかげですっかり腑抜けになっていた。そして林務官が城を指さし、こう言ったときも、それに異を唱えはしなかった。

「さあ行きましょう！」

ただし、すでに日は出ており、医師はヴェルストに戻ろうと思えば、プレシャの森で迷う心配もなく帰れるはずであった。だが、ニック・デックのもとに残ったことで医師に恩義を感じることはない。相方を見捨てて村に戻る道を選ばなかったのは、彼がもはや朦朧として状況を理解せず、魂のない体になりさがっていたからだった。ゆえに林務官が彼を、壕の外岸壁の急な傾斜に引っぱっていったときも、なすがままだった。

ブルクに入るにはあの通用門を通るよりほかあるまい。それが当初からのニック・デックの見たてだった。

幕壁に、囲いの内側に通じるような裂け目、崩れた場所、ひび割れは見あたらなかった。古い城壁がこうした保存状態にあることは驚きでさえあった――それは厚い壁のおかげであったろう。また、城壁の上部をなす銃眼のところまであがるのは現実的とは思えなかった。壁は、四〇ピエ〔一三メートル〕ほどの高みから壕を見おろしていたからだ。しかるにニック・デックは、カルパチアの城にたどり着きはしたものの、その先の障害は乗り越えることができないようであった。

なんとも運のよいことに――あるいは、彼にとってなんとも不運なことに――通用門の上方に、狭間《さま》のようなもの、いや、かつて一門のカルヴァリン砲が砲身の前部を横たえていた開口部があった。俊敏で頑強な者ならば、跳橋から地面に垂れていた鎖を伝い、その開口部までよじ登っていくのはさほど難しいことではないはずだ。砲眼は、人が通るのに十分な幅があり、なかが鉄格子で塞がれていなければ、ニック・デックはおそらくそこからブルクの中庭に足を踏み入れることができるだろう。

林務官はひと眼見、とるべき手段がほかにないことを悟ると、朦朧としている医師をひき連れ、急坂を斜めにたどって外岸壁の内側を降りていった。

二人はすぐに壕の底にたどり着いた。伸び放題の雑草に混じって岩が散らばり、足の置き場に困った。また、こんな湿った窪地に生える草むらには、毒を持った生き物が群れ、ひしめいていてもおかしくはなかった。

壕のなかほどには、城壁と並行して、かつて水渠*だった溝が掘られていたが、水はほとんど干あがっており、大きくひと跨ぎすれば飛び越えることができた。

心身ともに力を失っていないニック・デックは冷静に行動していたが、医師のほうは機械的についていくだけで、綱で引っぱられた獣のようだった。

水渠を通り過ぎると、林務官は幕壁の基部に沿って二〇歩ほど歩き、通用門下方の、鎖の端が垂れている場所で足を止めた。足と手を使って登っていけば、例の開口部の下に張り出している石の縁のところまで容易にたどり着けるはずだ。

当然ながらニック・デックはパタク医師に、一緒に登ることを強いる気などなかった。これほど体の重い御仁にはどだい無理な話だったろう。そこで医師を激しく揺さぶって計画を伝えるに留め、壕の底でじっとしているよう言いつけた。

こうしてニック・デックは鎖を登りはじめたが、筋肉隆々の山男にとってそれは児戯にも等しいことだった。

だが、ひとりになったパタクは、置かれている状況がそれなりにわかりはじめた。医師は理解し、眺め、相方が地上一二ピエ〔三・九メートル〕のところで宙づりになっているのに気づいた。と、恐怖心に苛まれ、喉を締められたような声で怒鳴った。

「止まれ……ニック……止まれ！」

林務官は聞き耳を持たなかった。

「こっちへ……こっちへ……でないと、わしは行っちまうぞ！」ついに自分の力で立ちあがった医師は喚いた。

「行きなさい！」ニック・デックは答えた。

そして、跳橋から垂れた鎖をゆっくりとあがり続けた。

パタク医師の恐怖は限界に達し、外岸壁の坂道に戻ろうとした。そこからオルガル高原の尾根にとって返し、大急ぎでヴェルストへの道に……。

林務官は急坂をたどって降りていった

「止まれ……ニック……止まれ！」

すると奇跡が起きた。昨夜を騒がせた驚異さえ色を失うほどの！ ——なんと医師は動くことができないのだ……。足が、万力の顎に摑まれたようにその場に押さえつけられている……。片足ずつなら動かせるだろうか……できない！ 長靴の踵と靴底とが地面に貼りついている……。医師は罠の仕掛けにでもはまったのだろうか……。度を失っている医師にはわからない……。むしろ靴の鋲釘がなにかにひき留められているようだ。

ともかくも医師はその場から動けない……。地面に釘づけになって……。もはや叫ぶ力さえなく、必死に手をさし伸べて助けを求めている……。まるで、地の腑から顔を出したタラスク*かなにかの抱擁から身を振りほどこうとしているかのように……。

そのあいだにニック・デックは通用門に達していた。彼は、跳橋の肘金が接合されている鉄具に手を置いたところだった……。

林務官から苦悶の叫びが漏れた。続いて雷に撃たれたかのように仰け反ると、最後に残された本能で摑んだ鎖に沿って滑り落ち、壕の底に転がった。

「声の言ったとおりだった、俺に災いがふりかかると」そうつぶやき、意識を失った。

# 七

若き林務官とパタク医師が出発したのち、ヴェルスト村を襲った不安は筆舌に尽しがたいものだった。それは、永遠に続くかのような時が過ぎるうちにいや増すばかりであった。

コルツ村長、宿屋のジョナス、ヘルモッド先生、そのほかの者たちは絶えず高台《テラス》に詰めていた。皆、遠いブルクの巨大な塊を飽かずに眺め、主塔の上空に、渦巻きかなにかがまた現われやしないかと眼を凝らしていた。煙はあがっていなかった――それは、つねに変わらず城の方角に向けられた望遠鏡によって確認された。実際、その道具を手に入れるために遣われた二フローリンは、金の遣い道として正しいものだった。強欲で、財布の紐が実に固い判事《ビーロー》にあってても、これほど時宜を得た出費をいささかも悔いることはなかった。

正午半、羊飼いフリックが牧草地から戻ると、人々は貪欲に質問を浴びせた。なにか変わったことはあったか、普通でないことはあったか、超自然的なことはあったか？

フリックは答えた。ワラキア・ジウ川の谷をひと廻りしてきたが、不審なものはなにも見なかったと。

昼食が済み、二時頃になると、めいめいが己の見張り場についた。誰ひとり、自宅に留まろうとは考えもしなかった。とりわけ誰ひとり、脅迫の声が聞こえた〈マーチャーシュ王〉に足を踏み入れようとは思いもしなかった。壁に耳あり、それならいい、それは普段の会話でも使われる言い回しだから……しかし、口ありとは……。

よって酒場の立派な店主は、店が村から爪弾きにされることを恐れ、極度の不安に陥っていた。客が来ないならば、店を閉め、自身の蓄えを飲む羽目になりはしないかと。彼はしかし、ヴェルストの村人を安心させる目的で、長い時間をかけて〈マーチャーシュ王〉を調べていた。寝台の下に至るまで部屋を確かめ、棚と食器台を検し、広間、地下蔵、屋根裏を隅から隅まで丹念に見て回った。どこかの悪戯者が、あのまやかしをひき起こしたと思われる箇所を。しかし、どんな異常もなかった！　ニャド川を見おろしている正面口の側もだ。窓の位置は高すぎて、窓枠のところまであがるのは不可能であるし、その折り返しまでの外壁は垂直に切りたち、土台部分は川の激しい流れのなかに埋まっているのだから。だがそれでも！　恐怖というものは理屈ではない。ジョナスの旅籠、シュナップス、ラキウが常連客の信頼をとり戻すには、おそらく長い時間がかかるであろう。

長い時間？　それは違った。じきにわかるが、その好ましからぬ想定は外れることになった。

実際、まるで予想外の事態が起こったため、村の名士たちは数日後、いつもの寄り合いを再開することになったのだ。〈マーチャーシュ王〉の卓の前で、なみなみと注がれた杯に紛れて。

だが、その前に若き林務官とその相方、パタク医師の話に戻らなければなるまい。

お忘れではないと思うが、ニック・デックはヴェルストを出る際、嘆き悲しむミリオタに、カルパチアの城に長居はしないと約束していた。災いがふりかからなければ、つまり、彼に対して発せられた脅しが現実のものとならなければ、夕方の早い時間には戻ってこられる計算だった。だから人々は待っていた、じりじりと！　実際には、道が険しかったため、林務官は夜の帳が落ちる前にオルガル高原の尾根にたどり着くことさえできなかった。しかし、若い娘、その父親、学校の先生はそうした事態を予期していなかった。

よって、ヴルカンの鐘楼で八時が打たれ、その音がヴェルスト村まではっきりと聞こえてきたとき、日中からすでに激しかった人々の不安は度を越していた。ニック・デックと医師が村を丸一日留守にし、未だに姿を見せないとは、いったいなにが起きたのだろうか。よって二人が戻るまで、誰も家に帰ろうとはしなかった。そして峠の道の曲がり角に二人が現われるさまを絶えず思い描いていた。

コルツ村長と娘は、牧夫が見張りをしている通りの端まで足を運んでいた。そこから木立の切れ間を通し、何度、遠くに人影を見たと思ったことか……。ただの錯覚だった！　峠はいつものように人気がなく、なぜなら国境の人々が夜、あえてその近辺に行くことはめったになかったからだ。おまけにその日は火曜の夜——悪い精の火曜日——であり、その曜日にトランシルヴァニアの人々は日が暮れたあと、好き好んで野を走り回ったりなどしない。ブルクを訪れるのにこんな日を選ぶとはニック・デックは頭がどうかしていたに違いない。事実はといえば、若き林務官は曜日のことなど考えてもみなかったのであり、それは村の誰もがそうであった。

だが、そのときミリオタは、まさにそのことを考えていた。恐ろしいことばかりが頭に押し寄せていたのだ！　想像のなかでミリオタは一時間ごとに許婚のあとを追っていた。プレシャの深い森を通り抜け、オルガル高原を登っていくニックのあとを……。今、夜が来て、彼は城郭のなかにいるようだ。そこで、カルパチアの城にとり憑いた霊から逃れようとしている……。霊に呪いをかけられて嬲り物になった彼……。復讐に供された犠牲……。お次は、どこか地下の牢獄の奥に囚われている……おそらくはもう死んでいて……。

不幸な娘は、ニック・デックの捜索に出るためならどんなものでもさし出しただろう！　それができないのなら、せめてその場で一晩中、彼を待っていたかった。だが父親が帰るよう命じ、監視役として羊飼いを残すと、二人は家に戻った。

小さな部屋にひとりきりになるや、ミリオタはなにを憚ることなく涙にくれた。彼女は愛していた、魂のすべてで、あの勇敢なニックを。それはまた、感謝の意がこめられた愛でもあった。トランシルヴァニアの田舎村では通常、結婚はきわめて奇異な方法でとりかわされていたが、若き林務官はその習わしとは関係なくミリオタを見初めていたからだ。

この地方では毎年、聖ペテロ祭において「婚約市場」が開かれていた。この日は区《コミタ》の若い娘が一堂に集められる。彼女らは駿馬に引かせた美麗な二輪馬車でやって来る。持参金を、つまり、自らの手で織り、縫い、刺繍をほどこした着物を煌びやかな色の箱に詰めて。家族、女友だち、隣人らがそれにつき添う。そこに、見事に着飾り、絹のスカーフを巻いた若い男たちがやって来る。彼らは気どった態度で市を練り歩く。そして好みの娘を選ぶと、婚約の印に指輪とハンカチを渡す。そして祭から帰ると結婚式が執りおこなわれるのだ。

ニコラ・デックとミリオタはこうした市場で出会ったわけではなかった。二人の結びつきは偶然によってなされたものではない。二人は子どもの頃から互いを知っており、愛が訪れる歳になると愛し合った。若き林務官は妻になる女を競り落とすために祭に行ったことはなく、ミリオタはそのことで彼に深く感謝していた。ああ！　ニック・デックがあれほど頑固一徹な、無謀な約束に固執するような性格でなかったらよかったものを！　彼は彼女を愛していた、もちろん愛していたのだが、彼女に、呪われた城に向かうのをやめさせる力はなかったということなのだ！

哀れなミリオタは苦悶と涙にまみれ、なんという夜を過ごしたことか！　横になどなりたくなかった。窓辺に寄り

聖ペテロ祭において「婚約市場」が開かれていた

かかり、坂の道をじっと見つめ、そんな彼女の耳にはこんなつぶやき声が聞こえてきたかもしれない。

「ニコラ・デックは脅しを無視した！　ミリオタの許婚はもういない！」

それは錯乱がひき起こした幻聴。夜の静寂のなか、そんな声はあたりに広がってなどいない。〈マーチャーシュ王〉の部屋で起きた説明不可能な怪奇現象が、コルツ村長の家でくり返されたわけではなかった。

翌日、夜が明けると、ヴェルストの村人は外に出ていた。高台《テラス》から峠の曲がり角まで、人々は大通りを登ったり降りたりしていた――登る人は知らせを聞くため、降りる人は知らせるために。話では、羊飼いフリックがずいぶん先のほうまで、村からゆうに一マイル〔七・五キロメートル〕の地点まで行ったとのことだった。プレシャの森に入ってはいないが、その際をたどって。彼は、わけもなくそうした行動に出たわけではあるまい。

羊飼いを待たなければならなかった。また、一刻も早くその話を聞くために、コルツ村長、ミリオタ、ジョナスは村のはずれに赴いた。

半時間後、道の上方、数百歩先にフリックが現われたとの知らせが入った。

歩を速めているようには見えないため、人々はそれを悪い前兆ととった。羊飼いがやって来るやコルツ村長は尋ねた。

「さあ、フリック、どうだった？　なにかわかったことは？」

「なにも見ませんでした……なにもわかりませんでした！」フリックが答えた。

「なにも！」若い娘はつぶやき、眼には涙があふれた。羊飼いは続けた。

「日が昇ると、こっから一マイルくれえのところに男が二人いるのが見えました。はじめ、それが先生を連れたニック・デックだと思ったんじゃが……ニックじゃなかった！」

「その男たちは何者なんだ、知っているかね？」ジョナスが尋ねた。

「旅のよそ者だった、ワラキアの国境を越えて来たんだ」

「話しかけたのか？」

「ああ」

「村まで降りてくるのか？」

「いいや、レテザトのてっぺんまで行きたいと、そちらに向かいなすった」

「二人は旅行者なのだな？」

「そのようでした、コルツ旦那」

「で、その二人は昨晩、ヴルカン峠を抜ける途中、ブルクのほうでなにも見なかったのだろうか？」

「ええ……まだ国境の向こう側におりましたからな」フリックが答えた。

「では、ニック・デックの消息はまるでわからずじまいなのだな？」

「なにひとつ」

「ああ神さま！」ミリオタは溜息をついた。

「ですが、何日かすれば、あの旅の者に話を聞けるでしょう。コーロズヴァルに行く前にヴェルストでひと休みするつもりのようでした」フリックがつけ加えた。

「わしの旅籠について悪口を吹きこまれなければいいのだが。宿をとる気をなくすかもしれん」沈痛のジョナスは思った。

三六時間前より、このすばらしい宿屋の主は〈マーチャーシュ王〉で食事をしたり宿泊をしたりする旅人がもう二度と現われないのではないかという不安にとり憑かれていたのだ。

結局のところ、羊飼いと主人とのあいだで交わされた質問と返答は、状況をなにひとつ明らかにしなかった。そして朝の八時になっても若き林務官とパタク医師は姿を見せず、こうなっては二人の帰還は、なんの根拠もない希望と化した。カルパチアの城に近づく者には必ず報いがあるのだ！

一睡もできず、夜のあいだ心を苛まれたミリオタは疲労困憊し、もう立っていることができなかった。ひどく衰弱し、歩くこともままならなかった。父親は娘を家に連れて帰らなければならなかった。部屋で涙は倍になった……。彼女は心掻きむしられるような声でニックの名を呼んだ……。彼のもとに行くために家を出たがった……。実に哀れで、病気になってもおかしくはなかった。

そのあいだにも村の方針を決めることが必要かつ火急の用件となった。若き林務官と医師の救出にもはや一刻の猶予も許されなかった。人であれなんであれ、ブルクを占拠しているなんらかの存在の報復に身をさらす以上、危険を冒すことにはなるが、構うものか。なにより重要なのはニック・デックと医師の消息を知ることだった。これは二人の友人と、村の住人とに同じく課せられた責務だった。なかでも勇猛果敢な者たちはプレシャの森に踏みこむことを厭わず、カルパチアの城まで登っていくだろう。

この決定がなされると村人らは議論と請願を重ね、最終的に、その勇猛果敢な者の数は三名となった。コルツ村長、羊飼いフリック、宿屋のジョナスであり——それ以上はいなかった。ヘルモッド先生は突然、足に痛風の症状を感じ、学校の教室で二つの椅子の上に横たわらなければならなかった。

九時頃、コルツ村長と仲間たちは、用心のためにしっかりと武器を携え、ヴルカン峠に向けて出発した。そしてニック・デックが道を逸れたところでやはり方向を変え、鬱蒼とした草むらの奥へと突き進んでいった。もしも若き林務官と医師が今、村への帰途についているとしたら、プレシャを横断したときの道を戻ってくるに違いない。三人が話し合ったことは理に適っていた。林務官たちの足跡を見分けるのはたやすいことであり、三人が森の際を越えると実際その通りであった。

彼らにはそのまま進んでもらうとして、ヴェルストのことをお話ししておこう。三人の姿が見えなくなるや、村人たちの考えは一変していた。ニック・デックと医師を、身を挺して迎えに行くのは当然のことと映っていたが、いざ三人が出発してみると、それは名状しがたいほど軽はずみな行動だと思われたのだ。ミイラとりがミイラになれば実に結構な話だ！ 林務官と医師が、城に行くという試みの報いを受けたこと、それはもはや疑いがなかった。では、コルツ村長、フリック、ジョナスが己の献身の報いを受けるのは、そんな危険に身をさらすことに意味はあるのだろうか。許婚に涙していた若い娘が父にも涙し、牧夫と宿主《やどぬし》の友人たちが仲間を失ったことで自分を責めることになったなら、それはなんという見返りだろう！

ヴェルストでは誰もが悲嘆にくれていた。それがやむ気配もなかった。コルツ村長と二人の仲間に災いがふりかかっているはずはないと思いつつも、夜が周囲の山々を包みこむ前に、彼らが帰ってくるのか確信を持てずにいた。

ゆえに午後の二時頃、通りの先に人影が現われたときの驚きたるや、いかほどのものであったことか！ 帰還の知らせをすぐさま受けたミリオタが、どれほど急いで彼らを出迎えに行ったことか。

彼らは三人ではなく、四人であり、四人目の顔かたちからそれは医師と判ぜられた。若い娘は大声をあげた。

「ニック……ニック！ ニックはいないの？」

いや……ニック・デックはいた。彼は枝でつくられた担架に横たわり、ジョナスと羊飼いがそれを重そうに運んでいた。

ミリオタは許婚のほうに駆け寄り、身を乗り出すと、腕にかき抱いた。彼女は声を張りあげた。

「死んでいる……死んでいる！」

「いいや……死んじゃいないよ。けれど死んでいてもおかしくはない……わしもな！」パタク医師は答えた。

事実はといえば、若き林務官は意識を失っていたのだった。手足は硬直し、顔に血の気はなく、胸がかすかに動く

ミリオタは彼らを出迎えに行った

程度の呼吸しかしていなかった。その相方と違い、医師が青ざめていなかったのは、彼のほうは歩いたせいで、平素の、煉瓦のような褐色の顔色に戻っていたからだった。

　ミリオタのなんとも甘い、胸を引き裂くような声も及ばず、ニック・デックは麻痺状態に陥ったままだった。村に連れていかれ、コルツ村長の部屋に寝かされたときも、まだひと言も言葉を発することができなかった。しかし、少しすると眼を開き、枕元に身を乗り出した若い娘に気づくや、唇に笑みを漂わせた。だが起きあがろうとしてもできなかった。体のどこかが麻痺しており、半身が不随になっているかのようだった。それでもミリオタを安心させようと、実際なんとも弱々しい声ではあったが、こう言った。

「大丈夫だ……大丈夫だよ！」

「ニック……ニック！」若い娘はくり返すばかりだった。

「少し疲れただけだ、ミリオタ。それと、少し気が動転して……すぐによくなる……お前の看病で……」

　だが病人に必要なのは安静と休養だった。そこでコルツ村長は、ミリオタを若き林務官の傍に残して部屋を出た。これ以上てきぱきと働く付添人は望むべくもなく、ニック・デックはやがてうとうとしはじめた。

　そのあいだに宿屋のジョナスは、大勢の聞き手たちに向かい、皆に届くよう声を張りあげながら、出発からのちの顚末を語っていた。

　コルツ村長、羊飼い、そして彼は、森でニック・デックと医師が切り開いた小径を見つけ、カルパチアの城に向かって進んでいった。プレシャの斜面を二時間登り、森の際が半マイル〔四キロメートル〕先に見えたところで二人の男の姿が見えた。それは医師と林務官で、一方は足が言うことを聞かなくなっており、他方は力尽きて、一本の木の根元に倒れこんだところだった。

　医師のもとに駆け寄り、問いかけるも、答えられないほど我を失っていて一語たりとも言葉を引き出すことができなかった。そこで枝で担架をつくってニック・デックを寝かせると、パタクを落ち着かせた。こうしたことが手際よくおこなわれた。それからコルツ村長と羊飼いは、ときおりジョナスが代わりをして、ヴェルストへと出発した。

　宿屋の主人は、ニック・デックがどうしてこんな状態になったのか、彼がブルクの廃墟を調べたのかどうか、それについてはなにひとつ知らず、コルツ村長も、羊飼いフリックも同様だった。その問いに答えるには、医師はまだ十分に正気をとり戻していなかった。

　だが、パタクがこれまで話していなかったならば、話をするのは今を置いてなかった。まさに！　村にいて、友人に囲まれ、顧客の傍らにいる医師に危険はなかった！　あの地に住まう存在を恐れることはない！　その存在に強いられ、カルパチアの城で見たものについて口を閉ざし、なにも語るなという誓いをたてさせられていたとしても、村人たちの興味からすれば、その誓いも破らざるをえなかった。コルツ村長が言った。

「さあさあ、先生、気を確かに、そして思い出してみてください！」

「わしに話して……欲しいと……」

「ヴェルストの住人の名にかけて。村の安全を確保するために。これは私からの命令だ」

ジョナスがグラスにたっぷりのラキウを持ってくると、それが効いて医師は口がきけるようになった。そして途切れ途切れのこんな言葉で、あの晩のことを語った。

「わしらは二人して出発した……ニックとわしはな……。狂気の沙汰だ……狂気の沙汰だったよ！　あの呪われた森を突っ切るのにほとんど丸一日かかった……。ブルクの前に着いたのはやっと夜になってからで……。まだ震えが止まらんよ……これは一生、続くだろうな！　ニックはなかに入りたがった。そう！　主塔のなかで夜を明かそうとしたんだ……言ってみりゃ、ベルゼブブの寝室なんぞで！」

こうしたことを言うパタク医師の声は地の底から響くかのようで、それを聞いているだけで誰もが身震いした。彼は続けた。

「わしは反対した……ああ……反対したんだ！　ニック・デックが望んだことにわしが折れていたら……どうなっていたことやら。考えるだけで髪が逆立つよ！」

医師の髪が逆立っていたなら、それは彼が頭に、機械的に手をさまよわせていたからだ。

「そんなわけでニックはオルガル高原で野宿をすることに渋々応じた……とんでもない夜だったよ……あれは……とんでもない夜だった！　霊たちのおかげで一時間も眠ることができず……いや、一時間どころじゃない……あれじゃ休もうたって無理さ！　と、雲の切れ間から火の怪物どもが、本物のバラウールが現われたんだ！　わしらを食らおうと高原に突っこんできたんだよ……」

すべての視線が空に向けられた。幽霊どもがギャロップで駆けてやいないかと。医師は続けた。

「それから少しすると、礼拝堂の鐘が鳴りはじめたんだ！」

すべての耳が遙か彼方の地に向けられ、鐘を撞く遠い音を聞いたと思った者もひとりならずいた。それほどまでに、医師の物語は聞く者に衝撃を与えていたのだ。彼は声を張りあげた。

「突然、身の毛もよだつような喚き声が……むしろ野獣のうなり声があたりに満ちて……次は主塔の窓から明かりが漏れた……地獄の業火が高原全体を、樅林のほうまで照らしだしたんだ……ニック・デックとわしは顔を見合わせた……。ああ！　恐ろしいものを見たよ！　わしらはどちらも死体のようだった……蒼白い光に顔を顰めて向き合っている死体みたいだった！」

　パタク医師の引きつった顔、血走った眼を見るに、彼があの世から舞い戻ってきたのだと皆が思ったのも実際、無理からぬことだった。彼がこれまで、さんざん同胞を送りこんできたあの世から！

　話を続けることができなくなると困るので、そこで医師にひと息つかせなければならなかった。ジョナスはラキウの二杯目を負担することになったが、おかげで元看護人は、霊のせいで失なった理性の一部をとり戻したかのように見えた。コルツ村長が尋ねた。

「それで結局、ニック・デックはどうなったんじゃ？」

　判事《ビーロー》は医師の返答をひどく重視していたが、それも由なきことではない。悪い精の声は、〈マーチャーシュ王〉の広間で若き林務官を名指ししたのだから。医師は答えた。

「記憶に残っていることをお話しします。朝になりましてね……。わしはニック・デックに計画をあきらめるよう頼みこんだんです。ですが、あいつのことはご存じでしょう……あの石頭にはとりつく島がなかった……。それで、やつは壕に降りていった……わしはついていくしかなかった、引っぱっていかれましてね……。というより、わしはもう自分がなにをしているか朦朧としていました……。ニックは城の通用門の下まで進んで……。そこで跳橋の鎖を摑むと、幕壁を登っていったんです……。そのとき、わしはまわりの状況がわかりはじめて……。まだ止める時間がありました、あの向こう見ずを……言わせてもらえば、あれは霊に対する冒瀆でした！　そこで最後に一度、降りるよう命じたんです、ここで退きさがり、一緒にヴェルストに戻ろうと……。「いやです！」やつはそう怒鳴って……わしは逃げ出したかった……ああ……そうです……正直に言いますが……わしは逃げ出したかった。わしの立場になってみれば、誰だってそう思ったはずです！　ですが、わしの足が地面から離れないんですよ……釘づけになっちまって……ネジ止めされたように……根を張ったように……ひき抜こうとしても……できないんです……足をばたつかせてみても……無駄でした」

　パタク医師は、足を押さえつけられたまま必死に動こうとする人の真似をした。まるで罠にかかった狐のようだった。

　そして話に戻ると、こう言った。

「そのとき、叫び声がしたんです……絶叫が！　ニック・

デックの声でした……。やつは、しっかりと摑んでいた鎖を手放し、壕の底に落ちていきました。なにか、眼に見えない手にはたかれたように！」

医師が、起こったことをそのまま語っていたのは確かで、どれほど混乱していようと、想像はつけ加えていなかった。昨夜、オルガル高原を舞台にした奇跡の出来事は、彼の描写[*]のままに生じたのだ。

ニック・デックの落下に続く顚末は以下のとおりだった。林務官は気を失い、パタク医師は助けに行くこともままならなかった。長靴が地面に釘づけになっていたからで、足が浮腫《むく》んでいたために脱ぐことも叶わなかったのだ……。すると突然、彼をつなぎとめていた眼に見えない力がいきなり途絶えた……。足は自由だ……。相方のほうに駆け寄り――それは彼にしては、人に誇るべき勇敢な行為だった――水渠の水にハンカチを浸すと、それでニック・デックの顔を濡らした……。林務官は意識をとり戻したが、あの恐ろしい衝撃を食らってから左腕と半身が動かなくなっていた……。しかし医師の助けでなんとか立ちあがり、外岸壁の内側を登ると、高原までたどり着いた……。そして村への道に戻った……。一時間歩くと、ニック・デックは腕と脇腹の痛みが激しくなり、足を止めざるをえなくなった……。最終的に、医師が助けを呼ぶためヴェルストに出発する準備をしていると、実に時宜を得たことに、コルツ村長、ジョナス、フリックがその場に到着したのだった。

若き林務官についてパタク医師は、重症なのかそうでないのか意見を表明するのを避けていた。普段なら、医療に関することには呆れるほど自信満々であるのに。医師は専横な口調でこう答えるに留めた。

「自然の病だって罹れば深刻なんです！　いわんやショルトが体に放つ超自然の病ならば、それを治せるのはショルトだけです！」

診察なしにおこなわれたこの診断は、ニック・デックにとって穏やかなものではなかった。実にありがたいことに、こうした言葉が絶対の真理であった例はなく、ヒポクラテスとガレノス[*]からこのかた、何人もの医師が間違いを犯してきたし、今も日々、間違いを犯している。パタク医師よりも優れた者たちがだ。若き林務官は屈強な男だった。その逞しい肉体からすれば、現在の状況を脱するという希望を――悪魔の介入などなくとも――持つことは十分にできた。ただし、検疫所の元看護人の処方を、馬鹿正直に守りさえしなければの話だが。

# 八

こうした事態を受け、ヴェルストの住民が感じていた恐怖は鎮まるどころではなかった。今や疑うべくもない。〈マーチャーシュ王〉の客が聞いた、詩人言うところの「影の口」*の脅しは空砲ではなかったのだ。まるで説明のつかない方法で襲われたニック・デックは、不服従と無鉄砲の報いを受けた。これは今後、彼に倣おうとする者に向けられた警告ではなかったか。カルパチアの城への侵入に対する正式な禁止令、それが、この痛ましい試みから導かれた結論に違いなかった。誰であれ、城にふたたび挑もうとする者は命を賭することになろう。もしも林務官が幕壁を越えていたら、彼は間違いなく村に戻ってこられなかったはずだ。

こうしてヴェルストでは恐怖がついに完膚なきものとなり、それはヴルカンでも、両ジウ川の谷全体においても同様であった。人々の話題は国を捨てることに終始した。すでにロマの数世帯が、ブルクの近くに住むくらいならと他所へ移っていった。城が、超自然的かつ悪の存在の隠れ処になっている今、それは民衆の神経が耐えうるものではなかった。ならば区《コミタ》の別の地域に立ち去るよりほかない。でなければハンガリー政府が、人を寄せつけない、あの悪の巣窟を破壊する決定をくだすかだ。だが、果たしてカルパチアの城は、人知が有する手段だけで破壊できるのだろうか。

六月のはじめの一週間、人々は村の外に出るという危険を冒さなかった。畑仕事に行くことさえも。鍬《くわ》を入れた途端、地の懐に葬られていた化物が出てきやしないかと恐れて。犂《すき》の刃先で畝を掘れば、スタッフィやストリージュが群れをなして飛び出してきやしないか。麦の種を撒いたところに悪魔の穂が出てきやしないかと。羊飼いフリックは、さもありなんといった調子で言った。

「そうなるに決まってるさ」

そして彼のほうは、ジウ川の牧草地に羊を連れていくのをやめていた。

村の戦々恐々ぶりはかようなものであった。野良仕事は

ロマの数世帯が他所へ移っていった

おしなべてなおざりにされた。人々は家に籠もり、戸と窓を閉じた。コルツ村長はどんな方針で臨めば、管轄する住民に対し、村そして彼自身が失った信頼をとり戻せるのかとんと見当がつかなかった。明らかに方法はただひとつで、それはコーロズヴァルに参じ、当局の介入を要請することであった。

それで煙はどうなったのだろう、主塔の煙突の先にふたたび現われていたのだろうか。そうなのだ、望遠鏡のおかげで、オルガル高原の地表にたなびく靄のただなかに煙は何度か目撃されていた。

それで雲はどうなったのだろう、夜になると、火事の照り返しにも似た、赤みがかった色合いになっていたのだろうか。そうなのだ、まるで炎の渦が城の上空を旋回しているかのように。

それで、あのうなり声はどうなったのだろう、パタク医師をあれほど怯えさせた声はプレシャの山塊に響き渡り、ヴェルストの住民を大いに怖がらせていたのだろうか。そうなのだ、あるいは少なくとも、峠の木霊が撥ね返してくる恐ろしい怒号が、距離をものともせず、南西の風に運ばれてきていた。

おまけに、恐怖に度を失った村人らによれば、地下の振動で地面が揺れているとのことだった。昔の火口がカルパチア山脈で再点火されたかのように。もちろんヴェルストの人々が見聞きし、感じたことにはかなりの誇張があったはずだ。とはいえ、皆が現実の、確固たる出来事が起きたのだとは口を揃えて認めるであろう。こんな尋常ならざる悪巧みの舞台《マシネ》となった里で暮らしていく術はもはやなかった。

〈マーチャーシュ王〉亭が依然、閑古鳥であったことは言うまでもない。疫病の時代の隔離所《ラザレ》でさえ、これほど忌避されはしなかったはずだ。店の敷居を跨ごうという大それた者はいなかった。ジョナスは、客がいなければ商いをやめざるをえないのではないかと思っていたが、そんな折、二人の旅人がやって来て状況を変えることになった。

六月九日の夜、八時頃、旅籠の入口の掛金が外から持ちあげられた。だが、内側から施錠されているこの戸は開かなかった。

すでに屋根裏部屋にあがっていたジョナスは急いで降りていった。客人と顔を合わせることができるのではないかという希望を抱きつつ、その客人が、顔色の悪い亡霊かなにかではないかという恐怖も感じながら。ならば、夜食とねぐらの提供を拒むためにいくら急いでも足りない。

よってジョナスは戸を開けげず、用心して、その隙間から応対した。彼は尋ねた。

「どちらさまで？」

「旅の者だ、二人いる」

「生きていらっしゃいますか？」

「まったくもって生きている」

「そりゃ確かですかね？」

「生きているという意味において申し分なく生きているよ、宿主《やどぬし》殿。だが、こんなふうに無情にも外に立たされたままじゃ、じきに飢え死にしてしまうかもしれんがね」

　ジョナスは差錠を外すことを決め、こうして二人の男が部屋の敷居を跨いだ。

　なかに入るや二人がはじめにしたのは、ヴェルストに二四時間滞在するため、それぞれの部屋を頼むことだった。

　ランプの明かりでジョナスは二人の新参者を矯めつ眇めつ眺め、彼らがまさに、自分にとって用のある人間だと確信した。〈マーチャーシュ王〉にとってなんとも幸いなことに！

　二人の旅人のうち、若いほうは三二歳くらいに見えた。上背があり、美しく高貴な顔立ちで、瞳は黒く、髪は暗い栗色、褐色の髭は品よく整えられ、表情は少々寂しげだが堂々としており、こうした特徴はどれも貴族のそれであった。宿屋の主人であり、また鋭い観察眼の持ち主であるジョナスがそれを見間違うことはなかった。

　さらに記帳のため、二人の旅人に名を尋ねると、若者のほうが答えた。

「フランツ・ド・テレク伯爵＊、そして兵士のロッコだ」

「どちらからいらしたので？」

「クラヨーヴァから」

　クラヨーヴァはルーマニア国の主要な町のひとつで、カルパチア山脈の南側でトランシルヴァニア地方に隣接している。フランツ・ド・テレクはよって――ジョナスにはひと眼でそれとわかったが――ルーマニア人であった。

　ロッコのほうは四〇歳くらい、大柄で、がっしりとし、濃い口髭を生やし、髪は多く、毛はごわごわで、まさに軍服姿だった。さらに軍用の背嚢を吊り紐で肩から背負い、軽そうな旅行鞄を手にしていた。

　荷物はそれがすべてだった。若き伯爵は観光のために旅をしており、たいていは徒歩で移動していた。そのことは服装を見ればわかった。マントを斜め掛けにし、頭には目出帽、上着を締めつける腰のベルトには、ワラキア製の短刀を収めた革の鞘がさがり、ゲートルは、厚い靴底のついた大きな短靴にぴったりと合わせてあった。

　十日ほど前、羊飼いフリックが峠の道で遭遇したのはほかでもない、ちょうどレテザト山に向かっていた、この二人の旅人だった。彼らはこの地をマロシュとの境まで見物

ジョナスは二人の新参者を眺めた

したあと、山を登り、しばしの休憩をとるためヴェルスト村に寄り、続いて両ジウの谷に足を運ぶ予定だった。フランツ・ド・テレクが尋ねた。

「われわれのための部屋はあるかね？」

「二つ……三つ……四つ……伯爵さまのお好きなだけ」ジョナスは答えた。

「二部屋で足りる。それを隣同士にしてくれればいい」とロッコ。

「こちらはいかがです？」広間の端にある二つの戸を開け、ジョナスは続けた。

「たいへんよろしい」フランツ・ド・テレクは答えた。

このとおり、新しい客人についてジョナスはなにも恐れることはなかった。超自然的な存在ではないし、人間の皮を被った霊でもなかった。いいや！ この貴族は、宿屋の主人ならばつねに、迎え入れるのをなによりの光栄と感じる、気品あふれる人物であった。これは願ってもない状況であり、〈マーチャーシュ王〉にふたたび、かつての賑わいが戻ってくるかもしれなかった。若き伯爵は尋ねた。

「ここからコーロズヴァルまではどのくらい離れているのかね？」

「ペトロシャニとカールスブルクを通る道をお使いになれば、五〇マイル〔三七五キロメートルだが実際にはもっと短いはず〕ほどでございます」

「その行程は骨が折れるものかね？」

「歩きでしたらたいへんお疲れになると思います。恐れながら伯爵さまにご忠言申しあげますれば、当地で数日のあいだ休まれる必要があると思われ……」

「夕食をもらえるかな？」宿屋の主人の誘いをにべもなく遮ってフランツ・ド・テレクは尋ねた。

「半時間お待ちを、伯爵さまにふさわしいお食事を供させていただきます」

「パン、ワイン、卵、冷肉、今夜のところはそれで十分だ」

「ご用意させていただきます」

「なるべく早く頼む」

「ただいま」

台所に入ろうとしたところで質問が飛び、ジョナスの足が止まった。フランツ・ド・テレクがこう言ったのだ。

「この旅籠にはあまり客がいないようだな」

「確かに……今は誰も、伯爵さま」

「里の者がパイプを吸いながら一杯やりに来る時間じゃないかね？」

「その時間は過ぎましてね……伯爵さま……ヴェルスト村では誰もが早寝で、鶏と一緒に横になりますから」

〈マーチャーシュ王〉に客がひとりもいない理由を言うつもりはなかった。

「この村には四、五〇〇人の住民がいるのではなかったかな?」

「そのくらいで、伯爵さま」

「大きな通りを降りて来たのだが、それにしては人っ子ひとり見かけなかったな……」

「それは……今日が……土曜日でして……つまりは日曜日の前日でして……」

ジョナスにとって幸いだったことに、フランツ・ド・テレクはそれ以上の詮索をしなかった。でなければ答えに詰まってしまっただろう。村の状況を正直に話す気になど、とてもなれそうになかった。そんなに早く知られてはまずいのだ。それでは、実際のところ怪しいこの村からさっさと逃げていってしまうとも限らない! 部屋の中央に食卓を立てながらジョナスは思った。

「夕食のあいだ、あの声がまたおしゃべりをはじめなければよいが」

少し経って、若き伯爵が注文した実に質素な食事が、真っ白なクロスの上にきちんと並べられた。フランツ・ド・テレクは腰を降ろし、ロッコは、旅のあいだつねにそうしているとおり、主の正面の席についた。二人とも食欲旺盛に食べた。そして食事が終わると、それぞれ自分の寝室に退いた。


食事のあいだ、若き伯爵とロッコは十回も言葉を交わさず、ジョナスは——ひどく落胆したことに——二人の会話に混じることがどうしてもできなかった。それ以前に、フランツ・ド・テレクは話好きには見えなかった。ロッコについて宿屋の主人は、その様子を観察したあと、伯爵の一族についてなにひとつ彼から聞きだすことはできまいと悟った。

よってジョナスは客人らに、よい晩をと挨拶することでよしとしなければならなかった。だが、屋根裏部屋にあがる前に、広間をざっと見回し、外と内のどんな小さな音も聞き逃すまいと不安げに耳を傾けながら、こう自分にくり返した。

「あの忌まわしい声で二人が眼を覚まさなければよいが」

夜は静かに過ぎていった。

翌日、日が出た頃にはもう、二人の旅人が〈マーチャーシュ王〉に投宿しているという知らせが広まり、多くの住人が旅籠の前に駆けつけた。

前日の山歩きでひどく疲れていたフランツ・ド・テレクとロッコはまだ眠っていた。朝の七時前や八時前に起きてくる気などなさそうだった。

物見たちはよってたいへんな忍耐を強いられたが、さりとて旅人たちが寝室から出てこないうちに、旅籠の部屋に入る気概はなかった。

八時の鐘が鳴ると、ついに二人は姿を見せた。二人を不快にさせるようなことはなにも起こっていなかった。旅籠のなかを行き来する二人の姿が見えた。それから朝食をとるために腰を降ろした。その様子に人々は安心せずにはいられなかった。

さらに入口の敷居に立ったジョナスが、ふたたび店を信頼するよう促しながら、かつての顧客たちに愛想よくほほ笑んでいた。光栄にも〈マーチャーシュ王〉にいらした旅人は貴族なのだから――それもルーマニアの貴族であり、ルーマニア屈指の由緒あるお家の出だ――かくも高貴なお方と一緒ならば、なにをか恐れんと。

ともあれ、範を示す責務があると思ったコルツ村長が、思いきって挨拶にあがることになった。

九時頃、判事《ビーロー》は、やや尻込みしつつ旅籠に入った。ほぼ同時に、ヘルモッド先生、三、四人のなじみ客、そして牧夫フリックが続いた。パタク医師はといえば、どうしても同行させることができなかった。彼はこう答えた。

「ジョナスの店に足を踏み入れるなんて絶対に御免だ。一〇フローリン払うと言われたって行くものか！」

ここでひとつ、なかなかに重要な指摘をしておくのがよかろう。コルツ村長が〈マーチャーシュ王〉をふたたび訪れることに同意したのは、ただ好奇心を満たしたい、あるいはフランツ・ド・テレク伯爵の知遇を得たいという目的があったからではなかった。いいや！　その決意には金銭欲が大きな割合を占めていたのだ。

実際、若き伯爵は旅人として、自分と兵士の分の通行税を払う義務があった。お忘れでないと思うが、その税は、ヴェルストにおける最高位の役人の懐に直行する。

判事《ビーロー》はよって礼を尽くした言葉でその請求をした。フランツ・ド・テレクはこの申し出に少々驚きつつも、すぐに応じた。

伯爵はまた、コルツ村長と先生に、少し椅子に座らないかと持ちかけた。実に丁重な言葉でなされた求めを断るべくもなく、二人は承諾した。

ジョナスはいそいそと種々のリキュール酒を供した、酒蔵にある最良のものを。するとヴェルストの何人かの者が、彼ら持ちで皆に酒を注文した。この調子ならば、いっとき離れていたかつての顧客が、〈マーチャーシュ王〉にたちまち戻ってくると考えてもおかしくはなかった。

旅行税を支払ったあと、フランツ・ド・テレクはそれが利潤を生むのかを知りたがった。コルツ村長は答えた。

「私どもが望むほどには、伯爵さま」

「よそ者が、トランシルヴァニアのこの近辺を訪れることはめったにないのかね？」

「ええ、めったにはは。散策のしがいのある土地なのですが」判事《ビーロー》は返した。

「同じ意見だ。思うに、私が見てきたものは旅人の興味を惹いてしかるべきものばかりだったよ。レテザトの山頂からの、ジウ谷の眺めは実に見事だった。東のほうの町や、カルパチアの山塊が背後を閉じていたあの圏谷*もね」と若き伯爵。

「絶景であります、伯爵さま、絶景ですとも」ヘルモッド先生が答えた。「それで、ご散策のしめくくりにパルング山に登られてはいかがでしょう」

「そうしている時間があるのか心配でね」フランツ・ド・テレクは答えた。

「一日あれば足りるはずです」

「かもしれない。だが私はカールスブルクに行くよ、明日の朝には発つつもりだ」

「なんですと！　伯爵さまはそんなに早くここをお発ちのおつもりで？」とびきりの品をつくってジョナスは言った。

二人の客人にはぜひとも〈マーチャーシュ王〉での休憩を延長してもらいたかったのだ。テレク伯爵は答えた。

「そうしなくては。それにヴェルストに滞在していても仕方なかろう」

「当地は、観光客がしばし足を止めるだけのことはある村ですよ！」コルツ村長が指摘した。

「だが、人はほとんど立ち寄らないようではないか。それはたぶん、この付近に興味深いものが見あたらないからだろう……」若き伯爵は返した。

「確かに、興味深いものはなにも……」ブルクのことを考えながら判事《ビーロー》は言った。

「ええ……興味深いものはなにも……」先生がくり返した。

「おお！　おお！」羊飼いフリックが言った。感に堪えず、思わず声が漏れてしまったのだ。

コルツ村長とほかの者たち――とりわけ宿屋の主人――がすごい眼で羊飼いを睨んだ！　この里の秘密を今ここで、よそ者に知らせることはない。オルガル高原で起きたことを明かし、カルパチアの城に注意を促すなら、人は怖がって村から出ていきたくなるだろう。そして将来、トランシルヴァニアに入ってくる旅人は、ヴルカン峠の道を通りたいと思わなくなるはずだ。

まこと、牧夫が示したおつむの程度は、いちばん出来の悪い彼の羊にも劣っていた。コルツ村長が小声で言った。

「黙れ、馬鹿者が、黙れ！」

だが、若き伯爵は好奇心をそそられ、彼はフリックに直接話しかけると、今の「おお！　おお！」という間投詞はなんだったのかと尋ねた。

羊飼いは物怖じするような男ではなく、また実は、フランツ・ド・テレクが、村のために有益な助言をしてくれると考えていたのかもしれなかった。彼は返した。

「あっしは「おお！　おお！」と言いました、伯爵さま。間違いなくそう言いました」

「ヴェルストの近くに、奇跡で知られる名所でもあるのかね」若き伯爵は続けた。

「奇跡……」コルツ村長が返した。

「ありません！　ありません！」場にいた者たちが大声をあげた。

彼らは、ブルクに入ろうとする二度目の試みが必ずや新たな災いを引き寄せると考え、今からすでに怯えていたのだった。

フランツ・ド・テレクはこれら素朴な者たちの顔に、種々の、しかし、恐怖の色がまざまざと浮かんでいるのを多少なりと驚きながら眺めた。伯爵は尋ねた。

「で、結局なにがあるというのだ？」

「なにかと申しますと、若君。どうも、それはカルパチアの城のようです」ロッコが答えた。

「カルパチアの城？」

「ええ！　この羊飼いが今しがた、その名を私に耳うちしましてね」

こう言いながらロッコは、判事《ビーロー》の顔をまともに見ることができず、首を振っているフリックを指さした。

迷信深い村の密やかな生活を囲っていた壁に今、裂け目ができた。やがてこれまでの話がすべて、この裂け目を通って出てくることだろう。

コルツ村長は腹を括り、彼自ら、村の状況を若き伯爵に伝えることにした。そしてカルパチアの城に関することをすっかり語って聞かせた。

話を聞いたフランツ・ド・テレクが驚きと感嘆を隠せなかったのは言うまでもない。ワラキアの辺鄙な田舎の城で暮らしている同じ階級の若い貴族の例に倣い、彼もまた、科学についてさしたる知識があったわけではなかったが、ただし、この青年は常識的な考えの持ち主だった。よって幽霊など信じていなかったし、伝説の類など迷いなく鼻であしらっていた。精霊にとり憑かれたブルク、それに彼は疑心を抱いた。若き伯爵の見解では、コルツ村長が今しがた語ったことは奇跡でもなんでもなく、ありがちとも言える出来事で、ヴェルストの人々はそれに超自然的な原因を求めただけなのだ。主塔の煙、鐘の連打、そんなものは実に簡単に説明がつく。城郭から発せられた閃光やうなり声はただの幻聴や幻覚だ。

「あっしは「おお！　おお！」と言いました、伯爵さま」

フランツ・ド・テレクはこうしたことを無遠慮に言い、冷やかしたりもしたので、聞いていた者たちの顰蹙を買った。コルツ村長は指摘した。

「ですが伯爵さま、もうひとつあるのです」

「もうひとつ?」

「ええ! カルパチアの城はなかに入ることができないのです」

「本当に?」

「数日前、私どもの林務官と医師が村のために体を張り、城壁を越えようとしたのです。その試みは高くつくところでした」

「その二人になにが起こったのかね?」フランツ・ド・テレクは多分に皮肉な調子で尋ねた。

コルツ村長は、ニック・デックとパタク医師が経験したあの変事をつぶさに語った。若き伯爵は言った。

「では、その医師が壕から出ようとしたところ、足が地面にがっしりと押さえつけられて一歩も前に進めなかったと言うのだな?」

「一歩も前に、一歩も後ろに!」ヘルモッド先生がつけ加えた。

「そう思いこんだだけさ、その医師は。あんまり怖くて踵を返せなくなったんだろう……まさに踵を!」

「かもしれません、伯爵さま。ですが、ニック・デックが跳橋の鉄具に手をやったときに食らった恐ろしい衝撃はどう説明したらいいのでしょう……」コルツ村長は続けた。

「なにか、たちの悪い一撃の犠牲になったんだろう……」

「その日から床につくほど、たちが悪いというのは……」判事《ビーロー》は続けた。

「命に別状はないのだろう?」若き伯爵はぴしゃりと返した。

「ええ……幸いなことに」

だが実際、ニック・デックは物理的な衝撃を受け、それは否定のしようがないことだった。コルツ村長はフランツ・ド・テレクが説明をはじめるのを待った。

若き伯爵はきっぱりと以下のように答えた。

「今聞かせてもらった話は、くり返すが、どれも実に簡単なことばかりだよ。カルパチアの城に今、誰かがいる、それは私にとって疑いの余地のないことだ。誰かって? それはわからない。いずれにせよ精霊なんかじゃない。誰かが城に逃げこみ、そこをそのまま隠れ処にしようと目論んでいるんだ……おそらくは盗人だろう……」

「盗人ですと?」コルツ村長が大声をあげた。

「たぶんな。追っ手を逃げ場所に寄せつかせないようにするために、ブルクが超自然的な存在にとり憑かれていると信じこませようとしたのさ」

「なんと、では、伯爵さまは……」ヘルモッド先生が答えた。

「思うに、この里の者はとても迷信深い。城の客人たちはそれを知っている。だからやつらはそんな方法で邪魔者がやって来るのを防ごうとしたんだ」

それが事の次第だったに違いなく、信憑性もあった。だが、不思議ではなかろうが、ここヴェルストにおいて、そんな説明を受け入れる者は皆無だった。

若き伯爵は、説得に応じまいとしている聞き手たちを誰ひとり説得できなかったと見てとった。そこで、こうつけ加えることでよしとした。

「私の理屈に与するつもりはないようだな。ならばカルパチアの城について、自分たちの信じたいことをいつまでも信じていればいい」

「わしらは、わしらの見たものを信じとるのです、伯爵さま」コルツ村長は答えた。

「あるがままを」先生がつけ加えた。

「いいだろう。いや本当に、私に二四時間あればよかったのだが残念だ。ロッコと私はそのブルクを訪ねてみただろうからな。断言するが、すぐに状況が判明したはずだ」

「ブルクを訪ねるですと！」コルツ村長が大声を出した。

「とっととね。悪魔本人がお出ましになったって城の囲いを越えてみせるよ」

フランツ・ド・テレクが、ひどく現実的な、侮蔑的でもある言葉で考えを述べるのを聞きながら、誰もがまた別の恐怖に捕らえられていた。城の精霊をこれほど不躾に扱ってしまっては、もう村はおしまいではないかと。〈マーチャーシュ王〉亭での会話は城の精に筒抜けになっているのではないか。あの声がまたもや、この部屋に響き渡るのではないかと。

コルツ村長は若き伯爵に、声の件についても話をした。林務官が名指しで脅されたときの様子を。ブルクの秘密を暴こうとしたならば恐ろしい罰がくだるだろうと。

フランツ・ド・テレクは肩をすくめただけだった。そして、そんなことをこんこんと説かれても、この部屋で声なんぞ聞こえなかったではないかと言って立ちあがった。なにもかもが、あまりにも物事を信じやすい、そして、〈マーチャーシュ王〉のシュナップスへの嗜好が少々昂じてしまった客の、想像のなかの出来事でしかないと断じて。

ここで村人の数名が旅籠を出ようとした。なんでも疑ってかかる若者がそんなことを論じている場所に長居する気が失せて。

フランツ・ド・テレクは身ぶりでその者らを止め、こう言った。

「みなさん、ヴェルスト村は明らかに、恐怖の言いなりになっているのですよ」

「それだけの理由があるのです、伯爵さま」コルツ村長は答えた。

「とにかくもその、みなさんによればカルパチアの城で起こっているという悪巧み《マシナシオン》に決着をつける、うってつけの方法があります。私は明後日、カールスブルクに着く予定だ。よかったら私が町の当局に通報しよう。そうすれば憲兵なり警察官なりの分隊が派遣されるはずだ。勇猛果敢な彼らだ、さっさとブルクのなかに入って、物事を簡単に信じてしまうあなたがたを弄んでいる悪戯者を追っ払うなり、おそらくは、なにか悪事の準備している盗人たちを逮捕することだろう、それは請け合うよ」

願ってもない提案だったが、ヴェルストの名士たちの見解とは異なっていた。彼らを信じるなら、超自然的な手段を自在に用いて身を護る超人的な存在を打ち負かすなど、憲兵にも、警察にも、それこそ軍にさえも、できるはずはないのであった。すると若き伯爵が続けた。

「だが、みなさん、確か私はまだ、カルパチアの城の主が誰なのか、誰だったのかを聞いていませんね?」

「この土地の由緒ある一族、ゴルツ男爵家のものです」コルツ村長が答えた。

「ゴルツ家だと?」フランツ・ド・テレクは大声を出した。

「そのとおりで!」

「あの、ロドルフ男爵の一族か?」

「はい、伯爵さま」

「やつの消息を知っているか?」

「いいえ。もう何年も、ゴルツ男爵は城に姿をお見せになっていません」

フランツ・ド・テレクの顔は青ざめていた。そして、うわずった声で、機械的に、その名をくり返していた。

「ロドルフ・ド・ゴルツ!」



八

# 九

テレク伯爵家はルーマニアのもっとも輝かしく、もっとも由緒ある一族のひとつに数えられ、一六世紀初頭、同国が独立を勝ちとる以前より重き位にあった。この地方の歴史を形づくった政治的動乱のすべてに関与しており、一族の名は国の歴史に刻まれていた。

カルパチアの城の橅の木はまだ三本の枝を残していたが、テレク一門は今日、さらなる不遇をかこっており、枝は一本にまで減っていた。それはクラヨーヴァ＝テレク家という枝であり、その最後の子孫こそが、ヴェルスト村に到着したばかりの、あの若き貴人であった。

幼少期のフランツは、伯爵と伯爵夫人が住んでいた先祖伝来の城を一度たりとも離れたことがなかった。同家の末裔たちは深甚なる敬意をもって遇されており、また、惜しみなく財を遣っていた。地方貴族らしい寛いだ安楽な暮らしを送り、クラヨーヴァにある地所を離れるのは、要務に呼ばれ、その名を冠した小村に行くことが年に一度あるかないかであった。それも数マイルほどの遠出にすぎなかった。

こうした暮らし向きは当然、彼らのひとり息子の教育に影響を与え、若き日々の環境は、長いあいだフランツの心にその痕跡を残すことになった。唯一の教師は、自分の知っていること以外はなにも教えられない、そして、たいしたことを知らないイタリア人の老神父だった。ゆえに子どもは青年になっても、科学、芸術、現代文学について実に不十分な知識しか持ち合わせていなかった。夢中で狩りをする、森や野を日夜走り回る、鹿や猪を追いかける、短刀を手に山の獣に襲いかかる、若き伯爵は平素、そうして時間を過ごしていた。実に勇猛果敢な彼は、そうした荒っぽい鍛錬において大手柄をあげていた。

伯爵夫人が死去したのは、息子が一五歳になるかならないかの時であり、伯爵が狩りの事故で落命した時には二一歳になっていなかった。

若きフランツの悲痛は甚だしかった。母親に涙し、父親に涙することになるとは。わずか数年のあいだに双方を奪われたのだ。それまで愛のすべて、胸の裡のほとばしる情

山の獣に襲いかかる

は、ただ両親にのみ向けられていた。少年期と青年期に感情を表に出すならそれで構うまい。だが、その愛が失われると、友を持ったことがなく、家庭教師も亡くした彼は天涯孤独の身となった。

若き伯爵はその後も三年間、クラヨーヴァの城に残って出ていこうとはしなかった。外で人間関係をつくろうともせず、その地で暮らしていた。要務でやむをえず、ブカレストに一度か二度行ったくらいだった。ただし、すぐさま地所に戻ってきてしまうため、それも短い不在であった。

しかし、こうした生活がいつまでも続くことはなかった。フランツはついに己の地平を広げる必要を感じたのだ。ルーマニアの山々によって狭められていた地の向こうに飛び立とうと。

旅に出ることを決意したとき、若き伯爵は二三歳前後だった。その財をもってすれば、彼の新しい欲求は十全に満たされるはずであった。ある日彼は、老いた召使いたちにクラヨーヴァの城を任せ、ワラキアの地を離れた。連れは、ルーマニアのかつての兵士ロッコだった。すでにテレク一家に十年来仕えており、狩りの遠征のたびにフランツの伴を務めていた。勇気と決断力に富んだ男で、主《あるじ》に絶対の忠誠を誓っていた。

若き伯爵はヨーロッパを訪れるつもりだった。大陸の首都や主要都市に数か月のあいだ滞在しようと。そう考えるのも由なきことではなく、彼は、クラヨーヴァの城で習ったことは下絵程度のものにすぎないとみなしており、旅で学ぶことが己の教育を完成させるだろうと、計画は念入りに練られた。

フランツ・ド・テレクが最初に訪れたかったのはイタリアだった。イタリア人の老神父から教わり、イタリア語をかなり流暢に話せたからだ。彼は、過去の名残に富む同地に他所よりも惹かれるものを感じ、その魅力がために四年のあいだ滞在した。ヴェネチアを発ったのはフィレンツェに行くためであり、ローマを発ったのはナポリに行くためで、こうした芸術の中心地に絶えず戻ってきては、もはや身をひき離すことができなくなった。フランス、ドイツ、スペイン、ロシア、イギリス、そうした国は後回しでいい。歳を重ね、考えが今より熟したときにこそ──彼にはそう思えた──そうした国を学ぶことで益するところはより大きくなるだろうから。逆にイタリアの大都市は沸きたつ若さがあってこそ、その魔力を味わえるのだ。

フランツ・ド・テレクが最後にナポリにやって来たとき、彼は二七歳になっていた。数日だけの滞在で、次はシチリア島に向かうつもりだった。かつてのトリナクリア*を探索し、旅を終えたいと考えていたのだ。そしてクラヨーヴァの城に戻り、一年間、体を休めようと。

しかし、ある予期せぬ事態が計画を改めさせ、そればかりか彼の人生を決し、その流れを変えようとしていた。

イタリアで暮らした数年間、若き伯爵は、科学についてはたいしたものを得られず、自分にはその素質がないと感じていた。だが、美の感情については、盲者に射した光のごとき天啓を受けていた。彼は、芸術の輝きに広く心を開き、ナポリ、ヴェネチア、ローマ、フィレンツェの美術館を見学しては、絵画の傑作を前に心を熱くした。同時に劇場では、同時代の劇作品を知り、偉大な歌い手《アーティスト》たちの歌唱に夢中になった。

そしてそれは、最後のナポリ滞在の折だった。これから語る特別な状況において、なによりも秘めやかな、なによりも強烈に身を貫くある感情が、彼の心を占めることになったのだ。

当時、サン゠カルロ歌劇場にひとりの有名な歌姫がおり、その澄んだ声、完成された技法、劇的な演技が音楽好きたち《ディレッタンティ》の称賛の的になっていた。ラ・スティラ*はそれまで外国での喝采《ブラヴォー》を求めたことはなく、また、創作法において一級の地位にあったイタリア音楽以外の楽曲を歌うことはなかった。トリノのカリニャーノ歌劇場、ミラノのスカラ座、ヴェネチアのフェニーチェ座、フィレンツェのアルフィエーリ歌劇場、ローマのアポロ歌劇場、ナポリのサン゠カルロ座*が代わる代わる彼女をものにした。その成功がため、ヨーロッパの他の舞台に一度もあがっていないことを悔いることはなかった。

当節、齢二五のラ・スティラは比類なき美女で、黄金に彩なす長い髪、炎を宿す黒く深遠な瞳、無垢な顔だちで、燃えるような肌をし、姿態は、プラクシテレス*の鑿をもってしてもこれほど完璧な造形は望めまいと思わせるほどだった。そしてこの女性から、崇高な歌い手《アーティスト》が、もうひとりのマリブラン*が姿を現わすのであり、ミュッセならばこう言ったかもしれない。*


君が歌、痛みも天に運びけり！

その声は、誰よりも愛されたこの詩人が不滅のスタンス*において、

……その心の声、心に届くのみなりて

と称えたその声は、名状しがたいほど華麗なラ・スティラの声であった。

ではあるが、この偉大な歌い手《アーティスト》がいかに完璧に愛の調べを、

魂の激烈な感情を再現*しても、人曰く、彼女の心は決して愛の作用を感じたことがなかった。ラ・スティラは誰をも愛したことがなく、そのまなざしが、舞台で彼女を囲う数千の視線に応じたことはなかった。芸のなかで、芸のためだけに、それがラ・スティラの望む生き方のようであった。

　フランツはラ・スティラを見初めたその瞬間から、初恋の、あの否応ない魅惑の力に引きこまれていくのを感じた。ゆえに、シチリア島を見物してからイタリアを発つという計画をとりやめ、興行期間の終わりまでナポリに留まることに決めた。まるで、眼には見えない、断ち切ることの叶わぬ紐によってこの歌姫に結わえつけられてしまったかのごとく、すべての公演に立ち会い、観衆の熱狂によって舞台が真の成功に変わるさまを目のあたりにした。気持を抑えきれず、何度か歌姫との面会も試みた。だが、ラ・スティラの部屋の扉は無情にも、ほかにも無数にいた狂信的な崇拝者と同様、フランツに対しても閉じられたままだった。

　そんなことから、やがて若き伯爵は誰よりも人々の憐れみを集めることになった。ラ・スティラのことしか考えず、その姿を見、歌を聴くためだけに生き、名と財から社交界に招かれても新たな人間関係を築こうとはせず、心と思考のそんな緊張状態が続くなか、まもなく健康は深刻な状態に陥った。恋敵でもいたのなら苦悩の内実も察することができよう。だが、本人もわかっていたが、彼の前に立ちはだかろうとする男はいなかったのだ——実に奇妙な、ある人物でさえも。ここで物語が急展開を迎えるにあたり、その人物の風貌と特徴をお話ししておかねばなるまい。

　それは五〇歳から五五歳になる男だった——少なくとも、フランツ・ド・テレクが最後にナポリを旅したときにはそのくらいの歳とされていた。非社交的なこの男は、上流階級が受け入れている社会通念からわざと逸脱したふりをしているかのようだった。家族、境遇、過去についてはなにひとつ知られていなかった。今日、ローマで会えば、明日はフィレンツェといった具合だったが、言っておくと、それはラ・スティラがフィレンツェに、あるいはローマにいるのに合わせてのことだった。事実、彼について人が知るのは、あるひとつの情熱のみだった。歌の技芸《アール》で当代随一の、名にし負うプリマドンナの歌を聴くという情熱だ。

　フランツ・ド・テレクが、ナポリの劇場に立つラ・スティラを見たその日から彼女のためだけに生きていたのなら、この音楽好き《ディレッタント》の変人はすでに六年前からラ・スティラの歌を聴くためだけに生きていた。もはや歌姫の声は、息をするための空気のごと、それなしでは生きていけないかのようであった。彼は決して舞台以外ではラ・スティラと会おうとはせず、彼女の自宅に現われたり、手紙を書いたりといったこともいっさいなかった。ただラ・スティラが歌うたび、イタリアのどの劇場においても、上背があり、暗い色の長い外套に包まれ、顔を隠す幅広の帽子を被ったひとりの男が、切符もぎりの前を通り過ぎる姿が目撃された。男はそそくさと、格子のついた桟敷席の奥に陣どる。あらかじめ借りてある専用の席だ。公演のあいだはじっと動かず、無言でそこに閉じこもる。そしてラ・スティラがフィナーレの曲を終えるや、逃げるようにして席から立ち去るのだった。ラ・スティラのほかのどんな男性歌手や女性歌手が出てきても、彼をひき留めることはできなかったであろう。歌を聴きさえしなかったはずである。

劇場に通い詰めるこの観客は何者なのか。ラ・スティラはそれを知ろうとしたが無駄だった。ゆえに、生来、感受性がとても強い彼女はついに、その奇異な男の存在が空恐ろしくなっていった――いわれのない恐怖ではあったが、つまるところ紛うことなき現実の恐怖だった。格子を決して降ろさない桟敷席の奥にいるため、姿を見ることこそできなかったが、その男が席にいることはわかり、有無を言わせぬ視線がしかと自分を捕らえているのが感じられた。その視線に動揺するあまり、もはや舞台にあがるときに観衆が送る喝采《ブラヴォー》さえ耳に入らなくなるほどだった。

噂では、この人物はラ・スティラの前に決して姿を現わしたことがなかった。しかし、彼女と知遇を得ようとしない一方で――この点をとりわけ強調しておこう――歌い手《アーティスト》にちなむものは、なんであってもつねに関心の対象にしていた。そうしたわけで男は、大画家ミケーレ・グレゴリオ*が描いた、歌姫のもっとも美しい肖像画を所持していた。情熱も顕わに、感動にうち震え、崇高で、もっとも美しい役になりきっているラ・スティラの肖像画を。この賛美者が大枚をはたいて手に入れたその作品は、払った額に見合う価値を有するものだった。

この変わり者は、ラ・スティラの公演で桟敷席を占めるときにはつねにひとりであり、劇場に向かうときにしか自宅を出ることはなかったが、だからといって完全に孤独な暮らしをしていたと早合点すべきではない。いいや、相方と、彼と同じくらい異様な者と生活を分かっていたのである。

その人物は名をオルファニック*といった。年齢、出身地、生れ故郷は？　この三つの質問に答えられる者はいまい。本人の話では――彼は喜んで話した――世を毛嫌いしている、その天才が日の目を見ない、無名の学者のひとりだった。周囲からは、金持ちの音楽好き《ディレッタント》がその財布で気前よく養っている妙な発明家の類だと思われていたが、それも由なきことではなかった。

オルファニックは中背の男で、痩せ細り、弱々しく、骨と皮ばかり、その蒼白い顔は古い言葉で「吝《しわ》し」と形容できた。特徴は、物理か化学の実験で失ったと思しき右眼の黒い眼帯だった。ぶ厚い眼鏡を鼻に掛けていたが、近視用のレンズが嵌まっているのは、緑がかった視線を光らせている左眼のほうだけだ。この男には、ひとりでいても盛んに手ぶりを交えて歩く癖があった。まるで言葉を返さずに彼の話を聞いている、眼に見えぬ相手と話しているかのように。

二人の男、つまり奇怪な音楽狂と、負けず劣らず奇怪なオルファニックは、歌劇の興行に呼び寄せられてイタリアの各都市に定期的に出没し、少なくとも劇場では、ひじょうによく知られた存在だった。彼らは人々の好奇心をかきたて、ラ・スティラの賛美者は記者を遠ざけ、その不躾なインタヴューをつねに拒んでいたが、ついに名と国籍が知られるに至った。この人物はルーマニア出身であり、フランツ・ド・テレクがその名を人に尋ねたところ、こう答えがあった。

「ロドルフ・ド・ゴルツ男爵」

ここまでが、若き伯爵がナポリに到着した頃の事の経緯だった。二か月前よりサン＝カルロ歌劇場は札止めとなり、ラ・スティラの成功は夜毎増すばかりだった。彼女の演目のさまざまな役柄のなかでも、かつて、これほど見事な出来映えはなく、これほど熱烈な拍手をひき起こしたこともなかった。

毎回の公演でフランツは一階席に座り、一方、ゴルツ男爵は桟敷席の奥に隠れ、妙なる歌に没し、心を貫く声に浸り、まるでその声なしには生きることが叶わないかのようであった。

そんな折、ある噂がナポリを駆けめぐった――世間はその噂を信じるのを拒んだが、音楽好き《ディレッタント》の世界に警鐘を鳴らすことになった。

それによると、このたびの興行をもってラ・スティラは劇場を去るというのだ。まさか！　ありあまる才能を欲しいままにし、美なるものを完成させた彼女が、芸歴の頂点で引退を考えるなどということがあるだろうか。

信憑性に欠けようとも、それは事実だった。そして、彼本人は思いもよらなかったかもしれないが、ラ・スティラがこの決断に至った原因の一部はゴルツ男爵にあった。

この謎めいた風体の観客はいつでもそこにいた。桟敷席の格子に隠れて姿こそ見えなかったが、ラ・スティラは胸騒ぎがやまなくなり、それに対してなす術を持たなかった。舞台にあがるや気が動転し、観客にもはっきりとわかるほど混乱してしまい、こうして少しずつ健康が蝕ばまれていった。ナポリを去り、ローマに、ヴェネチアに、あるいはイタリア半島のどの街に逃げても、彼女にはわかっていた、そんなことくらいではゴルツ男爵の存在から自由にはなれないのだと。イタリアを捨て、ドイツ、ロシア、フランスに行っても逃れられまい。ゴルツ男爵は、ラ・スティラの声を聴くためならばどこであれ、あとを追ってくるのだ。偏執的にまとわりつかれることから解放されるには舞台を捨てるしかなかった。

一方、フランツ・ド・テレクは、すでに二か月前から、それは引退の噂が広まる前であったが、歌姫にある嘆願をしようと決心していた。その結果が不幸にも、もはやとり返しのつかぬ破滅をもたらすことになるのだが。自由の身であり、一財産を有している彼はラ・スティラ宅の訪問を許され、そこで彼女に、テレク伯爵夫人になってもらえないかと申し出たのだ。

ラ・スティラは、若き伯爵が彼女に対していかなる感情を抱いているかを以前より知らぬでもなかった。彼女は思った。女ならば誰であれ、どれほど位が高かろうが、この貴族に喜んで幸福を託すはずだと。件の精神状態に置かれていた歌姫はゆえに、フランツ・ド・テレクが彼の名をさし出すと言ったとき、好意を隠そうともせず、それを受け入れた。全幅の信頼のもと、テレク伯爵の妻になることに同意し、劇場での経歴を捨てることにも悔いはなかった。

引退の噂はよって事実だったのであり、ラ・スティラはサン＝カルロでの興行が終わり次第、劇場には二度と姿を見せなくなるだろう。少々疑わしかった彼女の結婚話はこうして確かなことになったのだ。

想像がつこうが、これは芸能の世界ばかりか、イタリアの上流社会にもただならぬ波紋をもたらした。引退が現実になることを信じまいとしていたが、もはや観念するよりほかなかった。若き伯爵の前には嫉妬と憎悪が立ちはだかった。当代随一の歌姫の技芸《アール》、成功、そして音楽好き《ディレッタント》の偶像崇拝を奪い去ったのだから。結果、フランツ・ド・テレクは個人的な脅迫を受けた——青年はそんな脅迫を歯牙にもかけなかったが。

だが、世間がそんな様子だったとして、ロドルフ・ド・ゴルツはなにを感じただろうか。ラ・スティラをとりあげられ、彼女とともに、彼を人生に結びつけていたものが失われると考えた彼は。それは想像にあまりある。自殺によって人生にけりをつけようとしたという噂が広まった。確かなのは、その日を境に、ナポリの街区を駆けずり回っていたオルファニックの姿を見かけなくなったことだった。以後は、ロドルフ男爵と別行動をとることがなくなり、幾たびかは、男爵が公演のたびに席を温めているサン＝カルロの桟敷席に一緒に閉じこもることもあった——ほかの多くの学者同様、彼には音楽の魔力がまるで効かないため、それは以前にはなかったことだったのだが。

　そのあいだにも日々は流れ、鎮まることを知らぬ人々の興奮は、ラ・スティラが最後の舞台に登場した晩、頂点に達しようとしていた。彼女は大作曲家《マエストロ》アルコナーチのオペラ、「オルランド」*のアンジェリカという、とっておきの役で観衆に別れを告げることになっていた。

　その晩、サン＝カルロの入口には、定員の十倍にも及ぶ観客が殺到し、大半は場外に残らねばならなかった。ラ・スティラが舞台に立っているあいだ、でなければオペラの五幕目の幕が降りるときに、テレク伯爵に対する抗議行動が起きることが懸念されていた。

　ゴルツ男爵は自身の桟敷席についており、その晩もまた、彼の隣にはオルファニックの姿があった。

　ラ・スティラが現われた、かつてなく感極まった様子で。だが、落ち着きをとり戻すと、感興の赴くまま、彼女は歌った。その完成度、比類なき才能には誰もが言葉を失うほどだった。歌姫は観客のうちに筆舌に尽くしがたい熱狂をひき起こし、それは狂乱の域にまで高まっていった。

　公演のあいだ、若き伯爵は舞台袖の奥にいた。じりじりと神経を昂ぶらせ、熱に浮かされたように、落ち着こうにも落ち着けず、劇の長さに悪態をつき、拍手とアンコールで生じた遅れに苛立っていた。ああ！　テレク伯爵夫人になる女性を一刻も早くこの劇場から奪い去りたかった。そして遠くへ、ずっと遠くへ、遙か遠くへ連れ去り、そこで彼女はもはや彼だけの、彼ひとりのものになるのだ！

　そしてついに、「オルランド」のヒロインが死ぬ劇的な場面がやって来た。アルコナーチの見事な音楽が聴く者の心をこれほどまでに貫いたことはなく、ラ・スティラがこれほどまでに熱情的な節回しでヒロインを演じたこともなかった。まるで魂全体が唇から滲み出ているかのようだった……。しかし声はときおり途絶え、かすれかけていた、もう二度と聞くことの叶わぬ声が！

　そのとき、ゴルツ男爵の桟敷席の格子が降りた。白いものが混じった長髪、炎を宿した瞳、奇怪な風貌の男が姿を現わした。恍惚とした顔はぞっとするほど青ざめていた。舞台袖の奥にいたフランツは、光をまともに浴びた男爵の顔を見た。それはこれまで一度たりとなかったことだった。

　フィナーレの曲を歌っていたラ・スティラは、天にも昇るようなストレッタ*の激情に忘我の境地にあった……。歌姫は、崇高な感情がこめられた、こんな一節をくり返したところだった。

恋する女《イナモラタ》、震えるわが心よ《ミオ・クオレ・トレメンテ》、

若き伯爵は舞台袖の奥にいた

白いものが混じった長髪の、奇怪な風貌……

われ死せんと欲せし《ヴォグリーノ・モリレ》*……


すると突然、ラ・スティラが動かなくなる……。

ゴルツ男爵の顔に怯え……。わけのわからぬ恐怖に体が麻痺する……。はたと口に手をやると、血で赤く染まっている……。彼女はよろめき……その場に倒れる。

観衆は立ちあがった。不安は頂点に達していた。心臓が脈打ち、気も狂わんばかりに。

ゴルツ男爵の桟敷席から叫び声が漏れる……。

フランツが舞台に駆けこむ。ラ・スティラを腕に抱き、身を起こし……顔を見て……呼びかける……。そして大声を出す。

「死んでいる！　死んでいる！　死んでいる！」

ラ・スティラは死んでいた……。* 胸の血管が破れたのだ……。その歌は臨終の息とともに消え去っていた！

・・・・・・・・・・・・

若き伯爵はホテルに運びこまれた、正気が案じられるほどの状態で。ナポリの住民でごった返すなか、ラ・スティラの葬儀が執りおこなわれたが、それには参列できなかった。

歌姫はカンポ・サント・ヌオーヴォ*墓地に葬られ、白い大理石にはただこうあった。

　　スティラ

葬儀の晩、ひとりの男がカンポ・サント・ヌオーヴォにやって来た。眼を血走らせ、頭を垂れ、唇は、死の封印がすでにされたかのようにぎゅっと結ばれていた。男はそこで、ラ・スティラが埋葬された場所を長いあいだ眺めていた。まるで最後にもう一度、墓所から漏れてくる偉大な歌い手《アーティスト》の声に耳を澄ましているかのように……。

それはロドルフ・ド・ゴルツだった。

その夜にも、ゴルツ男爵はオルファニックを伴い、ナポリを去った。出発してのち、その消息は杳としてわからなくなった。

だが翌日、一通の手紙が若き伯爵のもとに届いた。

手紙には、簡素な脅迫の文句があるだけだった。


「彼女を殺めしは汝なり！　テレク伯爵、汝に災いあれ」

　　　　　　　　　　　　　　ロドルフ・ド・ゴルツ

# 一〇

以上がこの痛ましい物語のあらましだった。

一か月のあいだ、フランツ・ド・テレクは生死の境をさまよった。周りの者を見分けることもできなかった——兵士ロッコのことさえ。熱が限界まで高くなると、そのまま息をひきとりそうになりながら、わずかに開いた唇からただひとつの名が漏れた。ラ・スティラの名が。

若き伯爵は死を免れた。医者の腕前、ロッコの絶えざる看護、そして若さと生来の力のおかげでフランツ・ド・テレクは命拾いをした。とてつもない打撃を受けていたが、それでも理性は無事だった。しかし記憶が蘇り、「オルランド」の悲劇のフィナーレを、歌い手《アーティスト》の魂が砕けたあの場面を思い出すと、若き伯爵はもう一度拍手を送るかのように腕をさし伸べ、こう声を張りあげるのだった。

「スティラ！ スティラ！」

寝台から出られるようになると、ロッコは直ちに主《あるじ》の許可を得、この呪われた街を逃れ、クラヨーヴァの城に連れ帰ることにした。ただしナポリを去る前に、若き伯爵は死した歌姫の墓前で祈り、崇高な、永遠の別れを告げたいと願った。

ロッコは主をカンポ・サント・ヌオーヴォに連れていった。フランツはこの無情な地に身を投げ、爪で土を掘りかえすと、自らもそこに埋葬されることを望んだ……。ロッコはやっとのことで、喜びのすべてが横たわるその墓から主を遠くにひき離した。

数日後、フランツ・ド・テレクはワラキア地方の僻地、クラヨーヴァの城に帰還し、一族の古の地所と相見えた。若き伯爵は城で五年間をただ孤独のうちに過ごし、外出を拒んだ。時も距離も、彼の苦痛を和らげることはなかった。忘れるべきであったが、それは叶わぬことだった。ラ・スティラの思い出は、はじめて会ったあの日と変わらず若き伯爵の心に根を張り、その生と一体になっていたのだ。それは死をもってしか閉じない傷口のようであった。

しかし、この物語がはじまったまさにその頃、若き伯爵は数週間前より城をあとにしていた。ロッコの長きにわたる執拗な懇願に、主はついに、身を削る孤独と袂を分かつ決心をしたのだ！　フランツの心が慰められることはないだろう、だがそれでもいい。少なくとも、苦悶から気を逸らす必要があった。

旅程がとり決められ、まずはトランシルヴァニア地方を訪れることになった。そののち若き伯爵は、ナポリでの悲痛な出来事で中断した、あのヨーロッパ旅行の再開にも――それがロッコの望みだった――同意するかもしれない。

こうしてフランツ・ド・テレクは出発した。今度は観光のため、短い期間で土地を見学して回るために。ロッコと彼はワラキアの平原を抜け、威風堂々たるカルパチアの山塊に至った。そこからヴルカン峠の隘路に分け入り、レテザト山を登攀、マロシュの谷に足を伸ばしたのち、ヴェルスト村の〈マーチャーシュ王〉亭に休憩をとりにやって来たのだった。

フランツ・ド・テレクが到着したとき、村の人心がいかなるものであったかはお話ししたとおりだ。ブルクを舞台にした理解不可能な出来事をいかにして彼が知ったかも。同様に、城の所有者がロドルフ・ド・ゴルツ男爵であることが今しがた伝わった経緯も。

その名を聞くと若き伯爵の様相は一変し、それは判事《ビーロー》にも村の名士たちにも見逃しようがないほどだった。よってロッコは、なんとも時宜悪くその名を発したコルツ村長を、その馬鹿げた話とともに追い払いたかった。よりによってヴェルスト村などに、カルパチアの城の近くにやって来てしまったとは、こんな不運があっていいものだろうか！

若き伯爵は沈黙を守りながら、誰彼なく視線をさまよわせていた。魂の奥深くを揺さぶられ、どうにも気を落ち着かせることができないさまがありありと見てとれた。

コルツ村長と友人たちは、テレク伯爵とゴルツ男爵の二人が謎の絆で結びついていることを理解した。だが、どれほど好奇心をかきたてられようと、礼に適った控え目な態度を崩さず、さらに詳しく知ろうとしつこく迫ったりはしなかった。なにをなすべきかは後日、判明するだろう。

それから少して全員が〈マーチャーシュ王〉を立ち去った。偶発的な出来事がかくも驚異的に連鎖し、村の今後が危ぶまれることにひどく戸惑いながら。

若き伯爵がカルパチアの城の所有者を知った今、それでも彼は約束を守ってくれるだろうか。カールスブルクに到着次第、当局に通告し、その介入を要請してくれるだろうか。判事《ビーロー》、先生、パタク医師、そのほかの者はそう自問していた。いずれにせよ若き伯爵がしないのならば、コルツ村長は自分がやろうと決めていた。通報を受けた警察は城を訪れ、あの場所が精霊にとり憑かれているのか、はたま

険路に分け入り……

た盗人の住処になっているかを確かめるだろう。こんな調子で城のことばかり考えていては、村は早晩、保たなくなるであろうから。

ただし実際は、大半の住人にとってそれは無駄な試みであり、なんの役にもたたない対処であった。悪い精を攻撃するだって！　そんなことをしたって憲兵のサーベルはガラスのように砕けてしまい、銃は撃つたび不発になるだけだ！

フランツ・ド・テレクは〈マーチャーシュ王〉の広間にひとり佇み、ゴルツ男爵の名によって、ひどい苦痛とともに呼び覚まされた記憶の流れに身を委ねていた。

ぐったりしたように肘掛椅子に一時間座したあと、若き伯爵は立ちあがり、旅籠を出、高台《テラス》の端に向かうと、そこから遠くを眺めた。

オルガル高原の中央、プレシャの丘陵にカルパチアの城は聳えていた。あの奇怪な人物、サン＝カルロの観客、不幸なスティラに耐えがたい恐怖を吹きこんだあの男は、あそこで暮らしていたのだ。だが今、ブルクは遺棄され、ナポリから逃げ去ったゴルツ男爵は城に戻ってはいなかった。その後の消息さえ知られておらず、あの偉大な歌い手《アーティスト》の亡きあと、自ら命を絶ったこともありえた。

フランツはこうして、どこで足を止めたらよいかもわからず、仮定の原野を突き進んでいた。

一方、林務官ニック・デックが身をもって知った城での変事はそれなりに気にかかり、その謎を暴いてみてはどうかとも思っていた。ともかくもヴェルストの村人を安心させることにはなるはずだ。

城が盗人の隠れ処になっていることに疑いの余地はなく、若き伯爵は、カールスブルクの警察に通報することで、えせ亡霊の悪事を挫くという約束を守ることに決めた。

とはいえ、当局に働きかけるため、より詳細な状況を知りたいと思った。最善は、林務官本人に直接尋ねてみることだ。そこでフランツは、午後の三時頃、〈マーチャーシュ王〉に戻る前に、判事《ビーロー》の家を訪ねた。

コルツ村長は、テレク伯爵殿下をお迎えするのはたいへんな名誉だと宣った——これほどの貴族を……ルーマニアの高貴な一族の末裔をお迎えすることになるとは……伯爵のご尽力で村に平静が戻れば、ヴェルストは伯爵に恩義を感じることになりましょう……そして繁栄ももたらされるはずです……カルパチアの城の悪い精を恐れることがなくなれば、里を訪れる旅行者が戻り……通行料を払ってくれるでしょうから……などなどと。

フランツ・ド・テレクはコルツ村長の賛辞に礼を言い、さし障りがなければニック・デックのところに案内してもらえないかと頼んだ。判事《ビーロー》は答えた。

「さし障りなどありませぬ、伯爵さま。あの若者はもう、ぴんぴんしております。仕事にもじきに戻ることでしょう」

そしてふり返ると、部屋に入ってきた娘を呼びとめて言い足した。

「そうだよな、ミリオタ?」

「神の思し召しのままに、お父さま!」感極まった声でミリオタは答えた。

若き伯爵は、若い娘の淑やかな会釈に魅せられた。彼女が許婚の容態を未だ案じていることを見てとると、フランツはすぐにそのことについて説明を求めた。

「私が聞いたところでは、ニック・デックは重症ではないそうだが……」

「はい、伯爵さま。天のおかげで!」ミリオタは答えた。

「ヴェルストにいい医者はいるかね?」

「ええと……」コルツ村長が言った。検疫所の元看護人には手厳しい調子だった。

「パタク医師がおりますわ」ミリオタが答えた。

「ニック・デックと一緒にカルパチアの城に行った者だな?」

「はい、伯爵さま」

「ミリオタさん、私はあなたの許嫁のためにも、本人と会って、城での変事についてもっと正確なことを聞きたいと思っているのだが」とフランツ。

「すぐにお話しするはずです、多少の疲れを押してでも……」

「おお! ミリオタさん、無理などさせないよ。ニック・デックの病状を悪化させるようなことは断じてしない」

「わかっております、伯爵さま」

「ご結婚はいつの予定で?」

「二週間後です」判事《ビーロー》が答えた。

「ならば列席させてもらえたら嬉しい限りだ。コルツ村長が私を招待してくれたらの話だが……」

「なんとも光栄なことで、伯爵さま……」

「二週間後だな、承知した。ニック・デックは、美人の許婚さんと一緒にこのあたりをちょいとひと廻りできるようになれば、たちまち治ってしまうはずだ」

「神がお守りくださいます、伯爵さま!」赤くなりながら娘は答えた。

その瞬間、ミリオタの魅力的な顔に憂いの色がありありと浮かび、フランツはそのわけを尋ねた。彼女は答えた。

「ああ! 神がお守りくださいますように。ニックは城に立ちはだかっている悪い精など物ともせず、なかに入ろうとしたのです! そして刃向かったんです。悪い精はニックを一生涯、ねちねちと責め続けるかもしれません……」

「おお！　それについては、ミリオタさん、約束するが、私たちが事を収めよう」フランツは答えた。

「ニックにもしものことは？」

「起こらない。警察官が来て数日もすれば、ブルクのなかを普通に歩き回れるようになるさ、ヴェルストの広場にいるのと同じくらい安全にね！」

若き伯爵は、先入観に凝り固まった精神を前に、今は超自然について話し合うときではないと判断し、ミリオタに、林務官の部屋への案内を頼んだ。

若い娘はすぐに応じ、フランツをひとり、許婚のもとに残した。

ニック・デックは、〈マーチャーシュ王〉亭に二人の旅人がやって来たことを知らされていた。監視小屋にも使えそうなほど大きい、古ぼけた肘掛椅子に深く座っていたが、立ちあがって客人を迎えた。彼を一時的に襲った麻痺はもうほとんど残っておらず、テレク伯爵の質問に答えられる状態にあった。フランツは若い林務官の手を親しげに握ると言った。

「デックさん、まずうかがいたいのだが、君はカルパチアの城に超自然的な存在がいると信じているのか？」

「信じざるをえないのです、伯爵さま」ニック・デックは答えた。

「君がブルクの城壁を登るのを邪魔したのはそいつらだと？」

「そうだと思います」

「その理由を聞かせてくれないか？」

「あれが悪い精の仕業でなかったら、私に起こったことは説明がつかないからです」

「なにが起こったのかひとつも省かず、今回の事件について話してもらえないだろうか？」

「喜んで、伯爵さま」

ニック・デックは請われたとおり物語を事細かに語った。それはフランツが〈マーチャーシュ王〉の客たちとの会話で聞き知った事柄を確認するものでしかなかった――若き伯爵が、知ってのとおり、まったくの自然現象として解釈した事柄を。

その晩の出来事は、かいつまんで言えば、盗人かなにか、ともかくブルクに居着いている人間が、ファンタスマゴリー*のような仕組みの機械装置を所持しているということで簡単に説明がつくのだ。またパタク医師は、眼に見えぬ力によって地面に鎖でつながれた気がしたなどと、おかしなことを言い張っていたが、それは医師が幻覚に弄ばれたのだと断じることができた。もっともありそうなのは、彼が

ニック・デックは古ぼけた肘掛椅子に深く座っていた

ただ単に、恐怖のあまり前後不覚に陥り、足が言うことを聞かなくなったということだ。フランツはそうしたことを若き林務官に声高に言った。するとニック・デックは答えた。

「ですが、伯爵さま、足が言うことを聞かなくなったのは、あの臆病者が逃げ出そうとしたときなのです。そんなことがありましょうか？　まったく考えられません、それはわかっていただけるのではと……」

「ならば、壕の底の草に隠された罠かなにかにはまったのだと考えよう……」フランツは答えた。

「罠が閉じたならば、ひどい傷がついて肉が裂けます。パタク先生の足には傷跡ひとつありません」若き林務官は答えた。

「君の観察は正しいよ、ニック・デック。ただ、いいかい、パタク先生が抜け出せなくなったのが本当なら、足が罠のようなもので押さえつけられていたからで……」

「では伯爵さま、お尋ねしますが、罠はどうやってひとりでに開いて先生を自由にしたのでしょう」

フランツは完全に答えに窮した。林務官は続けた。

「ですが伯爵さま、パタク先生についてはお任せします。結局、私が断言できるのは自分の経験したことだけですから」

「そうだな……先生のことは措いておこう。それでニック・デック、君に起こったことについてだけ話をしよう」

「私に起こったことはとてもはっきりしています。すさまじい一撃を食らったことは疑いのない事実です。とても説明のつかない手段で」

「見たところ君の体に傷はないな？」フランツは尋ねた。

「はい、伯爵さま。ですが、激しくやられました……」

「それはちょうど跳橋の鉄具に手を置いたときかね？」

「はい、伯爵さま。触れた途端、体が麻痺したようになりました。運よく、もう片方の手は、摑んでいた鎖を放しませんでした。そして壕の底まですべり落ち、意識のない私を先生が起こしてくれたのです」

フランツは首を振った、その説明は釈然としないといった態で。ニック・デックは続けた。

「ですが、伯爵さま、お話させていただいたことは私の夢ではありません。一週間のあいだ、手も足もきかずこの寝台で伸びていたわけで、これが全部、私が想像したことだと言うのは道理に適っていないのではないでしょうか！」

「だから夢だなどとは言っていないよ。君が不意打ちを食らったのは確かなことで……」

「悪魔による不意打ちです！」

「いや、私たちの見解が異なるのはそこだ、ニック・デック。君は超自然的な存在に襲われたと信じている。私はそうは思わない。なぜなら超自然的な存在などいないからだ、悪いやつも善いやつも」若き伯爵は答えた。

「では伯爵さま、私に起きたことにどう理屈をつけるのですか？」

「それはまだできない、ニック・デック。だが、すべて説明がつくだろうし、それもひどく簡単なことだと思ってくれていいよ」

「そうであってもらいたいものです！」林務官は答えた。

「それで、あの城はずっとゴルツ家のものだったのか？」

フランツは続けた。

「はい、伯爵さま。そして今もです。一族の現在のご子孫であられるロドルフ男爵は姿をくらまし、その後、消息ももたらされなくなりましたが」

「男爵が姿をくらましたのはいつ頃だね？」

「二〇年ほど前で」

「二〇年？」

「はい、伯爵さま。ある日、ロドルフ男爵は城を去り、最後の召使いもその数か月後に亡くなりました。以来、男爵の姿を見た者はいません」

「では、それからは誰も、ブルクに足を踏み入れてはいないのだな」

「誰も」

「里ではどう思われているのかね？」

「ロドルフ男爵は客死したに違いないと。失踪されてからすぐに」

「それは間違いだよ、ニック・デック。男爵は生きていた——少なくとも五年前には」

「生きていらしたと、伯爵さま？」

「ああ……イタリアで……ナポリでな」

「そこで男爵を見かけたので？」

「見たよ」

「この五年のあいだは？」

「彼の話を聞いたことはない」

若き林務官は物思いにふけった。ある考えが浮かんだのだ——それは言葉にするのが躊躇われる考えだった。しかし、ついに意を決して頭を持ちあげると、眉をひそめながら言った。

「伯爵さま、ロドルフ・ド・ゴルツ男爵が帰国されており、ブルクの奥の間にひき籠もっていると仮定することはできないでしょうか？」

「いいや……その仮定はできないな、ニック・デック」

「城に隠れて……侵入を拒むことでなにか利することはあったでしょうか？」

「なにも」フランツ・ド・テレクは答えた。

だが、若き伯爵の心の裡でそのとき、ひとつの考えが具体化しはじめた。その暮らしぶりがつねに謎に包まれていたあの人物が、ナポリを発ったあと、城に逃げ場を求めてやって来たということはありうる話ではないか。まったくの孤独のうちに生きたいと思うなら、ここであれば、うまいこと人々に迷信を信じこませておくことで煩わしい詮索から実にたやすく身を守ることができたはずだ。男爵は、近隣の里人の性向を知っているのだから。

とはいえフランツは、ヴェルストの人々をこの仮定に誘う必要はないと考えた。きわめて個人的な事情を打ち明ける必要があっただろうから。それに、そもそも誰も納得しなかったはずだ。そのことは、ニック・デックがこう言い添えたときによくわかった。

「もしも城にいるのがロドルフ男爵ならば、ロドルフ男爵はショルトなのだと考えなくてはなりません。私をあんなふうに扱えるのはショルトだけですから」

フランツはその議論に立ち返るのは真っ平だったため話を逸らせた。そして城に行ったことが深刻な事態を招きはしないと、あれやこれや説いて林務官を安心させたが、ただし、ああしたことは二度としないようにと忠言した。それは彼ではなく、当局の仕事だからだ。カールスブルクの警察官が首尾よく、カルパチアの城の謎に踏みこんでくれるだろう。

そこで若き伯爵はニック・デックに暇を告げた。彼も列席を約束した、美しいミリオタとの結婚を遅らせないよう、一刻も早く体を治すようにと厳しく言いつけて。

フランツは考えに没しながら〈マーチャーシュ王〉に戻り、日中は宿屋から出なかった。

六時になるとジョナスが広間で夕食を供した。これは褒めるべきだが、コルツ村長もほかの者も慎みを保ち、若き伯爵の孤独を乱しには来なかった。

八時頃、ロッコが若き伯爵に言った。

「もう御用はないでしょうか、若君」

「ああ大丈夫だ、ロッコ」

「では高台《テラス》でパイプを吸ってきます」

「そうしろ、ロッコ、そうしろ」

肘掛椅子に半身を横たえたフランツは、忘れがたき追憶に身を委ねていた。彼はナポリにいて、サン＝カルロ歌劇場の最後の公演に立ち会っていた……。ゴルツ男爵が見える。桟敷席から顔を出し、ついに姿を現わした男爵。その燃えるような視線は歌い手《アーティスト》にじっと注がれていた、彼女を射すくめようとしているかのごとく……。

若き伯爵の思いは次に、あの奇怪な人物の署名が入った手紙へと向かった。彼、フランツ・ド・テレクがラ・スティラを殺したと非難する文面の……。

こうして記憶のなかを迷いながら、フランツは少しずつ眠気に襲われるのを感じた。だが、まだ狭間《はざま》の状態にあり、どんなかすかな音も聞き分けることができた。思いもよらぬ怪奇現象が起こったのはそんなときだった。

声が、甘く抑揚のある声が部屋を通り抜けていったような気がしたのだ。そこにはフランツひとりしか、間違いなく彼ひとりしかいないにもかかわらず。

夢かどうかを考える間もなく、フランツは立ちあがり……耳を澄ませる。

間違いない！　彼の耳元に口が近づき、眼に見えない唇から、表現力豊かな旋律が漏れているかのようだった。それはステファーノ*が、こんな歌詞につけた旋律だった。

花咲きちぎれる園へ、《ネル・ジアルディーノ・デミレ・フィオーリ》
いざ行かん《アンディアーモ》、わが心よ《ミオ・クオレ》*……

それは、フランツにとって聞き覚えのある恋唄《ロマンス》だった……。えも言われぬほど甘美なその恋唄《ロマンス》は、お別れ公演に先だち、サン＝カルロ歌劇場で開かれたコンサートでラ・スティラが歌った曲だった……。

フランツは揺り籠に揺られているかのように、我知らず、ふたたび耳にしたその歌の魔力に身を委ねる……。

楽句《フレーズ》の最後で、声は徐々に弱まっていき、あたりを柔らかに震わせながらたち消える。

だが、フランツは酩酊を払いのけた……。ぱっと背筋を正す……。息を止め、心に届く声の、遠い木霊を捕らえようとする……。

室内も室外も物音ひとつなかった。彼はつぶやく。

「彼女の声だ！　そうだ！　あれは彼女の声だった……私がかくも愛した、彼女の声だった！」

やがて現実の感覚が戻ると言った。

「眠っていたんだな……夢だったんだ！」

# 一一

翌日、若き伯爵は夜明けとともに目覚めた。心は、夜の幻に未だ乱れたままだった。

予定では、昼前にヴェルスト村を発ち、コーロズヴァルへ出発するはずであった。

ペトロシャニとリヴァドゼルに立ち寄って小村での殖産を見学したあと、カールスブルクに丸一日留まり、その後、トランシルヴァニアの首都*にしばらく滞在するのがフランツの意図したことだった。そこからは旅のしめくくりに、中央ハンガリーの各地方を鉄道で横断することになっていた。

フランツは旅籠を出た。高台《テラス》を散歩しながら、オペラグラスを眼にあて、深く感に入ってブルクをしかと眺めた。朝日を浴びた城は、オルガル高原にその輪郭をくっきりと浮かびあがらせていた。

若き伯爵は以下のことについて考えをめぐらせていた。カールスブルクに着いたならば、ヴェルストの人々にした約束を守るべきだろうか。カルパチアの城で起きていることを警察に通報すべきだろうかと。

村に平穏をとり戻すと請け合ったとき、若き伯爵は腹の底で、ブルクは盗人の一団の隠れ処になっていると確信していた。盗人でなければ、なんらかの容疑者であり、追跡を避けるために工夫を凝らし、人々が城に近づくのを禁じたのだと。

だが夜のあいだ、フランツは熟慮を重ねた。そこで見解は大きく変わり、今は迷いが生じていた。

実際、ゴルツ家の当代、ロドルフ男爵は五年前に姿をくらませた。その後の消息は誰も知りえなかった。男爵が死去したという噂はおそらく、ナポリを発って間もない頃に広まったのだろう。だが、それは本当だったのだろうか。死の証拠はあるのか。ゴルツ男爵は生きていたのかもしれず、生きていたのならば、先祖伝来の城に戻っていてもおかしくはないのではないか。ならば、知る限り、男爵と唯一親交のあるオルファニックがつき添っていてもおかしくはなく、あの奇怪な物理学者こそが、この里を日夜、恐怖

ブルクの輪郭をしかと眺めた……

に陥れている怪奇現象の作者および演出家だとしてもおかしくはあるまい。フランツが考えていたのはまさにそうしたことだった。

　この仮説が十分な説得力を持つことに異論はあるまい。また、もしもロドルフ・ド・ゴルツ男爵とオルファニックがブルクに隠れ処を求めに来たのならば、人を寄せつけないようにしたことも理解できる。彼らの習慣や性格に合った、世間から隔絶した生活を送るためにだ。

　事がそうだったとして、若き伯爵はいかなる行動をとるべきなのだろうか。ゴルツ伯爵*の私的な事柄に干渉するのは適切だろうか。その是非を天秤にかけ、自問していると、ロッコも高台《テラス》にやって来た。

　フランツは自分の考えを伝えるのがよいと判断し、ロッコはそれにこう答えた。

「若君、確かに、ああした悪魔じみた空想に躍起になっているのは、あのゴルツ男爵なのかもしれません。さて！　だとしても、小生の意見では、われわれが首を突っこむべきことではありません。ヴェルストの臆病者たちは彼らのやり方でなんとかするでしょう。これはあの者らの問題です。村に平穏をとり戻そうとわれわれが気を揉むことはありません」

「そうかもしれんな。諸々考え合わせると、お前は正しいと思うよ、ロッコ」フランツは答えた。

「小生もそう思います」兵士は簡素に答えた。

「コルツ村長とほかの者たちは、今はもう、なすべきことがわかっている。ブルクの、彼ら言うところの精霊とどうけりをつけたらいいのかをね」

「実際のところ、若君、彼らはカールスブルクの警察に通報するしかないでしょう」

「昼食をとったら出発しよう、ロッコ」

「準備は万端です」

「だが、ジウの谷に降りていく前に、プレシャのほうを回っていこう」

「それはまたどうしてですか、若君？」

「カルパチアの、あのおかしな城を間近で眺めてみたくてね」

「そんなことをしてなんになるのです？」

「ただの思いつきだよ、ロッコ、ただの。半日の遅れも出まい」

　この決定にロッコは憤然とし、ただでさえそれは無意味なことに思えた。若き伯爵に、過去のことをあまり鮮明に思い起こさせるものはなんであれ遠ざけておきたかったからだ。今回はそれが果たせなかった。主《あるじ》の頑強な決意にぶつかってしまったのだ。

フランツは――なにか抗いがたい力を被ったかのように――ブルクに引き寄せられるのを感じていた。本人は気づかずとも、その引力はおそらく、ラ・スティラの声がステファーノのもの悲しい旋律をささやいたあの夢に関係していた。

しかし、あれは夢だったのだろうか。ああ！ 彼は今、そう自問するところまで来てしまっていた。村人らが〈マーチャーシュ王〉の同じ部屋で、声を聞いたと断言していたことを思い出しながら――ニック・デックが軽率にもその脅迫に逆らった声を。ゆえに、このときの若き伯爵の心境からして、彼がカルパチアの城に赴くことを目論んだのは不思議でもなんでもなかった。なかに入ろうなどとは考えなくとも、古い城壁のしたまで登ってみようと。

フランツ・ド・テレクが、その意向をヴェルストの住人にいっさい知らせないことに決めたのは言うまでもない。彼らのことだ、ロッコに加勢し、ブルクに近づかないよう説得にかかったはずだ。若き伯爵は計画については無言を通すことを兵士に強く求めた。村からジウの谷に降りていく姿が目撃されれば、カールスブルクに向かって出発したことが疑われることはあるまい。だが高台《テラス》から見ると、レテザト山の山裾に沿って、ヴルカン峠まで伸びている別の道があることにフランツは気づいていた。よって村をもう一度通ることなく、つまりコルツ村長やほかの者に見られることなく、プレシャの丘陵を登っていくことは可能なのであった。

昼頃、ジョナスが満面の笑みとともにさし出した、少々水増しされた勘定を文句もなく支払うと、フランツの出発の準備は整った。

コルツ村長、美人のミリオタ、ヘルモッド先生、パタク医師、羊飼いフリック、そのほか多くの住民が別れの挨拶を述べにやって来た。

若き林務官も部屋を出られるようになっており、回復は時間の問題であることがわかった――元看護人はその栄誉をわが物としていた。フランツは言った。

「よかったな、ニック・デック、君も、君の許嫁も」

「お言葉ありがたく頂戴いたします」喜びに顔を輝かせながら若い娘は答えた。

「どうかよい旅を、伯爵さま」林務官がつけ加えた。

「ああ……だといいがな！」表情を曇らせていたフランツは答えた。

「伯爵さま、お約束の、カールスブルクでの請願をお忘れになりませぬようお願い申しあげます」とコルツ村長。

「忘れないよ、コルツ村長。だが、私の旅に遅れが生じた場合、あの物騒なお隣さんをお払い箱にするとても簡単な

「どうかよい旅を！」

方法をみなさんはすでにご存じだ。そうすればすぐに、ヴェルストの村人は城のことで不安を覚えずに済むようになるよ」フランツは答えた。

「言うは易しです……」先生がつぶやいた。

「おこなうも、さ。もし望めば、四八時間以内に憲兵が、どんなやつらであるかは知らないが、ブルクに隠れている輩を打ち負かすだろうから……」フランツは答えた。

「それが精霊でしたら話は別ですし、それは間違いなく精霊ですが」羊飼いフリックが指摘した。

「それでも同じことさ」わずかに肩をすくめてフランツは答えた。

「伯爵さま、もしも伯爵さまがわしらと、つまりニック・デックとわしに同行されていたら、そんなことはおっしゃれないはずです」とパタク医師。

「そんなことないさ、先生。ただ私もブルクの壕のなかで、先生のように、実におかしな具合に足を押さえつけられてしまったかもしれないがね……」フランツは答えた。

「足を……ええ、伯爵さま。あるいはむしろ長靴を！　さもなくば、あのときの……精神状態では……私が……夢を見ていたんだと……そんなことをおっしゃるおつもりですか……」

「そんなことは言わないさ、先生。先生が説明がつかないと思ったことを先生に説明するつもりはない。けれど憲兵たちがカルパチアの城を訪ねたなら、軍規に慣れっこになっている彼らの長靴は、先生の長靴のように地面に根を張ったりはしないだろうがね」フランツは答えた。

医師に向けたその言葉のあと、若き伯爵は最後にもう一度、〈マーチャーシュ王〉の宿主《やどぬし》からの御挨拶を受けた。誉れ高いフランツ・ド・テレクさまをお迎えした栄誉は誠に光栄なことで……云々と。フランツは、コルツ村長、ニック・デック、その許嫁、そのほか広場に集まった住人らに別れを告げると、ロッコに合図をした。そして二人は足早に峠の道へと降りていった。

フランツと兵士は一時間もしないうちに川の右岸にたどり着き、二人はそれを、レテザト山南側の山裾に沿いながら遡っていった。

ロッコは観念し、主《あるじ》に対してもうなにも言わなかった。そうしても無駄なだけだった。主には軍隊式に従うのが彼の習慣であり、もしも若き伯爵が、なにか危険なことに身を投じたならば、そこから救い出すまでだった。

二時間歩いた後、フランツとロッコは短い休憩をとるために立ち止まった。

その場所では、それまで緩やかに右に折れてきたワラキア・ジウ川が、肘のように急に曲がり、道に近づいていた。

川の対岸、半マイル〔四キロメートル〕、すなわち約一リューほど先で、プレシャの丘陵にオルガル高原が丸く盛りあがっていた。よって、峠を抜けて城に向かおうとしていたフランツは、そこでジウ川から離れる必要があった。

その迂回によって当然、城と村を分かつ距離は倍に伸びた。それでもフランツとロッコは、日がまだ高々と出ているうちにオルガル高原の尾根に到達できるはずだ。そして若き伯爵はブルクを外から眺めることができよう。その後は夜を待ち、ヴェルストへの道をふたたび降りていけば、確実に、誰にも見つかることなく容易に道を続けることができる。それから両ジウ川の合流点にある小さな町、リヴァドゼルで夜を過ごし、翌日、カールスブルクへ向かうというのがフランツの意図したことだった。

小休止は半時間ほど続いた。フランツは追想に深く没し、ゴルツ男爵があの城の奥で秘めた生活を送っていたかと思うと居ても立ってもいられず、ひと言も言葉を発しなかった……。

口を挟まないよう苦心していたロッコだが、強いてそうしなければ、主にこう言葉をかけていただろう。

「深入りするには及びませんぞ、若君よ！　あの呪われたブルクなぞには背を向け、出発しましょう！」

二人は谷道に沿って進みはじめた。はじめに木々の茂みに分け入り、道なき道を行かなければならなかった。地面が深々とえぐられた場所もあったが、それは雨季に何度か氾濫するジウ川の仕業で、あふれた水が激流となってその地を沼地に変えてしまうのだった。おかげで歩くのに難儀し、結果として、わずかな遅れが生じた。ヴルカン峠の道にたどり着くのに一時間が費やされ、峠を越えたときには五時になっていた。

プレシャの右の山腹には、ニック・デックが直面したような、斧で道を切り開かなければ通り抜けることのできない森は立ちはだかっていなかった。そこは崩れた氷堆石が積み重なった地帯で、別の障害を考慮する必要があったのだ。急な段差、深い裂け目、土台が安定せず、アルプス地方の氷塊《セラック》のように屹立する岩の塊など、そこでは山の頂から雪崩によって落ちてきた巨石が乱雑に積み重なり、ぞっとするような真の混沌が待ち構えていた。

この条件で坂を登るにあたって、さらにたっぷり一時間、きつい労苦が課せられた。カルパチアの城は事実、周囲が通行不能で近づくことができないというだけで、すでに十分な防御がなされているようであった。そしてロッコはといえば、乗り越えられない障害が現れることを望んでいたのかもしれない。しかし乗り越えられぬ障害などないものだ。

乱雑に積み重なり

岩の塊が転がる窪みだらけの地帯を抜けると、二人はついにオルガル高原の前方に広がる尾根にたどり着いた。その地点から見える城は、これまでよりもくっきりとその輪郭を浮かびあがらせていた。周囲には、恐怖によって里の住民を何年ものあいだ遠ざけていた、寂寥とした無人の野が広がっていた。

ひとつ指摘しておいたほうがよかろうが、フランツとロッコは、城を囲う幕壁の、北に向いた側からブルクに近づこうとしていた。対してニック・デックとパタク医師はプレシャの左側に沿って進み、ニャドの急流と峠の道を右手に残してきたため、彼らがたどり着いたのは東の幕壁の前であった。この二つの方向は確かに、城中央の主塔を頂点にすると、大きく開いた角をなしている。しかしそもそも北側からでは城の囲いを越えることはできなかったはずだ。通用門もなければ跳橋もなく、さらに地面の高低に合わせて築かれた幕壁が、相当の高さに聳えていたからだ。

ただし結局のところ、北側からの接近が完全に妨げられていようと、それはどうでもいいことだった。若き伯爵は城壁を越えようなどとは夢にも思っていなかったのだから。

フランツ・ド・テレクとロッコがオルガル高原の裾野で足を止めたのは七時半頃だった。二人の前で、石を粗雑に積みあげた建造物は闇に沈み、その色合いは、古色蒼然としたプレシャの岩と見分けがつかなくなっていた。城の囲いは、稜堡がつけ足された左のほうで急激に湾曲していた。その盛り土からあの橅が伸び、銃眼を戴く胸壁の上でその顰め面を見せていた。枝が拗《ねじ》けていることから、南西からの突風がその高さまで激しく吹きつけていることがうかがえた。

事実、羊飼いフリックの勘定は正しかった。例の伝説どおりであれば、ゴルツ男爵の古いブルクの余命は残り三年であった。

フランツは声もなく、中央に立つ短軀の主塔と、それが見おろす建造物の全体を眺めていた。おそらく、この雑然とした石の山の下に、マジャール人の古い砦が備えていたような、だだっ広く、音のよく響く丸天井の部屋の数々や、ダイダロスが造ったかのような長い廊下、地の懐に穿たれた小部屋が今もなお隠されているのだ。この古の館はゴルツ一族の末裔が、誰にもその秘密を知られぬまま忘却に埋もれるのにうってつけの住居だった。そうしたことを思えば思うほど、ロドルフ・ド・ゴルツが人里離れたこの城砦に逃げこんだのではないかという考えが、ますます若き伯爵の頭から離れなくなるのだった。

とはいえ主塔の内部には、それが何者であれ、住人の気配を感じさせるものはなにひとつなかった。煙突から煙は出ておらず、隙間なく閉じられた窓からは物音ひとつ聞こえてこなかった。この闇の所領の神祕を乱すものは――鳥の鳴き声さえ――皆無だった。

しばしのあいだフランツは、かつては祝祭の喧噪や、武具がぶつかり合う音が満ちていた城郭全体を貪るように眺めていた。だが、声をなくしており、かほどに精神は、打ちひしがれた思いにとり憑かれ、追想で胸をいっぱいにしていたのだった。

ロッコはそんな主をそっとしておきたいと思い、なるべく離れたところにいるよう気遣っていた。主の物思いの邪魔になってはと、雑感ひとつ述べることさえ控えていた。しかし太陽がプレシャの山塊を去り、闇が両ジウ川の谷を満たしはじめると、もはや躊躇うことなくこう言った。

「若君、夕刻になりました……まもなく八時です」

フランツは聞いていないようだった。ロッコは続けた。

「出発の時間です。リヴァドゼルの旅籠がどこも閉まってしまいます」

「ロッコ……少し待ってくれ……そう……少しだけ……そうしたら行こう」フランツは答えた。

「峠の道に戻るには、若君、たっぷり一時間はかかるでしょう。その頃にはすっかり日が暮れていますので、道を通ってもわれわれが目撃される心配はありません」

「あと数分だ。そうしたら村のほうに降りていこう」フランツは答えた。

若き伯爵は、オルガル高原に着いたときに足を止めた場所から一歩も動いていなかった。ロッコが続けた。

「若君、おわかりでしょうが、夜になりますと、あの岩山のあいだを通っていくのに難儀いたします……。日が高いときでも、ここまで来るのに苦労しました。急かすようで申しわけございませんが……」

「そうだな……出発しよう……ロッコ……お前について行くよ……」

ブルクを前にしたフランツはその場にがんじがらめになってしまったかのようだった。おそらくは、理屈ではなく、なにか秘められた予感によって。若き伯爵もまたパタク医師のように地面に鎖でつながれてしまったのだろうか。幕壁の下の壕でそうなったと医師が言っていたように……。いいや！　彼の足には枷も罠もなかった……。高原を自由に行き来できたし、そうしたければ、なんの問題もなく外岸壁の縁に沿って城の囲いを一周することもできたのだ……。

若き伯爵はそうしたかったのか。

ロッコもそう考え、最後に一度、こう言うことにした。

「若君、参りませんか？」

「そう……そうだな……」フランツは答えた。

そしてその場を動かないのだった。

オルガル高原はすでに闇に沈んでいた。山塊から広がってきた影は南のほうを登っていき、建造物全体を消し去っていた。城の輪郭はもはや、ぼやけた影絵のようだった。主塔の狭い窓から光でも漏れてこなければ、やがてなにも見えなくなるだろう。ロッコはくり返した。

「若君……いらしてください！」

フランツはついにロッコのあとを追ったが、そのときだった。伝説の橅の木が生えている稜堡の盛り土の上に、朧な人影が現われたのは……。

フランツは足を止め、その人影を見た。その姿は徐々にはっきりとしていった。

女だった。髪はほどけ、手を前にさし出し、白いロングドレスに包まれていた。

だがその衣裳は、あれはラ・スティラが「オルランド」のフィナーレの場面で着ていたものではないか。フランツ・ド・テレクが彼女を最後に見たときの。

そうだ！　それはラ・スティラだった。じっと動かず、若き伯爵のほうに腕をさし伸べ、鋭く貫くような視線を彼に向けていた……。フランツは叫んだ。

「彼女だ！　彼女だ！」

そして駆けだした。ロッコがひき留めなければ、城壁の基部まで転がり落ちていくところだった……。

霊はいきなり消えた……。ラ・スティラが姿を見せていたのはわずか一分あまりのことだった……。

どうでもいい！　一秒であってもフランツには彼女だとわかったはずだ。そして口からはこんな言葉が漏れた。

「彼女は……彼女は……生きている！」

フランツは叫んだ。「彼女だ！　彼女だ！」

# 一二

まさか。稜堡の盛り土の上に現われたのは、もう二度と相見えることはないと思っていたラ・スティラだった！　フランツ・ド・テレクは幻影に弄ばれたわけではなかった。ロッコも同じように目撃したのだから！　それはまさに、アンジェリカの衣裳を纏った偉大な歌い手《アーティスト》だった。サン＝カルロ歌劇場でのさよなら公演の折、観客の前に立った、あのときの姿の！

　恐ろしい真実が若き伯爵の眼に明らかとなった。つまり、あの愛しい女性、テレク伯爵夫人になるはずだった女性はトランシルヴァニアの山中に五年のあいだ幽閉されていたのだ。つまり、フランツ・ド・テレクが、舞台で倒れて死ぬのを見た彼女は生きていたのだ！　つまり、半死の彼がホテルに担ぎこまれているあいだ、ロドルフ男爵はラ・スティラの自宅に侵入し、彼女を拐《かどわ》かし、カルパチアの城に連れ去ったのだ。翌日、住人がナポリのサント・カンポ・ヌオーヴォ*まで葬列をつくった際のあの棺桶は空だったのだ！

　なにもかもが信じがたく、受け入れがたく、良識に反することのように思えた。奇跡に属することで、信憑性がないと。フランツもまた執拗なほど、何度も自問自答したはずだ……。そう！　だがひとつの事実がすべてを凌駕していた。ラ・スティラはやはりゴルツ男爵に拐かされたのだ、なぜならブルクに彼女がいるのだから！　彼女は生きていたのだ、なぜなら城壁の上にいる彼女を今しがた見たのだから。その確信は絶対的なものだった。

　それでも考えは錯綜しており、若き伯爵は我をとり戻そうと努めた。ただし彼の考えはひとつに集約されていった。カルパチアの城に五年間囚われていたラ・スティラをロドルフ・ド・ゴルツ男爵から奪い返す！　息も絶え絶えの声でフランツは言った。

「ロッコ、いいか……ともかく、わかってくれ……でないと気が変になってしまう……」

「若君……若君！」

「なにがなんでも彼女のもとに行かなければならない……

彼女のところに！　今夜にでも……」

「なりませぬ……明日に……」

「今夜だと言ったら今夜だ！　彼女があそこにいるんだ……私が彼女を見たように、彼女も私を見た……私を待っている……」

「でしたら……小生もついて参りましょう……」

「だめだ！　私ひとりで行く」

「おひとりで？」

「そうだ」

「ですが、どうやってブルクのなかに入るのです、ニック・デックは失敗したのですぞ」

「入ると言ったら入る」

「通用門は閉まっています……」

「私にはそうじゃない……探してやる……穴を見つけて……そこを通る……」

「小生がお伴をすることを望まれないので……若君よ……望まれないので？」

「そうだ！　二手に分かれよう。二手に分かれたうえで、お前にひとつ頼みがある」

「ここで待つと？」

「いや、ロッコ」

「では、どこへ行けばいいので？」

「ヴェルストだ……あるいは……いや……ヴェルストじゃない……。あの連中が知っても仕方のないことだ……。ヴルカンの村に降りていって、今夜はそこで過ごすんだ……。そして明日、私が現われなければ、朝にもヴルカンを出ろ……つまり……いや……さらに二、三時間待て……。それからカールスブルクに発つんだ……そこで警察署長に通報しろ……全部話せ……そして警官たちと一緒に戻ってこい……。必要なら、ブルクを強襲するんだ！　そして彼女を解放する！　ああ！　天の神よ……彼女は……生きていた……ロドルフ・ド・ゴルツの手の内で！」フランツは答えた。

若き伯爵は途切れ途切れに言葉を放ち、ロッコが見守るなか、極度の興奮はますます度を越していった。自制心を失った者特有の脈略のない感情が露わになっていた。最後に一度、フランツは声を張りあげた。

「行け……ロッコ！」

「それがお望みで？」

「そうだ！」

断固たる命令を前に、ロッコは従うよりほかなかった。そもそもフランツはすでに遠ざかっており、闇に隠れて兵士の視界から消えていた。

ロッコは、出発する踏ん切りがつかず、しばしその場に留まった。彼はこう考えていた。フランツがどう力を尽くそうとそれは無駄に終わるだろうと。城の囲いを越えることすらできないはずで、ヴルカンの村にとって返すことを余儀なくされるに違いない……おそらくは明日に……おそらくは今晩にでも……。そうしたら二人でカールスブルクへ行くのだ。当局の警官たちが、フランツにも林務官にもなしえなかったことを遂行するはずだ……ロドルフ・ド・ゴルツ男爵を倒すのだ……不幸なスティラを奪い返し……カルパチアのブルクを捜索して……必要あらば石ころひとつ残さず破壊するだろう……城を守るため、地獄の悪魔が勢揃いしていようとも！

やがてロッコは、ヴルカン峠の道に向かうため、オルガル高原の斜面を降りていった。

そのあいだにもフランツは外岸壁の縁に沿って進み、城壁の左の角を防御している稜堡をすでに曲がっていた。

幾多の思いが心を縦横に駆けめぐっていた。今や、ゴルツ男爵がブルクにいることに疑いの余地はなかった。ラ・スティラが監禁されているのだから……。城にいるのはゴルツ男爵以外に考えられない……。ラ・スティラは生きている！　だが、どうやって彼女のもとにたどり着いたものだろう。どうやったら城の外に連れ出すことができるのか。わからなかった。だが、なせばなる……なさねばならぬ……。ニック・デックが乗り越えられなかった障害を乗り越えるのだ……。フランツをこの廃墟に駆りたてているのは好奇心ではないのだ。熱情であり、生きてふたたび相見えた女への愛なのだから。そう！　死んだと思っていた女は……生きていた。その女をロドルフ・ド・ゴルツから奪い返すのだ。

フランツは実際、城に入るならば南の幕壁からしかないと考えていた。そこに跳橋のあがっている通用門があるからだ。よって北側の高い城壁の登攀に挑むことはないと、稜堡の角を曲がり、オルガル高原の尾根に沿って歩き続けた。

それは昼間ならばなんの苦もないことだった。しかし真夜中——山間に籠もった靄のせいで闇が深まった夜——では、月もまだ昇っておらず、無謀な行動以外のなにものでもなかった。踏み外す危険、壕の底まで落下する危険に加え、岩にぶつかり、それが地崩れをひき起こすかもしれなかった。

フランツはそれでも進んだ。ただし外岸壁のジグザグになるだけ身を寄せ、そこから遠ざかっていないかを手と足で探りを入れて確かめながら。超人的な力に支えられ、また、彼を裏切らない、驚異的な本能の力に導かれるのを感じながら。

稜堡の先に、南側の幕壁が広がっていた。跳橋が壕の渡しになっているが、今は通用門まで持ちあがっていた。

　稜堡から先は障害が数を増しているようであった。高原のあちらこちらにそそり立つ巨大な岩と岩のあいだを、外岸壁に沿って進んでいくのはもはや至難の業となり、壁から離れる必要があった。想像してみて欲しい、ドルメンやメンヒルが乱雑に立ち並んだカルナック*のまっただなかで、自分の位置を確かめようとしている男の姿を。それも、とるべき方向を示す目印も光もないなかで。あたりは、中央の主塔のてっぺんまで闇夜に覆われていたのだ！

　フランツは構わず進んだ。こちらでは行く手を阻む大岩をよじ登り、あちらでは巨石のあいだを這いながら。薊《あざみ》や茨の茂みで手が切れ、尾白鷲*のつがいが頭をかすめると、それらは恐ろしい金切り声をあげながら飛び去っていった。

　ああ！　ニック・デックと医師が城に近づいたときに鳴り響いた古い礼拝堂の鐘が今、鳴ってくれたならば。彼らを包んだ閃光が今、主塔の銃眼の上で放たれたならば。フランツは、水夫が甲高い警笛の音や灯台の光に向かうように、その音や光のほうに歩いていけたのだが。

　しかし！　今は数歩先しか見渡せない深い夜があるだけだった。

　それはおよそ一時間続いた。フランツは、左側の地面が明らかに傾いているのがわかり、迷ってしまったと感じた。もしや通用門のずっとしたまで降りてきてしまったのではないか。跳橋などとっくに過ぎてしまったのではないかと。

　立ち止まり、地団駄を踏み、絶望に腕をよじった。どちらの側に向かったらいいのだ。日の出を待たねばならないのかと思うと激しい怒りがこみあげた！　そうなってしまったらブルクの者たちに見つかってしまう……やつらの不意を衝くことができなくなり……ロドルフ・ド・ゴルツは警戒を強めるだろう……。

　夜のうちに、今夜のうちに城郭に入りこむことが重要なのだった。なのにフランツは闇のなか、方向を見失っていた！

　彼の口から叫び声が漏れた……絶望の叫びが。フランツは大声を出した。

「スティラ……スティラ！」

　彼は、囚われの女がそれを聞きつけ、応えてくれると思うほどに追いつめられていたのか。

　すると突然、フランツの眼に衝撃が走った。光が滑るように闇を切り裂いている——相当に強い光で、また、光源はかなり高いところにあるに違いなかった。彼は思った。

「あれがブルクだ……あれだ！」

　そして事実、その位置からして、光は中央の主塔から発せられているとしか考えられなかった。

過度の興奮からフランツは迷わず、光を寄こしたのはラ・スティラだと思った。疑いの余地はない、先ほど稜堡の盛り土に現われた彼女を見たとき、彼女もまた彼に気づいていたのだ。そして今、そのラ・スティラが合図を送ってきた。通用門に至る道を示したのは彼女だったのだ……。

フランツは光源のほうに向かった。近づくほどにその輝きは増していった。彼はオルガル高原を左のほうに行き過ぎていたため、右のほうに二〇歩ほど登っていかなければならなかった。そして少し手探りをしたあと、外岸壁の縁を見つけた。

光は彼の正面で輝いており、高さからすると、主塔の窓のひとつから発せられていることがわかった。

フランツはこうして最後の障害と対峙しようとしていた――今度ばかりは乗り越えられぬかもしれない障害と！

実際、通用門は閉じ、跳橋は持ちあがっていたのだから、彼にできることといえば幕壁の下まで滑っていくことくらいであったろう……その後、頭上五〇ピエ〔一六メートル〕の高さに聳える城壁を前になにができるというのか。

フランツは、通用門が開くときに跳橋が降りてくる場所まで進んだ……。

跳橋は降りていた。

その意味を考えてみることすらせず、フランツはぐらつく橋の桟板を渡り、門の扉に手をかけた……。

扉は開いた。

フランツは、暗い丸天井の下に転がりこんだ。だが、数歩も行かないうちに跳橋が持ちあがり、通用門にあたって大きな音をたてた……。

フランツ・ド・テレク伯爵はカルパチアの城に囚われていた。

フランツは扉に手をかけた

# 一三

ヴルカン峠を登り降りするトランシルヴァニアの地元の人間と旅人たちは、カルパチアの城についてその外観を知るのみだった。ヴェルストほか周辺に住む勇猛果敢な者であっても、畏怖の念から足を止めて距離を置き、そこで眼にするのは廃墟と化したブルクの姿、巨大な石の堆積でしかなかった。

　だが、城郭の内部は人々が思っていたほど荒れ果てていたのだろうか。いいや。封建時代の古砦は堅牢な壁に守られ、手つかずのまま残っていたのであり、未だ一部隊を駐屯させることもできたはずだ。

　広々とした丸天井の部屋、深く掘られた地下蔵、枝分かれする回廊。中庭では、高い柵のように茂った雑草が地面の砂利を覆っている。日の光が決して射さない地下の隠し小部屋、ぶ厚い壁の内部に隠された階段、幕壁の細い狭間《さま》から明かりをとっている堡塁。中央の主塔は三階建てで、そこで暮らすのに十分な広さのある部屋をいくつも持ち、銃眼のついた屋上を冠している。城郭のさまざまな建築物のあいだを無数の通路が縦横無尽に交錯し、上は稜堡の盛り土まで、下は城を支える土台の懐にまで通じている。方々に散らばる貯水場は雨水を溜め、余った水はニャド川に流される。また、長いトンネルがいくつかあり、噂によれば、それらは塞がれておらず、ヴルカン峠の道に通じているという――以上がカルパチアの城の全貌*であり、その平面図を見れば、ポルセンナ、リムノス島、クレタ島の迷宮*にも匹敵するほど複雑な構造をしていることがわかる。

　ミノス王の娘*をわが物にしようとしたテセウスのごとく、若き伯爵もまた、抗いがたい、激烈な感情に駆られ、果てなく続く、長く曲がりくねったブルクの通路を進んでいった。彼は、ギリシアの英雄を導いたアリアドネの糸を見つけることができるだろうか。

　それまでフランツの頭には、城郭に入るというひとつの目的しかなかった。そしてそれは叶った。だが、おそらくはよくよく考えてみるべきだったのだ。つまり、その日まで持ちあがっていた跳橋が、なぜ、まるで彼に道を開けるかのようにわざわざ降りていたのか！　おそらくは気に留めるべきだったのだ。なぜ、通用門が背後でいきなり閉まったのかを！　だが、そんなことは脳裏をかすめもしなかった。彼はついに、ロドルフ・ド・ゴルツがラ・スティラを虜にしている城のなかに入ったのであり、これから命を賭して彼女のもとに行くのだ。

フランツが飛びこんだ回廊は幅広で、高く、丸天井はなだらかな弧を描き、漆黒の闇に没していた。敷石はがたつき、足もとはおぼつかなかった。

フランツは左側の壁に寄り、その仕上げ面に触れながら進んでいった。手があたると、表面の硝石がぼろぼろと落ちた。物音はせず、聞こえてくるのは、遠くまで響き渡る自身の足音だけ。朽ちた建物の臭いを運ぶ生温かい風が背中を押す。まるで回廊前方の端から風を引きこんでいるかのようだった。

左手に最後の角があり、それを扶けている石柱を過ぎると、おそろしく狭い廊下の入口に出た。腕を広げるだけで、壁の上塗りに手が触れてしまうほどだった。

フランツは身を屈め、手と足で探りを入れてその廊下が一直線であるかどうかを確かめながら進んだ。

角の柱から二〇〇歩ほど行ったところで、廊下が左に曲がっているのを感じた。このまま五〇歩も行けば、道はこれまでと真逆の方角に向かうだろう。この廊下はブルクの幕壁のほうに戻っているのだろうか。主塔の下には通じていないのか。

フランツは歩を速めようとした。だが毎度、床の段差につまずき、急に向きを変える角に出くわして立ち止まらざるをえなかった。ときおり壁に開口部が現われたが、それは横の枝道に通じていた。だが、すべては底知れぬ闇のなかにあり、モグラでない限りはこの迷宮で方向を定めようとしても無駄だった。

あるいは袋小路に迷いこんだとわかり、何度か道をひき返す羽目にもなった。フランツが恐れていたのは、蓋がきちんと閉じていない揚げ戸を踏んで転落することだった。地下牢の底に落ちてしまったら脱出は不可能だろう。ゆえに、下に空洞がありそうな音がする板の上を通るときには壁で体を支えるよう注意した。しかし、物事を考える余裕さえ与えぬ熱情に駆られ、ひたすら前に進むのみだった。

ただ、それまでフランツは昇り降りをしていなかったので、彼がいるのはつねに城郭の中庭と同じ階であった。中庭は種々の建物のあいだに設けられていたので、運がよければ、今進んでいる廊下が中央の主塔に、その階段の下に通じていてもおかしくはなかった。

当然のことながら、通用門はブルク内部の建物に、もっと直接に連絡していたはずだ。そう、ゴルツ一族が住んでいた頃には、いつ果てるともないこんな通路に入っていく必要などなかったのだ。通用門の真向かいに二つ目の扉があり、それは最初の回廊とは逆に、主塔がその中央に聳えている閲兵式場に通じていた。だが今、その扉は封鎖されており、フランツはその位置さえ知ることがなかったのだ。

　若き伯爵が適当に角を曲がりながら廊下を進むあいだに一時間が過ぎた。遠くの物音を聞くでもなく聞きながら、あるいはラ・スティラの名を叫べば木霊は主塔の階まで響いたかもしれないが、あえてそうはせずに。フランツの心は挫けていなかった。彼は力尽きるまで、乗り越えがたい障害によって足止めを余儀なくされるまで進むであろう。

　しかし自分では気づいていなかったが、フランツはすでに体力を消耗していた。ヴェルストを出てから、なにも口にしていない。空腹と喉の渇きは耐えがたかった。足はふらつき、たわみそうになる。服を通して入ってくる蒸し暑い空気に息は切れ、鼓動は早鐘を打っていた。

　九時近くなった頃だろうか、フランツが左足を踏み出すと、そこに床はなかった。

　屈みこみ、手で触れると一段さがっており、次もそうだった。

　階段があった。

その階段は城の基礎部分に通じ、出口はないだろう。

　フランツは躊躇うことなく降りていった。階段は廊下に対して斜め下に続いており、彼は段の数を数えていった。七七段降りると、ふたたび平らな通路に出た。それは幾重にも曲がりくねり、暗がりに消えていた。

　フランツはその通路を半時間歩いた。やがて疲労困憊し、足を止めると、二、三〇〇ピエ〔六五―九七メートル〕ほど先に光の点が現われた。

　明かりはどこから発せられているのだろう？　ただの自然発光、地下で燃えあがった鬼火の水素だろうか？　それともブルクに住む何者かが手にしている角燈だろうか？　フランツはつぶやいた。

「彼女では？」

　そしてオルガル高原で岩のあいだをさまよっていたとき、城の入口を示すかのように光が出現したことを思い出した。主塔の窓からあの光で合図をしてくれたのがラ・スティラだったならば、入り組んだ城の基部で彼を導こうとしているのもまた彼女なのではないか。

　フランツはとり乱さんばかりになりながら、その場を動かず、身を屈めて光を見た。

　その光は点というよりは散光であり、廊下の端にある、地下埋葬所らしき場所全体を照らしているように見えた。

脚は体をほとんど支えられなくなり、フランツは這うことで先を急ぐことにした。そして狭い入口を越えると、地下墓所の敷居に転がりこんだ。

地下墓所は保存状態がよく、一二ピエ〔三・九メートル〕ほどの高さで、ほぼ正確な円を描くように広がっていた。壁には太鼓腹をした八本の柱が並んでおり、柱頭は、丸天井に向かって放射状に伸びる肋骨を支えていた。穹隅の中央にある要石にはガラスの電球が嵌めこまれ、黄色い光が灯っていた。

今しがた彼が入ってきた、二本の柱に挟まれた扉の正面にさらにもうひとつ、閉じた扉があった。扉板には太い釘が打ちこまれており、その錆びた頭から、反対側にある差し錠の基部の位置がわかった。

フランツは立ちあがり、その二つ目の扉まで這うようにして進むと、重い縦木を開けようとした……。

その試みは徒労に終わった。

部屋には壊れかけの家具がいくつか備えてあった。寝台、というよりむしろ、樫の古木の心材でできた寝床があり、上には諸々の寝具が散らばっていた。そうかと思えばこちらには、脚の捻れた腰掛、鉄の爪で壁に固定された卓があった。卓にはさまざまな食器が載っていた。水の入った大きな水差し、冷肉が盛られた皿、船旅用の乾パンに似た大きな丸パン。部屋の隅には水盤があり、細い水流が滔々と注ぎこんで、あふれた水は、一本の柱の底部につくられた排水口に流れていた。

こうした準備はあらかじめなされていたのであり、つまり、この地下墓地に客が来るのは予期されていたのではないか。あるいは囚人が牢獄にやって来ることが。囚人とはつまりフランツのことであり、彼は巧みにこの場に誘導されたのではないか。

混乱していたフランツはそうしたことを怪しむことさえしなかった。空腹と疲労でふらふらだった彼は、卓の上の食べ物を貪り、水差しの中身で喉を潤した。そして粗雑な寝台に、向きも構わず倒れこんだ。そこで数分も休めば体力も少しは回復する。

しかし頭を整理しようとすると、思考は、摑もうとして手をすり抜けていく水のようだった。

これでは日の出を待って捜索を再開せざるをえないのだろうか。彼の思考力は、自由な行動ができないほど鈍ってしまったのか。そして思った。

「いや！　待ちなどしまい！　主塔に……今夜中にも主塔にたどり着かなければ！」

と、丸天井の要石に嵌めこまれていた電球が放つ、人工の明かりが消えた。地下墓所は漆黒の闇に沈んだ。

フランツは立ちあがろうとした……。しかし、それは叶わず、思考は眠りこみ、より正確に言うなら、唐突に停止した。発条が壊れた柱時計の針のように。それは奇妙な眠り、いやむしろ、心身を圧倒する酩酊状態だった。存在が完全に消え去ったかのようであり、精神の安らぎがもたらす眠りではなかった……。

　そんな睡眠がどのくらい続いたのだろう。目覚めたとき、フランツはそれを確かめることができなかった。腕時計は止まっており、時を示すことはなかった。だが地下墓所はふたたび人工の光に浴していた。

　フランツは寝台から飛び出し、最初の扉のほうに数歩進んだ。それは開いたままだった――続いて二つ目の扉に。そこは閉じたままだった。

　彼は考えをまとめようとしたが、うまくできなかった。体のほうは前日の疲労から回復していたにもかかわらず、頭のほうは空っぽで、同時に重くも感じられた。彼は自らに問うた。

「何時間眠っていたんだ？　今は夜なのか、昼なのか？」

　地下墓所の室内に変化はなかった。ただ光がふたたび灯り、食べ物が新しくなり、水差しは澄んだ水でいっぱいになっていた。

　あの心身を圧倒するかのような虚脱状態に陥っていたあいだ、何者かが入ってきたのだろうか。フランツがブルクの深部に到達したことが気づかれたのか。彼はロドルフ・ド・ゴルツ男爵の手の内にいて……。もはや同胞と連絡をとり合うことはできない定めなのか。

　そういうわけにはいかない。そもそも逃げ出せばいい、それはまだ可能だ。通用門まで続いているあの回廊を見つけ、城から出ればいい……。

　出る？　そのとき、通用門が彼の背後で閉じたことを思い出した……。

　ならば！　城郭の壁までなんとかたどり着けばいい。幕壁に開いた隙間のどこかから外に滑り出ることができるか試してみるのだ……。死にもの狂いでやればブルクから脱出するのに一時間もかからないはずだ。

　だが、ラ・スティラは……彼女のもとに行くのをあきらめるのか。ロドルフ・ド・ゴルツから奪い返さずに城をあとにするのか。

　そうだ！[*]　今晩果たせなかったことは警官たちの助力を借りておこなうのだ……。ロッコがカールスブルクからヴェルスト村に連れてきているはずだ。一気呵成に古い城郭を襲い……ブルクを隈なく探し回ろう。

　そうと決めると、あとは一秒たりとも無駄にせず実行に移すまでだった。

フランツは起きあがった。そして、前に通ってきた廊下に向かったときだった、地下墓所の二つ目の扉の裏でなにかが滑るような音がした。

間違いなく足音が近づいてきていた――ゆっくりと。

フランツは扉の建具に耳をあて、呼吸を止めると、音に聞き入った。

足音の間隔は同じで、一段ごとに大きくなっていった。地下墓所から内庭に通じている階段がもうひとつあるのは明らかだった。

あらゆる事態に備えてフランツは、ベルトの鞘から短刀を抜き、しっかりと手に握った。

ゴルツ男爵の召使いが入ってきたなら、飛びかかり、鍵を奪い取り、追いかけてこられない状態にする。それから、その新しい出口を通り、主塔を目指すのだ。

それがロドルフ・ド・ゴルツ男爵だったならば――すぐに本人とわかるだろう。サン＝カルロの舞台でラ・スティラが倒れたときに顔を見ていたのだから――容赦なく斬りつけよう。

そのあいだに足音は、扉の向こう側の敷居をなしている踊り場で止まった。

フランツは一歩も動かず、扉が開くのを待った……。

扉は開かなかった。そして、どこまでも甘い声が若き伯爵のもとに届いた。

それはラ・スティラの声だった……そう！　少し弱々しいものの、豊かな抑揚、言葉に表せない魔力、愛撫のような調子を持った彼女の声。歌い手《アーティスト》とともに死したと思われた、奇跡の歌《アール》を奏でる見事な楽器であった。

ラ・スティラはもの悲しい旋律をくり返していた。ヴェルストの旅籠の広間でフランツが眠っていたときに、その夢を揺り籠のように揺すったあの旋律を。

花咲きちぎれる園《ネル・ジラルディーノ・デミレ・フィオーリ》へ、
いざ行かん《アンディアーモ》、わが心《ミオ・クオレ》よ……

歌はフランツの魂をその奥底まで貫いた……。それを吸いこみ、神酒のように呷った。ラ・スティラのほうは、一緒に行こうと招くように、こうくり返していた。

いざ行かん《アンディアーモ》、わが心《ミオ・クオレ》よ……いざ行かん《アンディアーモ》……

だが扉は開かず、フランツはその先には進めなかった！　ラ・スティラのもとに行き、腕に抱き、ブルクの外に連れ去ることはできないのか。彼は大声を出した。

「スティラ……スティラ……」

フランツは呼吸を止めると、音に聞き入った

ラ・スティラの声を聴いているあいだのことで、まるでそれに気づかなかったのだ……。

ブルクの城郭に囚われていた彼は今、地下墓所に囚われていた。


扉に突進したが、それでも開かなかった。

歌はすでに弱まり……声は消え……足音は遠ざかっているようだった……。

フランツは跪き、扉の長板を揺さぶって動かそうとした。金具で手を切り、ラ・スティラの名を呼び続けながら。彼女の声はもうほとんど聞こえなかった。

そのとき、恐ろしい考えが稲妻のように頭をよぎった。彼は大声を出した。

「狂っている！　狂っているんだ。私のことがわからないなんて……応えてくれないなんて！　五年もここに閉じこめられていたんだ……あの男の手の内で……スティラ……彼女は正気を失ってしまったんだ……」

そして立ちあがった。眼は虚ろ、動きはぎこちなく、顔を火照らせ、こうくり返しながら。

「私もだ……私も正気を失いそうだ！　今にも狂ってしまいそうだ……彼女と同じように……」

フランツは、檻のなかの野獣のように暴れながら地下墓所を行き来した……。そしてこうくり返した。

「いや！　いや！　落ち着かなければ！　ブルクから出なければならない……。出てやるぞ」

フランツは最初の扉のほうに突っこんでいった……。

それは音もたてずに閉じていた。

# 一四

　フランツはがっくりとうなだれた。その懸念はもっともなことであったが、思考力や物事の理解力、結論を導くための知力が少しずつ抜けおちていたのだ。それでもラ・スティラの記憶、歌の印象だけは心の裡に染みついていた。だが、この暗い地下墓所に歌の木霊が返ってくることはなかった。

　若き伯爵は幻に弄ばれたのか。いいや、断じてそうではない！　先ほど聞こえてきたのは確かにラ・スティラの声だった。城の稜堡で見たのは確かにその姿だった。

　そこでまたあの考えが浮かんだ。ラ・スティラは理性を奪われてしまったのだという考えが。フランツは、今一度彼女を失ったかのような恐ろしい衝撃を受けた。彼はひとり、こうくり返した。

「狂ってる！　そうだ！　狂ってるんだ……私の声がわからなかったのだから……返事ができなかったのだから……狂ってる……狂ってるんだ！」

　それ以外はありえまい！

　ああ！　このブルクから彼女を奪い去り、クラヨーヴァの城に連れていき、全身全霊をこめて看病をすれば、手当と愛によって理性をとり戻させることができるものを！

　恐ろしい錯乱状態にあって、フランツはそう口走った。彼が我に返ったのは数時間後のことだった。

　冷静に論理をたどり、混沌とした考えに惑わされないようにした。彼は思った。

「ここから脱出しなければならない……。どうやって？　次にあの扉が開いたときにだ！　そうだ！　眠っているあいだに誰かが食べ物を新しくしていった……それを待とう……寝たふりをして……」

　そのとき、ひとつの疑惑が頭をもたげた。もしや水差しの水に、睡眠剤のようなものが入っていたのではないか……。深い眠りに沈み、時間もわからぬほどすっかり意識を失ったのは、あの水を飲んだせいではないか……。ならば！　もう飲まないまでだ……。卓に置かれた食べ物にも手をつけないでおこう……。じきにブルクの者が入ってくるはずだ。すぐにでも……。

すぐに？　どうしてわかる？　今、太陽は天頂に昇っているのか、それとも地平に降りているのか？　夜なのだろうか、昼なのだろうか？

そこでフランツは、どちらかの扉に近づいてきた足音を相手に悟られぬよう捕らえようとした。だが音は聞こえてこなかったため、仕方なく地下墓所を壁沿いに這ってみた。頭は燃えるようで、眼は殺気立ち、ぶんぶんいう耳鳴りに悩まされながら。換気は扉の継ぎ目からわずかになされるだけで、空気は重くのしかかり、息も絶え絶えだった。

すると突然、右側に並ぶ柱のひとつの角から、冷たい風が唇にあたるのを感じた。

そこに口が開いており、外の空気をわずかに通しているのだろうか。

そのとおりだった……。思ってもみなかったが、柱の陰に通り道があったのだ。

仕切り壁と仕切り壁のあいだに身を滑らせ、頭上から射していると思しきかすかな明かりを目指す。若き伯爵は瞬時にそれをおこなった。

出た先は、小さな円形の庭だった。幅は五、六歩で、壁は一〇〇ピエ〔三二メートル〕ほどの高さに聳えていた。それは、わずかな空気と光を採り入れるための、地下牢に備えられた中庭であり、まるで井戸の底にいるかのようだった。

フランツはそこで、今はまだ日中であることを確認することができた。井戸の上部を見ると、縁石のところに光が斜めに射していたからだ。

光の角度が徐々に狭まっていることから、太陽は日中の運行の、少なくともその半分をすでに終えていた。夕方の五時くらいのはずであった。

そこから推論すると、こう結論できた。フランツは最低でも四〇時間のあいだ眠りに没していたのだ。睡眠剤入りの飲み物が原因であることは疑いの余地がなかった。若き伯爵とロッコがヴェルスト村を出たのは一昨日、六月一一日であり、今は一三日が暮れようとしていることになる……。

庭の底では空気が湿っていたが、それでもフランツは胸一杯に吸いこみ、気分を少し落ち着かせることができた。だが、この石の長い筒を通って脱出するという希望は捨てなければならないことがすぐに判明した。壁面に出っ張りはなく、登るのは不可能だったのだ。

フランツは地下墓所の室内に戻った。逃げるとしたら、二つの扉のどちらかしかなく、それぞれがどんな状態であるかを知っておきたかった。

ひとつ目の――彼が入ってきた――扉は実に頑丈なつく

壁面を登るのは……

りで、ぶ厚く、差し錠と鉄の受座によって外側から施錠されているに違いなかった。よって継ぎ目をむりやり動かそうとしても無駄だった。

二つ目の――その向こうからラ・スティラの声が聞こえた――扉は状態があまりよくないように見えた。扉板はところどころ腐っていた……。突破するならばこちら側のほうがやりやすいだろう。冷静さをとり戻したフランツはこうひとりごちた。

「そうだ……こちらだ……こちらからだ……」

だが、ぐずぐずしている暇はなかった。睡眠薬入りの水が効いて彼が眠ったと見るや、すぐに誰かが入ってくるだろうからだ。

作業は思ったよりも捗った。扉の枠に差し錠を固定していた金属の基部の周りは、木が黴に食われていたのだ。フランツは短刀でそこを円形に切り抜くことができた。ほとんど音をたてず、ときおり手を止めては耳をそばだて、外から物音が聞こえてこないかを確かめながら。

三時間後、差し錠は外れ、肘金の軋む音とともに扉は開いた。

フランツは、少しでも新鮮な空気を吸うため、あの小さな庭に出た。

そのときにはもう、井戸の口のところに光の角はできていなかった。それは太陽がレテザト山の陰に沈んだことを意味していた。庭は深い闇に沈んでいた。まるで、筒の長い望遠鏡を通して見たかのように、井戸の縁石がつくる楕円のなかで、星がいくつか瞬いていた。ときおり小さな雲が、夜とともに穏やかになるそよ風に吹かれ、ゆっくりと流れていった。また、大気の色あいからして、まだ半ばしか満ちていない月がすでに、遥か遠い、東の山々の頭上に出ていることがうかがえた。

今は夜の九時頃のはずだ。

フランツは地下墓所に戻って食べ物を少々口にし、水差しの中身は捨て、水盤の水で喉の渇きを癒やした。それから短刀をベルトにしっかり挟むと、扉を大きく開け放って外に出た。

地下の回廊をさまよって行けばおそらく、今度こそ、あの不幸なスティラと会えるのではないか。そう考えると彼の心臓は破裂しそうなほど高鳴った。

数歩行くと、たちまち段に突きあたった。思っていたとおり、そこから階段がはじまっており、フランツは昇りながらその段数を数えた――地下墓所の敷居にたどり着くのに七七段を降りたのに対し、六〇段しかなかった。ということは地上の高さに戻るのに、あと八ピエ〔二・六メートル〕ほどあるはずだった。

とはいえ、ほかに方法も思い浮かばず、フランツは、両手を広げれば壁に触れてしまうほど狭く、そして暗い回廊を進み続けた。

半時間が過ぎた。その間、扉や鉄柵で足止めを食うことはなかった。だが何度も角を曲がったため、オルガル高原に面している幕壁に対し、どの方向を向いているのかがわからなくなってしまった。

数分休憩して息を整えたあと、フランツはふたたび歩きはじめ、この回廊には果てがないのではないかと思いはじめたその矢先、行く手を遮るものが現われ、彼は立ち止まった。

それは煉瓦の壁だった。

上から下まで方々を手で探ってみたが、亀裂さえなかった。

こちらには出口がなかったのだ。

フランツは思わず叫び声をあげた。さきに抱いた希望のすべてがこの障害物にぶつかって砕けた。膝が折れ、足に力が入らず、彼は壁際に倒れこんだ。

ところが、地面に近いところに狭い裂け目があった。組み合わせの悪い煉瓦がしっかりと接地しておらず、指で触るとぐらついていた。フランツは大声を出した。

「ここなら通れる……ああ！　ここなら通れる！」

煉瓦をひとつずつ外しはじめると、反対側から物音が聞こえてきた。

フランツは手を止めた。

音はやまず、同時に、裂け目から光が射しこんできた。

フランツは見た。

そこは城の古い礼拝堂だった。時と遺棄がなした荒廃ぶりは眼に余るものがあった。丸天井は半ば落ち、まだ残っている数本の格縁が、瘤だらけの柱に掛かっている。二、三の、尖塔アーチの半円部は今にも崩れてきそうだった。ゴシック・フランボワイヤン様式の、細い格子が浮かびあがっている装飾窓もぼろぼろだ。あちらこちらに、ゴルツ家の先祖がその下で眠っている、埃を被った大理石の墓石が見える。後陣の奥には祭壇の残骸があり、その背後に立つ装飾衝立の彫像は傷だらけだった。だがこの後陣は、半壊した屋根に覆われていたために突風の被害を免れていた。正面入口の上方にはぐらつく頂塔が聳え、そこから一本の綱が床まで垂れていた――それは鐘を揺らすための綱だった。ときおりこの鐘の音が響くと、峠の道を行く、帰りの遅くなったヴェルストの人々は、いわく言いがたい恐怖を味わったものだった。

実に長いあいだ放置され、カルパチアの不順な天候にさらされてきたこの礼拝堂に今、ひとりの男が入ってきた。

手にしていた角燈の光がその顔を明るく照らしだす。

フランツはすぐに、その男が誰であるかわかった。

それはオルファニックだった。イタリアの大都市に滞在中、男爵と唯一つき合いのあった奇人、せわしなく手を動かし、独り言を言いながら通りを歩いていた変わり者、世に認められなかった学者、つねに妄想を追いかけ、間違いなくロドルフ・ド・ゴルツ男爵に研究の成果を提供しているあの発明家だった！

フランツは、ラ・スティラが姿を見せたあとになってもまだ、カルパチアの城に男爵がいることに多少の疑いを抱いていた。だが、オルファニックを眼の前にした今、疑いは一掃され確信へと変わった。

こんな夜更け、廃墟と化した礼拝堂に、やつはなんの用事があるのか。

フランツはそれを探ろうとした。そして以下のことがはっきりと見てとれた。

地面に身を屈めたオルファニックは、鉄の円筒を数本持ちあげたところだった。彼はそれを、礼拝堂の隅に置かれた糸巻きから繰り出されている鉄線につなげていたのだった。実に注意深く作業をおこなっており、かりに若き伯爵が近づいても気づきさえしなかったであろう。

ああ！　フランツが広げようとしていた壁の裂け目が、彼が通れるくらい大きかったならば！　礼拝堂に入り、オルファニックのもとに駆け寄って、主塔までむりやりに案内させたものを……。

だが、行動に出られない状態にあったのはかえって幸いだったのかもしれない。試みが失敗した場合、ゴルツ男爵は、フランツが暴いた秘密を、彼の命で贖わせたかもしれないからだ！

オルファニックが現われてから数分後、もうひとり別の男が礼拝堂に入ってきた。

それはロドルフ・ド・ゴルツ男爵だった。

忘れようにも忘れられないこの人物の風貌は以前と変わっていなかった。歳を重ねていないようにさえ見えた。角燈の光が、下から上へと照らす蒼白い面長の顔も。後ろに流した、白いものの混じった長髪も。暗い眼窩の奥にまで火花を放つ、その視線も。

ロドルフ・ド・ゴルツはオルファニックに近づき、彼がとりかかっている作業を検分した。

二人の男はぶっきらぼうな声で、以下の言葉を交わした。

# 一五

「礼拝堂の接続は済んだか、オルファニック？」

「終えました」

「稜堡の堡塁は、準備は万全か？」

「万全で」

「これで稜堡と礼拝堂は直接、主塔と結ばれたのだな？」

「結ばれました」

「装置が電流を放ったあと、わしらには逃げる時間があるのだな？」

「あります」

「ヴルカン峠に出るトンネルが塞がっていないのは確認済みだな？」

「塞がっておりません」

しばしの沈黙があり、そのあいだにオルファニックは角燈を手にすると、礼拝堂の奥に光を投げかけた。男爵は声を張りあげた。

「ああ！　わが古《いにしえ》のブルクよ。城郭に押し入ろうとする者たちに、高いつけを払わせてやろうぞ！」

そしてロドルフ・ド・ゴルツはこんな言葉を口にした。その口調に若き伯爵は身震いした。

「ヴェルストで話し合われていることを聞いたか？」

「五〇分前、電話線が、〈マーチャーシュ王〉亭で交わされていた話を送ってきました」

「攻撃は今夜か？」

「いいえ、明日未明のはずで」

「ロッコはいつヴェルストに戻ったのだ？」

「二時間前に。カールスブルクから連れてきた警察官たちと一緒です」

「いいだろう！　城を守りきれぬのならば、せめてフランツ・ド・テレクと、やつに助太刀しようとする者ども全員を城の瓦礫の下敷きにするまでだ！」ロドルフ・ド・ゴルツ男爵がくり返した。

少し間を置いたあと、男爵は続けた。

「電話線はその後どうなる、オルファニック？　城とヴェルスト村がつながれていたことを知られてはならぬぞ

「礼拝堂の接続は済んだか？」

……」

「知られませぬ。電話線は私めが処分いたします」

思うに、この物語で起きたいくつかの怪奇現象について説明を加える時が来たようだ。その由ってきたるところについてもまもなく明かされよう。

この時代――とりわけ強く指摘しておきたいが、これは一九世紀末のある年の話だ――電気、つまり、「世界の魂」と正しくも称された電気の使用は完成の域に達していた。著名なエディソンと弟子たちの偉業はその仕上げ*を終えていた。

電気機器のなかでも、電話における音の精度の向上は奇跡のごとしで、プレートに拾われた音は相手の耳にそのまま届き、もはやラッパ状の受話器の助けは不要だった。話、歌、つぶやきでさえ、相手がどんなに離れていようが聞きとることができた。数千リュー隔てられていようとも、まるで向き合って座っているかのように*〔原註／写真電送の発明により、電話線につながれた鏡でお互いを見ることもできた〕、二人きりで会話をすることもできるのだ。

オルファニック、もはやロドルフ・ド・ゴルツ男爵の傍を離れなくなったこの男は、すでに何年も前から、電気の実用化において第一級の発明家であった。だが、知ってのとおり、彼の見事な発明はそれに見合う歓迎を受けてはいなかった。学者の世界がこの男に見ていたのは、その技術《アール》における天才ではなく、ただの狂った男だった。のけ者にされ、嫌気のさした発明家は、根深い憎しみを同胞たちに向けていた。

そうした状況のもと、貧困に追いたてられたオルファニックとゴルツ男爵は出会った。男爵はその仕事を奨励し、金銭面を助け、ついには、発明の利は男爵だけに配当され、男爵のみがそれを用いることができるという条件で彼を傍に置くことにした。

結局のところ、お互いの流儀で変わり者であり、偏執的《マニアック》な二人は、そもそも実に馬が合った。ゆえに出会ってからこのかた、二人は片時も離れることはなかった――ゴルツ男爵がイタリアの都市から都市を経めぐってラ・スティラを追いかけていたときも同様に。

しかし音楽狂が、かの比類なき歌い手《アーティスト》の歌に酔い痴れていた一方で、オルファニックの心を占めていたのは、ここ数年のあいだに電気学者たちが実現した発明を完成させることだけだった。より洗練された応用によって、さらに驚異的な作用をひき出せないかと。

ラ・スティラの舞台生活に終止符が打たれた一連の事件のあと、ゴルツ男爵は姿をくらませ、その後の消息は誰にも知られることがなかった。ナポリを去ったのちに彼が身を隠したのは果たしてカルパチアの城であった。同行したオルファニックは、男爵と城にひき籠もることをたいそう喜んだ。

古きブルクの城壁に囲われた生活を人目から隠そうと決めたとき、ゴルツ男爵は、彼の帰還を里の住人が夢にも思わないよう仕向け、訪ねてくる気を失せさせようと意図した。言うまでもなくオルファニックと男爵は、ある確実な方法によって、物質面でまるで不自由なく城で暮らすことができた。実は、城からヴルカン峠の道には秘密の通路がつながっており、決まった日に、信頼のおける、誰にも素姓を知られていないかつての召使いがそこを通り、ロドルフ男爵とそのお伴の生活に入用なものをすべて運びこんでいたのだった。

事実、ブルクの残骸――とりわけ中央の主塔――は、人が思っていたほど荒廃してはおらず、主《あるじ》たちの必要を満たしてあまりあり、住みやすいくらいであった。ゆえに、実験のための物ならなんでも手に入ったオルファニックは、物理学と化学を基礎とする並はずれた仕事に明け暮れ、また、その成果を、邪魔者を遠ざける目的で使うことを思いついた。

ゴルツ男爵はその提案を一も二もなく呑み、オルファニックは、里の者を恐怖に陥れるべく、悪魔の所業としか思えないような怪奇現象を生みだす特別な機械装置を城に据えつけた。

しかしゴルツ男爵にとって第一に重要だったのは、もっとも近くの村で交わされている会話に通じることだった。それと疑われることなく、人々の話を聞く方法はないだろうか。それはあった。ヴェルストの名士たちが毎晩集うのを常としていた〈マーチャーシュ王〉亭の広間と城とを、電話線でうまいことつなぎさえすればいいのだ。

オルファニックは実に単純なやり方で、巧妙かつ秘密裏にそれを実行した。彼は、銅線を絶縁体で覆い、その一方の端を城の主塔の二階にあげ、他方を、ニャド川の川底を経由してヴェルスト村まで伸ばした。この最初の作業が終わるとオルファニックは、旅行客を装って〈マーチャーシュ王〉で一晩を過ごし、銅線を旅籠の広間に通した。急流に沈めてあった銅線の先端を、閉めきりの裏手の窓の高さにあげるのは当然、実にたやすいことであった。続いて、木の葉の厚い茂みに電信機を設置すると、それに銅線をつないだ。この装置は、音を発するにも拾うにも最適になるよう驚くほど巧みに配置されており、結果としてゴルツ男爵は〈マーチャーシュ王〉で話されていることをなにひとつ漏らさずに聞くことができ、また、自身の言葉を思うままに聞かせることもできた。

最初の数年間、ブルクは平穏そのものだった。城が欲しいままにしていた悪評だけでも、ヴェルストの住民を遠ざけるのに十分だったのだ。そもそも一族の最後の召使いが死んでから、城は遺棄されたと人々は信じこんでいた。だが、ある日、この物語がはじまった頃だが、羊飼いのフリックが望遠鏡で、主塔の煙突から煙が出ているのを目撃した。このときを境に、城のことが以前にも増して取り沙汰されることになり、その結果はすでに、われわれの知るところである。

　電話での交信が役だったのはそのときだった。おかげでゴルツ男爵とオルファニックは、ヴェルストで起こっていることを逐一把握することができた。二人は電話線を通して、ニック・デックがブルクに行くと誓約したことを知り、電話線を通して、それを思いとどまらせるために、〈マーチャーシュ王〉の部屋に突然、脅迫の声を響かせた。そのとき若き林務官は、脅迫をもろともせずに己の決意に固執したため、ゴルツ男爵は、城訪問の意志を挫くべく、きつい教訓を課すことにした。あの晩、いつでも稼働の準備ができていたオルファニックの機械装置が生みだした一連の現象は、純粋に物理的なものでありながら、周囲の里に恐怖を放つにあまりあった。つまりは、礼拝堂頂塔の鐘を鳴らす。海塩を混ぜた強烈な炎を放射し、城の周囲のありとあらゆるものを幽玄な姿に変える。警報器を轟かせ、恐ろしいうなり声のような圧縮空気を噴出する。強力な反射鏡を用い、写真のような、怪物の影絵を空に投影する。壕の雑草のなかに設置しておいたプレートと電池をつなぎ、医師の長靴の鉄具に電流を流してがっしりと摑む。そして最後に、林務官が跳橋の鉄具に手を置いた瞬間、実験室の蓄電器から放電をおこない、彼を仰け反らせたのだった。

　ゴルツ男爵の目論見どおり、説明のつかない奇跡が発現したことでニック・デックの試みが最悪の結果に終わると村の恐怖は頂点に達した。もはや誰ひとり、たとえ金銀を積まれても、超自然的な存在にとり憑かれているカルパチアの城になど――二マイル〔一五キロメートル〕ほどの距離にすぎずとも――近づく気にはならなかったはずだ。

　ロドルフ・ド・ゴルツはこれであの、物見高い邪魔者らと関わらずに済むと思ったに違いないが、そんな折も折、フランツ・ド・テレクがヴェルスト村にやって来たのだった。

　フランツがジョナス、コルツ村長、そのほかの者に質問を浴びせたため、彼が〈マーチャーシュ王〉亭にいることがニャド川の電話線を通してすぐに発覚した。ナポリで起きた出来事の思い出とともに、若き伯爵に対するゴルツ男爵の憎悪はふたたび燃えあがった。あのフランツ・ド・テレクが、ブルクから数マイル先のヴェルストにいるとは。

それればかりか、こともあろうに村の名士たちの前で彼らのばかげた迷信を嘲笑ってみせ、カルパチアの城を守ってきた空想じみた噂を打ち消し、城にまつわる言い伝えを警察の力ですっかり無に帰すべく、カールスブルク当局に通報することを約束したのだ！

よってゴルツ男爵はフランツ・ド・テレクをブルクに誘いこむことを決めた。その目的が数々の手管によっていかに達せられたかはすでにご存じのとおりだ。若き伯爵は、電信機によって〈マーチャーシュ王〉亭に送られたラ・スティラの声を聞いたことで、遠回りをして城に近づく気になった。稜堡の盛り土の上に歌姫が出現したことで、城に入りたいという気持に抗うことができなくなった。主塔の窓から出た光によって通用門に導かれ、それは開いて彼を通した。電気の照明が灯った地下墓所、壁に囲まれたその独房のなかで食料がもたらされ、嗜眠性の眠りに落ち、その奥でまたもあの、心を貫く声を聞いた。ブルクの深部に隠された、扉の閉ざされたこの牢獄でフランツ・ド・テレクはゴルツ男爵の手の内にあったのであり、男爵は、フランツは決してそこから抜け出せまいと考えていた。

以上がロドルフ・ド・ゴルツとその共謀者オルファニックが、謎の結託のうえでおこなったことの結果だった。だが男爵は、なんとも恨めしいことに、主《あるじ》と一緒に城郭のなかに入らなかったロッコがカールスブルク当局に通報し、警察の注意が城に向けられたことを知った。警察の一分隊が早くもヴェルスト村に到着しており、ゴルツ男爵は強力無比な敵と相対することになった。実際、大人数の部隊を前に、オルファニックと彼に城を防御する手だてなどあるだろうか。ニック・デックとパタク医師に対して用いた方策は役にたたないであろう。警察は、悪魔の所業など信じはしまい。ゆえに二人は、城を木っ端微塵にする決断をくだした。あとは実行に移す時を待つばかりだった。ダイナマイトの爆薬が主塔、稜堡、古びた礼拝堂の地下に埋められ、点火のための電流が準備された。それを流す機器のおかげでゴルツ男爵とその共謀者には、ヴルカン峠のトンネルを通って逃げる時間があった。若き伯爵と、城の囲いを登ってくる無数の者が爆発の犠牲になったあとで二人は、足跡がたどれないほどの遠方へ逃亡するのだ。

フランツが耳にしたこの会話によって過去の怪奇現象にすべての説明がついた。カルパチアの城とヴェルスト村が電話線でつながれていたことがわかった。ブルクが大爆発によって木っ端微塵になること、それによって彼の命が失われ、ロッコが連れてくる警察官たちも死を免れないことを知った。さらにロドルフ・ド・ゴルツ男爵とオルファニックには逃げる時間があることもわかった――当然、ラ・

ステイラを連れて逃げるのだろう、なにが起こっているのかわからない彼女を……。

ああ！　礼拝堂に踏みこみ、二人の男に襲いかかることができたなら！　二人を投げ飛ばし、打ちすえ、二度と悪事を働けぬ状態にして、その恐ろしい破滅を防ぐものを！

しかし今すぐには不可能でも、男爵が出ていったあとならばその限りではないのではないか。二人が礼拝堂を去ったならば、その足どりを追い、主塔までついて行き、運が向けば裁きをくだせよう！

ゴルツ男爵とオルファニックはすでに後陣の奥にいた。フランツは二人を見失わないようにした。どの出口を通っていく気だろう。城郭のどこか中庭に通じている扉だろうか。それとも礼拝堂と主塔をつないでいる内廊下だろうか。ブルク内の建物はすべて互いにつながっているようであるからだ。若き伯爵にとってはどちらでもよかった。立ちはだかる障害が、乗り越えられないものでさえなければ。

そのときゴルツ男爵とオルファニックのあいだで、さらに数語の言葉が交わされた。

「ここですべきことはもうほかにないか？」

「なにも」

「ではここからは別行動だ」

「城にひとりでお残りになるという考えに変わりはないと？」

「そうだ、オルファニック。お前はすぐに出発し、ヴルカン峠のトンネルに行け」

「しかし男爵さまは？」

「最後の瞬間までブルクにいる」

「男爵さまをお待ちするのはビストリッツ*でよろしいですね？」

「ビストリッツで」

「ではお残りください、ロドルフ男爵さま。おひとりでお残りください。それがご意向ならば」

「そうだ……わしは聴きたいのだ……カルパチアの城で過ごすこの最後の晩に、もう一度、聴きたいのだ！」

それから少しして、ゴルツ男爵はオルファニックとともに礼拝堂から出ていった。

会話のなかでその名こそ発せられなかったが、フランツにはわかっていた。ロドルフ・ド・ゴルツ男爵が話していたのが、ラ・ステイラのことであることが。

# 一六

大惨事がさし迫っていた。それを未然に防ぐためフランツにできるのは、ゴルツ男爵が企てを実行に移す前に彼を止めることであった。

夜の一一時だった。もはや見つかる心配もなくなり、フランツは作業を再開した。壁の煉瓦は難なく外れたが、厚みがあるため、通れるほどの大きさに穴を広げるのに半時間かかった。

礼拝堂には四方から風が入りこんでおり、室内に足を踏み入れると、外の空気に生き返る心地がした。外陣にできた亀裂や窓枠を通して空が見え、そよ風に吹かれて細い雲が流れていた。あちらこちらに星が出ていたが、地平に昇った月の輝きに色を失っていた。

まずは礼拝堂の奥で、開いている扉を見つけなければならなかった。ゴルツ男爵とオルファニックが出ていった扉だ。そのためにフランツは、身廊を斜めに進んで後陣に向かった。

月光も届かないその場所は真っ暗闇で、墓の残骸や、丸天井から崩落した破片に足をとられた。

後陣の端、祭壇に立つ装飾衝立の裏の薄暗い一隅に、虫に食われた扉をついに見つけ、フランツが押すとそれは開いた。

扉の先に伸びている回廊は、城郭を横断していると見て間違いなかった。

ゴルツ男爵とオルファニックはその回廊を通って礼拝堂に入ってきたのであり、そこを通って出ていったのだ。

フランツが回廊に入ると、そこはまたもや真の闇に包まれていた。角をいくつも曲がったが、昇降はなく、敷地内の中庭とつねに同じ階にいるのは確かだった。

半時間後、闇がわずかに薄まったように感じられた。回廊側面に開いていたいくつかの開口部から、かすかな明りが入ってきていたのだ。

おかげでフランツは歩を速めることができ、そして出た先は、大きな堡塁の内部だった。それは幕壁の左隅を防御している稜堡の、土手の下に設置されていた。

堡塁には細い狭間《さま》が開いており、そこから月の光が射しこんでいた。

反対側には、開いた扉があった。

フランツがはじめにしたのは、狭間の前に身を寄せ、数秒間、新鮮な夜風を吸いこむことだった。

月光がオルガル高原を、黒い塊のような樅林まで照らしていた。フランツが狭間から離れようとしたとき、高原の裾野の端で、二、三の人影が動くのを見たような気がした。

フランツはそちらを眺めた。

何人かの男が高原にいて、木々の少し手前を行ったり来たりしていた――おそらくはロッコが連れてきたカールスブルクの警官たちだろう。つまり、城の主《あるじ》の不意を衝くことを期待し、夜の作戦に出ることを決めたのだろうか。あるいは、その場所で夜明けの最初の光を待っているのか。

ロッコを呼ぶため、今にもあがりそうになる大声をフランツは懸命に堪えた。ロッコなら声を聞きつけ、その主が誰であるかわかるだろう！　だが、声は主塔にも届いてしまい、すると警官が城の囲いを登りはじめる前に、ロドルフ・ド・ゴルツに例の装置を作動させ、トンネルに逃げる時間を与えてしまうに違いない。

フランツはなんとか自制して狭間を離れた。それから堡塁を横切り、扉を通り抜け、回廊を進み続けた。

五〇〇歩ほど先で、厚い壁のなかをあがっていく階段の入口に突きあたった。

ついに、閲兵式場の中央に聳える主塔にたどり着いたのだろうか。そう考えてもおかしくはなかった。

しかしそれは、複数の階に通じている主階段にはとても見えなかった。狭く暗い空洞のなか、ねじ山のように、横木が円形に連なっているだけなのだ。

フランツは物音をたてぬよう、また、耳を澄ましながら昇っていったが、なにも聞こえてはこなかった。そして二〇段ほど行った先の踊り場で足を止めた。

開いたままの扉がそこにあり、主塔の二階部分をとり囲むテラスと隣合っていた。

フランツはテラスに滑りこみ、手すりの陰に身を隠すようにしながら、オルガル高原の方角を眺めた。

樅林の端に、まだ数名の男が姿を見せていた。だが、それだけでは彼らがブルクに近づこうとしているのかどうかはわからなかった。

ゴルツ男爵が峠のトンネルから逃げる前に相対する決心をしていたフランツは、その階をぐるりと回り、もう一方の扉の前に至った。そこでも螺旋階段が上の階に向かって回転していた。

最初の段に足を置き、壁に両手をやると彼は昇りはじめ

オルガル高原の方角を眺めた

た。

　変わらぬ静けさ。

　二階の部屋に人が住んでいる気配はなかった。

　フランツは急ぎ上階に通じる踊り場に出た。

　三つ目の踊り場に達すると、そこから先はもう段がなかった。階段はそこで途絶えており、主塔の最上階の部屋に連絡していた。かつてゴルツ男爵家の旗がたなびいていた、銃眼を設けた屋上を冠している部屋に。

　踊り場の左の壁に扉があり、今は閉じられていた。

　鍵はこちら側に刺さったままで、鍵穴からは強烈な光が漏れていた。

　フランツは耳を澄ましたが、部屋のなかから物音は聞こえてこなかった。

　鍵穴に眼をあてると、見分けられたのは、煌々と照らされている部屋の左側だけで、一方、右側は暗がりに沈んでいた。

　鍵をそっと回すと、フランツは扉を押した。

　そこは広々とした部屋で、主塔の最上部を一室で占めていた。円形の壁に格間《ごうま》の付いた丸天井が覆い被さり、格縁は中央に集まって無骨な穹隅をつくっていた。壁一面に、厚い壁布、人物が描かれた古い時代のタペストリーが掛かっている。部屋に置かれた戸棚、食器台、肘掛椅子、腰掛といった家具はどれも古く、なかなか趣味よく配されていた。窓には厚い帳が掛かり、室内の明かりが外に漏れないようになっている。床には、毛足の長い羊毛の絨毯が広げられ、足音を殺していた。

　部屋はともかくも奇異な様相を呈し、フランツは室内に入りながら、とりわけ、光ないしは闇に浴すことで、左右が対照になっていることに虚を衝かれた。

　扉の右側は深い闇に包まれ、部屋の奥は見えなくなっていた。

　逆に左側には黒布で覆われた小舞台があり、強力な光を浴びていた。舞台の手前に、目につかないように置かれた集光器による光だった。

　小舞台から一〇ピエ〔三・二メートル〕ほど離れたところに、高い背もたれのついた、時代ものの肘掛椅子があった。舞台と椅子は、肘の高さくらいの幕によって隔てられ、そのために椅子は暗がりのなかにあった。

　肘掛椅子の近くには、布が敷かれた小卓があり、上に長方形の箱が載っていた。

　箱は長さが一二から一五プース〔三二－四〇センチメートル〕、幅が五から六プース〔一三－一六センチメートル〕で、宝石が嵌めこまれた蓋は持ちあがっており、なかに金属の円筒《シリンダー》が一本収められていた。

　部屋に入るやフランツは、肘掛椅子に人が座っていることに気づいた。

そこには確かに、ひとりの男が身じろぎひとつせずに座っていた。頭を肘掛椅子の背にもたせかけ、目蓋を閉じ、右腕を小卓に伸ばして、箱の前の部分を手で押さえていた。それはロドルフ・ド・ゴルツだった。

最後の晩を古い主塔の頂で過ごすにあたり、ゴルツ男爵は眠りに身を委ねることを望んだのだろうか。

いや！　フランツが耳にしたとおり、本人がオルファニックに語ったところによれば、そうであるはずはなかった。ゴルツ男爵はまた、部屋に独りきりでいた。つまり疑うべくもないが、手下のほうは、主から受けた命に従い、トンネルを通ってとっくに逃げてしまったのだ。

では、ラ・スティラは？　ロドルフ・ド・ゴルツは、カルパチアの城を爆破する前に、最後にもう一度、ここで歌姫の声を聴きたいと言っていなかったか。この部屋に来た理由はほかにあるまい。ラ・スティラは毎夜、ここに来て、歌で男爵を酔わせていたはずなのだ。

ならばラ・スティラはいったいどこだ？

その姿は見あたらず、声も聞こえなかった……。

つまるところ、それはどうでもいい。今、ロドルフ・ド・ゴルツは眼の前におり、若き伯爵の思うがままなのだ！　フランツはラ・スティラの居場所をむりやり聞きだすこともできた。だが、こうも頭に血がのぼった状態では、憎んでいると同時に憎まれているこの男に襲いかかり……斬りつけてしまうやもしれなかった。ラ・スティラを拐《かどわ》かしたこの男を……ラ・スティラは生きていた、そして狂っている……この男が狂わせたのだ。

フランツは肘掛椅子の背後に立った。ゴルツ男爵に摑みかかるにはあと一歩前に踏み出せばいい。眼は血走り、我を失い、彼は手をあげた。

すると突然、ラ・スティラが現われた。

フランツの手から短刀が落ち、絨毯の上に転がった。

ラ・スティラは小舞台の上に立っていた。ブルクの稜堡で見たままの姿で、燦々と光を浴び、髪はほどけ、腕を前にさし出していた。「オルランド」のアンジェリカ、その白い衣裳を着た歌姫は呆気にとられるほど美しかった。そして若き伯爵をじっと見据えるその眼は、彼の魂の奥底を貫いていた……。

ラ・スティラにはフランツが見えているはずだった。にもかかわらず歌姫は、身ぶりで彼を呼ぼうとはしなかった……話しかけようと唇を開くこともなかった……やはり！　彼女は狂っていた！

フランツは小舞台に飛び出し、彼女を腕に抱こうとした、外に連れ出そうとして……。

ラ・スティラはすでに歌いはじめていた。ゴルツ男爵は肘掛椅子に座ったまま、歌姫のほうに身を乗り出した。音楽好き《ディレッタント》は恍惚の果てに、その声を香水のように吸い、神酒であるかのように呷っていた。イタリアの劇場で数々の公演に立ち会ったありし日のごとく、今、男爵はこの部屋のまんなかで無限の孤独のなかにいた。トランシルヴァニアの平原を見おろす、この主塔の頂で！

そうなのだ！ ラ・スティラは歌っていた！ 彼のために歌っていた……彼だけのために！ 動いていないように見えるその唇からは、息がたち昇っているかのようだった……。理性に見捨てられていても、歌い手《アーティスト》としての魂は過日のままだった。

フランツもまた、五年に亘る長き時を経てふたたび耳にした、その声の魔力に酔い痴れていた……。じっと彼を見つめるその熱い視線に吸いこまれていた。もう二度と相見えることはないと信じていた女がそこにいる、そして生きていた。まるでなにかの奇跡が起こり、眼の前で甦ったかのごとく！

それはとりわけ、記憶のなか、フランツの心の琴線をなにより激しく震わせる歌だった。そうなのだ、それは「オルランド」の、あの悲劇の場面で歌われるフィナーレの曲だった。最後の歌詞とともに歌姫の魂が砕けてしまった、あのフィナーレの曲だった。

恋する女《イナモラタ》、震えるわが心よ《ミオ・クオレ・トレメンテ》、
われ死せんと欲せし《ヴォグリーノ・モリレ》……

フランツは、えも言われぬこの歌詞の調べを一音また一音とたどっていった……。そしてサン＝カルロ歌劇場のときとは異なり、歌が途切れることはあるまいと思っていた！ そう！ ラ・スティラの唇から出るその一節が死に瀕することはあるまいと。歌姫のほうは、さよなら公演の折に死んでしまったとしても……。

フランツはもはや息がつけなかった……。人生のすべてがこの歌に結びついていたのだ……。あと数小節で歌は、比類なく純なままに完結する……。

だが声は弱くなりはじめる……。ラ・スティラは、胸を刺すような苦痛を味わいながら、どうしたらよいかわからず、ただこの歌詞をくり返しているかのようだった。

われ死せんと欲せし《ヴォグリーノ・モリレ》……

ラ・スティラは、かつて劇場の舞台で倒れたように、この小舞台でふたたび倒れてしまうのか。

歌姫は倒れない。しかし歌は、サン＝カルロ歌劇場のときと同じ小節、同じ調べのところで止まっている……。そして彼女は叫び声をあげる……あの晩、フランツが聞いた、あの同じ叫び声を……。

にもかかわらず、ラ・スティラはそこにいる。立ったまま、微動だにせず、彼の愛したあのまなざしで――そのまなざしは若き伯爵に、魂のこもった愛情を投げかけている……。

フランツはラ・スティラのほうに駆け寄る……部屋の外へ、城の外へ連れ去ろうとして……。

その瞬間、立ちあがった男爵と対面する。ロドルフ・ド・ゴルツが大声を出す。

「フランツ・ド・テレク！　逃げ出したのか、フランツ・ド・テレク……」

だがフランツは答えもせず、小舞台に向かって走りながら、こうくり返していた。

「スティラ……スティラ、ここで会えるとは……生きたあなたと……」

「生きているだと……ラ・スティラが……生きているだと！」ゴルツ男爵が大声を出す。

この皮肉な言葉は、怒りのあまり逆上したかのような高笑いで締めくくられる。ロドルフ・ド・ゴルツは続ける。

「生きているだと！　ならば！　フランツ・ド・テレクよ、彼女をわしから奪えるものならやってみるがいい！」

フランツは、熱いまなざしで自分をじっと見つめるラ・スティラに腕をさし伸べた……。

その瞬間、ロドルフ・ド・ゴルツは身を屈め、フランツの手から落ちた短刀を拾うと、動かないラ・スティラのほうにそれを向ける……。

フランツは男爵に飛びかかり、不幸な狂女に迫る刃を逸らそうとする……。

遅かった……短刀は歌姫の心臓を貫く……。

突然、鏡が砕ける音が鳴り響く。幾千のガラス片が部屋中に散らばるなか、ラ・スティラが姿を消す……。

フランツは呆然と立ち尽くしていた……なにが起こったのかわからない……彼もまた、狂ってしまったのか。

そのときロドルフ・ド・ゴルツが大声を出した。

「ラ・スティラはフランツ・ド・テレクの手を逃れ続ける！　だが彼女の声……彼女の声はわしのもとに残る……彼女の声はわしのものだ……わしだけの……ほかの誰のものにもならない！」

フランツはゴルツ男爵に襲いかかろうとするも、体に力が入らず、小舞台の下に倒れこんで意識を失う。

ロドルフ・ド・ゴルツは若き伯爵のことなど構いもしな

ロドルフ・ド・ゴルツが大声を出す。「フランツ・ド・テレク!」

い。卓に置かれていた箱を摑むと、部屋の外に飛び出し、主塔の二階に降りる。テラスに出、半周し、もう一方の扉のところに行こうとしたときだった。一発の銃声が轟いた。外岸壁の縁に陣どっていたロッコが、ゴルツ男爵に向かって発砲したのだ。

ロッコの弾はゴルツ男爵には命中せず、しかし、彼が両腕に抱えていた箱を粉々にした。

男爵は恐ろしい叫び声をあげた。そして、こうくり返した。

「彼女の声が……彼女の声が！　彼女の魂が……ラ・スティラの魂が……砕けてしまった……砕けてしまった……砕けてしまった！」

すると男爵は、髪を逆だて、手を固く握りしめ、こう叫び続けながらテラスを走っていった。

「彼女の声が……彼女の声が……やつらはわしの、彼女の声を打ち砕いた！　呪われてしまえ！」

そして扉を通って姿を消した。ロッコとニック・デックはそのとき、警察官の分隊を待たず、ブルクの囲いを登ろうとしていた。

そのほぼ直後、とてつもない爆音がプレシャの山塊全域を揺らした。いくつもの火柱が雲にまで届き、石が雪崩のようにヴルカンの道に降ってきた。

カルパチアの城の稜堡、幕壁、主塔、礼拝堂、すべてが吹き飛び、オルガル高原の地表には、煙る瓦礫の山だけが残された。

とてつもない爆音が……

# 一七

男爵とオルファニックの会話に戻るなら、お忘れでないと思うが、城の爆破は、ロドルフ・ド・ゴルツの出発後におこなわれるはずであった。だが、爆発が起こったときに男爵は、峠の道に出るトンネルを通って逃げる時間を確保することができなかった。苦しみに我を忘れ、絶望に狂ったロドルフ・ド・ゴルツは、自分でもなにをしているのかわからぬまま、いきなり大爆発をひき起こし、自らが最初の犠牲者になったのか。運んでいた箱がロッコの銃弾によって打ち砕かれたとき、男爵は意味不明な言葉を口走っていた。彼はそのまま、ブルクの廃墟の下に身を埋めることを望んだのだろうか。

いずれにせよ爆発が山塊を揺るがしたとき、ロッコの時ならぬ銃声に驚いた警官たちが、まだ城から十分に離れたところにいたのはなんとも幸いなことだった。数名が、オルガル高原の麓に落ちてきた城の残骸にあたったくらいだった。ロッコと林務官だけが幕壁の下にいたが、二人が雨と降る石の下敷きにならなかったのは、実際のところ、奇跡以外のなにものでもなかった。

爆発の威力は甚大で、壕は、城壁の倒壊によって半ば埋まった。よってロッコ、ニック・デック、警官らはさほど苦もなく壕の上にあがり、城郭に入ることができた。

幕壁から五〇歩先、主塔の土台付近の瓦礫のなかで遺体が見つかった。

ロドルフ・ド・ゴルツの遺体だった。

里の長老の何人かは――とりわけコルツ村長は――それが男爵本人に間違いないと断言した。

ロッコとニック・デックのほうは、若き伯爵を見つけだすことしか頭になかった。フランツは、ロッコと事前に約束した時間までに姿を現わさなかった。つまり主《あるじ》は城から脱出しておらず、まだ敷地のどこかにいるはずであった。

だがロッコはとうに希望を失っていた。主はもう生きてはいまい、大爆発の犠牲になったのだと。彼は大粒の涙をこぼして泣いており、ニック・デックにそれをなだめる術はなかった。

しかしながら探しはじめてから半時間後、二人は主塔の二階で若き伯爵を発見した。斜めに倒れて持ちこたえた城壁が楯となり、瓦礫の下敷きにならずに済んだのだ。

「若君……若君……」

「伯爵さま……」

フランツのほうに身を屈め、ロッコとニック・デックが最初に発した言葉がそれだった。死んでいると思ったのだ。だが気を失っているだけだった。

フランツは眼を開けた。しかし視線は泳ぎ、ロッコのことが誰であるかわからず、言葉も理解していないようだった。

ニック・デックは若き伯爵を腕に抱いて起こし、さらに話しかけた。返事はなかった。

ただ口から漏れたのは、ラ・スティラの歌の、最後の一節だった。

恋する女《イナモラタ》……われ死せんと欲せし《ヴォグリーノ・モリレ》……

フランツ・ド・テレクは狂っていた。

# 一八

若き伯爵が理性を失ってしまった今、カルパチアの城が舞台となった最後の怪奇現象を、おそらくは誰ひとり説明することができなくなってしまった。ただし以下のような経緯でいくつかのことが明らかになった。

オルファニックは、ゴルツ男爵が約束どおり、彼と合流するべくビストリッツの町に現われるのを四日間待った。しかし姿を見せないため、もしや爆発に巻きこまれたのではないかと考えた。事の真相を知りたくなり、また不安にも駆られて、彼は町を発つとヴェルストへの道をたどり、ブルクに戻って周辺をふらふらと歩き回った。

それが仇となり、たちまち警官に身柄を押さえられた。ずいぶん前からオルファニックを知っていたロッコが情報を提供していたのだ。

区《コミタ》の首府で、ひとたび司法官を前にすると、大爆発に関する取り調べにおいて彼は、嫌な顔ひとつせず質問に答えた。

ひとつ言っておくと、ロドルフ・ド・ゴルツの痛ましい最期にもかかわらず、自身の発明にしか興味のない利己的で偏執的なこの学者に、その死に対して特に心を動かされた様子は見られなかった。

まずはロッコの執拗な求めに応じ、オルファニックはひとつのことをはっきりとさせた。ラ・スティラは死んでいる、確実に死んでいるということを。そして――彼の表現をそのまま用いれば――彼女は五年前、カンポ・サント・ヌオーヴォ墓地に埋葬されていた、確実に埋葬されていたのだ。

このたびの奇怪な事件が数多の驚きに満ちたものであろうとも、この断言だけはその限りではなかった。

では実際のところ、ラ・スティラが死んでいたのならば、フランツが、旅籠の広間でその声を聞き、稜堡の平台でその姿を眼にし、地下墓所に囚われていたときにその歌に酔い痴れたのはどうしたわけだろうか。どうしてまた主塔の部屋で、生きている歌姫と再会することができたのか。

これら怪奇現象の、説明不可能と思われた説明は以下のとおりである。

周知のように、ラ・スティラが劇場を去り、テレク伯爵夫人になる決心をしたという噂が広まったとき、ゴルツ男爵を襲った絶望は計りしれないものであった。歌い手《アーティスト》の見事な才能、つまりは音楽好き《ディレッタント》の心を満たす、すべてが失われようとしていた。

オルファニックがある提案をしたのはそんな折だった。蓄音装置を使い、歌姫がさよなら公演で歌うことになっている主要な曲を録っておいてはどうかと持ちかけたのだ。この時代、そうした装置は奇跡のような完成度に達しており、またオルファニックがさらなる改良を加えた結果、人の声は、その魔力も、その純度も、いっさいの劣化を被ることがなかった。

ゴルツ男爵は物理学者の申し出を受けた。興行の最後の月、公演のたび、数台の蓄音機が秘密裏に、格子のついた桟敷席の奥に設置された。カヴァティーナ*、オペラやコンサートのロマンス、とりわけステファーノの旋律と、ラ・スティラの死によって中断した「オルランド」のフィナーレのアリアがこうして盤に刻まれた。

ゴルツ男爵がカルパチアの城に戻り、ひき籠もったときの状況は以上のとおりだった。男爵はそこで毎夜、見事な装置に録られた歌を聴くことができた。また、まるで桟敷席からラ・スティラの声を聴くだけでなく――まったくもって理解不可能と思われるかもしれないが――歌姫が生きているかのように、その姿を間近で見ることもできた。

それは単なる眼の錯誤だった。

お忘れでないと思うが、ゴルツ男爵は、歌姫のすばらしい肖像画を所持していた。それは「オルランド」のアンジェリカを演じたときの白い衣裳を纏い、豊かな髪をほどいた彼女の全身像を描いていた。この肖像画の前に鏡を置き、何枚かの別の鏡――オルファニックが割りだした特別な角度に傾けてある――を用いて強烈な光源で照らすと、反射によって、その場にラ・スティラが出現した。それは生命にあふれ、美に燦然と輝く、「実物《レエル》」と変わらぬラ・スティラだった。ロドルフ・ド・ゴルツはあの夜、この装置を稜堡の平台に持ちこんだ。そしてラ・スティラを出現させ、フランツ・ド・テレクをおびき寄せることにしたのだ。あるいは主塔の部屋で、歌姫の狂信的な崇拝者がその声と歌に酔っていたとき、若き伯爵がラ・スティラをふたたび眼にしたのもこの同じ装置のおかげだった。

取り調べのあいだ、オルファニックが事細かに語ったことをごく簡素にまとめるとこうなった。言い添えておくと、彼はこうした天才的な発明の主は自分であること、それをきわめて高い完成度にまでひきあげたのだということを鼻高々に喚き散らしていた。

しかしながらオルファニックが種々の怪奇現象を、より人口に膾炙した言葉を用いるなら「トリック」を物理的に説明したとしても、ゴルツ男爵が爆発の前に、ヴルカン峠のトンネルを通って逃げる時間を確保しなかった理由については説明がまだなされていなかった。だが、ロドルフ・ド・ゴルツが腕に抱えて運んでいた物が銃弾によって打ち砕かれたことを聞いたオルファニックは、それを理解した。その物とは、ラ・スティラの最後の歌を封じこめていた蓄音装置だった。城の崩壊前、ロドルフ・ド・ゴルツが主塔の部屋でもう一度聴くことを欲したあの歌だ。この装置が壊れたとき、ゴルツ男爵の命もまた壊れた。彼は絶望に狂い、ブルクの廃墟の下に身を埋めることを望んだのだ。

ロドルフ・ド・ゴルツ男爵は、この人物で断絶した由緒ある一族にふさわしい敬意を捧げられながら、ヴェルストの墓地に埋葬された。若きテレク伯爵のほうはクラヨーヴァの城に運ばれ、そこでロッコは、全身全霊をこめて主《あるじ》の治療にあたった。オルファニックはラ・スティラのほかの歌が録られた蓄音機数台を喜んで譲渡した。かの偉大な歌い手《アーティスト》の声を聞かせると、フランツはなにかしらの注意を傾け、かつての正常な心をとり戻し、まるで魂が、忘れがたき過去の思い出のなかで甦ろうとしているかのようだった。

事実、数か月後、若き伯爵は理性をとり戻した。そして彼の口を通じ、カルパチアの城最後の晩の詳細が知られることとなった。

さて、大爆発から一週間後、人々は魅力的なミリオタとニック・デックの結婚を祝った。許嫁二人はヴルカン村の司祭《ポップ》によって祝福を受けた。ヴェルストに戻ると、コルツ村長によって、家のいちばんきれいな部屋が二人のために用意されていた。

しかし、いくつもの怪奇現象が超自然現象ではないと正されても、ミリオタがブルクの幻獣を信じなくなったなどとはゆめゆめ思わぬほうがよい。ニック・デックがいくら理を説いても無駄で——〈マーチャーシュ王〉に客を呼び戻そうとしてジョナスも同じことをした——彼女は決して受け入れなかった。そもそも受け入れないのは、コルツ村長、羊飼いフリック、ヘルモッド先生、ヴェルストのほかの住民とて同じことだった。素朴な彼らが諸々の迷信を捨て去るには、おそらく、まだまだ長い年月がかかることだろう。

ただしパタク医師は、いつもの空威張りをとり戻して、耳を傾ける者誰彼なしに、こうくり返していた。

「さてさて！　私の言ったとおりでしょう。ブルクの精ですって！　そんなものがいるだなんて！」

しかし誰も聞く耳を持たなかった。医師の嘲りが度を越すと、黙っていろと注文をつけさえした。

そしてヘルモッド先生の授業はあいかわらず、トランシルヴァニアの伝説についての研究に基づいていた。ヴェルスト村の若い世代は今しばらく、カルパチアの城の廃墟には、あの世の霊が住みついていると信じ続けることであろう。

完

# LE SECRET DE WILHELM STORITZ

## ヴィルヘルム・シュトーリッツの秘密

『ヴィルヘルム・シュトーリッツの秘密』：初出〈ジュルナル〉紙一九一〇年六月一五日号から同年七月一三日号まで連載。単行本初版は一九一〇年、エッツェル社より刊行。以上はジュール・ヴェルヌの息子であるミシェルによる改作であり、本書で訳出したオリジナル版は一九八五年、ジュール・ヴェルヌ協会会報第七四号に全文掲載後、同協会より単行本初版刊行。

# 一

「……それでアンリ兄さん、なるだけ早く来てくれないか。待ち遠しくて仕方ないよ。それに、ここはすばらしい国で、低ハンガリー*の工業地帯は、兄さんのような技師にとって見るべきものがたくさんあると思うんだ。だから旅をして後悔はないはずさ。

敬具

マルク・ヴィダル

旅をしたことを後悔はしまい。だが、それを語るのは果たして正しいことだろうか。言わずにおいたほうがよい類のことかもしれず、そもそも信じてもらえるとはとても思えない。

こんな物語は、ヴィルヘルム・ホフマン*でも、つまり「塗りつぶされた戸」、「トラバッキョ王」、「運命の関連性」、「失われた影」*の作者である、あのケーニヒスベルクのプロシア人でも発表を躊躇うのではないか。エドガー・ポー*でさえ〈驚異の物語〉に加える気にならなかったはずだ！

私の弟で、当時二八歳だったマルクは肖像画家として数々の美術展で大きな成功をおさめていた。金賞とレジオン・ドヌール四等勲章を授与されたが、それは正当な褒賞であった。弟の筆さばきは当代の肖像画家のなかでも一流であり、師であるボナ*も、こんな教え子を持ったことを誇りに思っていたに違いない。

私と弟には心からの固い絆があった。五歳年上である私には父親のような愛情もいくぶん混じっていた。幼くして父と母を亡くしたため、マルクの躾をおこなったのは兄である私であった。そして絵画に驚くべき素質を示していたこの弟を絵の道に進ませると、その先に待っていたのは他に例を見ない、実にしかるべき成功だった。

そのマルクは今、とある単線に乗り入れようとしており、それはときに、現代の技術用語を使わせてもらうならばブロックの危険をはらむ道であった。こんな語が私のペン先から飛び出したとしても驚くには及ばない。私は北部鉄道会社*の技師なのだから。

果たしてそれは結婚であった。マルクはしばらく前から、ハンガリー南部の大都市、ラグズ*に腰を落ちつけていた。首都ブダペシュトで数週間を過ごした弟は、二、三の肖像画を描いて大成功をおさめ、たっぷりと報酬を得るとともに、ハンガリーにおいて芸術家が、とりわけマジャール人の兄弟たるフランス人芸術家が授かる歓待に浴した。ブダペシュト滞在を終えた弟は次に、区《コミタ》の中心地ラグズに赴いた。その街まで支線がつながっているペシュト－セゲディ*ン線ではなく、ドナウ河をくだって。

この街に冠たる名家のなかにローデリヒ家があり、現当主は、ハンガリー全土で知らぬ者がないほど高名な医師であった。先祖からひき継いだ莫大な財産に加え、その医術により、たいへんな富を築いていた。ローデリヒ医師は毎年、一か月をかけてフランス、イタリア、ドイツを旅した。病を抱えた裕福な者たちは医師が戻ってくるのを心待ちにしていた。貧しい者たちもまたしかりで、というのも医師は彼らに対しても決して診察を拒まなかったからだ。慈愛の心で、どんな下層の者をも軽んじることなく、ゆえに誰もがこの人物にしかるべき敬意を寄せていた。

ローデリヒ家をなすのは医師とその妻、息子のハララン大尉、そして娘のミラだった。マルクは同家に足しげく通って手篤くもてなされたが、そのたびに、その若い娘の気品、心遣い、美しさに触れていた。おそらくそれがために弟はラグズに長く留まったのだろう。そしてマルクがミラ・ローデリヒに惹かれたのなら、ミラ・ローデリヒもまたマルクに惹かれたはず、と言ってもすぎたることにはなるまい。弟がそれだけの男であることに同意していただけるはずだ。そうとも！　この好青年は、上背は平均を超え、実に鮮やかな青い瞳、栗毛の髪をし、額は詩人のよう、晴れ晴れとした人生を授かった者に特有の、朗らかな表情を浮かべている。柔軟な心、そして美しいものに狂する芸術家気質を備えており、ミラという若いハンガリー人女性を選んだのも、その確かな本能に導かれてのことに違いあるまい。

私はミラ・ローデリヒを、マルクが手紙で書き送ってきた、燃えるような描写《パンチュール》で知るのみであり、この娘さんをもっとよく知りたいという焦燥に駆られていた。弟からは、家長としてラグズに来て欲しいと懇願されており、また私の滞在がせいぜい五、六週間にしかならないことには納得してもらえなかった。なにしろ彼の許婚が――弟は絶えずこの言葉をくり返していた――私のことをよく知りたがっているのだからと……。私が到着し次第、式の日どりを決めるという。ミラは義理の兄になる者をあらかじめ直に見ておきたいと思っていた。どうも、あらゆる点で私を大絶賛する言葉を吹きこまれたようだ——ああ、まったく！　それでは、これからその一員となる家族の誰それについて自分自身の判断などくだせないではないか……。いいや、だめだ。ミラが、運命の「はい」を発するのは、マルクがアンリを彼女に紹介してからでなくては……たっぷり自惚れるのはそのあとだ！

弟は頻繁な手紙のなかで、こうしたことをたいそう熱く語っており、ミラ・ローデリヒに寄せる愛情の深さを推し量ることができた。

さきに書いたとおり、私はミラのことをマルクの熱烈な文面で知るのみだった。しかしながら、とびきり美しく着飾った彼女をカメラのレンズの前に立たせ、しばしば優美なポーズをとらせるのは造作のないことであったはずだ。マルクがミラの写真を送ってくれたならば、私はいわゆるオノレノ眼デ《デ・ウィス》、その美を愛でることができたであろうに……。だが、それではだめなのだ！　ミラはそれを望んではいなかった……。マルクが断じて言うには、はじめての顔合わせは生身のミラとでなければならない。私はこの眼で、まばゆいばかりの彼女を見なければならないというのだ。また思うに、マルクがわざわざミラを写真屋に行かせるはずがない！　それはありえまい！　二人が揃って望むのは、アンリ・ヴィダル技師が仕事を放り投げ、賓客として着飾り、ローデリヒ邸の客間に現われることなのであった。

出発を決心するのに多くの理由はいらなかった。まったく必要ない。弟の結婚式に参列しないなど考えも及ばぬことだ。さほど間もおかずに私は、ミラ・ローデリヒの前に出頭するであろう。法的に、彼女が私の義理の妹になる前にだ。

また、手紙にも記されていたように、旅行客の眼をたちまち惹きつけるハンガリーの同地方を訪ねるのは実に楽しかろうし、益することも多々あろう。数多の英雄譚に彩られた過去を持ち、ゲルマン民族との混淆には今なお断固として反撥し、中央ヨーロッパの歴史において大きな位置を占めているかの地は典型的なマジャールの国である。

旅程についてはこうしようと決めた——行きはドナウ河で、帰りは鉄道を用いて、である。旅にはまさにうってつけの、あの壮麗な河にはウィーンで相見えることにする。二七九〇キロになんなんとする流れをすべてたどることはしないが、少なくともオーストリアとハンガリーにまたがる実に興味深い地域を眺めることができるはずだ。ウィーン、プレスブルク*、グラーツ、ブダペシュト、そしてセルビア国境に近いラグズ。そこが私の終着地であり、ゼムリン*へ、あるいはベオグラードに行く時間はないだろう。ドナウ河はその先でも、滔滔たる流れで数々の見事な街を潤しているのではあるが。ワラキア、モルドヴァ、ベッサラビア*とブルガリア王国との境界を画し、かの有名な「鉄門」*、ヴィディン、ニコポル、ルスチュク*、シリストラ、ブライラ、ガラツ*、イズマイルを経たあと、黒海に注ぐ三つ叉の河口に至るまで！

　この計画で旅程をこなすには六週間も休暇をとれば十分だと思われた。パリからラグズまでは二週間ほどかかるはずだ。ミラ・ローデリヒはあまり長く待たされるのを望まず、許してもらえるのはせいぜいそのくらいの小旅行であろう。そして弟の傍で同じくらいの時間を過ごしたのち、残りの休暇をフランスへ戻るためにあてよう。

　北部鉄道会社に出した嘆願は受け入れられた。私は急を要する用事を済ませ、マルクが必要としている書類を手に入れると、出発の準備にとりかかった。

　それにはたいした時間はかからないはずだ。荷物で頭を悩ますこともなかろう。手に小さな旅行鞄、あとはリュックを背負えばいい。

　土地の言葉にはまるで心配がなかった。少なくともドイツ語について私は、北部の諸地方をめぐる旅をしたこともあり、慣れ親しんだ言葉だった。ハンガリー語については、理解できなくても困ることはなかろう。それにハンガリー人は——少なくとも上流階級の人間はフランス語を流暢に話す。そういった次第で弟も、オーストリア国境の向こう側で煩わしい思いをしたことはなかったのだ。

　この国のある議員がわが同胞のひとりに語ったことがある。「フランス人ならば、ハンガリーで市民権を持っているようなものですよ」と。きわめて親愛なるこの言葉でもって議員は、マジャール民族のフランスに寄せる思いを代弁してみせたのだ。

　そこで私は、マルクからのさきの手紙への返事として、ミラ・ローデリヒにこう伝えて欲しいと頼んだ。会えるのが待ち遠しいのは私も同じであると。義兄になる者は一刻も早く、義妹となる者をよく知りたいと思っている云々と。また、私はほどなく出発するが、ラグズ到着の日を正確に言うことはできないと。汽船《ダンプフシッフ》*に乗ったなら、あとは、かの名高いワルツが名づけた、美しく青きドナウの自由闊達な流れに身を委ねるだけであるから。結びに、マルクはそれをあてにしないかもしれないが、私は道草を食わないこと、そしてローデリヒ家が望むならば今すぐ、式の日どりを五月初旬に決めてしまっていいとも書いた。さらにつけ加えた。旅のあいだ、ひとつ旅程を消化するたび、それを知らせるために今これこれの街にいるということをしたためた手紙を私が送らずとも、呪詛の言葉を浴びせぬようくれぐれもお願いしたいと。手紙を書くのはほどほどにするつもりだ。私がラグズからまだ何キロ離れているか、それをミラが勘定できる程度にしようと……。そして、いずれにせよ時宜を得たら、明瞭で簡潔な電報を送ることにする。汽船《ダンプフシフ》が遅れなければ、一日、一時間、一分の誤差で、それが私のラグズ到着を伝えるだろう。

ドナウ河で船に乗るためにはまずウィーンまで行く必要があり、私は東部鉄道会社の事務総長に頼み、パリ‐ウィーン間の駅で随時乗下車できる、正規の券を発券してもらうことにした。会社間では互いにこうした便宜を図れるものであり、私の要求は難なく通った。

出発の前日である四月四日、挨拶と乗車券の受けとりのため、私は事務総長の部屋に足を運んだ。事務総長は乗車券をさし出すや祝辞を述べはじめた。私がハンガリーに行く理由、つまり弟マルク・ヴィダルの結婚について伝え聞いていると言って。彼は弟のことを画家として、また社交界の人間として知っていたのだ。さらに、こうつけ加えた。

「それに、弟君が今度その一員になるローデリヒ医師の家は、ラグズでも指折りの名家だと聞いている」

「話をお聞きになったのですね？」私は答えた。

「ああ、ちょうど昨日、オーストリア大使館での夜会に出席した折にね」

「どなたから？」

「ブタペシュト駐屯部隊のある将校からだ。街に滞在しているあいだに弟君と仲よくなったそうで、絶賛していたよ。実にあっぱれな成功だったと。ブタペシュトで受けた歓迎ぶりはラグズでも変わらなかったというわけだな、君には意外でもなんでもなかろうが、ヴィダルくん」

「その将校はローデリヒ家のことも誉め称えていましたか？」私は尋ねた。

「もちろん。医師は、オーストリア＝ハンガリー帝国であまねく名を知られた博学だとね。あらゆる品格が備わった人物だと言っていた。つまるところ弟君は、かの地で良縁に恵まれたのだな。なぜって、ミラ・ローデリヒは実に見目麗しい女性のようじゃないか……」

「ならばこう言っても構わないと思いますが、マルクもまたその娘さんをそんなふうに思っていて、そしてもう、首ったけのようです！」私は返した。

「結構なことだ、ヴィダルくん。私からの祝辞を弟君に伝えてもらえないかね。だが……そうそう……君に言っておくべきか迷っているのだが……」

「私に言う？　なにをです？」

「マルクは手紙にひと言も書いていなかったのだな。彼がラグズに到着する数か月前……」

「到着前になにが?」私はくり返した。

「ああ……。ミラ・ローデリヒが……結局のところ、ヴィダルくん、弟君はなにも知らなかったのかもしれない……」

「説明をしていただけませんか、初耳なものですから。マルクはそれをほのめかすようなことはなにも……」

「つまりだ、どうも——それは意外なことではないが——ローデリヒ家のお嬢さまはすでに引く手あまただったようだ。なかでも特に熱心なさる御仁がいて、これが、まあ、ただの男ではなかった。少なくとも、私が大使館で会った者の言によるとね。その将校は三週間前にはまだブダペシュトにいたんだ……」

「で、その恋敵は?」

「ローデリヒ医師が門前払いにしたよ。といった次第で、もう不安を覚えることもないとは思うがね……」

「実際、不安になることはありませんよ。なぜならマルクはその恋敵について、私に手紙で知らせてもよかったのです。なのに、そのことについては、ひと言もありませんでした。思うに、その恋の争いを深刻に考える必要はもうないのでしょう……」

「そうだろうな、ヴィダルくん。だが、この男がローデリヒ家のお嬢さまに求婚したことがラグズでちょっとした騒ぎになってね。君も知っておいたほうがよいかと……」

「でしょうね。知らせてくださってありがとうございます。根も葉もない話ではないのでしょうから……」

「ああ、確かな情報だ……」

「ですが、もう済んだ話なのですね。肝腎なのはそこです!」私は答えた。

そして、そろそろ暇乞いをしようとしたとき、私は尋ねた。

「そう言えば、将校はあなたの前でその恋敵の名を口にしましたか?」

「ああ」

「名は?」

「ヴィルヘルム・シュトーリッツ」

「ヴィルヘルム・シュトーリッツですと? あの化学者の息子の?」

「まさに」

「生理学における発見で、広くその名が知られているあの学者の!」

「ドイツが誇るあの男だ、それももっともなことだが」

「亡くなったのではなかったですか?」

「ああ、数年前に。だが息子の方は生きているし、おまけに将校の話では、このヴィルヘルム・シュトーリッツは用心するに越したことのない男のようだ……」

「用心しましょう、ミラ・ローデリヒがマルク・ヴィダル夫人になる日まで」

そう言うと私は、この情報にさほど気をとられることもなく、事務総長と心のこもった握手を交わし、出発の準備を終えてしまうため自宅に戻った。

# 二

四月五日、朝七時四五分、東駅、一七三便の列車で私はパリを出た。三〇時間足らずでオーストリアの首都に到着の予定だ。

フランス国内での主要な停車駅はシャロン＝シュル＝マルヌ、ナンシーだった。また、今はなきアルザス＝ロレーヌ地方*を通過したが、ストラスブールに短く停車しただけで、私は客車から降りさえもしなかった。この街の者たちが、もはや同胞ではないと感じるだけでも我慢ならないのに。街をあとにしたとき、乗降口から身を乗り出して見ると、大聖堂《ミュンスター》とその巨大な尖塔*は落日の光を全身に浴びており、地平に傾いた太陽はそれを、フランスの側から照らしていた。

車輪の回転音と線路の振動で夜は更けていき、単調な音に包まれているといつしか眠りに落ち、列車が停まったことにも気づかない。ときおり、間隔もまちまちに、オース、バーデン、カールスルーエといった地名を告げる、機関士たちの甲高い声が耳元で轟いた。翌四月六日の日中、いくつかの街が朧な影のように垣間見えたが、それらはナポレオン時代に誉れ高き名を刻んだ街、つまりヴュルテンベルク王国のシュトゥットガルトやウルム、バイエルン王国*のアウグスブルクやミュンヘンであった。列車はこうした街をあとにすると、続いてオーストリア国境近く、ザルツブルクで長く停車した。

同日の午後、ヴェルスをはじめとするドイツ領のいくつかの地点に立ち寄ったあとで、五時三五分、列車はついに、汽笛混じりの最後のいななきをウィーンで放った。

私はこの都に三六時間しか滞在せず、二泊のあいだ、行きあたりばったりに過ごした。つぶさに見物するのは帰路の折にしようと思っていたのだ。諸問題には優先順位をつけなければならない、とは国を統べる人間の言だが、同様に旅にも優先順位というものがあるのだ。

ドナウ河はウィーンを横切っているわけでも、街に沿って流れているわけでもない。ラグズに向かう汽船《ダンプフシフ》の艀までは、街から馬車で四キロほど行かねばならなかった。河川運送がはじまった一八三〇年とは異なり、今日、船の運航は万全のものとなっていた。

マーチャーシュ・コルウィヌス号*の甲板や船室にいる者はまちまちだった、なにをかといえば、お国がまちまちなのだ。ドイツ人、オーストリア人、ハンガリー人、ロシア人、イギリス人がいた。船の前方は船荷であふれ、足の踏み場もないほどで、乗客は後方に座を占めていた。デュリュイ氏*は、パリ－ブカレスト間を一八六〇年に旅した際の紀行文に、ハンガリーの民族衣装を着、イタリア語しか解せないポーランド人のことを記しているが、よく探せばそうした輩も見つかったかもしれない。

汽船《ダンプフシフ》の船足は速く、大きな車輪が、美しき河の黄色い水を叩いていた。言い伝えに青と謳われた河は、むしろ黄土色に映った。何艘もの船とすれ違ったが、それらは風に帆を膨らませ、両岸に果てなく広がる田園の産物を運んでいた。あるいは巨大な筏が脇を通り抜けていったが、こうした筏はひとつの森を丸々費やしてつくられており、そこには水上の村ができていた。出発のときに建造され、到着すると壊されるこの筏はブラジルのアマゾンを行く、奇跡のようなあのジャンガダ*を思わせた。やがて島が次から次へと現われるようになった。気まぐれに散らばる島は大小さまざまで、ほとんどは水面から頭を少し出す程度、あるいは高さが足りず、あと数プースも水かさが増せば没してしまうようなものもあった。島では柳、ポプラ、ヤマナラシの木々が列をなし、潤んだ草地には鮮やかな色の花々がピンのように刺さり、その豊かな緑と清々しさが眼を楽しませた。

船はまた、岸の絶壁に建てられた水辺の村に沿って進んだ。釜をめいっぱい焚いて全速力で行く汽船《ダンプフシフ》のおかげで、柱で支えられている高床式の家が震えているようにも見える。やがて汽船《ダンプフシフ》は、土手から土手にぴんと張られた綱の下を、煙突を引っ掛けそうになりながらくぐり抜けた。それは渡し船用の綱であり、両端の竿のてっぺんには、黒鷲の紋章がついたオーストリアの国旗が掲げられていた。

ウィーンの下流では、直径が一リュー〔四キロメートル〕を超えんとする円形の島が眼に留まり、私は、一八〇九年七月六日というあの名高い日に起きた歴史的事件を思い出した。島の岸には木々が生い茂り、ただし中央は真っ平らで、干あがった川筋が穿たれていた。河が氾濫するとそこに水が入ってくることもある。それはロバウ島であり、ナポレオンは、壕を張りめぐらせたこの陣地から一五万の兵を率いてドナウ河を渡り、エスリンクとヴァグラムの戦い*において勝利をおさめたのだった。

日中、マーチャーシュ・コルウィヌス号はフィッシャムエントとレーゲルスブルンを遠くあとにし、夜、マルヒ川*の河口に寄港した。その川はモラヴィア地方から降りてくる、ドナウ河の左の支流であり、マジャール人の王国の国境はすぐそこだった。四月八日から九日の夜を同地で過ごし、朝まだきに出発すると、船は流れに乗り、一六世紀にフランス人とトルコ人が激戦をくりひろげた*地帯を通過した。ペトローネル、アルテンブルク、ハインブルクで客の乗降があり、ハンガリー門*の隘路を通り抜け、前方の船橋が開くと、ついに汽船《ダンプフシフ》はプレスブルクの河岸に到着した。

荷を移すため、まる一日寄港しているあいだ——ウィーンを出てから三〇〇キロ*の　船旅を終えていた——私は、旅行者の注目を集めるこの街を見物した。街はまさに、岬の上に建てられているかのようだった。その麓に広がるのが海原であり、凪いだ河の水の代わりに、渦巻く波が足元を濡らしていたとしても驚くまい。一直線に続く壮麗な河岸上には、実に均整のとれた、美しい様式の家が並んでいた。河の上流に、左岸がそこで途切れているかのような岬があり、端には教会の鋭い尖塔が聳えていた。その上流の端にはまた別の教会の尖塔がそそり立ち、二つの尖塔のあいだに隆起する広々とした丘にしがみつくようにして城が建っていた。

黄金の冠を戴く丸屋根の大聖堂、無数の邸宅、そしてハンガリー貴族所有の二、三の宮殿には眼を見張るものがあった。それから丘に登り、あの広大な城*を見物したが、ただ四角い土台の四隅に塔が立っているだけで、まるで廃墟も同然であった。これだけならば丘を登ったことを悔やみそうなものだが、そこは見晴らしがよく、周囲に広がる見事な葡萄畑と、ドナウ河がゆるやかに曲りくねる、どこまでも続く平原を眺めることができた。

かつては王の戴冠もおこなわれたプレスブルクはマジャール人の公式な首都であり、議会《サウプチーナ》の所在地でもある。もとはブダペシュトで開かれていたが、一五三〇年から一六八六年、一世紀半以上続いたオスマン帝国によるブダペシュト占拠によって当地に移されたのだ。*四万五〇〇〇の人口にもかかわらず、しかしこの街は、王国の議員たちが大挙してやってくる議会の会期中にしか人が住んでいないかのように見える。

また、フランス人にとってプレスブルクという名は、アウステルリッツの戦いののち、一八〇五年に調印された栄えある条約*に固く結びついていることを言い添えておかねばなるまい。

プレスブルクをあとにしたマーチャーシュ・コルウィヌス号は、四月一一日の午前中、その下流に広がるプスタの大平原に入っていった。ハンガリー中央全土に広がるこのプスタは、ロシアにおけるステップ、アメリカにおけるサヴァンナだ。実に興味深い地域で、見渡す限り広がる牧地では、数え切れぬほどの馬の群れが、ときおり激しいギャロップで闊歩し、数千頭もの牛や水牛の群れが草を食んでいた。

　ハンガリーにおけるドナウ河はここから真の姿を見せ、右に左にと何度も湾曲しながら進んでいく。オーストリアを横断しているあいだは小さな流れにすぎなかったものが、小カルパチア山脈や、スティリア*のアルプス山脈から大きな支流が注ぎこんだあとでは大河の風格を漂わせている。

　忘れるべくもないが、この河の源流はフランスの国境にほど近いバーデン大公国にある。国境はわれらのアルザス＝ロレーヌ地方をドイツ側に区切ってしまった！　往時には、ドナウの流れに最初の水をもたらしていたのはフランスの雨水だったのだ。

　夕刻、ラープ*に着き、夜、汽船《ダンプフシフ》は町の岸に係留された。翌日もその夜も同じだった。この都、マジャール人が言うところのジェールを見物するには一二時間もあれば事足りた。プレスブルクから六〇キロ離れたこの地は、町というよりは城砦であり、住人は二万人、一八四九年のハンガリー独立運動*の折に辛酸を舐めた。

　翌日、ラープから一〇キロほどくだったところで、船が停泊することはなかったものの、有名なコモルン*の砦を眺めることができた。マーチャーシュ・コルウィヌスが一五世紀に一から完成させた城砦であり、蜂起の最終章が演じられた場所でもあった。

　ハンガリーのこの地域でドナウの流れに身を委ねるのは至上の美である。河は自由闊達に蛇行し、唐突に向きを変えるたびに景色は変わり、半ば水に沈んだ低い島の上を鶴や白鳥が飛び交う。豊かな平原と、視界の果てまでうねる丘、これぞプスタの壮麗な姿だ。そこに、最高のハンガリーワインを生む豊かな葡萄畑が広がっている。この国はワインの生産でフランスに次ぎ、イタリアとスペインに勝っている。二〇〇〇万ヘクトリットル〔二〇億リットル〕――トカイ*もその一部をなす――の収穫のほとんどは国内で消費されているとのことだ。隠さずに言っておくと、私も奮発してホテルや汽船《ダンプフシフ》の甲板で数本を空けてみた。マジャール人の喉に流れる分を減らしてみたというわけだ。

　ちなみにプスタでは農業が年々進歩している。灌漑のための水路が掘られ、将来的にきわめて肥沃な土地になることが見こまれている。数百万本ものアカシアの木が植樹されており、その長く厚い緞帳が風害から土地を守っている。ゆえに穀物や煙草の生産量が今の二倍、三倍になる日が遠からずやって来るだろう。

不幸なことに、ハンガリーでは未だ農地の分割が十分におこなわれていない。遺贈のできない土地が膨大なのだ。たとえば一〇〇平方キロメートルもの地所があっても、地主はその土地すべてを開墾できた例はなく、小作たちはそうした広大な領地の三分の一も所有していない現状がある。

くり返すが、国にとって芳しくないこうした状況は徐々に変わっていくであろうし、それが将来の自然な成りゆきである。それにハンガリーの農民は進歩に逆らう者ではなく、意欲と闘志と知性にあふれている。彼らは少々自惚れているという指摘もあるが、ドイツの農民ほどではない。両者のあいだには特徴的な違いがあり、片やすべてを学べると考えており、片やすべてを知っていると考えているのだ。

あたりの雰囲気が変わったことに気づいたのは、右岸にグラン*が見えてきたときだった。プスタの平原が、どこまでも気ままにうねる丘にとって代わったが、それらはカルパチア、あるいは北アルプスから伸びる支脈の裾野にあたる。河は丘に抱きこまれ、狭い隘路を通らねばならず、同時に水深が増していた。

グランはハンガリー首座大司教のお膝元であり、もしも現世の富に魅せられたカトリックの高位聖職者がいたならば、グランのその職は垂涎の的であろう。なにしろ、かつてその座を占めたのは枢機卿、首座大司教、教皇特使、帝国の大公、王国の高官らで、今日でも一〇〇万フランを超す謝儀が支給されているのだ。

グランのあとはふたたびプスタが広がり、自然とはすぐれた芸術家なのだとあらためて思い知らされる。自然は――それがつくりだすものと同様、大きな尺度で――対照の法則というものを遵守している。プレスブルクからグランに至る変化に富んだ景観のあと、自然はここで、悲しげな、寂しい、単調な景色を求めていたのだ。一方、河はなおも東に流れ、やがてほぼ直角を描くように南に向きを変えた――以後は、蛇行はしてもその方角を逸れることなく進んでいった。

この地でマーチャーシュ・コルウィヌス号は、センテンドレ島をなす二つの流れの片方を選ぶことになった。どちらも航行は可能だが、船は左を行き、おかげで私はヴァイツェン*の町を眺めることができた。半ダースほどの鐘楼が聳え、うちひとつの教会は岸辺に直に建ち、豊かな緑に囲まれた己の姿を水の流れに映していた。

その先で土地の様相は変わりはじめた。平原では、芽を吹きだした畑の緑が店先の商品のように並び、河では、小舟が数を増していた。それまでの静けさが活気にとって代わる。首都が近づいているのは眼に見えて明らかであった。

しかし、かの都ときたら！　星でいえば二重星であり、ともに一等星ではないかもしれないが、ハンガリーという星座のなかで、ひときわ際だつ輝きを放っているのだった。

最後に汽船《ダンプフシフ》が森のような島を迂回すると、まずはブダ*が、続いてペシュトが姿を見せた。私は四月一四日の夕方から一七日の朝まで、この都でしばしの休息をとることになった。そして生真面目な旅行者となり、くたびれ果てるまで街を見物した。

ブダからペシュトへ、ドナウ河には壮麗な吊橋がかかり、トルコ人の都とマジャール人の都——つまりブダとペシュトはハイフンでつながれているかのようだった。上流と下流で運送を担う川船の船団が橋弧の下を通っていく。それらは小型のガレー船であり、船首に旗のついたマストを立て、甲板にある船室の上まで伸びる、大きな舵棒を備えていた。河の両岸はともに波止場になっており、整然としたつくりの住居が並んで、空には尖塔と鐘楼が突き出ていた。

ブダを右岸に、ペシュトを左岸にドナウ河は流れ、ここでも緑豊かな島が点在していた。河は、ハンガリーの都が占める半円状の土地にかかる一本の紐のようだった。ペシュト側の平原地帯で街はのびのびと広がり、ブダ側に連なる丘陵地帯は、頂に本陣をおく砦と化していた。

かつてトルコのものだったそのブダも今ではハンガリー風になっており、さらにはオーストリア風にさえ見えた。ハンガリーの公式の首都はブダなのであり、二都市合わせて三六万の住人中、一六万人がこちらに住んでいる。商業よりは軍事に特化した街であり、商いの賑わいはない。通りに生えた雑草が歩道を縁どっていても驚きはない。歩いているのはとりわけ兵士たちだ。彼らはまるで街が包囲でもされているかのように巡回をしている。いたるところで緑、白、赤からなる薄布の国旗が風にたなびいている。いかにも活気あふれるペシュトに対面する、つまりは死にかけの都。ここでドナウ河は、未来と過去のあいだを流れているとでも言えるだろうか。

兵器庫や兵舎だらけだとはいえ、ブダではかつての偉大さを今に伝える二、三の宮殿を見物することもできる。古い教会や、オスマン統治時代には回教寺院に変えられていた大聖堂を前にしたときにはいくばくかの感銘を受けた。道幅の広い通りを行くと、両側に連なる家は東洋風で、テラスがつき、鉄柵に囲まれていた。市役所は、黄と黒とが雑然と混じった障壁に囲まれ、民というよりは軍の建物のような雰囲気だった。私はその室内を経めぐり、今もトルコ人の巡礼が絶えないギュル＝ババ*の霊廟を静かに眺めた。

だが、多くの外国人同様、私が長い時間を過ごしたのはペシュトのほうであり、その時間は、請け合ってもいいが、まったくもって無駄ではなかった。ブダの南、タバーン通りの端にあるゲッレールトの丘、つまりブロックスベルク*の高みから、私は二つの街の全貌を眼にすることができた。二都市のあいだをドナウ河は威厳を湛えて流れ、川幅はもっとも狭いところでも四〇〇メートルはある。橋が数本かかり、うちひとつの吊り橋は実に優美で、マルギット島の上にかかる鉄道の高架橋とは対照的だった。ペシュト側の岸沿いには、広場の周りに宮殿や邸宅が建ち並び、建築的な調和を見せていた。その向こうに広がる街は、二重都市の人口三六万のうち二〇万以上の住人を抱えている。ここかしこに、黄金の格縁を備えた丸屋根、天に向かって鋭くそそり立つ尖塔が見える。ペシュトの眺めはまさに荘厳そのものであり、ウィーンに勝ると感じる者がいるのも故なきことではない。

近隣の田園地帯には一軒家が散らばり、果てしなく広がるラコスの平原は、かつてハンガリーの騎馬軍団が喧々囂々、国の評議会を開いていた地だ。

いいや！　ハンガリーの都、この高貴な世界都市を見るのに二日では足りない。時間切れは免れまい。国立博物館を足早に見学して済ませるわけにもいくまい。エステルハージ家伝来の絵画や彫像、なかでもレンブラントの作とされる至宝「エッケ・ホモ」*、博物学関連の展示品、先史時代の古美術品を集めた部屋、その価値は折り紙つきの碑銘、硬貨、民族誌学的な蒐集品の数々を。さらにはマルギット島、森林、牧場、温泉が湧く浴場、はたまた小舟が行き交う小川が注ぎこむ市民公園シュタットヴァルトヒェン、美しい木陰、天幕、カフェ、レストランを訪ねなければ。あるいは騎馬の人々――派手な色の民族衣装を着た、立派な風体の男女――が激しく跳ねまわっている遊技場を！

出発の前日、私は街のカフェに入った。金の装飾はまばゆい光を放ち、どぎつく塗られた看板を掲げ、中庭と室内はあふれんばかりの植木と花々、とりわけ夾竹桃《きょうちくとう》で飾られていた。マジャール人が好む飲み物、ミネラル水で割った白ワインで心地よい涼をとり、果てない街の散策を続けようとしたとき、私の視線は広げられた新聞紙に落ちた。機械的に手に取ると、それは、ある日の〈ウィーン特報《ヴィーナー・エクストラブラット》〉紙*だった。私は、ゴシック体の太い文字で印刷された表題と、それに続く以下の記事を読んだ。

「シュトーリッツ追悼式」

その名がすぐさま私の注意を惹いた。それは東会社の事務総長が口にしていた名であり、ミラ・ローデリヒに求婚した者の名であり、著名なドイツ人化学者の名であった。そのことに疑いの余地はなかった。

以下が記事の内容だった。

「およそ二〇日後に迫った五月五日、シュプレムベルク*においてオットー・シュトーリッツの逝去を悼む式典が執りおこなわれる。氏の生まれ故郷の町の墓地にはたいへんな人出が見こまれている。

　言わずと知れたことであるが、かの非凡なる学者は、奇跡のような研究、驚くべき発見や発明によって自然科学の進歩に多大な貢献をし、ドイツの誉れとなった」

　実際、この記事の著者に誇張はない。オットー・シュトーリッツは科学の分野において真に名を馳せた人物であり、とりわけ新種の光線についての研究で知られている。今では広く知られているため、X線*という当初の呼び名が適切ではなくなったあの光線だ。

　だが、私が諸々の思いに没したのは以下の数行を読んだときだった。

「周知のとおり、生前、オットー・シュトーリッツは、超自然現象に傾倒した者たちと近しく、魔法使いの類として通っていた。三、四世紀前であれば、魔術にかかわった廉で追われ、捕えられ、死罪となり、公衆の面前で火刑に処されていてもおかしくはなかったであろう。さらに、その死以来、氏は、明らかに同種の傾向を持つ多くの者たちのあいだで、以前にも増して、超人的な知を持ち合わせた呪《まじな》い師と目されるようになった。幸い彼らは、オットー・シュトーリッツがその秘密の大半を墓に持ち去ったと考えている。よって息子についても、父親の超科学的な力を継承していないと見てよいだろう。とはいえ、氏のおめでたい信者たちがついに眼を覚まし、正気をとり戻すなどということはあてにせぬほうがよい。彼らにとってオットー・シュトーリッツは真の神秘主義者であり、魔術師であり、悪魔にとり憑かれた者でさえあるのだから！」

　私は思った。シュトーリッツが何者であろうと、肝腎なのは、その息子がローデリヒ医師に門前払いを食ったことであり、ミラをめぐってマルクとその者が競うことはないということだ。

〈ウィーン特報《ヴィーナー・エクストラブラット》〉紙の記者は以下のように続けていた。

「例年通り追悼式には、オットー・シュトーリッツの思い出を今も大切にしている友人たちはもちろん、ほかにも大勢が参集するはずである。おそろしく迷信深いシュプレムベルクの住民たちが、なにかしらの奇跡を期待し、その目撃者にならんとしていると断言してもよかろう。町で吹聴されているところによれば、墓地はその日、超自然界に属する、まことに信じがたい、常軌を逸した怪奇現象の舞台になるとのことだった。誰もが恐怖に震えるなか、墓石が持ちあがり、幻の学者が後光とともに甦ったとしても然もありなん。あるいは、この学者を生んだ都に、なんらの大惨事が迫っているのではないか！

最後に、一部の者の意見では、オットー・シュトーリッツは死んではおらず、葬儀の日には偽の埋葬がおこなわれたのだという。良識がこの馬鹿げた言い伝えを消し去るまでには、まだ長い年月がかかることであろう」

記事を読んだあと、私は少々考えてみずにはいられなかった。オットー・シュトーリッツが死に、埋葬されたこと、それ以上に確かなことはない。五月五日に墓が開くだの、シュトーリッツが群衆の前に新たなキリストのごとく姿を現わすだの、そんなことは一笑に付せばいい。だが、父親の死去が明白である一方で、彼に存命中の、確かに存命中の息子がいることも疑いようのない事実だ。ローデリヒ家に撥ねつけられたヴィルヘルム・シュトーリッツが。それがマルクにとって不安の種となり、結婚の障害になるということがあるだろうか。私は新聞を放り投げて言った。

「まったく！　私はどうかしている！　ヴィルヘルム・シュトーリッツはミラに求婚した……。それは拒否された……。そして以後は姿を見せていない、マルクはこの件についてひと言もなかったのだから。だったら、これをなにか大ごとに結びつける必要などないのに、私はどうしたというのだ！」

私は便箋、ペン、インクを用意してもらうと、弟に手紙をしたため、明日ペシュトを発ち、到着は二二日の夜になると知らせた。もうラグズまで三〇〇キロの距離まで来ているのだ。また、旅はこれまで事故もなく、遅れもなく、よってこのまま無事に終わるだろうとも記した。ローデリヒ夫妻への表敬の文言も忘れず、マルクから伝えてもらうべく、ミラへの親愛の情も書き添えた。

翌日、八時、マーチャーシュ・コルウィヌス号は河岸に設けられた桟橋を離れ、流れに乗った。

言うまでもなく、ウィーンを出てから碇泊のたびに乗客の入れ替えがあった。プレスブルク、ラープ、コモルン、グラン、ブダペシュトで数名が降り、そうした街を出発する際に数名が乗船してきた。オーストリアの首都で汽船《ダンプフシフ》に乗りこんだ者はもう五、六人しか残っておらず、そのうちのイギリス人旅行者たちは、ベオグラードとブカレストを経由し、黒海まで行くはずであった。

こうしてマーチャーシュ・コルウィヌス号はペシュトで新たな乗客を迎え入れたが、なかにひとり、とりわけ気がかりな人物がいた。挙動があまりに不審だったのだ

それは三五歳ほどの男だった。燃えるような金髪、厳めしい顔、威圧的な眼つきをし、まるで人好きがしなかった。その態度から、ふてぶてしく、横柄な人間であることが見てとれた。船の下働きに何度か話しかけていたが、その声

は耳障りで、そっけなく、嫌悪を催した。問い質す口調も不躾だった。

そもそもこの乗客は、ほかの者と懇意になろうとはしていないようだった。それは一向に構わない。私自身、それまで同乗者に対して極度に控えめな態度に徹していたからだ。唯一、マーチャーシュ・コルウィヌス号の船長に、旅程の問い合わせをしたくらいだった。

よく観察してみると、かの人物はドイツ人であり、それも十中八九、プロシア人と見てよいと思われた。それが正しければ、そして私がフランス人だと知れば、やつは私と関わろうとはしまい。私も同様に御免だ。そう、プロシア人だ。いわゆる、その臭いがし、ドイツ野郎《チュートン》の特徴をことごとく備えていた。実直なハンガリー人、つまりフランスの真の友たる、感じのいいマジャール人と見紛うわけがない。

汽船《ダンプフシフ》はブダペシュトを過ぎると船足を落として進んだ。よって、以前よりたやすく、眼の前に広がる景色を細部まで眺めることができた。二重都市を背に数キロ行った先で、マーチャーシュ・コルウィヌス号はチェペル島に沿う二つの支流のうち左の流れをたどった。

ペシュトの下流では蜃気楼が奇妙な効果を発揮した。プスタでは大平原と緑の牧草地が広がり、大都市の近郊では畑がより密集し、豊かだった。低い島がここでも数珠つなぎに現われ、水から頭を出した柳の木は、薄い灰色をした草むらのようだった。

夜のあいだは停泊し、明けるとふたたび出発して、くねくねと曲がる河をくだる船旅が一五〇キロ続いた。空模様は安定せず、降っていない時間よりも降っている時間のほうが長かった。そして汽船《ダンプフシフ》は一九日の晩、セクサールドという町に到着したが、霧に包まれたその姿が垣間見えただけだった。

翌日は晴れ、船は、日没前にモハーチに着く予定で出航した。

九時頃、甲板の船室に入ると、例のドイツ人乗客がそこから出てくるところで、男がこちらに寄こしたおかしな眼つきに私は虚を衝かれた。私たちが鉢合わせたのはそれがはじめてで、男の眼つきは横柄であるばかりか、憎悪さえ感じられた。

なんだというのだ、あのプロシア人は。私がフランス人であることを知ったからであろうか。そして思い至った。船室の座席に置かれた私の旅行鞄には、私の名――アンリ・ヴィダル、パリと記された札がついており、それをあの男は読んだのかもしれない。それで、あのようにじろじろと見られる羽目になったのではないかと。



二

いずれにせよ、あの男が私の名を知ろうと、私のほうはやつの名を知ろうとやきもきするつもりなどなかった、あんな人物にはなんの興味もなかったのだ。

マーチャーシュ・コルウィヌス号はモハーチで碇泊し、しかし遅い時刻だったので、人口一万のこの地で見えたものといえば、すでに闇に沈んだ街から突き出た、二つの鋭い尖塔だけだった。それでも私は下船し、一時間ほど散策して甲板に戻った。

翌二一日、二〇人ほどが乗船し、早朝に出発した。

日中、問題の男は甲板で何度か私とすれ違うと、故意に、まったくもって不作法な態度で私を見た。無礼者め、言いたいことがあれば言えばいいものを！　こんなときに眼でものを申すべきではない。フランス語がわからないのなら、やつの国の言葉で返してやろうものを。

喧嘩を売るのは私の望むところではないが、さりとて、あのように失敬な態度で執拗にじろじろと見られるのもまた望むところではない。むしろ、私のほうからあのドイツ野郎《チュートン》を呼びとめることにするなら、あの男についてなにかしらの情報を前もって握っておいたほうがよかろう。

そこで私は船長に質問し、あの乗客を知っているかと尋ねた。彼は答えた。

「はじめて見る顔ですな」

「ドイツ人でしょうか？」私は続けた。

「それは間違いありませんよ、ヴィダルさん。もっと言えば、二重の意味でそうですね、プロシア人でしょうから……」

「どちらか一方であるだけでもやっかいなのに！」ハンガリー人の船長は、その答えを味わっているように見えた。

午後、汽船《ダンプフシフ》はソンボルまで進んだ。だが街は河の左岸から遠すぎ、肉眼で見ることは叶わなかった。それは大きな都で、人口は二万四〇〇〇人をくだらない。この街もまたセゲディン同様、ドナウ河とティサ川の二つの流れによってできた広い半島のなかに位置している。ティサ川はドナウ河最大の支流のひとつで、ベオグラードの約五〇キロ手前で本流に飲みこまれる。

翌日、河を右に左にと何度もくだったあと、マーチャーシュ・コルウィヌス号は右岸に建設されたヴコヴァルに向かった。ヴコヴァルからスラヴォニア*の国境沿いに進み、やがて河は南に方向を変え、さらに東に流れていった。そこに広がっていたのが軍政国境地帯*だった。土手から少し奥まったところに、間隔を置いて、数多くの守備隊が姿を見せていた。森小屋と、木の枝を組んでつくられた哨舎に詰めている歩哨が往来し、守備隊はつねに連絡をとり合っていた。

この領地は軍事的に統括されている。グレンツァーと称される住人は誰もがここでは兵士なのだ。州、県、市が消え、この特別な軍隊の連隊、大隊、中隊にとって代わっている。軍政国境地帯の名称によって包含されるのは、アドリア海沿岸からトランシルヴァニアの山々までの、六一〇平方マイル〔四五七五平方メートル〕の圏域で、一一〇万を越える住民は厳しい規律を遵守している。同地帯の設置はマリア＝テレジアの治世以前に遡り、対トルコという意味合いはもちろん、さらにはペストに対する防疫線としての存在理由もあった。それは前者と同じくらいやっかいなものなのだ。

ヴコヴァルに立ち寄ったあとは、例のドイツ人を甲板で見かけなくなった。あの街で下船したのかもしれず、こうして私は、男が船にいるという我慢ならない状況から脱することができた――それとともに彼についてのいっさいの説明も不要になった。

そして今、心は別の考えでいっぱいだった。あと数時間で汽船《ダンプフシフ》はラグズに着くだろう。一年ぶりに弟と会えるのはなんとも喜ばしいことだ。腕のなかに抱きしめ、二人でとびきり愉快な会話を交わし、そして弟の新しい家族と知り合えるのは！

午後五時、左岸の土手に生い茂る柳の木々のあいだ、ポプラでできた緞帳を見おろすかのように、いくつかの教会が姿を現わした。その丸屋根や、聳えたつ尖塔が、雲が足早に流れていく背景の空にくっきりと浮かびあがって見えた。

それがこの大きな街の最初の寸描であり、それがラグズであった。河が最後にぐるりと湾曲すると、全貌を現わした街は、高く連なる丘の麓に、まるで絵画のように座していた。丘の上には、ハンガリーの古い街の伝統である城砦《アクロポリス》、領主の古城が建っていた。

汽船《ダンプフシフ》は何度か外輪を回転させて船着場に近づき、以下の事件が起こったのはまさにそのときだった。

私は船の左舷の手すり近くに立ち、一直線に続く波止場を眺めていたが、大半の乗客はドラムの後方にある舷門のところにいた。桟橋の出口には、いくつかの人溜まりができており、マルクもそのなかにいるはずだった。

弟を探していると、私の近くで、ドイツ語のこんな言葉がはっきりと聞こえてきた。

「マルク・ヴィダルとミラ・ローデリヒが結ばれるならば、ミラに災いあれ、マルクに災いあれ！」

私はぱっとふり向いた……。その場には私ひとりしかおらず、にもかかわらず、誰かが私に話しかけたのだ。そしてその声は、甲板からいなくなっていたあのドイツ人の声に似ていた。

しかし誰ひとり、くり返すが、誰ひとりそこにはいなかったのだ！　明らかに私の思いこみで、脅しの文句を聞いた気がしたのだろう……幻聴のようなもので……ただそれだけのことだ……私は旅行鞄を手に、リュックを肩に担ぐと、汽船《ダンプフシフ》の船腹から轟々と噴き出ている蒸気のただなかに降りたった。

# 三

船着場の入口で待っていたマルクは両腕をさし出し、私たちは胸と胸をしっかりと合わた。

「兄さん……兄さん」声をうわずらせ、眼を潤ませ、しかし嬉々とした表情でマルクはくり返した。私は言った。

「マルク、お前をまた抱き締められるとは！　お前の滞在先に連れていってくれるかい？」

「うん……ホテルに……ここから一〇分くらいの、ミロシュ公*通りにあるテメシヴァル*・ホテルに……。だけどまずは、僕の義理の兄になる人を紹介させてよ」

　それまで気づかなかったが、マルクから一歩さがったところにひとりの士官が立っていた。大尉だった。軍政国境地帯守備隊の軍服を着ている。多めに見積もっても二八歳、背丈は平均より高く、貫禄があり、栗色の口髭と山羊髯を生やし、誇り高きマジャール人貴族らしい雰囲気を漂わせているが、眼は人なつこそうで、口元に笑みを湛え、ひと眼見て、実に感じがよかった。マルクが言った。

「ハララン・ローデリヒ大尉だよ」

大尉がさし出した手を私は取った。彼は言った。

「ヴィダルさん、お会いできて光栄です。ご到着を今か今かとお待ちしておりましてね、わが家の者たちは皆、大喜びでしょう……」

「ミラお嬢さまも？」私は尋ねた。

「決まってるさ！」弟が大声を出した。「兄さんが出発してから、マーチャーシュ・コルウィヌス号が一時間に一〇リュー進まなかったのがミラのせいだとでも思っているのかい！」

　ちなみにハララン大尉はフランス語を流暢に話し、それは、フランスを旅したことのあるその父君、母君、妹君も同様だった。一方、私とマルクはドイツ語に精通し、ハンガリー語も少々かじっていたので、出会ったその日から、それに続く日々も、私たちはさまざまな言葉を使い、ときにはそれらを混ぜ合わせて会話を交わした。

　馬車が私の荷をひき受けた。ハララン大尉とマルクも私と一緒に乗りこみ、数分後にはテメシヴァル・ホテルの前に着いた。

　ローデリヒ家へのお目見えは明日にすると約束し、私は弟と一緒に部屋に残った。そこは、マルクがラグズに腰を据えてからずっと借りていた部屋の隣室であり、十分に快適だった。

　私たちは夕食の時間になるまで話し続けた。私は弟に言った。

「マルク、やっとまた会えたな……二人とも変わりなく、な？　確か、最後に会ってから、もう丸一年になるんじゃないか……」

「そうだね、兄さん！　ずいぶん長く感じたな……僕にはミラがいてくれたけれど……。でも、やっと会えた。忘れたことなんてなかったよ……僕には兄さんがいるってことを……」

「いちばんの友でもあるぞ、マルク！」

「だから兄さん、わかるだろ……兄さんがここにいないのに……傍にいてくれないのに、僕の結婚がめでたく成就なんてことはありえないんだよ……。それに、兄さんには同意してもらわなければならなかったし……」

「同意？」

「そうさ……生きていれば父さんにお願いしたようにね！　でも父さんも兄さんも拒むことはないはずさ、ミラのことを知れば……」

「魅力的なお嬢さんかい？」

「会って、確かめて、好きになってよ！　兄さんの義理の妹として、あれ以上の女性はいないよ……」

「承諾するよ、マルク。もう今から、最高に幸せな選択だったと考えてね。だけど今夜中にもローデリヒ医師に会いにいかないか？」

「いや……明日にしよう……。船があんなに早く着くとは……。晩に着くとばかり思っていたんだ。だけど念のため、僕とハラランは岸に行った。そしたら下船に居合わせたってわけさ、ちょうどよかったよ。ああ！　そうと知っていたらミラはひどく悔しがるな！　だけど、くり返すけれど、明日の到着ということで準備していたんだ……。ローデリヒ夫人とミラは今晩は予定がなかったから……大聖堂へ礼拝に行った。そのことを兄さんに詫びるはずだよ」

「ならば明日にしよう、マルク。今日、自由に過ごせるのなら、残りの時間はおしゃべりに費やそう。これまでのことや、これからのことを話して、兄と弟、会わないでいた一年間の思い出を語り合おう！」私は答えた。

　こうしてマルクは、パリを出てからの旅を語った。ひとつ、またひとつと称賛を勝ちとっていったこと、芸術家の世界への扉が眼の前で大きく開かれたウィーン、そしてプレスブルクでの滞在を。つまるところ弟は、私になにも知らせていなかったのだ。今やマルク・ヴィダルの署名が入った肖像画は垂涎の的で、引く手あまたであり、オーストリア人の金持ちも、マジャール人の金持ちもこぞって手に入れようと躍起なのだった！

「お手あげだったよ、兄さん。方々からの依頼と、おまけに競売！　どうしろっていうんだい！　プレスブルクのある金持ちはこう言ったんだ。マルク・ヴィダルは実物よりもそっくりに描くって！」さらに冗談めかしてつけ加えた。「そのうち美術総監が僕をさらいに来て、オーストリア皇帝や皇后、皇女たちの肖像を描かせるなんてこともあるかもね！」

「気をつけろよ、マルク、気をつけねば！　今、ラグズを離れ、宮廷に出向くようにとの招きがあったら、困ったことになるだろうからな」

「丁重にお断りするよ、兄さん！　もう肖像画はいいんだ……というか、僕は最後の一枚を描いてしまったから」

「彼女の、だな？」

「彼女の、そして、それは悪い出来じゃないはずだよ」

「ほほぉ！　だが、どうかな？」私は声を張りあげた。「画家が、肖像画よりもモデルに気をとられてしまったならば！」

「ともかく、兄さん……見ればわかるよ！　くり返すけれど、実物よりそっくり、だよ！　それが僕の流儀のようだ……確かに……ミラがポーズをとっているあいだ、僕は彼女から眼を離すことができなかった！　だけどミラは真剣そのものだった！　時間はあっという間に過ぎていったけれど、彼女はその時間を許婚《いいなづけ》のためではなく、画家のために割いたんだ！　そして僕は画布に筆を走らせた……肖像画が今にも命を持つんじゃないかと思ったよ、ガラテアの像みたいにね……」

「落ち着けよ、ピグマリオン*、落ち着いてくれ。で、どんな縁でローデリヒ家と知り合ったのかを教えてくれないか……」

「そういう運命だったんだ」

「だろうがね、だけど、もっと詳しく……」

「ここに着くなり、ラグズの大きなクラブが、光栄にも僕を名誉会員として会に加えてくれてね。異国の街の長い夜をそこで過ごせるだけでも嬉しくてたまらなかった。僕はそのクラブに入り浸りになった、とても歓迎してもらって。そこでハララン大尉と親交を新たにしたんだ……」

「新たにした？」私は尋ねた。

「そうなんだ、兄さん。ペシュトの公式な会で何度か会っていたからね。前途有望な、実に立派な士官で、同時に、あんなに親切な人もいない。一八四九年*に英雄になれなかったのは……」

「ただ、その時代に生まれていなかったから！」私は笑いながら返した。

「そのとおり」マルクは口調を変えずに続けた。「ともかく僕たちは毎日そこで会っていたんだ、大尉にはまだ、休暇が一か月残っていたから。僕たちはだんだんに篤い友情で結ばれるようになっていった。大尉は僕を家族に紹介したがって、夜会で何度かマドモワゼル・ミラ・ローデリヒと会っていた僕にとってそれは願ったり叶ったりだった。そして、もし……」

「で、その妹君も兄に負けず劣らず魅力的で、お前がローデリヒ医師の邸宅を訪問する回数は増えていった」と私。

「そうなんだ……兄さん。そして一か月半前からはひと晩も欠かさず足を運ぶことになった！　これじゃ兄さんは、僕がミラのことを口にするたび、大げさなことを言っていると思うだろうな」

「いや、そんなことはないぞ、そんなことはない！　大げさだとは思わないし、確信しているよ、殊《こと》、そのお嬢さんについてはお前がなにを言おうと、大げさすぎることはないとね」

「ああ！　兄さん、僕はとにかくミラを愛しているんだ！」

「わかるよ、それに私が思わずにいられないのは、お前が、実に誉れ高い一家の一員になるってことだ……」

「実に誉れ高いよ」マルクは答えた。「ローデリヒ医師の高名は、氏の人物に裏うちされていて、同業者たちも最大の敬意を払っている！　それに男気のある人だし、あの娘にして……」

「あの父親あり、といったところか。そしてローデリヒ夫人もまた、あの娘にしてあの母親あり、といったところなんだな……」と私。

「ご夫人は！　まったく、すばらしい女性だよ」マルクは声を張りあげた。「家族の皆から愛されていて、敬虔で、誰にも優しくて、慈善活動に従事している……」

「その夫人が義母になるわけだな、そして、もはやフランスでは見つけない……そうだな、マルク？」

「兄さん、第一ここはフランスじゃなくてハンガリーだよ。マジャール人の国では昔の厳格さを少しばかり守っていて、家族は今も家父長制なんだ」

「それじゃ、将来の家長殿——だって、次はお前がなるんだろう……」

「大事なのは社会的な地位のほうだよ！」とマルク。

「わかったよ、メトシェラ、ノア、アブラハム、イサク、ヤコブ*の好敵手め！　結局、思うに、お前の話はさほど山あり谷ありというわけではないな。ハラランン大尉のとりなしでローデリヒ家に紹介され……大いに歓迎されたわけだ。お前のことを知っている私にしてみたら不思議でもなんでもないがね！　そしてミラお嬢さまを、彼女を見るたびにお前は、その美しい心と美しい姿に惹かれずにはいられなかった」

「そのとおりだよ、兄さん！」

「許婚にとっては美しき徳。画家にとっては美しき姿。それはともに、お前の心からも、お前の絵からも消えることはない！　私の言葉をどう思う？」

「大仰だね、でも正しいよ、兄さん！」

「お前の見る眼も正しいよ、で、つまるところ、マルク・ヴィダルがマドモワゼル・ミラ・ローデリヒを見るたび、その淑やかさに心がうち震えたのと同様、マドモワゼル・ミラ・ローデリヒもマルク・ヴィダルを見るたび、その……」

「そんなこと言ってないだろ、兄さん！」

「いや、続けさせてもらうよ、物事の神聖なる真実を尊ぶためにも！　事の進展に気づいたローデリヒ夫妻はそれで気分を害することはなかった……。マルクはまもなくハララン大尉に心をうち明け……ハララン大尉は悪い顔をしなかった……。大尉はこのささやかな案件を両親に話し、両親はそれを娘に話した……。ミラお嬢さまはまず、慎みと礼節から、判断を両親の意向に委ねた……。そしてマルク・ヴィダルは正式に求婚をし、受け入れられ、数多ある同種の物語と同じく、この小説も幕引きとなるわけだ……」

「兄さんが「幕引き」と呼ぶものは、僕の意見では「幕開け」だよ……」マルクは宣した。

「そうだな。私は言葉の意味合いさえわからない人間になりさがってしまったようだ！　で、いつ結婚するんだい？」

「兄さんの到着を待っていたんだ、それから最終的に日どりを決めようとね」

「だったら、お前たちの好きなように……六週間後でも……六か月後でも……六年後でも……」

「ねえ兄さん、お願いがあるんだ」マルクは答えた。「ローデリヒ医師に言ってもらいたいんだよ、兄さんの休暇には限りがあって、ラグズ滞在が延びると、職場の機関区が困ってしまい……」

「ずばり、脱線や衝突事故があればその責任を負わされるだろうと……」

「そうすれば式を遅らせることはできなくなる……」

「明後日か、今夜にでも、か？　安心しろ、マルク、必要なことはきちんと言うから。実際には私の休暇はまだ一か月近くある。その半分以上は、結婚したお前たち夫妻と一緒に過ごしたいと思っているんだよ」

「完璧だ、兄さん」

「だが、マルク、お前は、ここラグズに留まるつもりなのか？　フランスには……パリには戻ってこないのか？」

「それはまだ決めかねていてね、時間をかけて検討してみるよ！　現在のことで手一杯だし、今の僕にとって未来とは結婚のことなんだ……その先はないんだよ……」マルクは答えた。

「過去はすでになし、未来はいまだなし……あるのは現在だけ、か！　それについては、恋人たちが星々に向けて朗誦するイタリアのコンチェット*があるな！」私は声を大にして言った。

こんな調子で会話は夕食の時間まで続いた。それから私とマルクは葉巻を吸い、ドナウ河の左岸沿いを何度も行き来した。

街の姿は、初日の晩にしたこの散歩では把握することができなかった。だが、明日以降は隅々まで見物できるはずだ――おそらくはハララン大尉やマルクと一緒に。

無論、会話の矛先は変わることなく、つねにミラ・ローデリヒがその的だった。

そうこうしていると、パリを発った日の前日、東会社の社長が口にした言葉が脳裏をかすめた。弟の話からすると、彼の恋愛小説に一日でも邪魔が入ったことはなかった。しかしマルクには恋敵がいたのだ、あるいは恋敵だった者が。ミラ・ローデリヒはオットー・シュトーリッツの息子に求婚されていた。それは不思議ではない、非の打ちどころのない、財産も申し分のない若い女性なのだから。だが、ともかくもヴィルヘルム・シュトーリッツは希望を断つしかなかったのであり、もはやこの輩を気にかけたり、それで不安になったりすることはないのだ。

もちろん、下船のときに耳にしたと思った言葉も舞い戻ってきた。あの言葉が幻聴ではなく、現実に口にされたものであったとしても、あれを、船がペシュトで拾った無礼者の仕業とすることはできまい。なにしろラグズで私が降りたとき、やつはもう汽船《ダンプフシフ》にはいなかったのだから。

ただ弟に、その出来事については知らせずとも、ヴィルヘルム・シュトーリッツについて私が耳にしたことをひと言説明しておくべきだと思った。

マルクはまず、よくある軽蔑の身ぶりで応えた。それからこう言った。

「確かにハラランからその男のことは聞いたよ。オットー・シュトーリッツのひとり息子だそうだね。ドイツじゃ、魔法使いだっていう噂の学者の――でもそれは根も葉もない噂だね、だって、オットー・シュトーリッツって人は実際、自然科学の分野で不動の地位にあったんだし、化学や物理における重要な発見をしたのだから。でも、その息子の求婚は拒まれたんだ」

「それは、お前の求婚が受け入れられるよりもずっと前の話なんだな、マルク？」

「僕の記憶が正しければ、三、四か月前のことだよ」弟は答えた。

「それでミラお嬢さまのほうは、ヴィルヘルム・シュトーリッツが喜歌劇《オペラコミック》の台本さながら、その夫になる名誉を欲していたことを知っているのかい？」

「知らないと思う」

「で、以後、やつはなにも行動を起こしていないんだな？」

「まったくなにも。一縷の望みさえないことがわかったんだろう……」

「で、どんなやつなんだ、そのヴィルヘルム・シュトーリッツは？」

「一種の変わり者だね、どんな暮らしぶりなのかはまったくの謎で、とても孤独に生きている……」

「ラグズで？」

「そう……ラグズで……テレキ大通り*にぽつんと建つ一軒家にいて、そこには誰も立ち入ったことがない。そもそも彼には求婚を断られるのに十分な理由があったんだ、ドイツ人だからね。その点、ハンガリーの人たちはとてもフランス人化していて、ヴィルヘルム二世*の臣民が好きじゃないから」

「おまけにプロシア人でもあるぞ、マルク……」

「そう、ブランデンブルク州シュプレムベルク出身のプロシア人だ」

「何度かそいつと会う機会はあったのか？」

「何度かね。いつだかは美術館で、ハララン大尉があいつだと教えてくれた、向こうはこっちに気づいていなかったようだったけれど……」

「やつは今もラグズにいるのか？」

「わからないよ、兄さん。でも、ここ二、三週間、あいつを見かけた人はいないようだ」

「街を出ていってくれたらいいのだが……」

「まあね！　でも、どこにいたっていいじゃないか。もしヴィルヘルム・シュトーリッツ夫人が現われても、それはミラ・ローデリヒじゃないから安心していいよ、なにせ……」とマルク。

「ああ、なにせ、ミラはマルク・ヴィダル夫人だろうからな！」私はそう返した。

　私たちは、ハンガリー側の岸とセルビア側の岸を結んでいる木橋まで散歩を続けた。橋の上でしばし足を止め、この晴れた晩に、鱗を煌めかせる魚のように星々がひしめく大河を堪能した。

私のほうでは確か、私自身の仕事、共通の友人の消息、私と密なつき合いのある芸術家たちのことをマルクに伝えた。そしてともに、パリのことをたっぷりと話した。特に問題がなければ、マルクは挙式のあと数週間をパリで過ごすことになっていた。新婚の夫婦はイタリアやスイスに向かうのが昔からの習わしだが、マルクとその妻はフランスに行くことにしていたのだ。ミラは、一度足を運んだことのあるパリの再訪を楽しみにしていた、夫の腕にすがってパリにふたたび相見えるのを。

私は、最後の手紙で頼まれていた書類をすべて揃えて持ってきたことをマルクに告げた。これで安心のはずだ、大がかりな新婚旅行に必要な旅券については万全であろう。

そして会話は絶えずあの一等星に、輝けるミラのところに戻っていった、まるで北極に向く磁石のように。マルクは飽きもせずに彼女の話をし、私は飽きもせずにその話を聞いた。弟は久しく前から、私にミラの話をしたくて仕方がなかったのだ！　しかし私は分別をわきまえねばならなかった。でなければ、私たちは明くる日までしゃべり続けていたことだろう。

散歩のほうにも邪魔は入らなかった。かなり肌寒く、そんな晩に岸を行く者はまばらだったのだ。しかし——思い違いだろうか——私は誰かに尾行されているような気がしていたのだ。その者は私たちの背後を歩いていて、会話を立ち聞きしようとしているかのようだった。重たげな足どりから判断するに、中背の、歳をとった男だと思うが、その者はやがて遠ざかっていった。

私とマルクは一〇時半にテメシヴァル・ホテルに戻った。眠りにつく前、汽船《ダンプフシフ》の甲板で耳にしたと思ったあの言葉が、強迫観念のように私の心に舞い戻ってきた……マルクとミラ・ローデリヒを脅迫したあの言葉が！

# 四

翌日――待ち望んだ日だ――私はローデリヒ家を正式に訪問した。医師の住居は*バッチャーニュ*河岸の端に位置し、河岸とテレキ大通りとがつくる角に建っていた。後者は、いくつかの異なった名で街を一周している並木道だ。美しい様式の古い邸宅で、間取りは近代風であり、厳かな装飾がふんだんにほどこされて、家具の趣味からはすぐれた芸術感覚がうかがえた。

　テレキ大通りに面して、サボテンの鉢を戴く二本の柱が立ち、そのあいだに馬車用の大門と通用口があって、ともに砂利の敷かれた中庭に通じていた。鉄格子で中庭と隔てられた庭園には、楡、アカシア、マロニエ、橅の大樹が茂り、隣家まで続いている塀よりも高く枝を伸ばしている。芝生は緑も鮮やかに、整地もされず広がり、花籠や植木が彩りを添えていた。そこを、木々の天蓋の下、木蔦の花綱飾りに縁どられた小径がいくつか通っている。庭園の奥は、種々の植物の茂みで埋めつくされていた。そして右手の角に鶏小屋があり、その両脇に、細い狭間《さま》の開いた二つの小屋があった。塀は緑の帳ですっかり覆われている。

　塀に沿い、右には別棟が建っている――一階に台所、貯蔵室、薪置き場、二台の馬車を収める車置き、三頭の馬のための厩舎、洗濯場、犬小屋があり――鎧戸つきの窓から光が射す二階には、浴室、シーツ置き場、そして使用人の部屋が並び、そこには専用の階段であがることができる。六つ開いた窓の周囲には、葡萄の木が生い茂り、幅広のウマノスズクサ、ツタバラが枝を張りめぐらせていた。

　別棟と母屋は、色つきのステンドグラス窓がついた廊下でつながれており、その廊下は六〇ピエ〔一九メートル〕ほどの高さがある円塔の基部に通じている。

　塔は、上から見ると、二つの建物が直角に交わる箇所に聳えている。内部には鉄の手すりがついた階段があり、邸宅の二階と三階に通じている。そのマンサード屋根*には、細かい彫刻がほどこされた窓が開いている。

　母屋の前にはガラス張りの長い回廊が設けられており、前面は鉄の壁柱で支えられ、ガラス窓を通して南西の光があふれんばかりに射していた。この回廊に、古いタペストリーの掛かった扉がいくつかあり、ローデリヒ医師の診察室、大客間、食堂に入ることができる。バッチャーニュ河岸に面したこれらの部屋には、計六つの窓から日が入る。一階と、河岸とテレキ大通りがつくる角を断ち切ってできた壁面の窓からだ。

二階の間取りも同様で、客間の上がローデリヒ夫妻の寝室、食堂の上が、ラグズに帰ったときにハララン大尉が使う寝室、もう一方の端にミラの寝室と書斎があり、この部屋には、それぞれ河岸、大通り、庭園に向いた三つの窓がある。二階のすべての部屋に通じている廊下にも同じ高さに窓が開いている。

ひとつ言っておくと、ローデリヒ邸の訪問前でも、私はこの館を造作なく描写することができた。前日のマルクとの会話のおかげで、部屋のひとつひとつを知り尽くしていたのだ。弟は、若い娘が使っている小部屋の細部まで話した。ミラお嬢さまが食堂の卓ではどの席につくか、大広間ではどの場所がお気に入りか、庭園の奥では、見事なマロニエの木陰のもと、どのベンチに座るのが好きか、私はそれらを正確に知っていた。

話を戻せば、塔の階段は、狭い尖塔アーチのステンドグラス窓から光が射し、円形の見晴台に通じていて、その上をぐるりと囲うテラスからは、街とドナウの流れを一望のもとに見晴らせるはずであった。

午後の一時頃、私とマルクは回廊で一家に迎えられた。回廊の中央には、装飾のほどこされた銅の鉢が置かれ、春の煌めきのなかで花々が咲き乱れていた。隅のほうでは、ヤシ、ドラセナ、ケルプ、××*など、数種類の熱帯植物が茂っている。広間の扉と食堂の扉のあいだには、壁にハンガリーやオランダ派の絵画が掛けられていて、マルクによるとそれらは高い価値を有するとのことだった。

右手の角に、イーゼルが一脚立ててあり、私はそこに掛けられていたミラお嬢さまの肖像画をほれぼれと眺めた。作品は見事な仕上がりで、それは画家の名、私にとってこの世でもっとも大切な存在の名にふさわしいものであった。

ローデリヒ医師は御年、五〇歳。だが、そんな歳にはとても見えない——大柄で、背筋は伸び、灰色の顎髭をたくわえ、髪は多く、顔色は健康的で若々しく、病気とは無縁の頑強な体つきをしていた。また、生粋のマジャール人で、その真の典型でもあった。燃えるような瞳、迷いのない物腰、高貴で力漲る態度。人物全体から自然な誇りといったものが放たれているが、凜々しい顔に浮かぶにこやかな表情がそれを和らげている。また軍医のような毅然とした態度もいくぶん感じられた。事実、医師ははじめ、ハンガリー軍で軍務に服して突出した働きをし、のちに、きっぱりと民間に転じたのだった。医師に紹介されるや、力強く手を握られ、私は、男のなかの男を前にしているのだと感じた。

　ローデリヒ夫人は四五歳、ありし日の美貌を残し、整った顔だちに、瞳は暗い青、白いものが混じりはじめた髪はたいそう豊かで、形のいい唇から見える歯はすべて揃い、体型も崩れていなかった。夫人はハンガリー人であったが、その性格で際だつのは静けさと優しさであった。この秀でた女性は理想的な家庭人で、夫の傍にいることがなによりの幸福であり、賢母の慈愛と手厚い心配りでもって息子と娘を愛し、実に敬虔で、カトリック教徒の義務を営々として果たし、揺るぎない信仰に支えられて、なんの疑問もなくその教義を受け入れていた。ローデリヒ夫人が示してくれたたいへんな厚意に私は心の底から感激した。私がローデリヒ家をわが家のように感じることで、はじめて夫人は私の到着を喜んでくれるかのようだった。

　しかしミラ・ローデリヒについてはどう言えばいいのだろう。彼女はにっこりとほほ笑みながら、手を、むしろ両腕をさし出して私のもとに近づいてきた！　そう！　この若い娘さんが私の妹になるのだ。他人行儀はやめにし、妹は私を抱きしめ、私は妹を抱きしめた！　マルクが私を嫉妬混じりに、でなくとも少々羨ましげに見たように思えたが、それも当然だろう！　弟は言った。

「僕はまだそこまでいってないのに！」

「それはそうよ、マルク殿。だって、あなたは私の兄弟ではないでしょ！」ミラお嬢さまが答えた。

　ローデリヒ家のお嬢さまは、まさにマルクが描写してみせたとおり、先ほど私が感嘆したあの絵に描かれていたままだった。魅力的な顔に、細い髪はブロンド、ミーリスの描く処女*のごとしだが、愛想がよく、陽気で、暗い青の瞳は美しく、才気に煌めき、肌はハンガリー人特有の暖かみのある色、口は完璧に描かれたデッサンのようで、薔薇色の唇が開くと、輝くような白い歯が現われた。背は並より少し高く、物腰はやわらかく、まさに優美の化身で、構えたところも気どったところもない完璧な気品を漂わせていた。

　マルクの肖像画がモデルよりも似ていると言われているのならば、ミラお嬢さまは実物よりも実物とでも言えそうだった！

　母君同様、ミラ・ローデリヒは今風の装いをしていたが、マジャールの様式もそれとなく見られた。布の裁ち方、色の組み合わせ、首で閉じられたシュミゼット、手首のところできちんと止まった刺繡つきの袖口、金属のボタンで飾り紐が留められたコルサージュ、金糸の入ったリボンで結ばれた帯、大きな折り目のついた、踝まで降りるスカート、金褐色の革の編みあげ靴――その全体が美しく、これにはどれほど趣味にうるさい者でもけちのつけようがあるまい。

ハララン大尉も同席しており、制服姿も晴れやかだった。驚くほど妹君に似ており、表情には優雅さと力強さが刻まれていた。大尉は手をさし出した。彼もまた私を兄弟として扱ってくれ、前日会ったばかりであるにもかかわらず、私たちはすでに友情で結ばれていた。

これでローデリヒ医師の家族全員との顔合わせが済んだ。会話は脈絡なく続き、話は順番を無視してあちらこちらに飛んだ。パリからウィーンまでの移動、汽船《ダンプフシフ》での船旅、フランスでの私の仕事、休暇の残り時間、隅々まで案内してもらう予定のこの美しい街ラグズ、少なくともベオグラードまでくだってみるべき大河、黄金の光に浸っているかのようなドナウ河の壮麗さ、数多の歴史に彩られたマジャールの国、世界中の旅人を惹きつけてやまない、かの有名なプスタのことなどに。

「お近づきになれてたいへん嬉しく思います、ヴィダルさん！」淑やかに手を組んで、ミラお嬢さまはくり返した。「旅が長びいていましたから、心配でなりませんでした。ペシュトからのお手紙を受けとってやっと安心しましたのよ！」

「申しわけありませんでした、お嬢さま。旅を遅らせてしまって申しわけありません。鉄道を使えば二週間前にはラグズに着いたのです。ですがドナウ河を蔑ろにしたならば、ハンガリーの人々は私を赦してくれなかったでしょう、みなさんが誇るのも当然の、評判に偽りなきあの河を」私は答えた。

「そのとおりです、ヴィダルさん。われらが栄えある河です。プレスブルクからベオグラードまでは、まさにわれわれの河なのです！」ローデリヒ医師が答えた。

「河に免じて赦してさしあげますわ、ヴィダルさん」とローデリヒ夫人。

「ですが、今回の旅をこれからも何度かくり返してくれたら、という条件つきで！」ミラお嬢さまがつけ加えた。

「ほらね、兄さん。兄さんが来るのが待ち遠しかったんだよ」とマルク。

「それに知りたかったのよ。弟君が褒めちぎっていたアンリ・ヴィダルさんが、つまるところどんな方なのか知りたかったの。マルクさんはお兄さまのことを褒めてばかりだったんですもの……」ミラお嬢さまが宣した。

「それは自分のことを褒めるようなものじゃないかな？」ハララン大尉が指摘した。

「どういうこと、兄さん?」ミラお嬢さまが尋ねた。

「そうだろうよ、ミラ。だって二人はそっくりじゃないか!」

「ええ……シャムの双生児のように」声の調子を変えずに私は答えた。「ですから、大尉、あなたが一方にしてくださったご親切を、もう一方にもしていただけないでしょうか。私はマルクよりも、あなたをあてにしているのですよ。弟は忙しくて私の案内どころじゃないでしょうから……」

「なんなりとお申しつけください、ヴィダルさん」ハララン大尉が答えた。

それから私たちはよもやま話に興じ、私はこの幸福な家族を賛美せずにはいられなかった。なにより印象深かったのはローデリヒ夫人の表情だった。すでに心で結ばれているマルクと娘の姿に感極まり、実に幸せそうに眺めていたのだ。

それからローデリヒ医師が外国旅行の話をした。イタリア、スイス、ドイツ、フランス、特にフランスには忘れがたい思い出があり、一家はブルターニュ地方、あるいはプロヴァンス地方にまで足を伸ばしていた。私の国のことを話すとき、彼らはここぞとばかりにフランス語を用いた。私の方はできる限り片言のマジャール語で話そうと努め、それは確実に喜ばれた。弟のほうはもはや母国語のようにマジャール語を使いこなしていた。どうも彼はマジャール化したようであり、これはエリゼ・ルクリュによれば、首都圏の人々のあいだでますます広まっているそうだ。

そしてパリだ! ああ! パリよ! 世界一の街——もちろん、ラグズに次いで。ラグズはラグズだからだ! それ以外の理由は必要あるまい。実際、マルクにはそれで十分だった。なぜならラグズとはミラ・ローデリヒのことであったのだから。ゆえに弟はラグズから離れられず、同様にミラお嬢さまもパリから離れられなかった。パリの、ありとあらゆる奇跡に、比類なき大建築物に、芸術的な富に、知的な財に、美術館の眼を見張る蒐集品に。それらがローマ、フィレンツェ、ミュンヘン、ドレスデン、ハーグ、アムステルダムの美術館に次ぐとしても! このハンガリー人の娘さんが持っている芸術に対する繊細な感覚には拍手を送らずにはいられず、彼女の多くの美点——くり返すが、心と姿の——が、どれほど抗しがたい力で弟の感じやすく愛情深い魂を揺さぶったかが、ますます理解できるようになった。

その日の午後に外出するのは問題外だった。ローデリヒ医師は平素の仕事に戻らねばならなかった。一方、ローデリヒ夫人とその娘には外での用事がなかった。二人とともに私は邸内を歩き回り、美しい所蔵品を鑑賞した。厳選された絵画や骨董、食堂にある、銀の皿が収められた食器棚、回廊に置かれた古い大箱や古い長持、二階には若い娘の小さな書庫があり、古典から現代のものまで、何冊ものフランス文学作品が棚のよく見える場所に並べられていた。

邸宅のせいで庭園が疎かにされたなどということは断じてなかった！　それはない。私たちは清々しい木陰を歩き、木々が守る快適な柳の編み椅子に座り、芝生の花籠に咲く花を摘み、ミラお嬢さまはそのうちのひとつを自らの手で私のボタン穴に飾ってくれた。彼女が大きな声で言った。

「塔はいかがですか？　まさかヴィダルさんは、こちらをはじめて訪問されて、塔に登らずにお帰りになろうなどとは思っていないでしょうね？」

「まさか、ミラお嬢さま、まさか！　マルクは手紙のたびに塔のことを――みなさんのこととほとんど同じくらいの褒め言葉で語っていたんですよ。私がラグズに参りましたのも、それは塔に登るためでして……」私は答えた。

「私はご一緒しませんが、どうぞお登りください。少し高いものですから！」とローデリヒ夫人。

「ああ！　お母さま、たった九〇段よ！」

「そうですよ……母上の歳の数につき二段じゃないですか。ですが、ここにいてください、母上。私が、妹、マルク、ヴィダルさんと一緒に行きます。では、のちほど庭で」とハララン大尉。

「空に向けて出発！」ミラお嬢さまが歩きはじめた。

先を行くお嬢さまの軽い足どりに苦労してついていきながら、二分後、私たちは見晴台、そしてテラスへと到着した。

眼の前には、かくのごとき眺望《パノラマ》が広がっていた。

西には、ヴォルファングの丘の麓にラグズの街とその近隣地帯が広がっていた。丘の頂上に古城が建ち、主塔は、風にうねるハンガリーの国旗に守られている。南では、川幅三〇〇メートルほどのドナウ河が湾曲し、流れを遡ったりくだったりする小舟の往来が航跡を描いていた。帆船に蒸気船、あらゆる種類の川船が見られた。その向こうは田園地帯、プスタであり、公園の茂みのように縮こまった森、平地、畑、牧草地が、セルビアの領土や軍政国境地帯の遠い山々まで続いていた。北では、別荘や山荘、とんがり屋根の鳩舎でそれとわかる農場が街の郊外をなしていた。

この絶景に私は眼を奪われた。それは実に変化に富み、四月の晴れた日の明るい陽光に照らされ、地平の果てまで広がっていた。手すりから身を乗り出すと、芝生の端のベンチにローデリヒ夫人が腰掛けており、手でこちらに挨拶を寄こしていた。

そのとき、私のために街の説明がはじまった。ミラお嬢さまが言った。

「あれ、あれが貴族たちの住む街区で、宮殿や邸宅や公園や彫像があります……。そこから、ヴィダルさん、こっちに降りていきますと、あの界隈が商人たちの街区で、通りは人でごった返していて、市場があります！　そしてドナウ河、私たちはいつだってドナウ河と一緒なのです。今はとても賑やかですわ！　あれはスヴァンドール島です。緑がいっぱいで、木立や花々が咲き乱れている草原が見えます！　兄が絶対にお連れするでしょうけれど！」

「心配なく、ミラ。ヴィダルさんが嫌だといっても、ラグズを端から端まで案内するつもりだ！」ハララン大尉が答えた。

「そして教会も。教会が見えますか？　鐘や組鐘の音が響き渡る鐘楼が！　日曜日に聞くことができますわ！　聖ミハーイの大聖堂はわかりますか？　あの大きな建物、正面の塔、祈りを天に運んでくれるかのように空に向かって伸びている中央の尖塔が！　壮麗ですのよ、ヴィダルさん、内装も外観も！」ミラお嬢さまが続けた。

「明日にも見物することにしましょう」と私。

「ねえ、マルク」ミラお嬢さまがマルクのほうに向いて言った。「私がお兄さまに大聖堂を見せているのに、あなたはなにを見ているの？」

「役所だよ、ミラ……。少し右のほう、あの高い屋根、大きな窓、時鐘、二つの翼のあいだの中庭、特にあの大きな階段をね……」

「なんで市役所の階段にそんなに熱心なのかしら？」とミラ。

「だってあれが、ある部屋につながっているからさ……」

マルクが答えた。彼が見守るなか、その許婚《いいなずけ》の頬にかすかな赤みがさした。

「部屋？」と彼女。

「あなたの口からなにより甘い言葉を聞くことになる部屋だよ……僕の生涯の言葉を……」

「ええ、マルク、役所で二人が発することになる言葉ね。それを神の家で、もう一度くり返すことになるのね！」*

見晴台のテラスに長く留まったあと、私たちはローデリヒ夫人の待つ庭に降りた。

その日、私は一家の食卓で夕食をとった。それはハンガリーに着いてから、ホテルや蒸気船の食堂以外でとるはじめての食事だった。すばらしい夕食で、食材とワインの質からして、医師が美食家であることがうかがえた。どの国の者であろうと、医師というものが皆そうであると言われているように。ほとんどの料理にパプリカが使われていたが、これはハンガリー全土に共通の料理法であり、マジャールの宮廷も進んで採り入れていた！　これもまたひとつのマジャール化であって、弟のそれはすでに完了し、私にはこれからほどこされるはずであった！

晩は一家団欒で過ごした。ミラお嬢さまは何度かピアノに向かい、伴奏を弾きながらハンガリー伝来の旋律を心に染みる声で歌った。抒情詩、哀歌、叙事詩、ペテーフィ*のバラードに私は心を動かされた。うっとりと聴き入ってしまい、もしもハララン大尉が出発の合図をしなかったら、そのまま深夜まで居続けてしまったことだろう。

テメシヴァル・ホテルに戻ると、私の部屋についてきたマルクが言った。

「ねえ、僕の言ったことは大げさだったかい、この世にあんな女性がほかに……」

「ほかに？　それどころか私はこう考えるようになったよ。ミラ・ローデリヒお嬢さまのような女性がこの世にひとりでもいるのだろうか、彼女は現実の人なのだろうかと！」

私は答えた。

「ああ！　兄さん、僕は彼女を愛している！」

「うむ、それには驚かないよ、マルク、ミラお嬢さまがどんな女性であるかは一語で言える。お嬢さまの魅力は、三度くり返すぞ、魔法のようだ……魔法のようだ……魔法のようだ！」

# 五

翌日の午前中、私はハララン大尉に連れられてラグズの街を少しばかり見物した。マルクはそのあいだ、五月一五日、つまり、およそ三週間後に日どりが決まった挙式のため、さまざまな手続きにかかりきりだった。ハララン大尉は生まれ故郷で私を篤くもてなしてくれ、街の隅々まで見学させようとした。彼ほどまめで、学があり、親切このうえない案内人もいまい。

驚かずにはいられなかったが、ヴィルヘルム・シュトーリッツの一件が憑きもののように何度も私の脳裏をかすめた。弟にはひと言伝えたが、しかし大尉にはあの男のことは黙っていた。大尉のほうでもそれについては無言を貫いていた。よっておそらく、例のいざこざはもはや問題にはならないのであろう。

私たちは八時にテメシヴァル・ホテルを出、散策の皮切りに、ドナウ河沿いにバッチャーニュ河岸を端から端まで歩いた。

ハンガリーのほとんどの街がそうであるが、ラグズもまた、これまでいくつかの名を代わる代わる持たされてきた。こうした都の洗礼証明書は、時代に応じて四から五の言語、ラテン語、ドイツ語、スラヴ語、マジャール語で示すことができ、どこぞの公、大公、皇子のそれと同じくらい複雑なのだ。今日、現行の地理学においてラグズはラグズである。ハララン大尉が言った。

「私どもの都はペシュトほど大きくはありません。ですが、四万近い人口はそれに次ぐ都市のもので、産業と商業のおかげでハンガリー王国のなかでも上位にあります」

「そしてマジャール人の土地なのですね？」私は尋ねた。

「まさしく。風習でも、しきたりでも、ご覧のように、住人の服装についても。ハンガリーの建国はマジャール人、街の建造はドイツ人とされ、それなりにあたってはいるのですが、殊《こと》、ラグズに関してはそう言い切ることはできません。商人階級に属するゲルマン系の者を見かけることがあるかもしれませんが、ここではごくごく少数なのです」

私はそのことを知っていた。ラグズの住人はまさにそのことを、ラグズが少しも混じり気のない都であることを、なによりの誇りだと言って憚らないのであった。ハララン大尉がつけ加えた。

「それに、マジャール人は——よく間違われますが、われわれをフン族と混同しないでください——政治的に固く結束しており、であるがゆえハンガリーは、領土内に住む民族の統合という点でオーストリアにも勝っているのです」

「スラヴ人は？」私は尋ねた。

「スラヴ人はマジャール人より少数ですが、ヴィダルさん、ドイツ人よりははるかに多く住んでいます」

「で、そのドイツ人はハンガリー王国ではどのように見られているのですか？」

「正直、評判がいいとは言えません、特にマジャール人からは。あやつら《チュートン》にとっての首都はウィーンではなくベルリンなのは明らかですから」

さらに私が見たところ、ハララン大尉は、オーストリア人にもあまりいい感情を持っていないようであった。一八四九年の独立運動を鎮圧するため、オーストリアに加勢したロシア人にも。ハンガリー人は今でもあの事件を思い出すたび胸の動悸が速まるのだ。ドイツ人についていえば、マジャール人とのあいだの民族的な反目は遠い昔に遡る。この反目はさまざまな形で露呈しており、外国人でもたちまちそれに気づく。このことをあけすけに表現する言い回しさえあるほどだ。たとえばこんなふうな。

「Eb a német Kutya nélkül」

フランス語にするとこうなる。

「ドイツ人と犬はどこにでもいる！」

諺とは誇張を含むものだが、それを考慮してもなお、両民族のあいだに少なくとも相互理解というものがまるで欠如していることがわかる。

ハンガリーの人口を構成する他の民族については以下がその詳細となる。バナト地方*にいるセルビア人が五〇万人、クロアチア人が一〇万人、ルーマニア人が二〇万人。スロヴァキア人はひと塊になって居住しており、二〇〇万人。それに加え、ルテニア人、スラヴ人、小ロシア人*の住人が合わせて一〇〇〇万人ほどおり、「ドナウのこちら側」、「ドナウの向こう側」、「ティサ川のこちら側」「ティサ川の向こう側」という四つの圏域にある区《コミタ》に散らばっている。

ラグズの街は実に規則正しくつくられている。下町は別で、河の左岸に寄り集まっているが、山の手の街区はまるでアメリカの街のように幾何学的な直線でできているのだ。バッチャーニュ河岸に沿って進んでいくと、最初に出会う広場がマジャール広場で、周囲には壮麗な邸宅が軒を連ねている。ここを通る橋はスヴァンドール島にかかり、セルビアの岸に足を降ろしている。広場はまた、この都でも一、二を争う美しい通り、ミロシュ公通りによって聖ミハーイ広場につながっている。ラグズ知事の住む官邸もその通りにあった。

　ハララン大尉はミロシュ公通りには入らず、河岸沿いに進み続け、イシュトヴァーン二世*通りに私を案内した。やがて、その時間、多くの人で賑わっていたカールマーン*市場に至った。

　大きなホールの屋根の下、市場はこの国のさまざまな産物であふれていた。畑やプスタの菜園で採れた穀物、野菜、果物。森や、ドナウ河沿岸の野原で狩猟されたジビエ。こうした産物はドナウ河の上流や下流から船で運ばれてくる。また、ラグズ近郊の広大な牧場を産地とする生肉、ハム、ソーセージが小売りされていた。

　ラグズの繁栄を確固たるものにしているのはこうした農産物ばかりではない。ハンガリーは、タバコの栽培や、トカイだけで三〇万ヘクトリットル近くを占める葡萄畑からの収穫も大きく勘定に入れられる国である。加えて鉱山資源も挙げられ、金銀などの貴金属、さらには鉄、銅、鉛、亜鉛などの卑金属を産出している。おまけに硫黄が採れる山はいくらでもあり、岩塩を含む地層もそうで、採掘できる総量は三三億トンと見積もられている——これは海から塩気がなくなってしまう日が来ようと、数世紀にも亘って、この世の台所を塩漬けにできるだけの量だ。

　よって、岩山のてっぺんで暮らすことも厭わぬマジャール人は、嬉々としてこう言うのだった。

「バナト地方は小麦を、プスタはパンと肉を、山は塩と金を恵んでくれる！　それ以上なにを望まんや、なにをも！ハンガリーの外では、人生は人生ではない！」

　カールマーン市場では、民族衣装に身を包んだ農民たちを好きなだけ眺めることができた。彼らはマジャール民族の特徴をきわめて純粋な形でひき継いでいた。頭は大きく、やや獅子鼻で、眼は丸く、顎髭を垂らしていた。たいていは鍔広の帽子を被り、そこから二束に編んだ髪が落ちている。上着とチョッキは羊の革製で、骨でできたボタンがつく。半ズボンは、フランス北部のビロードにも匹敵しそうな厚手の布ででき、さまざまな色の帯が腰をしっかりと締めつけていた。そして頑丈そうな長靴を履き、馬に乗る者のそれには拍車が装着されている。

　マジャール人の女たちは美しく、男たちよりもきびきびと動いているように映った。色鮮やかな短いスカート、刺繍がほどこされたコルサージュに、羽根飾りのついた、鍔が反り返った帽子を被り、この国伝統の帽子の下で、髪を大きな髷にしてハンカチで覆い、端を首のところで結んでいた。

　ロマたちもまた市場を行き交っていた。いわば本来の姿のロマたちで、フランスの寄《カフェ》席《コンセール》や賭博場で興行主が見世物にしている同類たちとはずいぶん異なっていた。まるで違うのだ！　哀れな、実に惨めな者たちで、同情を禁じえず、老若男女とも、布地より穴のほうが大きそうなひどい襤褸着を纏い、その独特の雰囲気を失っていなかった。

　市場を出るとハラン大尉は、吊り看板を掲げた店が両脇に軒を連ねる、迷宮のような狭い通りを抜けた。やがて広い街区に出、街でもっとも大きな広場のひとつ、リスト*広場にたどり着いた。

　この広場の中央に、青銅と大理石でできた美しい噴水があり、幻獣を象った樋嘴《ひはし》が水を吐き出していた。上部にはマーチャーシュ・コルウィヌスの彫像が屹立している。一五世紀、一五歳で王となり、オーストリア、ボヘミア、ポーランドの攻撃に抗って、野蛮なオスマントルコからヨーロッパのキリスト教を守った英雄である。

　実に美しい広場だ。一方の側には役所が建ち、風見鶏のついたその高い屋根は、ルネサンス時代の古い建築様式を今に残していた。鉄の手すりのついた階段が本舎に伸び、大理石の彫像で飾られた回廊が二階を囲っている。正面玄関に開いたいくつかの窓には、石でできた十字の窓枠がつき、古いステンドグラスで囲われていた。中央には、天窓の開いた円屋根を戴く鐘楼が聳え、その上の小さな哨舎を守るように国旗がたなびく。正面玄関からは二つの翼が張り出し、両翼は鉄格子によってつながれ、そこの扉から広い中庭に入ることができた。庭の隅は緑の花壇で飾られていた。

　役所の正面には駅舎が建ち、バナト地方テメシヴァルからの支線がそこまで延びていた。この路線によってドナウ河の東、つまりセゲディン経由でのブダペシュトへの交通は容易になっており、他方、西へは、モハーチ、ヴァラシュディン*、ナールブルク*、そしてスティリアの首都グラーツに向かう路線があった。

　私たちはリスト広場でひと息入れた。ハラン大尉が言った。

「これが役所です。三週間後、マルクとミラが戸籍担当者の前に出頭し、質問に……」

「答えるわけですな、すでにわかりきった答えを！」笑いながら私は言葉を返した。「で、ここから大聖堂までは遠いのですか？」

「たった数分ですよ、ヴィダルさん。よろしければ、大聖堂に直接出るラースロー*通りを行きましょう」

　この通りでも、バッチャーニュ河岸やラグズの主要な通り同様、路面電車が縦横に走っていた。その突きあたりにある聖ミハーイ大聖堂は一三世紀の建物だ。ロマネスク様式とゴシック様式が混在して統一感を欠いていたが、部分部分は美しく、通《つう》の眼を惹くに足り、正面玄関は二つの塔を脇に従え、高さ三二五ピエ〔一〇二メートル〕の尖塔が交差廊から伸び、入口のアーチはその曲線がよく計算されていて、大きな薔薇窓から射しこむ落日の光が身廊いっぱいに満ちていた。無数の飛梁に囲われた円形の後陣を、失敬な旅行者は、大聖堂の整形外科用具*と呼ぶかもしれない。

「なかのほうは、いずれ見学する機会があるでしょう」ハララン大尉が指摘した。

「お好きなように。私は、大尉殿の案内について行くだけですから……」私は答えた。

「では城まで登ってみましょう。それから大通りをたどって街の外周をぐるっと回っていけば、ちょうどお昼の時間に母の待つ拙宅に着きます」

　ラグズで大多数を占めるのはカトリック教徒であり、教会はほかにもあった。あるいはルター派、ルーマニア正教、ギリシャ正教の寺院や礼拝堂もあるが、建築的な見所はまるでない。ハンガリーが属しているのはなんといってもカトリック教会である。ただし首都ブダペシュトはクラクフ*に次いでもっとも多くのユダヤ人を抱える都であり、他所と同様、貴族《マグナート》*の財はそのほとんどが彼らの手を通っていく。

　城に向かう道すがらに通った街区は活気にあふれ、売り手と買い手が押し合いへし合いしていた。私たちが小さな広場に着いたちょうどそのとき、平素の売り買いの賑わいにしては度が過ぎる騒ぎが起こった。

　女たちが何人か売り台から離れ、ひとりの農民をとり囲んでいた。男は地面にすっかり伸びていた。起きあがるのもやっとという感じで、怒り心頭に発し、こう叫んでいた。

「誰かに殴られたんだよ……押されたんだ。あんまり強くやられたんで、おらはぶっ倒れちまった！」

「誰に殴られたっていうんだい、あんたは倒れたとき、ひとりきりだったじゃないか……。わたしゃ店からよく見ていたんだよ……。そこには誰もいやしなかった」女のひとりが返した。

「まさか……押されたのを感じたんだよ……ここんとこを、胸のまんなかを……なんにもないのに押されるわきゃあるめえ！」男が答えた。

　ハララン大尉が男を起こして事情を聞くと、以下のような説明が返ってきた。広場の端のほうに二〇歩ほど行ったところで、突然、激しい衝撃を感じたのだという。まるで、屈強な男がまともにぶつかってきたかのように。しかし周囲を見ても誰もいなかったと……。

それは本当の話だろうか。男は実際、いきなり、どんとぶつかってくるのを感じたのだろうか。しかし押す者がいなければ押されもしまい。風だとしても、あたりは実に穏やかだ。確かなのは、男の転倒がどうにも説明しがたいということだった……。

そうしたわけで私たちが広場に着いたとき、騒ぎは大きくなっていた。

結局のところ、男は錯覚に陥ったか、飲みすぎていたに違いない。酔っぱらいが勝手に転んだとしても、それはただ、物体落下の法則が作用しただけのことである。

それが大方の見方だったようで、農民のほうは飲んでいないと抗弁していたが、反論もむなしく、警官たちによって分署に連れていかれた。

事態の収拾がつくと、私たちは坂道を登り、街の東に向かった。そこでは小径や通りが網の目のごとく走り、こみいった迷路のようで、一度入ったら土地の者でない限り、出てこられなくなってしまうはずだ。

私たちはついに、ヴォルファングの丘陵に堂と構えた城の門前にたどり着いた。

それはハンガリーの街にある典型的な要塞、城砦《アクロポリス》であった。マジャール語で正しくは「ヴァール」といい、封建時代のこの砦は、フン族やトルコといった外敵にとって、あるいは領主の臣下にとっても脅威であった。高い城壁は凹凹の銃眼を備え、石落としが点々と並び、狭間《さま》が穿たれ、太い塔が脇を守り、いちばん背の高い主塔は、周辺の全域を見おろしていた。

雑木が生い茂った壕の上に跳橋がかかり、それを渡ると、もはや使いものにならない巨大な臼砲二門に挟まれた通用門の前に出た。頭上にはカノン砲の口がずらりと並んでいる。今は港の河岸で船の係留に用いられている昔日の大砲だった。

当然ながら、ハララン大尉はその階級によって、歴史的建造物に分類されるこうした古い要塞に自由に出入りすることができた。警備にあたっている老兵が何人か、軍隊式にしかるべく大尉を迎えた。閲兵式場に至るとハララン大尉は、その一角を占めている主塔に登ることを提案した。

私たちは屋上に達するため、螺旋階段を二四〇段以上這いあがることになった。

欄干に沿って塔を回ると、ローデリヒ宅の塔のときよりも、ずっと遠くの地平を眺めることができた。ドナウ河は東のほう、ノイザッツ*の方角に向かって斜めに流れ、ざっと三〇キロは見渡せた。ハララン大尉が言った。

「さて、ヴィダルさん、先ほどは私どもの街の一部を見ていただきました。今はその全体が足下に広がっています……」

「私はブダペシュトを見、プレスブルクを見ましたが、そのあとであっても、今日、眼にしたものにとても興味を惹かれました……」私は答えた。

「そう言っていただき嬉しい限りです。ラグズを隈なく見、私どもの風習やしきたり、他所とは異なる点になじまれた暁には、すばらしい思い出が残るものと確信しています。私どもは私どもの都、そして同胞のマジャール人を愛しており、それは子が親を愛するがごとくなのです！　それにこの地では、階級間の完全な相互理解がなされています。住人の独立志向はきわめて高く、熱烈な祖国愛を本能として持っているのです。それに加え、裕福な層は貧者の手助けを積極的におこない、組織的な慈善活動のおかげで貧者の数は年々減っています。実際、ここで貧困に苦しむ者に出会うことはほとんどないでしょうし、ともかくも貧困があると知れば、すぐさま救いの手がさし伸べられるのです」

「わかりますよ、大尉。ローデリヒ医師が貧しい人々に対して力を惜しまず、ローデリヒ夫人とミラお嬢さまが慈善活動の先頭に立っていらっしゃることを私は知っていますから……」

「母と妹は、相応の立場と境遇にある者として当然のことをしているまでです。他人への思いやりは、なによりも優先すべき責務だと私は考えます！」

「確かに。しかし、それを果たすにはいくつものやり方があります！」私はつけ加えた。

「女性の秘密はそこにあり、それが、この世における役割のひとつなのですよ、ヴィダルさん……」

「ええ……なにより高貴な役割です、間違いなく」

「つまるところ、私たちが住むこの街は平和です。政治熱によって混乱が生じることももうありませんし、無きに等しくなっています。ですが、街の権利、権益を誰かに渡すつもりはありませんし、中央の権力が侵害しようとすればこれを守り抜こうとするでしょう。私の見るところ、同胞の者たちには、たったひとつの欠点しか見あたりません」

ハララン大尉が続けた。

「それは？」

「少々、迷信深いところがありましてね、超自然的なものをあまりにもたやすく信じてしまうのです！　亡霊や幽霊、降霊や悪魔の仕業といった伝承を好んでおりまして、それは度を越しています！　ラグズの住人は敬虔なカトリック教徒ですので、カトリックを信心すると、そうした精神的な傾向が助長されることは重々承知してはいますが……」

「というと――医者というものはそうした考えに傾きませ

んから――ローデリヒ医師ではなく、母上と……そしてミラお嬢さまが？」と私。

「ええ、それと二人の周囲の者たちが。この唯一の短所に対して――それがたくさんあれば話は別ですが――私は文句を言うことができないでいます！　おそらくはマルクが私に手を貸してくれるでしょう……」

「さて、ヴィダルさん、ミラお嬢さまが反対しなければ！」と私。

「さて、ヴィダルさん、欄干から身を乗り出してみてください……そして視線を北東の方角に……。あちら……街の端のほうです、そこに見晴台のテラスがあるのがわかりますか？」

「見えます、あれはローデリヒ邸の塔だと思いますが」私は答えた。

「そのとおり。あの邸宅のなかには食堂がありましてね。その部屋で、あと一時間もすれば昼食が供される予定なのです。そして、あなたは会食者のひとりですから……」

「仰せのままに、大尉殿……」

「では、降りましょう。ちょいと邪魔をしましたが、ヴァールには封建時代の静けさをとり戻してもらって。大通り沿いに、街の北を通って帰りましょう」

数分後、私たちは砦の通用門を通り抜けた。

美しい区画が街の城壁まで広がっていた。その先に、大通りが合流するたびに名を変える並木道があり、弧を四分の三ほど描いたあたりでドナウ河によって閉じられていた。その全長は五キロほどあった。並木道には、若々しく茂った橅、マロニエ、菩提樹といった木々が四重の列をなして植えられている。一方の側では、昔の幕壁の土留めが続き、その向こうに田園が広がっている。もう一方の側では豪華な邸宅が軒を連ね、そのほとんどが手前に中庭を持ち、そこでは花籠の花が咲き乱れ、建物の裏側が面している庭では絶えず水が撒かれていて涼しげだった。

すでにその時間、立派な馬車と従者たちの一行が数組、並木道の車道を行き、側道には、上品な身なりの馬上の人たち、騎士《シュヴァリエ》と女騎士《アマゾーヌ》の集団がいた。

私たちは最後の曲がり角を左に折れ、テレキ大通りをくだって、バッチャーニュ河岸に向かった。

ちょうどそこで私は、庭のまんなかにぽつねんと建つ家を見つけた。うら寂れた様子で、長いこと遺棄されたままのようであり、鎧戸が閉じられた窓は二度と開かないのではないかと思われた。建物の土台は斑状の苔と伸び放題の茨に覆われ、大通りにあるほかの邸宅とはちぐはぐな印象を受けた。

足下を薊《あざみ》で覆われた鉄格子が小さな中庭に通じており、そこに二本の楡の木が植えられていたが、老齢のために拗《ねじ》くれ、幹には長い裂け目が入り、腐った中身を垣間見せていた。

正面玄関の扉は、雨風や雪にさらされて色が落ちており、そこに伸びる三段の階段はぼろぼろだった。

建物の二階には、厚い板でできた屋根と正方形の見晴台があり、幅の狭い窓には厚い帳が掛けられていた。かりに住めるとしても、この家には人が住んでいるようには見えなかった。

「これは誰の家ですか？」私は尋ねた。

「ある変わり者の」ハララン大尉が答えた。

「この家のおかげで並木道が台なしですね。街が買いとって、とり壊してしまわねば」と私。

「ヴィダルさん、家がとり壊されれば、家主は街を去り、悪魔のもとに行くでしょうね。* ラグズの噂話によれば、彼はその身内とのことです！」

「よそ者なのですか？」

「ドイツ人です」

「ドイツ人？」私はくり返した。

「ええ……プロシア人です」

「名前は？」

ハララン大尉が問いに答えようとしたその瞬間、家の扉が開いた。二人の男が出てきた。年長の男は六〇歳ほどで、玄関の階段に留まり、もう一方は中庭を横切り、鉄格子を通り抜けた。

「なんと、やつがここに？……いないとばかり思っていたのに……」ハララン大尉がつぶやいた。

男はふり向き、私たちに気づいた。ハララン大尉のことを知っているのだろうか？　間違いあるまい、二人が嫌悪に満ちた視線を交わしたのがはっきり見てとれたからだ。

それはともかく、私はその者を知っており、男が数歩遠ざかると大声で言った。

「あいつだ」

「すでにあの輩と会ったことがあるのですか？」驚きを隠さずハララン大尉が問うた。

「おそらく。マーチャーシュ・コルウィヌス号の船上で、ペシュトからヴコヴァルまで同行していたのです。正直言って、ラグズでふたたび会うとは思いもよりませんでしたが」私は答えた。

「この街にいてもらっては困るのです」ハララン大尉がきっぱりと言った。

「あのドイツ人とあまりいい関係ではないようですね……」と私。

「誰があんなやつと！」

「ラグズには長く住んでいるのですか？」

「二年ほど前から。お伝えしておきましょう、あの男は臆面もなく私の妹に求婚したのです！　父と私はそれを拒みました、それも、そんなまねを二度とくり返す気を失せさせるように……」

「なんですと、あの男がそうだったのか！」

「ご存じだったのですか？」

「ええ……大尉殿。あいつの名前も知っています。ヴィルヘルム・シュトーリッツ……シュプレムベルクのオットー・シュトーリッツ、その息子の！」

# 六

二日が過ぎ、私は自由な時間のすべてを、街を歩き回ることに費やした。生粋のマジャール人よろしく、スヴァンドール島の、ドナウ河の両岸をつなぐ橋に立ち寄ってはそこに長居し、壮麗な大河を飽きずに眺めた。

この間、ヴィルヘルム・シュトーリッツの名が我にもあらず頻繁に頭をよぎったことを打ち明けておく。あの男は平素、ラグズで暮らしていたのだ。また、ひとりの召使いを抱えていることもわかった。ヘルマンという名で知られるその者も主人同様、感じが悪く、近づきがたく、人好きがしないとのことだった。このヘルマンの歩くさまと背格好からすると、ラグズ到着の日、バッチャーニュ河岸を散歩していた私と弟を尾行していたのはこの男ではないかと思われた。

大尉と私がテレキ大通りでヴィルヘルム・シュトーリッツに出くわした件について、マルクにはそれを言わずにおくべきだと私は考えた。弟はあの男がすでにラグズにはいないと思っており、街に戻っていることを知ったならば不安に駆られるかもしれない。マルクの幸せにそんな憂いの影を落とすことはあるまい！　しかし、門前払いを食ったはずの恋敵が未だに街を去っていなかったとはつくづく残念だ。せめてマルクとミラの結婚が成就する日までに出ていってくれればよいのだが。

二七日の午前中、私はいつものように散歩に出かけようと身支度をしていた。ラグズ近郊まで遠出し、セルビア側の田園を歩くつもりだった。下の階に降りていこうとすると、マルクが部屋に入ってきた。弟は私に言った。

「やることがたくさんあるんだ、兄さん。独りぼっちにさせてしまっているけれど恨まないで欲しい……」

「構わないさ、マルク、私のことは気にしなくていい」私は答えた。

「ハラランが迎えに来ることになっているの？」

「いいや、大尉には用事がある……。私は、ドナウ河の向こう岸にあるどこかの料理屋で昼食をとるつもりだよ……」

「兄さん、くれぐれも七時には戻ってきてね！」

「ローデリヒ家の食事はすばらしいからな、忘れろっていうほうが無理だよ！」

「食いしん坊だなあ……。そうだ！　それと数日後にローデリヒ邸で夜会が開かれるんだ。ラグズの上流階級について学べるはずさ……」

「婚約発表の夜会かい、マルク？」

「なんだって！　僕とミラはとっくの昔に婚約しているよ……。僕はこうも考えているんだ、僕たちが婚約したのは……」

「ああ……生まれたときからすでに……」

「きっとね！」

「じゃ、行けよ。まったく、世界一の幸せ者が……」

「それを言うのは、僕の許婚《いいなずけ》が僕の妻になったときにしてよ！」

マルクは私の手を握ると出ていき、私は食堂に降りていった。

朝食を済ませてホテルを発とうとすると、ハララン大尉が現われた。大尉の訪問は予期せぬことだった。その朝は待ち合わせをしていなかったからだ。私は声を張りあげた。

「おや？　大尉殿ではないですか、これは嬉しい驚きです！」

気のせいだろうか。しかしハララン大尉は顔を曇らせ、ただこう答えるだけだった。

「ヴィダルさん……私が参ったのは……」

「このとおり、こちらの準備はできていますよ……。天気がいいですね。よろしければ二、三時間、散歩でもいかがでしょう……」

「いや……できればそれは別の機会に……」

「では、どうしてここに？」

「お話したいことがあり、父が拙宅でお待ちしております……」

「では、直ちに！」私は答えた。

肩を並べてバッチャーニュ河岸を進んだが、ハララン大尉は口を閉ざしたままだった。なにがあったのだろう、ローデリヒ医師は私になんの話があるのだろう。マルクの結婚に関することだろうか。

到着するなり、使用人が出てきてローデリヒ医師の診察室に通された。

ローデリヒ夫人とお嬢さまはすでに邸宅を出ており、二人の朝の買い物にマルクもおそらくつき添っていた。

診察室には医師しかおらず、机の前に座り、ふり向くと、息子と同様にその顔は曇っていた。私は思った。

「なにかがあったのだ。そして間違いなく、今朝会ったとき、マルクはそのことをなにひとつ知らなかった……。弟にはなにも伝えてはおらず、おそらく伝えたくなかったのだろう……」

私は、医師の真向かいにある肘掛椅子に座り、ハララン大尉は、残った薪が燃えている暖炉の前に立ったままでいた。

不安を感じながら、私は医師が話を切りだすのを待った。彼はこう言った。

「ともかくも拙邸にお越しいただきありがとうございます、ヴィダルさん……」

「お安い御用です、ローデリヒさん」

「ハラランを交えてお話したかったのです……」

「結婚に関するお話ですか?」

「そうです」

「深刻な?」

「そうとも、そうでないとも。いずれにせよ私は妻にも、娘にも、弟君にもこの件を伝えてはおらず、知らずにいて欲しいと思っています……。そもそも、なぜかはお察しいただけるはずです!」医師は答えた。

とっさに、医師の話と、昨日の遭遇とが頭のなかで結びついた。テレキ大通りの家の前で、ハララン大尉と私があの二人に出会ったことが。医師が続けた。


「昨日の午後のことですが、妻とミラが外出したあと、診察の時間に、使用人が、招かれざる客人の名刺を私にさし出したのです。名刺に記された名を見、私はひどく気分を害しました……。それがヴィルヘルム・シュトーリッツの名だったからです」

私は名刺を受けとり、しばし眼の前にかざした。気を惹かれたのは、印刷や印の代わりに直筆で書かれたその名だった。あの男にしてこの筆致というべき気味の悪いもので、また署名は、猛禽類の嘴のような、複雑な花押で飾られていた。

ともかくもこれが、その写しである。

ヴィルヘルム・シュトーリッツ

「このドイツ人が何者かはご存じないでしょうね」ローデリヒ医師が尋ねた。

「いえ……事情はうかがっています」私は答えた。

「そうですか。三か月ほど前、つまり弟君から求婚の申し出があり、私がそれを受け入れるよりも先に、このヴィルヘルム・シュトーリッツが娘との結婚を強く求めてきたのです。妻、息子、ミラと相談したところ、かくなる縁組みを忌避する気持は私と同じでしたので、ヴィルヘルム・シュトーリッツに、その申し出は承諾しかねると伝えました。するとあの男はこちらの断りに従う代わりに、正式な文言で求婚をくり返しましたので、私も正式に、いっさいの希望を断つようにと返事をしました」

ローデリヒ医師が話しているあいだ、ハララン大尉は部屋を行き来し、ときおり窓際で立ち止まってはテレキ大通りの方向を眺めていた。私は言った。

「ローデリヒさん、その申し出のことは知っていました。それが弟の求婚の前に起こったことも……」

「三か月ほど前のことです、ヴィダルさん」

「ということは、ヴィルヘルム・シュトーリッツのミラお嬢さまへの求婚が拒否されたのは、マルクのそれが先に承諾されたからではなく、その結婚自体が、みなさんの視野には入っていなかったということなのですね」私は続けた。

「そのとおりです。いかなる点を考慮しても私どもにとって二人が結ばれるなどありえないことで、承諾するはずがありません。ミラも断固拒絶したことでしょう……」

「ヴィルヘルム・シュトーリッツの人柄が……地位が、そう結論する決め手になったのですか？」

「地位については、あの男の父親がなした幾多の有益な発明により、たいへんな財産が彼に残されているはずです。人柄については……」医師が答えた。

「私はあの男を知っています、ローデリヒさん……」

「ご存じですと？」

私は、汽船《ダンプフシフ》の船上でヴィルヘルム・シュトーリッツと出会ったときの状況を話した。あのときには彼が何者であるかは知る由もなかったが、ペシュトから四八時間、私はあのドイツ人と同行していたのであり、ヴコヴァルで下船したと思っていたのだ。というのも、ラグズに着いたときには甲板にいなかったからだ。私はつけ加えた。

「そして昨日、ハララン大尉と散歩中にあの男の屋敷の前を通りかかった折、彼が出かけていくのを見かけ、同一人物だとわかったのです……」

「ですが、数週間前にすでに街を去ったと言われていたのです」ローデリヒ医師が指摘した。

「皆そう思っていたし、実際、留守にしていたのかもしれない。ただ確かなのは、やつが屋敷に戻っていること、そして昨日、ラグズにいたということです！」ハララン大尉が答えた。

ハララン大尉の声からは彼の激しい苛立ちが伝わってきた。

医師はこんな言葉で話を続けた。

「ヴィルヘルム・シュトーリッツの地位についてはお答えしました、ヴィダルさん。その素姓については誰も知りえないでしょう。まったくもって謎です！　あの男は人類というものの埒外で生きているかのようです……」

「少々大げさではないですか？」私は指摘した。

「少々大げさ、そうかもしれません。ですが、あの一族には信用ならざるところが多々あり、先代の、彼の父、オットー・シュトーリッツには実に奇妙な言い伝えがありました……」医師は答えた。

「死後もその言い伝えは潰えていないわけですね、ペシュトで読んだ〈ウィーン特報《ヴィーナー・エクストラブラット》〉紙の記事から判断するに。シュプレムベルク市の墓地で毎年おこなわれている追悼式のことが書かれていました。記者によれば、時を経てもそのでたらめな迷信が薄れていく気配はないようです！　あの学者は死してなお、生前の力をひき継いでいるのだと！　男は魔法使いだった……。あの世の秘密を握り……超自然の力をわが物にしていた。であるから人々は毎年、彼の墓の付近で、なにか驚異の現象が起きるのを待ち構えているのだそうです！」

「ですからヴィダルさん、シュプレムベルクで起こっていることからすれば、ヴィルヘルム・シュトーリッツがラグズで奇人扱いされているのも不思議ではないでしょう！　そんな男が娘に求婚し、昨日ずけずけと、再度の申し入れをしてきたのです」ローデリヒ医師が締めくくった。

「昨日ですと？」私は声を張りあげた。

「昨日です、彼が訪ねてきたときに！」

「かりにあんな性格でなかったとしても、やつがプロシア人であることに変わりはない。ミラとの婚姻を退けるにはそれだけで十分だ！　わかりますか、ヴィダルさん」ハララン大尉が大声を出した。

「わかりますよ、大尉！」

大尉の言葉には、伝統か本能か、マジャール民族がゲルマン民族に対して抱く敵意がはっきりと顕われていた。ローデリヒ医師が続けた。

「事の次第をお話しておきましょう、知っておいてもらいたいのです。ヴィルヘルム・シュトーリッツの名刺を受けとったとき、私は迷いました。部屋に入れて直接会うか、おひきとり願いたいと返答するか」

「そちらのほうがよかったでしょう、父上。最初の申し出が不首尾に終わった時点であの男は、なにがあろうと、この家に足を踏み入れてはならぬことを理解すべきだったのです……」とハララン大尉。

「ああ、おそらくは。だが、やつを怒らせ、なにか騒ぎでも起こされるのが心配だったのだ……」と医師。

「私がすぐさま、やめさせたでしょう、父上！」

「それだからだよ、お前のことはわかっているからな」ハララン大尉の手を取りながら医師は言った。「だからこそ私は慎重に行動したのだ！　とはいえ、なにがあろうとお前の愛情をあてにしていることに変わりはない、母さんや私、そしてミラに対するな。だが、ヴィルヘルム・シュトーリッツが街を騒がせ、ミラの名が取り沙汰されたなら、あの子にとって辛い状況になるだろう……」

知り合って間もないものの、私はハララン大尉を、たいへんな熱血漢で、家族のことをなによりも大切にしている男だと見ていた。ゆえにマルクの恋敵がラグズに戻り、こともあろうに結婚をふたたび迫ったことが悔やまれてならなかった。

医師は昨日の訪問の仔細を語った。それは、私たちが今いるこの診察室で起こった。はじめに口を開いたのはヴィルヘルム・シュトーリッツで、その声の調子には尋常ならざる執念が滲んでいた。よって一昨日、ラグズに戻ったばかりの男が会いたいと言ってきたことにも驚きはなかった。彼は言った。「ここに参上し、面会を迫ったのは再度の申し出をしたかったからだ、これは今後も続くだろう……」。医師は答えた。「シュトーリッツさん、最初のお申し入れについてはわかります。しかし、今回についてはもはや理解できません、こちらにお越しのことについても……」。男は冷淡に続けた。「私はミラ・ローデリヒお嬢さまを配偶者とする栄誉をあきらめてはおらん。再度面会に参ったのはそのためだ……」。医師はきっぱりと言った。「では言いますが、シュトーリッツさん、なんであれ、あなたにこちらにお越しいただく筋合いはありません……。お断りした件を考え直すつもりはないですし、そう固執される理由がわかりません……」。ヴィルヘルム・シュトーリッツが続けた。「それは違う、理由はあるのだ。私が固執するに至った明確な理由が。別の者が現われたからだ。貴殿が許可を与えたと思いこんでいる、私よりも運のいい者が……。フランス人……フランス人が！」。医師が答えた。「そうです、フランス人が、マルク・ヴィダル氏が娘に求婚しました……」。ヴィルヘルム・シュトーリッツは声を張りあげた。「そして承諾された！」。医師は答えた。「そうです、シュトーリッツさん、ほかに理由はなくとも、これだけでもうご理解いただけるはずです、もしも希望を持たれていたとしても、それがもはや叶うべくもないことを……」。するとヴィルヘルム・シュトーリッツはこう宣したのだ！「希望はまだある。絶対に！　私はミラ・ローデリヒお嬢さまと結ばれることを絶対にあきらめたりはしない！　愛しているのだ。私のものにならないのなら、せめて誰にも渡すまい！」

「無礼者が……人間のくずが！」ハララン大尉はくり返し

た。「いけしゃあしゃあと、そんなへらず口を。私がいれば外に放り出してやったものを！」

　思うに、もしも二人の男が相対したならば、ローデリヒ医師が恐れた騒ぎは当然、防ぎようがなかっただろう。医師は私たちに言った。

「この最後の言葉が発せられると、私は立ちあがり、それ以上話を聞きたくないと告げました。「結婚は決まったことで、数日後には式がおこなわれます」。ヴィルヘルム・シュトーリッツは答えました。「数日後も、その後もおこなわれはしまい」。扉を指さして私は言いました。「シュトーリッツさん、おひきとりを！」。それ以上、長居するいわれのないことはわかりそうなものですが、あの男は違いました。やつは居残り、柔よく剛を制すとばかり、今度は声を低くして意を得ようとしました――であるなら結婚を延期するという約束を、と。そこで私は暖炉のところに行き、ベルを鳴らして使用人を呼びました。やつは私の腕を摑み、怒りに駆られ、外まで聞こえるほどの大声を出しました。妻と娘がまだ家に戻っていなかったのは幸いでした！　ヴィルヘルム・シュトーリッツはついに退出することに同意しましたが、山ほどの脅迫を浴びせてきました！　ミラはそのフランス人とは結ばれまい……。結婚ができなくなるような幾多の障害が立ちふさがるだろう……。シュトーリッツ家は人知を超えた力を手にしており、うかつにも彼を退けた一家に対してその力を容赦なく行使するであろうと……。そして診察室の扉を開けると、憤然としながら、回廊で待っていた者たちのあいだに割って入っていきました。脅迫の文言にひどく怯えた私を残して！」

　このことをローデリヒ母娘と私の弟には一語たりとも伝えていないと医師はくり返した。不安にさせることはあるまい。私も重々わかっていたが、マルクもまた、ハララン大尉とまったく同じように、この件に決着をつけようとするだろう。大尉はしかし父君の道理に従った。彼は言った。

「いいでしょう、私からあの無礼者を懲らしめに行くことはいたしません。ですが、もし、やつのほうから私に向かってきたときには、やつのほうからマルクに言いがかりをつけてきたときには、やつのほうから私たちを挑発してきたときには……」

　ローデリヒ医師は返答に窮した。

　話し合いはそこまでだった。ともかくも向こうの出方を待つしかあるまい。ヴィルヘルム・シュトーリッツが彼の言葉を実行に移すか否かはまだわからず、それは誰にも知りえないことであった。結局のところ、なにができるというのだろう。どうやって結婚を妨げるというのだ。公衆の面前でマルクを罵り、むりやり決闘に持ちこもうというのか。あるいはミラ・ローデリヒに暴力をふるおうというのか。しかし、もはや彼に対して門戸を閉ざしたこの邸宅に入りこむことなどできまい。思うに、それはやつの力の及ばぬことで、扉をこじ開ける力などないはずだ！　また、ローデリヒ医師は迷わず当局に通報するであろうし、そうすればあのドイツ人はこちらの意を汲むしかあるまい。

ハララン大尉の去り際、医師は、あの無礼な男を相手にしないよう念を押した。くり返すが、大尉は渋々それに従った。

会話は長びき、ローデリヒ母娘と弟が邸宅に帰ってきた。私はそのまま残って昼食をとることになり、ラグズ近郊への遠出を午後にずらした。

午前中、私が医師の診察室にいたことについてはもちろん、適当な理由をつけておいた。マルクはなんの疑いも抱かず、昼食の時間は実に楽しく過ぎていった。

食卓を離れるとき、ミラお嬢さまが私に言った。

「アンリさん、ここでお会いできて嬉しかったですわ。ですから今日はずっと一緒にいてくださいね……」

「私の散歩は？」私は答えた。

「一緒に行きましょう！」

「少々遠くまで足を伸ばそうと思っていたのですが……」

「少々遠くまで足を伸ばしましょう！」

「歩いて……」

「では歩いて！」

「断る法はないよ、だってミラの頼みだよ」弟がつけ加えた。

「そうですわ、断ることはできませんことよ、でなければ私たちの関係もここまでです、アンリさん！」

「では仰せのままに、お嬢さま！」

「それにアンリさん、そんなに遠くまで行く必要がありまして？　あの美しいスヴァンドール島をまだ味わい尽くしてはいないはずですよ……」

「明日、そうしようかと……」

「では、今日にしましょう」

こうして私は、ローデリヒ夫人、お嬢さま、そしてマルクとともに島を訪れた。そこは一般に開放された庭園、つまり一種の公園になっており、木立や丸太小屋、種々の遊技場が付設されていた。

しかしながら散歩中、私は心ここにあらずだった。それに気づいたマルクには、あいまいな言葉を返すばかりだった。

私は、道すがら、ヴィルヘルム・シュトーリッツとふたたび相見えることを恐れていたのだろうか。いいや、むしろ私は、やつがローデリヒ医師に言った言葉のことを考えていたのだ。「結婚ができなくなるような幾多の障害が立ちふさがるだろう……。シュトーリッツ家は人知を超えた力を手にしているのだ!」。この言葉の意味するところはなにか。真に受ける必要はあるのだろうか。医師と二人きりになった折に自分の考えを話そうと決めた。

数日が過ぎた。私の不安は薄れはじめていた。ヴィルヘルム・シュトーリッツと出くわすことはなかった。しかし街を出ていったわけではなかった。テレキ大通りの屋敷には人の気配があったのだ。前を通りかかったとき、召使いのヘルマンが出ていくのを私は眼にした。また一度などは、ヴィルヘルム・シュトーリッツが見晴台の窓に姿を見せ、その視線は大通りの端、ローデリヒ邸のほうに向いていた……。

そうした状況のなか、五月三日から四日にかけての晩に以下の事件が起きた。

役所の掲示板の枠から、マルク・ヴィダルとミラ・ローデリヒの名が記された婚姻の告示がもぎとられ、びりびりに破られて、そこから数歩先で見つかったのだ! 役所の扉は当直の哨兵によってつねに警備されており、誰かに見られずそこに近づくことなど不可能であったにもかかわらず。

# 七

言語道断の行為。無論これは、こうした行為によって利を得る者の仕業に違いない。さらに度を越した行為がこれからも続くのだろうか。これはローデリヒ一家への報復のはじまりか。

ハララン大尉はすぐさまこの件をローデリヒ医師に知らせ、テメシヴァル・ホテルに飛んできた。

大尉の憤慨ぶりたるや推して知るべしだ。彼は大声で言った。

「あのごろつきの仕業だ。ああ、あいつだとも！　どうやったかなど知るものか！　おそらくは、これでおしまいということはあるまい、だが、させておくものか！」

「ハラランさん、落ち着きましょう。それに、へたなことをすれば状況が悪くなるばかりです！」と私。

「ヴィダルさん、父はあの日、あの男が拙宅から出ていく前に私に知らせを寄こすべきでした。そして、あとのことは私に任せてもらえたなら、やつなどとっくに追っ払ってやったのに……」

「ハラランさん、私はやはり、あなたはなにもするべきではなかったと考えています……」

「ですが、こんなことが続いたら？」

「そのときは警察に入ってもらうのです！　母君や妹君のことをお考えなさい……」

「告知のことは知らせないのですか？」

「言わないでおきましょう……マルクにも……。結婚のあとで対応を検討しましょう……」

「あとで、ですか？　それで手遅れになったら？」ハララン大尉が答えた。

その日、ローデリヒ邸では、誰もが婚約の夜会にかかりきりであった。ローデリヒ夫妻は、フランス語の言い回しを使えば「大盤振る舞い《フェール・ビヤン・レ・ショーズ》」をする心づもりでいた。準備はほぼ整っていた。医師はラグズ社交界の友人のみを計算に入れていたが、それでも相当の数の招待状を出していた。会では、マジャール人貴族、軍人、裁判官、役人、商工業の代表者が入り混じり、さながら戦場の中立地帯のようになるだろう。医師と個人的に古くからのつき合いがあるラグズ知事も招待を受けていた。

その晩、ローデリヒ邸には総勢一五〇人ほどが集まることになっていたが、それでも広い客間にはずいぶん余裕があり、回廊も同様で、夜会の最後にはそこで夜食が供されることになっていた。

ミラ・ローデリヒは、衣裳というまさに大問題に頭を悩ませ、またマルクはそこに芸術家としての感性を加味しようとしていたが——ミラの肖像画を描く際にすでにそうしていた——この土地にあってそれは不思議なことではない。ミラはマジャール人であり、マジャール人というものは男女を問わず、服装にひどく気を遣う者たちなのである。それは彼らの血がなせる業であり、舞踏を好むのと同様、熱狂的とさえ言える関心を寄せるのだ。ゆえにミラお嬢さまについて私が述べたことはすべての女性、すべての男性にもあてはまり、婚約の夜会の華々しさはもはや保証されたも同然だった。

午後には準備が整った。その日、私はローデリヒ邸で過ごしており、真のマジャール人よろしく、自身の身支度にとりかかる時間を待っていた。

それはバッチャーニュ河岸に面した窓辺に肘をついたときのことだった。私はヴィルヘルム・シュトーリッツを見かけ、実に不快な気分になった。そこをうろついていたのは偶然であろうか。そうではあるまい。下を向き、ゆっくりと河岸沿いを歩いていた。しかし邸宅のところまで来ると、顔をあげ、その眼から放たれた視線ときたら！　何度か行き来があった末にローデリヒ夫人がやつに気づいてしまった。夫人はそのことを医師に伝えなければならないと思った。医師は夫人を安心させることに徹し、ヴィルヘルム・シュトーリッツの訪問があったことについてはひと言も話さなかった。

さらに、マルクと私がテメシヴァル・ホテルに向かおうと邸宅を出ると、マジャール広場であの男とばったり出くわす羽目になった。ヴィルヘルム・シュトーリッツは弟に気づくなり、ぱっと足を止め、こちらに近寄るべきか迷っているかのようだった。だが、じっと動かず、顔を真っ青にし、両腕はカタレプシーに罹ったように硬直していた……。その場で卒倒してしまうのだろうか。その眼、その爛爛と輝く眼からマルクに向けて放たれた視線たるや。マルクは知らぬ顔を通していた。やつをあとにして数歩行った先で、弟は私に尋ねた。

「さっきのあいつ、気づいた？」

「ああ、マルク」

「あれが前に話したヴィルヘルム・シュトーリッツだよ

……」

「そうだったな」

「じゃあ、知っているの？」

「ハラン大尉が前に一度か二度、あいつがそうだと……」

「ラグズから出ていったと思っていたんだけどな？」とマルク。

「そうではないらしい、少なくとも戻っているんだな……」

「まあ、どうでもいいさ！」

「ああ、どうでもいい」私は答えた。

だが、私の考えでは、ヴィルヘルム・シュトーリッツがいないに越したことはなかった。

夜の九時、ローデリヒ邸の前に一番乗りの馬車が到着し、やがて客間は人で埋まりはじめた。医師とその妻、娘は、シャンデリアの光できらきらと輝く回廊の入口で招待客を出迎えた。やがてラグズ知事のお着きが告げられ、閣下は心底感動した様子でローデリヒ一家への祝辞を述べた。とりわけミラ、そしてマルクに対して知事は真心をこめた言葉を送ったが、祝福はそもそも方々から二人に浴びせられていた。

九時から一〇時のあいだに、街のお偉方、裁判官、将校、ハラン大尉の同僚が押し寄せ、見たところ、大尉の表情は未だ晴れてはいなかったが、率先して招待客を出迎えていた。軍服と黒服のただなかでご婦人方のドレスが輝きを放つ。皆、客間と回廊とを行き来していた。贈り物が医師の診察室に並べられ、人々はそれら高価な装身具や装飾品に眼を見張り、また、弟からの贈り物は上品な趣味を示していた。大客間にある小卓のひとつに婚約の花束である、薔薇と橙の花の豪華な花束が置かれ、マジャールの風習に従って、その傍らには、ビロードのクッションの上に婚礼用の冠が鎮座していた。結婚の日、ミラが教会で戴くことになる冠だった。

夜会の余興は演奏会と舞踏会という二部構成になっていた。踊りがはじまるのは午前零時を過ぎてからの予定で、ほとんどの招待客は早くその時間になってくれたらという思いでいたことだろう。くり返すが、ハンガリーの男女にとって舞踏は、なににも勝る喜びと情熱をもたらす娯楽なのである！

しかし音楽の部を任されていたのは、名の通ったロマの楽団であった。それはマジャール人の国で大評判の楽団だったが、ラグズではまだ演奏を披露したことがなかった。予定の時間になると、楽団員と指揮者が室内の席を占めた。

ハンガリー人の音楽熱、私はそれを知らぬでもなかった。

だが、正しくも指摘されるように、音楽が放つ魔法の味わい方は、ドイツ人と彼らでは明らかに異なっている。マジャール人は音楽好き《ディレッタント》であり、演奏はしない。彼らはいっさい歌わないか、ほとんど歌うことなく、聴くに徹する。そして、それが祖国の曲である場合には、彼らにとってそれを聴くことは真剣な事柄であり、同時に、至極強烈な喜びなのであった。思うに、この点、マジャール人は際だって感傷的な民族であり、このロマたち、つまりボヘミア出身の彼らは、マジャール人のそんな生来の愛国心にうってつけの演奏家たちなのであった。

　楽団は、一ダースほどの奏者とそれを率いる指揮者からなっていた。演奏されるのは彼らのとびきり美しい曲集「ハンガリアン」だった。それは軍歌、軍隊行進曲であり、行動の人たるマジャール人にとっては、ドイツ音楽の夢想よりも好みに合っているのだ。

　婚約の夜会であるのに、こうした会に適した婚礼用の音楽、結婚の賛歌《イム・イメネアン》が選ばれなかったことを不思議に思うかもしれない。だが、それがこの国の伝統であり、ハンガリーは伝統の国である。セルビアでは「ペスマ*」が、ルーマニアでは「ドイマ*」がそうであるのと同様、ハンガリーの人心は民謡の旋律とともにある。彼らに必要なのは、戦場で心を癒やし、忘れえぬ歴史上の功績を讃える陽気な曲、調子のよい行進曲なのだ。

　ロマたちはボヘミア伝来の衣装を着ていた。実に奇抜な彼らのことは眺めていて飽きることがない。日焼けした顔、太い眉の下で輝く瞳、突き出た頬骨、唇から覗く鋭そうな白い歯、髪は黒く、少々ひっこんだ額の上で縮れ毛が波うっている。

　彼らは四種類の弦楽器を構え、コントラバスとヴィオラが主旋律を担い、その上でヴァイオリン、フルート、オーボエが自由気ままに伴奏をしている。うち二人の演奏者が手にしているのは、金属の弦が張られたツィンバロン*だった。彼らが弦をバチで叩くと、表板は、他所では聴いたことのない、耳に突き刺さるような実に独特の音を響かせた。

　楽団の持ち曲は、私がパリで聴いたことのある同種の楽曲より優れており、会場を酔わせていた。会席者たちは誰もが神妙に聴き入り、やがて、やんややんやの喝采を送った。絶大な人気を誇る曲、たとえば「ラコスの歌」と「ラーコーツィ行進曲*」はそうして迎えられた。ロマたちの演奏はあっぱれで、その妙手は今宵、プスタに響く木霊をひとつ残らず呼び覚ましたのだった。

　演奏会のために割りふられていた時間が過ぎた。そのあいだ私はといえば、このマジャールの世界のなかで歓びに堪えなかった。演奏がやむたびに、ドナウ河の遠いつぶやき声が私のところまで届いてきそうだった！

マルクについては、この風変わりな音楽の魔法を味わっていたとはとても言えまい。その魂はもっと甘く、もっと秘めた音楽に浸っていたのだから。寄り添って座る許婚《いいなずけ》同士の視線は語り合い、歌い合い、二人はその詞のないロマンスに心奪われていた。

最後の曲に拍手が送られると、ロマの指揮者は立ちあがり、団員もそれに続いた。ローデリヒ医師とハララン大尉は、飾った言葉で感謝の意を表し、ロマたちはそれに心から感じ入っている様子で、やがて退室した。

二つの余興のあいだに幕間《アントラクト》のようなものがあり、そのあいだに客たちは場を離れ、知り合いを探し、三々五々集まり、何人かは煌々と照らされた庭園に散っていき、また、冷たい飲み物の載った皿が回された。

それまで夜会の式次第を乱すものはなかった。はじめよければ終わりよしとなるはずであった。実際、このときの私は、なにか恐れを感じたとしても、なにか不安が心に芽生えたとしても、そんなものは杞憂にすぎないと思ったことであろう。

ゆえに私はローデリヒ夫人にお祝いの言葉を惜しまなかった。夫人は答えた。

「ありがとうございます、ヴィダルさん。お客さまがここで楽しい時間を過ごしてくだされば嬉しく思います。ですが、こんなにもみなさんが陽気にしているのに、私の眼に入るのは娘とあなたの弟さんばかり！　二人は本当に幸せそうです……」

「この幸福は奥さまにとって当然のものであったのです……母たる者、父たる者が夢に見る、なによりの幸福です！」私は答えた。

そして、どうした虫の知らせだろうか、この平々凡々な言葉が私の心の裡にヴィルヘルム・シュトーリッツの記憶を呼び覚ましたのだ。ただ、ハララン大尉はもうやつのことなど頭にないようだった。無理に、あるいは素でそうしているのだろうか。それはわからないが、人溜まりを移動しては嬉々として夜会を盛りあげており、そんな彼をうっとりと見つめるハンガリー娘もひとりや二人ではなかったはずだ！　それに、この慶事に際して街が、いや、街全体が一家に示した親愛の気持が彼にはたいそう嬉しかったのだ！　大尉が近くを通ったときに私はこう話しかけた。

「大尉殿、次の余興も先ほどのと同じくらい……」

「それは間違いありません！　音楽はいいものです……ですが舞踏はそれ以上です！」彼は大声で言った。

「であるならば」私は続けた。「フランス人たる者、マジャール人を前に一歩も引きさがるわけにはいきません……

ワルツの二曲目では妹君と組ませてもらいますよ……」

「どうしてです……最初のではないのですか？」

「最初の？　それはマルクのものでしょう……権利からしても、しきたりからしても！　マルクをお忘れですか、それとも弟とひと悶着起こせとでも？」

「そうですね、ヴィダルさん、舞踏会の幕開けは許嫁たちのものですからな」

　ロマたちの楽団に続き、舞踏会用の楽団が回廊の奥に陣どった。医師の診察室に卓が配され、重々しい人たち、つまり、その重さによってマズルカやワルツを禁じられている人々は別の遊戯に興じることができた。

　新しい楽団がハララン大尉の合図を待って、前奏曲を演奏しようとしたとき、庭園に向かって少し扉が開いていた回廊のほうから人の声がした。遠方からではあったが、力強く、荒々しい声音だった。その声は風変わりな歌を歌っていた。奇異な調子で、音階はなく、詞と詞を結ぶ旋律を欠いていた。

　最初のワルツのために組をつくっていた者たちは棒立ちになっていた……。耳を澄ます……。これは招待客を驚かせようと、夜会の余興につけ加えられたお楽しみだろうか。

　ハララン大尉が近づいてきて私に尋ねた。

「これはいったい？」

「わかりません」不安を滲ませた口調で私は答えた。

「通りからでしょうか？」

「いいえ、そうは思えません！」

　実際、私たちが耳にしているその声の主は庭園にいるはずで、回廊に向かって歩いてきていた……。そして今は室内に入ろうとしているのではないだろうか。

　ハララン大尉は私の腕を取り、客間の扉のところまで引っぱっていった。

　そのとき回廊には一ダースほどの客がいるだけで、あとは、譜面台を前にした楽団員が奥に席を占めているだけだった……。ほかの者たちは客間か食堂にいた。庭園に出ていた者は屋内に戻ってきていた。

　ハララン大尉は庭園に通じる階段に立った……。私もついていき、そこからは、隅々まで灯りで照らされている園内を一望することができた。

　誰もいない。

　ローデリヒ夫妻が私たちに合流した。医師は息子に向かって言った。

「それで……わかったか？」

　ハララン大尉は身振りで否定した。

　しかし依然として声は聞こえ、語気はより荒々しく、威圧的になり、ますますこちらに近づいてきていた……。

マルクと、その腕にすがったミラお嬢さまが、回廊にいる私たちのもとにやって来た。ご婦人方に囲まれたローデリヒ夫人は、事情を聞かれるも答えに窮していた。階段を降りながらハララン大尉が叫んだ。

「突きとめてやる！」

ローデリヒ医師、使用人数名と私があとに続いた。

すると突然、声がやんだ。歌は中断するも、その主は、もはや回廊まであと数歩のところまで来ているようだった。

私たちは庭園を探し、植えこみを調べた……。照明のおかげでどんな片隅にも暗がりはなかった……。しかし……誰もいない。

声がテレキ大通りから聞こえてきたということはあるだろうか……時ならぬ通行人からの。

それはまるで考えにくく、そもそもローデリヒ医師が確かめに行ったところ、その時間、大通りはまったくの無人だった。

唯一の灯りは、左に五〇〇歩行ったところ、シュトーリッツ屋敷の見晴台から漏れる、かすかな灯りだった。

私たちが回廊に戻るや、事情を聞いてくる招待客たちには、ワルツ開始の合図をもって応ずるよりほかなかった。

ハララン大尉がそれをし、人々はふたたび組をつくった。

ミラお嬢さまが笑いながら私に言った。

「あら、お相手をまだ決めていらっしゃらないのですか？」

「私の相手はお嬢さまですよ、ただし二曲目に……」

「じゃあ、兄さんを待たせないようにするよ！」マルクが私に言った。

楽団がシュトラウスのワルツの前奏を終えると、またしても声が響き渡った。今度は客間の中央からだった……。

客のあいだに混乱が広がると同時に、今回は激しい怒りも混じっていた。

声を限りに歌われていたのはドイツの賛歌、ゲオルク・ヘルヴェークの「憎しみの歌」*だったのだ。これはマジャール人の愛国心に向けた挑発であり、作為的かつ露骨な侮辱であった！

客間の中央で大声を発している者は……見えなかった！そこにいる、だが、誰も眼にすることができないのだ！

踊り手たちはちりぢりになり、食堂と回廊に退いていった。客たち、とりわけご婦人方は一種の恐慌状態に陥っていた。

ハララン大尉は眼を血走らせ、視線から逃れる相手を摑もうと腕を伸ばしながら、客間を横切っていった……。

と、声は「憎しみの歌」の最後の節とともにやんだ。

そしてそのとき私は見たのだ……しかとこの眼で！　私同様、一〇〇人の者が、眼を疑いたくなるような光景を目撃したのだった……。

小卓の上に置かれていた花束が、あの婚約の花束がさっと引きあげられ、ばらばらになると、踏みつけられ、床にまき散らされたのだった。

事ここに至り、客たちの心は恐怖で満たされた！　この怪奇現象の舞台から誰もが逃れようとした。私はといえば、理に適わない事象の渦中にあって、自分は気が確かなのかを自らに問うていた。

ハララン大尉が私のところにやって来た。そして怒りに青ざめながら言った。

「ヴィルヘルム・シュトーリッツだ！」

ヴィルヘルム・シュトーリッツだと？　大尉は気でも触れたのか？

と同時に、クッションの上に置かれていた婚礼の冠が持ちあがり、客間を、さらには回廊を横切っていった。だが、それを持つ手は見えなかった。そして冠は庭園の植えこみのなかへ消えていった。

# 八

ローデリヒ邸を舞台にした事件の噂は、夜も明けぬうちに街中に広まった。朝もまだきから、新聞は事の経緯を誇張なく伝えたが、もっとも誇張などしようがなかっただろう。私の予想どおり、人々は、はじめこの出来事を超自然現象として捉えようとしていた。しかし、あれは自然現象のはずであり、そうでしかありえない。納得できる説明を与えることはまだできずとも、それはまた別の問題である。

最後に起こった混乱によって夜会がお開きになったのは言うまでもあるまい。マルクとミラの様子からは、二人がひどく傷ついていることがうかがえた。踏みにじられた婚約の花束、眼の前で飛び去り、盗まれた婚礼の冠！　結婚を控えた二人にとって、なんという不吉な前兆であったことか！

午前中、ローデリヒ邸の前には無数の人だかりができていた。市井の者たちがバッチャーニュ河岸に押し寄せ、大半は女性で、閉ざされた一階の窓の前に集まっていた。

人々はいくつかに固まり、喧々諤々の議論を交わしていた。突飛極まりない考えに傾く者もいれば、ただ怪訝そうなまなざしを邸宅のほうに向ける者もいた。

その朝、ローデリヒ夫人と娘は、ミサに参列するための平素の外出をとりやめた。昨夜の光景に衝撃を受けた夫人は深刻な容態で、誰よりも休養を要しており、ミラがずっと寄り添っていた。

八時にホテルの部屋の扉が開き、マルクが、医師とハララン大尉を伴ってやって来た。話し合いが必要だった。可能なら、なんらかの方策を緊急にとらねばならず、また、会合はローデリヒ邸でおこなわれるべきではなかった。昨夜、弟と私は一緒にホテルに戻り、早朝、マルクはローデリヒ夫人とミラの様子を見に行った。そして弟の申し出により、医師とハララン大尉が急ぎ、私のもとにやって来ることになったのだ。

話し合いはすぐにはじまった。マルクが言った。

「兄さん、人払いをお願いしておいたよ。ここなら僕たちの会話を立ち聞きされることはない。僕たちだけだ……この部屋には……本当に僕たちだけだ！」

　そのマルクの様子ときたら。昨日、幸せに輝いていた顔はやつれ、恐ろしいほど青ざめていた。ひと言でいえば、目下おかれている状況以上に参ってしまっていた。

　ローデリヒ医師は努めて自分を抑えていたが、息子のほうはそれとはほど遠く、唇を真一文字に結び、眼は虚ろ、ひとつの考えにとり憑かれているのが見てとれた……。

　そんななかで私は、ともかく冷静になろうと心に決めた。私は、ローデリヒ夫人とミラお嬢さまの様子について尋ねることからはじめた。医師が答えた。

「昨夜の事件で二人ともたいへんな苦痛を味わいました。平静をとり戻すまで数日はかかるでしょう。そんななかでミラは、自分もたいへんな痛手を負っているにもかかわらず、気力を頼りに、もっと打ちひしがれた様子の母親を安心させようとしています。昨夜の記憶がそのうち消えてくれればよいのですが、あんなひどい場面に二度と立ち会うことなく……」

「二度と、ですと？」私は言った。「ローデリヒさん、心配には及びませんよ。あんな怪奇現象――そうとしか呼びようがありません――がふたたび起こるような事態にはならないでしょう……」

「わかりませんよ」医師が答えた。「わかりません。ですので、結婚を火急に済ませてしまいたいのです、なぜなら、思うに……」

　医師はそこで言葉を呑みこんだが、意味するところはあまりにも明白だった。マルクは言葉を返さずにいたが、それはヴィルヘルム・シュトーリッツの最後の申し出についてまだなにも知らされていなかったからだ。

　ハララン大尉のほうはすでに腹を括っていた。だが、あくまで口を閉ざしたままで、おそらくは私が昨夜の出来事について意見を言うのを待っていた。ローデリヒ医師が続けた。

「ヴィダルさんはこの件についてどうお考えでしょうか？」

　ここではむしろ懐疑論者を演じるべきだろうと思った。私たちが目撃したあの奇妙な事象をまともに相手にすることはせずに。こんな語を用いてもいいなら、説明不可能というまさにその点において、驚くべきことはなにもないというふりをしたほうがいい。そもそも、実際のところ、医師の質問にどう答えたものか見当もつかなかったのだ。逃げ腰の返事できり抜けることもできまい。私は言った。

「ローデリヒさん、正直申しあげて、おっしゃるところの「この件」は、それにいつまでもこだわるような性質のものではないと思います。たとえばどうでしょう、ただ単に、どこぞのいたずら者の仕業にすぎなかったとしたら！

私たちは、招待客のなかに紛れこんでいた何者かに一泡吹かされたのですよ……。その輩は夜会の余興に腹話術の演目を勝手に加え、それがあんなひどい結果を生んだのです……。あの芸における技巧は今や奇跡のような域に達していますからね……」

ハララン大尉はこちらに向き直り、私の眼をまっすぐに覗きこんだ。私の考えの真意を読みとろうとしているかのように……。彼の眼は明らかにこう言っていた。

「その種の説明でお茶を濁すために私たちはここにいるのではないのですぞ！」

医師もまたこう答えた。

「申しわけありませんが、ヴィダルさん、あれが奇術師の芸などとはとても信じられません」

「ローデリヒさん、私にはほかに、なにがどうしてああなったのか想像もつかないのですよ……そうでなければ私としては捨てたい考えなのですが……超自然的な力ということに……」私は返した。

「自然の力です」ハララン大尉が割りこんだ。「ただ、その方法が謎であるだけです……」

「ですが、昨夜、私たちが聞いた声、あの声はどうしたって人の声でした。であれば、やはり腹話術ということにならないですか？」私は食いさがった。

ローデリヒ医師は、その説明はまるで受け入れられないとばかりに頭を振った。私は言った。

「くり返しますが、何者かが客間に入りこんでいたと考えることはできます……。マジャール人の国民感情に公然と挑み……ドイツの、あの「憎しみの歌」でみなさんの愛国心を傷つけようとして！」

ともかくも、完全に人間の仕業であると限定して考えるならば、それがなにより妥当な説明ではある。だが、それを認めつつも、ローデリヒ医師はひじょうに簡素な返答をした。それは以下のような言葉で述べられた。

「ヴィダルさん、おっしゃるとおり、私たちに一泡吹かせようと、いやむしろ侮辱しようとしてやって来た者が邸内に入りこみ、まんまとその——私はそうは思いませんが——腹話術にしてやられたとして、ばらばらにされた花束、眼に見えない手で運ばれた冠についてはどうなのでしょうか？」

実際、どんな凄腕の奇術師であれ、あの二つの件をその者の仕業とすることは理に反していた。ハララン大尉もまたつけ加えた。

「どうなのですか、ヴィダルさん。一輪、また一輪と花束を壊し、冠を持ちあげ、客間を横切り……泥棒のように……持ち去った、それもその腹話術師がやったことなのですか?」

私は答えなかった。勢いづいた大尉が続けた。

「もしや、私たちが幻覚を見ていたとでも?」

いいや、それは絶対にありえない! あれは一〇〇人の前で起こったことなのだ!

しばらく沈黙が続き、私はそれを破ろうとはしなかった。

医師が結論した。

「物事をあるがままに受け入れ、惑わされないようにしましょう……。私たちは、自然現象としてはとても説明のつかない、そして、起こったことを否定できない事柄を前にしています……。しかし現実の世界に踏み留まるならば、どうでしょう、何者かが……どこぞのいたずら者ではなく……私たちに敵対する者が……復讐のために……婚約の夜会の妨害を……目論んだということを考えてみては!」

それは核心をつく問いかけだった。マルクが声を張りあげた。

「敵ですって? ローデリヒさん、ご家族の敵、あるいは僕の敵、ということですか? 僕には心あたりがありません! みなさんにはあるのでしょうか?」

「ある」ハララン大尉がきっぱりといった。

「誰ですか?」

「マルク、君の前に妹に求婚した者だよ……」

「ヴィルヘルム・シュトーリッツ?」

「ヴィルヘルム・シュトーリッツだ!」

予期していたとおりの名……謎に包まれたあの怪人物の名だった。

マルクはそれまで知らされていなかったことを聞かされた。医師はヴィルヘルム・シュトーリッツが数日前、再度、申し出をおこなったことを話さざるをえなかった……。求婚をくり返すためにやって来たことを。はじめの拒絶はすでに決定的であったにもかかわらず、別の者がミラ・ローデリヒと婚約済みであるにもかかわらず、やつには一抹の希望も残されていないにもかかわらず! マルクはさらに知った、医師がきっぱりと断ったこと、それに続いて、恋敵がローデリヒ家に対して発した脅迫の文句を——その脅迫は、昨日の件にあの男が関与していたことを十分に正当化するものだった。マルクは声を張りあげた。

「そんなことがあったなんて! それを今日になって……ミラに危険が迫るのに黙っていたなんて! とにかくあいつを、ヴィルヘルム・シュトーリッツを見つけださなければ、そして僕は……」

「それは私たちに任せてくれ、マルク。やつによって汚されたのは父上の家なのだから……」とハララン大尉。

「侮辱されたのは僕の許婚《いいなずけ》だよ!」抑えきれずにマルクが

答えた。

見るからに、二人とも怒りに我を忘れていた。ヴィルヘルム・シュトーリッツがローデリヒ家に対して復讐を望み、脅迫を行動に移そうとしている、いいだろう！　だが、昨夜の場面にあの男が関与していたこと、やつ自身がひき起こしたこと、それを証明するのは不可能ではないか。単なる推測で犯人扱いしたり、あの男に対してこんなふうに言ったりはできまい。昨夜、貴様は招待客のなかに混じっていたんだな。「憎しみの歌」で私たちを侮辱したのは貴様だな……。婚約の花束をばらばらにしたのは貴様だな……。婚礼の冠を持ち去ったのは貴様だな……と！　誰ひとりやつの姿を見た者はいなかったのだ、誰ひとり！　どうしてあんな怪奇現象が起こったのか、それは明らかになっていないのだ！

こうしたことを私はくり返し、しつこく言い張った。マルクとハララン大尉に私の考えを聞いてもらいたかったのだ。ローデリヒ医師は私の理を認めたものの、マルクと大尉は頭に血がのぼっており、耳を貸そうとはせず、テレキ大通りの屋敷に今にも飛んでいきそうな勢いだった。

長い議論の末に私はこう提案し、やっと分別のあるただひとつの決定がなされた。

「みなさん、役所に行ってください……。そして、もしもまだであれば警察署長に事情を聞いてもらうのです……。あのドイツ人がローデリヒ家に対していかなる存在になったのか、マルクとミラをどんな文句で脅迫したのかを伝えるのです……。あの男にかかる嫌疑を知ってもらいましょう……。人知を超えた力を容赦なく行使すると言い放ったことを話すのです！　それは単純に、あの男の腹話術でしょうが！　そうしたら警察署長は、あのよそ者に対してなにか方策をとれないものか検討してみることでしょう！」

それがなすべきことであり、目下の状況で唯一、可能なことであろう。個人でやるよりも警察が介入したほうが事は首尾よく運ぶはずだ。ハララン大尉とマルクがシュトーリッツ屋敷に向かっても、扉は間違いなく閉ざされたままだ。これまで誰に対しても開かずの扉だったのだから。その場合、力ずくで入ろうとするのだろうか。そんな権限はあるまい。だが、警察ならばそれも可能であり、つまり話を持ちかけるならば警察が、唯一、警察が適切な相手なのだ。

私がこうしたことを話すと、マルクはローデリヒ邸に戻り、医師、ハララン大尉、そして私は役所に行くということで話がついた。

一〇時半だった。さきに述べたとおり、すでにラグズ中が前日の事件のことを耳にしていた。医師とその息子が役所に向かっているのを見ると、そこに足を運んでいる理由は推して知るべしだった。

役所に到着し、医師が警察署長に名刺をことづけると、署長本人の命で、すぐにその部屋に通された。

ハインリッヒ・シュテパルク氏は小柄な男で、表情には気迫が漲り、眼は尋問官のように鋭く、際だった鋭敏さと知性を備え、きわめて現実的な精神の持ち主で、嗅覚は確かであり、今日「巧手」と呼ばれるものを持ち合わせた人物であった。これまで幾多の事件に多大な熱意と巧妙さでもってあたってきた。ローデリヒ邸で起きた事件の闇に光をあてる。この男ならば間違いなく、そのためにできることはなんでもするはずだ。だが、このあまりに特異な状況に足を踏み入れて成果をあげ、非現実の境を乗り越えるのは、彼の力をもってしても不可能ではないか。

警察署長はこの案件についてすでに詳細な報告を受けていた。ただし医師、ハララン大尉、私だけしか知らないことは別であったが。

よって署長は、こう述べることからはじめた。

「こちらを訪ねていただけるのではないかと思っていました、ローデリヒさん。お越しいただけなければ、こちらからうかがっていたでしょう。私は昨夜の時点ですでに、ローデリヒ邸で奇妙な出来事が起きたことを知りました。招待客たちがなにに恐怖したのかも。それほどの恐怖を感じたのも、つまるところ至極当然のことですが。また、今やその恐怖はラグズの街中に広まり、鎮まる気配がないようです」

本題に入るにあたって、シュテパルク氏がローデリヒ家について質問するのを待つほうが、話が早いと私たちは理解した。

「ローデリヒさん、まずはお尋ねしますが、何者かの恨みを買った覚えはありませんか？　また、その恨みが原因でローデリヒ家に対する復讐がなされたとお考えですか、ずばり言えば、ミラ・ローデリヒお嬢さまとマルク・ヴィダルさんの結婚に関することで？」

「心あたりがあります」医師は答えた。

「その人物とは誰ですか？」

「プロシア人のヴィルヘルム・シュトーリッツです！」

それを口にしたのはハララン大尉だった。警察署長はその名を聞いても、私が見たところ、顔色ひとつ変えなかった。

次に署長は医師の話を聞いた。ヴィルヘルム・シュトーリッツがミラ・ローデリヒに求婚していたことは署長も以前より知っていた。だが、それを再度迫ったことは初耳だった。二度目の拒絶のあと、人知を超えた力で結婚を妨害すると脅迫してきたことも！　シュテパルク氏はそこで言った。

「その手はじめが、婚姻の告知を破り捨てることだったわけですな、誰にも見られることなく！」

私たちも同じ考えであったが、あの怪奇現象象にも未だ説明がつけられないでいたのだ。ヴィクトル・ユゴーならば「影の手」*……とでも言ったかもしれないが！　詩人の想像の世界ならばそれもよかろう！　だが、現実の世界ではその限りではなく、警察の活動の場は現実の世界だ。彼らが平素、容赦なく引っ捕らえているのは血肉を備えた人間である。死霊やら幽霊やらを逮捕するのには慣れていない！　告知を剝がした者、花束をひき裂いた者、冠を盗んだ者は人間であり、つまりは完全に捕らえることができ、捕らえなければならないのである。

シュテパルク氏はまた、私たちが抱いている嫌疑、ヴィルヘルム・シュトーリッツに対しておこなった推測に妥当性があることを認めてくれた。署長は言った。

「私も以前より怪しい人物だと思っていました。彼に対する訴えは一度も聞いたことはありませんでしたが。暮らしぶりは明らかではありません……。どんな生活を送っているのか、なにを糧に生活しているのかも判然としていません！　なぜ生まれ故郷の街シュプレムベルクを去ったのか。よりによってプロシア南部出身のプロシア人である彼が、なぜプロシア人をよく思っていないマジャール人の国にやって来て居を構えたのか。あの年老いた召使いと一緒に、なぜテレキ大通りの屋敷に閉じこもり、誰もなかに入れようとしないのか。くり返しますが、なにもかもが怪しい……実に怪しい……」

「それでどうなさるおつもりですか、シュテパルクさん」ハララン大尉が尋ねた。

「しかるべき処置を」警察署長は答えた。「あの屋敷を捜査すれば、おそらくなにかの書類か……証拠が見つかるでしょう……」

「ですが、その捜査には知事の許可が必要ではないですか？」医師が指摘した。

「問題の男は外国人です……その外国人があなたの家族を脅迫した。閣下は許可をくださるでしょう、間違いなく！」

「知事は昨日、婚約の夜会にお見えでした」私は警察署長に言った。

「知っていますよ、ヴィダルさん、閣下ご自身が事件を目撃され、そのことについて私はすでに呼び出しを受けたのです」

「知事はなにか説明をされていましたか？」医師は尋ねた。

「いいえ！　知事にとってもまるで説明のつかないことで

した」

「ですが、ヴィルヘルム・シュトーリッツがこの件に絡んでいると知ったら」と私。

「なおのこと、解明したいと願うことでしょう。みなさん、私を待っていていただけませんか。官舎に行き、半時間以内に、テレキ大通りの屋敷を家宅捜索する許可をとって参ります」シュテパルク氏は答えた。

「やつの家には私どもも同行します」とハララン大尉。

「お望みならば、大尉。そして、ヴィダルさん、あなたも」警察署長がつけ加えた。

「二人はシュテパルクさんや警官たちと一緒に行ってください」ローデリヒ医師が言った。「私は急ぎ帰宅します。家宅捜索が終わったあとに戻ってきてください……」

「場合によっては、逮捕が済んだあとに」シュテパルク氏がきっぱりと言った。この件を軍隊式に片づけようと断固たる決意でいることがうかがえた。そして官舎へと出かけていった。

医師も同時に退室して邸宅に向かい、私たちが戻るのを待つことにした。

ハララン大尉と私は署長室に残った。交わす言葉はほとんどなかった。これからあの怪しい屋敷の敷居をまたぐことになるのだ！　家主は在宅しているだろうか。あの男を前にしたとき、ハララン大尉は自分を抑えることができるだろうか。

半時間後、シュテパルク氏がふたたび現われた。家宅捜索の令状を手にしており、また必要とあらば外国人に対し、どんな手段を講じてもよいという委任を受けていた。彼は言った。

「さて、お二人は先にどうぞ……。私も向かいますし、また、警官たちは別の側から行きます。そして二〇分後、シュトーリッツ屋敷に。よろしいでしょうか？」

「わかりました」ハララン大尉が答えた。

こうして私たち二人は役所をあとにし、バッチャーニュ河岸に向けて歩を進めた。

# 九

シュテパルク氏が向かったのは街の北に通じる道で、一方、二人ひと組になった警官は中心街を突っ切っていった。ハララン大尉と私はイシュトヴァーン二世通りを終いまで行ったあと、ドナウ河の岸沿いに進んだ。

曇り空だった。東から、河谷を通り、もくもくと膨らんだ灰色の雲が勢いよく流れていた。船は冷たい風にひどく傾きながら黄色の水に航跡を引いている。鸛《こうのとり》や鶴のつがいが風に頭をもたげ、甲高い鳴き声を放っていた。まだ降ってはいなかったが、上空の靄が、やがて滝のような雨に変わる気配が伝わってきた。

この時間、商業地区は街の人間と農村の人間であふれていたが、ほかでは道を行く者もまばらだった。しかしながら警察署長と警官たちが私たちと一緒であったならば人目を惹いたに違いなく、役所からそれぞれ別の道をとったのは正しかったのだ。

ハララン大尉は口を閉ざしたままだった。私は依然、大尉がヴィルヘルム・シュトーリッツと出くわそうものなら、自制心を失い、なにか乱暴な行動に出やしないかと気が気ではなかった。シュテパルク氏が私たちの同行を許さなければよかったのにと思うほどに。

一五分後、バッチャーニュ河岸を端まで行き、ローデリヒ邸のある一角にたどり着いた。

一階も、ローデリヒ夫人とミラお嬢さまの部屋の窓も、まだどれも開いていなかった。昨日の賑やかさとはあまりにも対照的だった！

ハララン大尉は足を止め、閉ざされた鎧戸を見ると、視線はしばしそこに貼りついたままだった。

胸からはため息が漏れ、続いて威嚇するような身ぶりをしたが、言葉はひと言も発しなかった。

私たちは角を曲がり、テレキ大通りを登っていった。右の歩道を行き、シュトーリッツ屋敷から一〇〇歩のところで立ち止まった。

正面を、ポケットに手を突っこんだひとりの男が、なに食わぬ顔で歩いていた。

警察署長だった。ハララン大尉と私は打ち合わせどおり彼に合流した。

少しして私服姿の警官が六名現われ、シュテパルク氏の合図で、鉄柵に沿って各々の位置についた。

警官たちに混じって錠前屋がいた。家主と召使いが門を開けるのを拒んだ場合、あるいは二人が不在だった場合に備えて呼ばれていたのだ。

窓はいつものとおり閉ざされたままだった。見晴台は室内から帳が引かれ、ガラス窓を覆っていた。私はシュテパルク氏に言った。

「誰もいませんね、おそらく」

「じきにわかるでしょう。ですが、もぬけの殻だとしたら驚きです……。ほら、左のほう、煙突から煙が出ていますから！」彼は答えた。

確かに、煙突の先から煤まじりの湯気が乱れ髪のようにあがっていた。シュテパルク氏がつけ加えた。

「主《あるじ》がいなくとも、おそらく使用人がいるでしょう。玄関の扉を開けてくれるなら、どちらでも構いません」

ハララン大尉がいるため、私は内心、主のほうは不在でいて欲しいと思っていた、あるいはラグズを去っていてくれたらと。

警察署長は、鉄柵の支柱にぶらさがっていた呼び鈴の紐を引いた。

誰かが姿を見せるのを待った、あるいは屋内で召使いを呼ぶ鈴が鳴らされるのを。

一分が過ぎた。誰も出てこない。もう一度、鈴を引く……誰も。シュテパルク氏は言った。

「この屋敷の者は耳が遠いな！」そして錠前師のほうを向いて言う。

「やってくれ」

男は鍵の束のなかから万能鍵《パスパルトゥー》を選んだ。錠の舌が受け座に挿しこまれると、それだけで扉はなんなく動いた。

警察署長、ハララン大尉、私、警官四名が中庭に入った。残りの警官二名は外に残った。

奥に進み、段を三つあがると家の玄関扉に至ったが、そこも鉄柵同様、閉ざされていた。

シュテパルク氏は杖で二度、扉を叩いた。

返事はなかった。家のなかからは物音ひとつ聞こえてこなかった。

錠前師が階段を昇り、錠に鍵を挿し入れた。何重にも施錠されていたり、あるいは警官に気づいたヴィルヘルム・シュトーリッツが侵入を防ごうと、内側から差し錠を押さえつけたりしていることも考えられた。

しかしなにも起こらず、錠は動き、扉は開いた。

そしてこの日、警察による捜査が人目に触れることはなかった。二、三の通行人が足を止めたくらいだ。こんな霧の朝にテレキ大通りを散歩する者などほとんどいなかったのだ。シュテパルク氏が言った。

「入りましょう！」

廊下には二箇所から光が射していた。玄関扉の上部に開けられた、金網が張られた欄間からと、奥の、二つ目の扉のガラス窓からだった。その扉は、家の裏手にある小さな庭に通じていた。

警察署長が廊下を数歩行き、大声を出した。

「おい！　誰かいるか！」

返事はない。もう一度、声をかけても同じだった。屋敷のなかは静まりかえっていた——ただ、左右に並ぶ部屋のどこかから、なにかが滑るような音が聞こえた気がした。

シュテパルク氏は廊下を突きあたりまで進んだ。私は背後からついていき、さらにハララン大尉が続いた。

警官のひとりが見張りのため、玄関扉の階段に残った。

二つ目の扉を開けると、裏庭を一望することができた。それは壁に囲われた二〇〇メートルほどの土地だった。中央に敷かれた芝は長いこと刈られておらず、長く伸びた草は半ばしおれ、だらりと垂れていた。ばかに高い壁に沿って五、六本の木が植えられ、そのてっぺんは、昔あった街の城壁の、土砂を防ぐ土留壁を見おろしていた。

この裏庭は手入れがされず、ほったらかしにされているのは明白だった。

警官が調べると、人はいなかったが、最近ついた足跡が小径に残っていた。

裏庭に面した窓はどれも雨戸で閉じられ、二階のひとつだけが階段に光を通していた。警察署長が指摘した。

「玄関扉は、鍵が一重にしか掛かっていませんでした……。家の者たちはじきに帰ってくるか、もしくは気づかれたのです……」

「捜索のことが漏れたとでも？　いいえ、私はむしろ、そのうちに戻ってくるような気がします！」私は答えた。だが、シュテパルク氏は疑わしげに首を振った。私はつけ加えた。

「だいたい、煙突から煙が漏れていることからすると……」

「どこかで火が焚かれているわけだ……火元を探しましょう」警察署長が答えた。

裏庭にも中庭にも人影はなく、身を隠すことなど不可能であることを確認したあと、シュテパルク氏はもう一度、屋敷内に入るよう促し、裏庭に面した廊下の扉は背後で閉められた。

廊下は四つの部屋に通じていた。裏庭側の一室は台所で、もうひとつは部屋というよりも、二階と屋根裏にあがるための階段になっていた。

家宅捜索は台所からはじまった。警官のひとりが窓を開けにいき、細長い菱形の切れこみがある鎧戸を押したが、光はさほど入ってこなかった。

台所道具についていえば、このうえなく簡素で必要最低限のものしかなかった――鉄の竈があり、その管は、大きな暖炉の庇の下に隠れていた。両脇には食器棚、中央には防水布で覆われた食卓、編み藁の椅子が二脚、木の腰掛が二つあり、壁にはさまざま用具が掛かっていた。その一角にある置き時計はカチカチと規則的な音をたて、錘からすると、それは前日に巻かれていた。

竈には石炭がまだ少し残っており、それが外から見えた煙の出所であった。私は言った。

「ここが調理場だとして、調理人はどこでしょう?」

「そして、その主は」ハララン大尉がつけ加えた。

「調査を続けましょう」シュテパルク氏が答えた。

一階の残り、中庭から光が射すほうの二室を順に見て回った。ひとつは客間で、古式の家具が置かれ、ドイツ製の古い壁布はところどころひどく傷んでいた。暖炉のなかには、無骨な鉄製の薪置きがあり、板石の上にはロカイユ様式*の振り子時計が置かれていたが、これが実に趣味の悪い代物で、針は止まっており、文字盤に溜まった埃からして、長らく掃除がされていないことがうかがえた。窓と向かい合う壁板には、楕円の額縁に入った肖像画が掛かっており、飾り板に赤い文字で、オットー・シュトーリッツとあった。

私たちはその絵を眺めた。線に力があり、荒々しい色使いで、無名の画家の署名が入っている。それは真の美術品だった。

ハララン大尉は絵から眼を離せなくなっていた。

私はといえば、オットー・シュトーリッツの顔にひどくうろたえてしまった。このときの精神状態がそうさせたのか。我知らず、その場の雰囲気に呑まれていたのか。ここ、この寂れた客間で、学者は幻想小説の登場人物のように映ったのだ。ホフマンの作品に出てくる人物、たとえば「塗りつぶされた戸」のダーニエル*、「トラバッキョ王」のデナー、「コッペリウス師」の砂男*のような。大きな頭、乱れた白髪、並外れて広い額、熾火と燃える眼、唇は震えているかのようで、まるで生きた肖像画のように今にも額縁から飛び出し、あの世からの声で怒鳴りそうだった。

「ここになに用じゃ、ずかずかと! 去《い》ね!」

客間の窓は鎧戸で閉じられていたが、それでも光が射しこんでいた。よって開ける必要はなかったのだが、光に煌々と照らされていない分、肖像画の奇妙さが目立ち、より印象深くなったのだろうか。

警察署長はむしろ、オットー・シュトーリッツとヴィルヘルム・シュトーリッツがよく似ていることに衝撃を受けたようだった。彼は指摘した。

「歳こそ違うが、これは父親の肖像画であり、息子のでもあるな――同じ眼、同じ額、幅広の肩に載った同じ頭、そして悪魔のような顔つき！　どちらであれ、追っ払ってしまいたくなる……」

「ええ、驚くほどよく似ていますね！」私は返した。

ハララン大尉は、まるで本人を前にしているかのように、絵の前に釘づけになっていた。私は言った。

「行きましょう、大尉」

彼はふり返り、私たちについて来た。

廊下を通って客間から隣室に移動した。そこは書斎であり、ずいぶんと散らかっていた。白木の棚は本で埋まり、ほとんどが製本されておらず、主に、数学、化学、物理の著作が収められていた。一角には二、三の道具、あるいは器具類、機械、広口瓶、携帯炉、蓄電器、ルームコルフ・コイル*、四度から五〇〇〇度までの熱を産みだすモワッサン電気炉*、レトルトとアランビック*がいくつか、さらに「稀土類」という名称のもとに分類される金属や半金属のさまざまな試料、そしてアセチレンが入った小さな槽が置かれ、これは方々に掛けられた照明の燃料になっていた。部屋の中央にある机には書類が積み重なり、文具、それとオットー・シュトーリッツの全集が三、四冊あって、レントゲン線に関する章が開かれていた。

書斎の捜索からも決定的な成果は得られなかった。そこで部屋を出ようとすると、暖炉の上に、青みを帯びたガラス製の、奇異な形をした小壜があるのにシュテパルク氏が気づいた。胴体には札が貼ってあり、栓には、綿が詰められた管が通っていた。

単なる好奇心か、もしくは警察官としての本能だろうか、シュテパルク氏はもっと近くで調べようと小壜に手を伸ばした。だが、どうもとり損ねたらしい。板石の縁に置いてあった小壜は、署長が掴もうとした瞬間、床石に落ち、割れてしまった。

たちまち黄色っぽい、とてもなめらかな液体が流れだした。揮発性がきわめて高く、すぐに煙となって蒸発してしまった。これまで嗅いだことのないような独特な臭いがしたが、しかし総じて微かなものだった。というのも、私たちの嗅覚にさほど訴えてこなかったからだ。シュテパルク氏は言った。

「おやおや、なんとも都合よく落ちたものです、この小壜は……」

「おそらくオットー・シュトーリッツが発明した組成物が入っていたのでしょう……」と私。

「息子は処方式を持っているはずですから、いくらでもつくり直すことができるはずです！」シュテパルク氏が答えた。

そして扉のほうに向かい、言った。

「二階に」

彼は警官二名に廊下に残るよう命ずると、一階をあとにした。

廊下の奥、台所の正面には、木製の手すりがついた階段があり、段に足を載せると、みしみしと音をたてた。

二階の踊り場は、隣り合った二つの部屋に通じており、扉には鍵がかかっておらず、銅の取っ手を回すと、なかに入ることができた。

客間の真上に位置している最初の部屋はヴィルヘルム・シュトーリッツの寝室に違いなかった。そこにあったのは鉄製の寝台、枕元の小卓、オーク材の衣裳棚、銅製の足がついた洗面台、長椅子、ユトレヒト製の厚いビロードでできた肘掛椅子、二脚の椅子だった。寝台に天幕はなく、窓にも帳はついていなかった――見たとおり、あるのは必要最小限の調度だけ。暖炉の上にも、片隅に置かれた小さな丸卓の上にも書類は一枚も見あたらなかった。この朝の時間、毛布はまだ乱れたままであったが、夜のあいだに寝台が使われたのかどうかは仮定で判断するよりほかなかった。

しかし、洗面台に近づいたシュテパルク氏が、盥の水の表面に石鹸の泡が少し残っていることに気づいた。彼は言った。

「この水が使われて二四時間が経ったとしましょう、そうすると泡はもう溶けてしまっているはずです……。そこから結論するに、あの男は今朝、出かける前にここで洗顔をしたのです」

「ですから帰ってくるかもしれません、あるいは、あなたの部下に気づいて……」私はくり返した。

「私の部下を見たならば、部下たちもやつを見ることになり、彼らはあの男を私のもとに連行するよう命を受けています。ただ、黙って捕まってくれるとは思えませんが！」

そのとき、なにかの音がし、それは合いの悪い床を踏んだときの軋みのようだった。音の出所は隣室、一階の書斎の上に位置する部屋と思われた。

寝室とその部屋のあいだには連絡口があり、移動するために踊り場に戻る必要はなかった。

警察署長に先んじ、ハララン大尉がひと飛びして、その扉をいきなり開けた……。

誰もいない、誰も！

ならば音がしたのは上の階、つまり、見晴台に通じている屋根裏部屋だったのかもしれない。

二番目の部屋の調度は最初の部屋よりもさらに質素だった——丈夫な布紐で壁に掛けられた額縁、使いすぎて真っ平らになった敷き布団、ごわごわの大きなシーツ、羊毛の毛布、不揃いな二脚の椅子、暖炉の火床に灰はひとかけらもなく、上には水差しと陶器の盥が置かれていた。また、外套掛けの鉤に厚い布地の服が何着かぶらさがり、長持、いやむしろ、オーク材でできた大箱が洋服棚と整理棚を兼ねていて、シュテパルク氏が見るとそこには何枚もの布類が収められていた。

これは間違いなく老召使いヘルマンの部屋だった。警察署長はまた、警官たちの報告から、最初の寝室の窓が換気のためにときおり開くことがあっても、同じく中庭に面しているこの二つ目の部屋の窓はつねに閉ざされたままであることを事前に聞き知っていた。そのことは、窓のイスパニア錠が固く、ほとんど動かないことや、鎧戸の鉄具が錆に食われていることからも確認できた。

いずれにせよこの部屋は空であり、屋根裏部屋、見晴台、台所の下の倉庫についても状況が同じであれば、主と召使いはどう考えてもすでに屋敷を去っており、おそらくは、もう戻るつもりはないであろう。私はシュテパルク氏に尋ねた。

「ヴィルヘルム・シュトーリッツが家宅捜索の情報をつかんだという可能性をお認めになりませんか……」

「それはないでしょう……署長室にやつが隠れていたというのなら話は別ですが、ヴィダルさん。あるいは知事閣下と私が今回の事件について話し合っていたとき、閣下の部屋に隠れていたというのなら！」

「私たちがテレキ大通りに着いたときに気づかれたのかもしれません……」

「そうだとしましょう……ですが、どうやって家を出たのです？」

「田園のほうへ……屋敷の裏手から」

「裏庭の壁は高すぎますし、その先には街の城壁の壕があって、あれを乗り越えることはできません……」

ゆえに警察署長の見解は、ヴィルヘルム・シュトーリッツとヘルマンは私たちの到着前に、すでに屋敷の外にいたというものだった。

私たちは、踊り場に面した扉から部屋を出た。そして、階段を最後まで昇ってひとつ曲がると、一分ほどで最上階に着いた。

その階は、切妻屋根の内部に空っぽの空間が広がっているだけだった。屋根についた狭い小窓《ヴァジスタース》から光が射しこんでおり、誰もここに逃げこんでいないのは一目瞭然だった。

中央に、かなり急な梯子があり、屋根の上の見晴台に通じていた。その室内には、錘で開閉させることのできる揚戸から入ることができた。私は、すでに梯子に足をかけていたシュテパルク氏に指摘した。

「揚戸が開いていますね」

「確かに、ヴィダルさん。すきま風がそこから入ってきています……。先ほどの音はここが出所だったのですな……。今日は風が強いですから！　屋根のてっぺんでは風見鶏が鳴いていますし！」

「ですが、あれはむしろ、床を踏んだときの軋んだ音のようでした」私は答えた。

「誰が歩いていたっていうんですか、この屋敷には誰もいないのに……」

「あるいは、この上では……シュテパルクさん？」

「空中の犬小屋のようなこの見晴台ですか？　いいえ、ここにも屋敷のどこにも人はいませんよ！」

警察署長と私が交わしたこの会話をハララン大尉は聞いていた。彼は見晴台を指し、こう言うに留めた……。

「昇りましょう！」

最初にシュテパルク氏が、床まで垂れていた太い綱を頼りに梯子をあがっていった。

そのあとに、まずはハララン大尉が、続いて私が昇った。おそらくこの頂塔は三人には狭すぎるだろう。

実際そこは鳥籠のようなもので、一辺が八ピエ〔二・六メートル〕、高さは一〇ピエ〔三・二メートル〕しかなかった。

内部はかなり暗かった。ただ、屋根の梁にしっかりとはめ込まれた支柱と支柱のあいだにガラス戸が設けられていた。

暗いのは、外から見てわかっていたように、厚い羊毛の帳が窓に掛けられていたからだった。それを持ちあげた途端、ガラス戸を通して光がたっぷりと射しこんできた。

この見晴台では、ラグズ全体を四面から見渡すことができた。眺望を遮るものはなく、ローデリヒ邸のテラスよりも視界は開けていたが、聖ミハーイの塔や城の主塔ほどではなかった。

そこから私は大通りの端を流れるドナウ河を眺めた。都は南に広がり、役所の鐘楼、大聖堂の尖塔、ヴォルファングの丘の主塔が聳えていた。その周囲にはプスタの緑の平原が広がり、遠くの山々がそれを縁どっていた。

ひと言でいうならば、見晴台もほかの部屋と状況は同じだった――誰もいない！　シュテパルク氏は受け入れねばなるまい、このたびの警察による捜査はいかなる成果ももたらさず、シュトーリッツ屋敷の謎についてはなにひとつ知りえずに終わるであろうことを。

私は、この見晴台は天体観測に使われており、天空の研究のための器具が備わっているものとばかり思っていた。それは誤りだった。家具については、机と、木の肘掛椅子があるだけだった。

机の上には数枚の書類があり、なかでも〈ウィーン特報〉《ヴィーナー・エクストラブラット》紙が眼に留まった。オットー・シュトーリッツの追悼式に関する記事が掲載されていた、私も読んだあの号だった。

おそらくここは、その息子が書斎から、より正確には実験室から出、休憩の時間を過ごすための場所なのだ。ともあれ、やつはここでこの記事を読んだのだろう。本人以外には考えられない者の手によって、赤鉛筆で×印がつけられていたからである。

と、突然、荒々しい叫び声があがった、驚きと怒りの叫びだった。

支柱のひとつに棚がとりつけられており、その上に厚紙の箱が置かれていた。ハララン大尉はその箱をちょうど開けたところだった……そして箱からとり出したものこそ……。

婚約の夜会の折、ローデリヒ邸から持ち去られたあの婚姻の冠だった。

# 一〇

ヴィルヘルム・シュトーリッツの関与にもはや疑いの余地はなくなった！　こちらには物的証拠があり、単なる推測の域を出たのだ。少なくとも犯人がやつであれ、ほかの誰であれ、その者が己のためにあの怪奇現象をひき起こしたのだ。ただ、その方法については未だ説明がつかなかったが！　ハララン大尉は声を震わせながら怒鳴った。

「ヴィダルさん、これでもまだお疑いか？」

シュテパルク氏は黙ったままだった。この奇妙な事件は、そのほとんどが未だ解決されていないことを十分に理解して。実際、ヴィルヘルム・シュトーリッツの罪が誰の眼にも明らかだとして、いったいどんな手段を用いて犯行に及んだのかがわからないのだ。調査を続けていけば、いずれ判明するのだろうか。

ハララン大尉の言葉はむしろ私に直接向けられたものであったが、私は答えないでいた。そもそもどう答えたものだろう。大尉は続けた。

「あの下劣な男に決まっている。「憎しみの歌」をわれわれの鼻先で歌って嘲笑い、マジャール人の愛国心を侮辱したのはやつです。確かに見えはしませんでしたよ、しかし声を聞いたはずです！　いいですか、眼には映りませんでしたが、あの男はあそこにいたのです！　客間のまんなかに！　やつの手で汚された以上、この冠はひとかけらも残らず消え去って欲しい！」

大尉が冠を壊してしまう寸前に、シュテパルク氏が止めに入った。そして言った。

「これが証拠品だということをお忘れか。それに私の考えでは、この事件はこれでおしまいということはありません。そのときに役だつのですぞ！」

ハララン大尉は署長に冠を返し、私たちは最後にもう一度、屋敷の部屋すべてを隈なく調べて骨折り損をしたあと階段に戻った。

玄関と鉄柵の扉が鍵で閉められ、屋敷は、私たちが最初に見たとおりの遺棄された状態で残された。ただしシュテパルク氏の命令で、二名の警官が近辺の警備のために留まることになった。

シュテパルク氏に暇を告げると、ハララン大尉と私は大通りに出、ローデリヒ邸に戻った。署長からは家宅捜索のことを他言しないよう請われていた。

今度ばかりは、大尉は自分を抑えることができず、怒りは激烈な言葉と身ぶりになってあふれ出た。落ち着かせようとしても無駄だったろう。もっとも私は、ヴィルヘルム・シュトーリッツがすでに街を去っているという期待を抱いていた。もしくは家宅捜索がおこなわれ、やつが盗んだ――あるいは盗ませたのかもしれない、私はその疑いを捨てきれなかった――冠が警察の手に落ちたことを知って街を去ってはくれないかと。

そこで、こう言うに留めた。

「ハラランさん、お怒りはわかります……あんなふうに私たちを嘲笑った罪を罰せずにはいられません！　ですが、シュテパルク氏が、シュトーリッツ屋敷で冠が見つかったことを秘密にするよう言ったのを忘れてはなりません」

「父にも……弟君にも……家宅捜索の結果を知らせないのですか？」

「たぶんそのほうが。ヴィルヘルム・シュトーリッツに会うことはできなかったと答えましょう……もうラグズにはいないはずだと……そもそも私はそう思っていますが！」

「冠がやつの家で見つかったことを言わないのですか？」

「それは言います……知っておくべきですから。ですが母君とミラお嬢さまに話す必要はありません……。二人の前でヴィルヘルム・シュトーリッツの名を口にしても、いたずらに不安を煽るだけでしょうから。そして冠については、邸宅の庭園で見つかったと言うつもりです。そしてお嬢さまにお返しします！」

「なんですと！　あの男が手にしたものを！」ハララン大尉は声を張りあげた。

「ええ……冠が戻ればミラお嬢さまはたいそう喜ぶはずです！」

嫌々ながらもハララン大尉はこの判断に理解を示し、私が冠を取りにシュテパルク氏のもとに行くのを承諾した。氏がひき渡しを拒むことはあるまい。

そのあいだにも私は、一刻も早く弟に会い、この件を知らせたいと思っていた。そしてなにより、一刻も早く結婚が成就して欲しかった。

ローデリヒ邸に着くや、使用人の案内で、医師とマルクが待つ診察室に通された。二人の焦燥は頂点に達しており、私たちが扉を通り抜ける前から質問が飛んできた。

テレキ大通りの屋敷で起きたことを話すと、二人は大いに驚き、また、大いに憤った。弟は自制心を保てないでいた！　ハララン大尉同様、裁きの手が入る前に自ら、ヴィルヘルム・シュトーリッツを罰することを欲していた。マルクは声を張りあげた。

「ラグズにいないのなら、シュプレムベルクにいるはずだ！」

弟をなだめるのはひどく骨が折れ、私の懇願に医師もまた加勢した。

私は以下の点をことさらに説いた。ヴィルヘルム・シュトーリッツはすでに街を出ているか、あるいは住居に捜査の手が入ったことを知り、大急ぎで出ていこうとするはずだと。それは疑いようがなかった。また、そもそもやつがシュプレムベルクへ逃げたという証拠はいっさいないのであり、あの街でもほかの街でも見つからないだろうと。医師は言った。

「マルクさん、兄君のご忠言に耳を傾け、わが家にとってあまりに辛かったこの事件が記憶から薄れていくに任せましょう。今後はいっさい口を閉ざすのです、やがて忘れる日が来るでしょうから……」

頭を抱え、胸が張り裂けそうになっている弟は見るに堪えなかった。マルクの苦しみが私にもそのまま感じられた！　あと数日でミラ・ローデリヒがついにミラ・ヴィダルになるならば私はすべてをさし出しただろう！


医師はさらに、ラグズ知事と面会するつもりだとつけ加えた。ヴィルヘルム・シュトーリッツは外国人であり、閣下は迷わず、あの者に対して国外追放令状を出すであろうと。火急を要するのは、ローデリヒ邸が舞台となったあのような事件の再発を防ぐことだった。怪奇現象についての満足いく説明はあきらめたとしてもだ。ただし誰も、ヴィルヘルム・シュトーリッツが、自ら誇ったような、人知を超えた力を行使しているという考えは認めなかったはずだ。

ローデリヒ夫人とミラお嬢さまについて私は、黙して語らずに徹すべしという理を説いた。警察が動いていること、ヴィルヘルム・シュトーリッツの関与がもはや疑いの域を出たことを二人は知るべきではない。

冠については私の提案が受け入れられた。マルクがたまたま邸宅の庭園で発見したことにするのだ。すべては、どこぞのいたずら者の仕業であり、いずれそいつを見つけだし、しかるべき罰を与えることになろうと。

その日のうちにも私は役所に戻り、シュテパルク氏に、冠についての私たちのとり決めを伝えた。氏はすぐに冠を返してくれ、私はそれをローデリヒ邸に持ち帰った。

その晩、私たちは、ローデリヒ夫人、ミラお嬢さまも交えて客間に集まった。マルクは一瞬、席を外したあと、こう言いながら部屋に入ってきた。

「ミラ……ミラ……僕がここに持ってきたものをご覧よ！」

「私の冠……私の冠だわ！」ミラは大声を出しながら弟のほうへ駆け寄った。

「この冠は……マルク？」ローデリヒ夫人が感動で声を震わせながら尋ねた。

「ええ……」マルクは続けた……。「そこに……庭園に……植えこみの裏で見つけたんです……そこに落ちていたんですよ」

「でも……どうして……どうして？」ローデリヒ夫人がくり返した。

「どうしてかだって？」医師が答えた。「招待客のなかに何者かが入りこんでいたのだよ……。ともかくも……冠はこれで戻った」

「ありがとう……ありがとう、マルク」ミラは言い、一粒の涙が眼から流れ落ちた。

続く日々に新たな事件は起こらなかった。街は平素の静けさをとり戻し、テレキ大通りの屋敷で捜査がおこなわれたことが漏れ伝わることもなく、ヴィルヘルム・シュトーリッツの名がふたたび人の口にのぼることもなかった。あとは、じっと――むしろ、じっとしていられないほどに――マルクとミラ・ローデリヒが結ばれる祝いの日を待つばかりだった。


弟が暇をくれるたび、私はラグズ近郊のあちらこちらを散歩して時間を過ごした。ハララン大尉が何度か同伴してくれた。その折にはたいていテレキ大通りを通ってから街を出た。私たちは眼に見えて、あの怪しい屋敷に引き寄せられていた。おかげで屋敷が依然、無人であるかどうかを確かめることができた……それは無人だった！ そして屋敷が依然、見張られているかどうかも……それは見張られていた……昼も夜も、二名の警官によって。もしもヴィルヘルム・シュトーリッツが姿を現わしたのなら、その帰還は直ちに警察に通報され、あの男は逮捕されるだろう。

ただし、私たちにはあの男の不在を示す証拠があり、少なくとも今は、ラグズの通りで出会うことがないのは確かだった。

実際、〈ペスター・ロイド〉紙*の五月九日号に、数日前、シュプレムベルクでおこなわれたオットー・シュトーリッツ追悼式の記事が掲載されていた。私は急ぎその記事をマルクとハララン大尉に読ませた。

式典にはたいへんな数の観衆が詰めかけ、シュプレムベルクの住民ばかりか、近隣の街、さらにはベルリンからも、興味に駆られた者たちが何千とやって来た。群衆は墓地に入りきれず、周囲は人々で埋め尽くされた。おかげでさまざまな事故が起き、息が苦しくなる者まで出、彼らは翌日になってやっと墓地に場所を見つけることができた。

人々は覚えていたのだ、伝説のただなかに生き、そして死んでいったオットー・シュトーリッツのことを。迷信深い者はオットー・シュトーリッツの死後、なんらかの奇跡が起きることを期待していた。幻想小説と見紛うような現象が追悼式で起こるはずだと。ともかくもプロシア人の学者が墓から出てくるはずだ。その瞬間、宇宙の法則が大きく狂ったとしても然もありなん……。地球はそれまでの自転運動をやめ、東から西へと回りはじめて、その異常な回転の結果、太陽系全体が宇宙規模の混乱に陥るのだ！

同紙の記者はそう書いていたが、結局のところ、式典は至って正常に進行した……墓石は少しも持ちあがらず……埋葬されていた学者が死の床から抜け出てくることもなく……地球は、原初に確立された不変の規則に従って回り続けた！

だが、私たちにもっとも関係していたのは、オットー・シュトーリッツの息子その人が式に出席していたという記述だった。やつがラグズを捨て去ったことを示す証拠がまたひとつ増えた……。私としてはそれが、もう二度と戻らないという明確な意向であって欲しかったが、マルクとハララン大尉がやつを探しにシュプレムベルクまで行きたがるのではないかという懸念もあった！　弟ならば、私のほうで言い含めることもできよう！　出かけていくなどという馬鹿げたことを結婚の前日にすることもあるまいと……。だが、ハララン大尉については……。眼を離さないようにし、必要あらば、父親の権威にすがろうと決めた。

そんななか、あの事件によってひき起こされた騒ぎはほぼ沈静化していたが、ラグズ知事は未だ心休まらずにいた。納得のいく説明ができないあの奇跡のような怪奇現象が、見事に演じられた曲芸であれ、ほかの原因で起こったのであれ、街が混乱に陥ったことに変わりはなく、再発を防がねばならなかったのだ。

よって閣下が、警察署長を通じ、ローデリヒ家にとってヴィルヘルム・シュトーリッツがいかなる存在であるかを聞いたときにひどく動揺したのも不思議ではない……彼がいかなる脅迫を放ったのかを！

家宅捜索の結果を聞いた知事はゆえに、この外国人への対策を決めた。ともかくも盗みがあったのだ——彼による、でなくとも、彼の共犯者による盗みが……。ラグズを去っていなければとっくに逮捕していたはずだ。そして、誰にも見られることなくローデリヒ邸の客間に入りこんだ男も、牢の四方の壁に囲まれれば最後、そこから出るのはさすがに不可能というものであろう！

その日、知事閣下とシュテパルク氏とのあいだでこんな会話が交わされた。

「なにか新しい情報は？」

「なにもありません、知事殿」

「ヴィルヘルム・シュトーリッツがラグズに戻っていないのは確かなのだな？」

「確かです」

「屋敷には今も見張りが？」

「昼も夜も」

「この件について私はブダペシュトに報告をしなければならなかった」知事は続けた。「おそらく実際以上に大きな騒ぎとなったからな。私は、対策を講じ、事件を収束させるよう促された」

「ヴィルヘルム・シュトーリッツがラグズにふたたび姿を現わさなければ、なにも恐れることはありません。確かな筋から、やつがまだシュプレムベルクにいることはわかっています、数日前のことですが……」警察署長が答えた。

「そうだったな、シュテパルクくん、あの追悼式に現われたのだったな！　だが、こちらに戻ってくる気になるかもしれず、それは防がなければならない」

「実にたやすいことです、知事殿。外国人なのですから国外追放令状があればいいのです」

「ラグズの街は無論、オーストリア＝ハンガリー全領土への立ち入りを禁じる令状が」知事が続けた。

「知事殿、その令状を出していただければ、私がそれを国境の全分署に通告します」警察署長は答えた。

ともあれ、その令状は発行され、ドイツ人ヴィルヘルム・シュトーリッツは王国の領内に立ち入ることが禁じられた。さらに屋敷は施錠封鎖され、鍵は署長室に保管された。

この措置により、ローデリヒ医師、その家族、その友人は胸をなでおろすことができた。だが、事件の謎に迫るにはまだほど遠く、それが解明される日が来るのかどうかはわからなかった！

# 一二

結婚の日が近づいていた。五月一五日の太陽がラグズの地平に昇るまであと二日だった。

ミラは実に感受性の強い娘さんだったが、たいそう喜ばしいことに、あの不愉快な出来事のことはすでに忘れてしまったかのようだった。ひとつくり返しておくと、われわれはヴィルヘルム・シュトーリッツの名を、彼女の前でも、その母親の前でも口にしてはいなかった。

私はお嬢さまの相談相手だった。実現するかどうかはともかく、彼女は将来の計画を私に話してくれた。マルクと一緒にフランスに居を構えることになるのだろうか。おそらくは、しかし今すぐにではない……。父、そして母と別れるのはひどくつらいことだろうから……。お嬢さまは言っていた。

「でも今のところは、パリで数週間過ごすというだけの話ですけれど。ご一緒してくださいますわよね！」

「私がお嫌いでなければ！」

「ただ……新婚の二人など、とても退屈な旅のお伴ですわ……」

「慣れるよう努めますよ！」お手あげといった調子で私は答えた。

医師もまたこの案に賛成していた。諸事を鑑みれば、一、二か月ラグズを離れるのは好ましいことだった。娘の旅立ちをローデリヒ夫人はたいそう悲しむことであろうが、なんとか堪えてくれよう。

マルクはといえば、ミラの傍で過ごしているときには事件のことを忘れていた――忘れたがっていたと言うべきか。ではあるが、私と一緒のときは、不安な気持が戻り、私がそれをふり払おうとしても無駄だった。飽きもせず弟は言った。

「兄さん、なにか進展は？」

「なにもないよ、マルク」飽きもせず私は答え、それはまったくの真実であった。

ある日、弟は、一考してこう言い添えた。

「もしなにか知っているのなら……もし街で……あるいは

シュテパルク氏から……なにか聞いたのなら……」

「お前に知らせるよ、マルク」

「隠したりしたら恨むよ……」

「隠しなどしないよ……だがな……もうあの事件のことなど誰も気にかけちゃいないと請け合うよ！　街はこれまでになく落ち着いている！　皆、自分の仕事や遊びに邁進しているのさ。おかげで物価の上昇がとまらないよ！」

「冗談はよしてよ、兄さん……」

「私がもう、なにも心配してないってことさ！」

「だけど、もしもあの男が……」そう言って顔を曇らせた。

「いいや！　ラグズに戻れば逮捕されることをやつは知っている。それにドイツにいれば、方々の市の見世物で奇術の腕前を好きなだけ披露できるじゃないか！」

「じゃあ……その力……あいつの言っていた力は……」

「あんなもの、ちょっと足りない者には効くかもしれないがね！」

「信じてないの？」

「信じてないよ、お前だってそうだろう！　だからマルク、お前はあと何日、何時間、何分で大事な日がやって来るのかを数えていればいいんだ！　それがいちばんんさ、数え終わったらまた最初からはじめるんだ！」

「ああ！　兄さん！」マルクは声を張りあげた。心臓は張り裂けんばかりに鼓動を打っていた。

「聞きわけがないな、お前は。ミラはもっと話がわかるぞ！」

「それはミラが、僕が知っていることを知らないからだよ……」

「お前が知っていること？　それはこういうことだろう！　あの輩はもうラグズにはいない、戻ってくることもありえない……二度と会うことはないってことだ、わかったかい……。これでもまだ落ち着かないならば……」

「仕方ないんだよ、兄さん。胸騒ぎがするんだ……思うに……」

「馬鹿げているぞ、マルク！　ほら……大丈夫だから……邸に戻るんだ、ミラの傍に……」

「うん……離れていないほうがいい……そう……一瞬たりとも！」

かわいそうに！　見るも辛く、話を聞くのも辛かった！　結婚の日が近づくにつれ弟の不安は募っていった。私自身も正直、式の日が早く来てほしくて仕方なかったのだが！　また、結局のところ、弟をなだめるならばミラの力をあてにできたが、ハララン大尉に対しては、もはやどんな方策をとったものか私には見当もつかなかった。

思い起こせば、〈ペスターー・ロイド〉紙によってヴィルヘルム・シュトーリッツがシュプレムベルクにいることを知ったあの日、大尉があの街に向かおうとするのをやめさせるのには難儀した。シュプレムベルクとラグズは八〇〇キロしか離れていない……。二四時間で行ける距離だ……。最終的にはひき留めることができたが、父上と私が、事件を忘却の淵に沈める必要性や分別を説いても、大尉はシュプレムベルクに行くという考えにどうしても立ち返ってしまう。私は、隙を衝かれてしまうことを恐れていた。

その朝、大尉は私に会いに来た。口を開くが早いが、彼が出発を決意したことがわかった。私は答えた。

「それはだめです、ハラランさん、それはだめです！　あのプロシア人とあなたが相見えることになるなんて！　だめです……今は……とんでもないことです！　お願いですからラグズを出ていかないでください」

「ヴィダルさん……あの下劣な者は罰を受けねばならないのです……」

「遅かれ早かれそうなります」私は声を張りあげた。「ええ、そうですとも！　あの男を襲い、法の前に引きずり出すのは、それは警察の手だけに許されることです！　シュプレムベルクに行きたいのですね、あなたの妹君ですから！　ですが、お願いです……いいですか……私に免じて……。結婚式は二日後です……ラグズに帰ってこられなくなりますよ？」

ハララン大尉は私が正しいとは感じていたが、折れることを拒んだ。大尉は、私の希望をすべて断つような調子で答えた。

「ヴィダルさん、私とあなたは物事を同じように見てはいない……見ることができないのです……。わが家が、弟君のものとなるわが家が辱められたのです。この辱めに対して復讐をしないでおけますか？」

「しなければなりません！　ですが、それをするのは法廷です！」

「あの男が戻ってこないのならどうやってするのです……やつは戻ってこられないのです！　ならば私が行くしかありません、やつのところに……いるはずのところに……シュプレムベルクに！」

「いいでしょう、ですが、あと二、三日辛抱してください。そうしたら私もシュプレムベルクにお伴いたします」議論を締めくくるため、私はそう返した。

私が血相を変えて迫ったおかげでついに話がついた。結婚式が済んだならば、もう大尉の計画には反対せず、ともに出発するときっぱり約束をすることで。

五月一五日までの二日間、それは永遠に続くかと思えた！　ほかの者を安心させることが自分の役目と任じていたが、私自身もときおり不安を覚えずにはいられなかった。ゆえに、どんな胸騒ぎに促されてかは知らぬが、私はテレキ大通りを何度も往復した。

シュトーリッツ屋敷は警察の捜査が入ったあと、そのままの状態で残されていた。扉は塞がれ、窓は閉じられ、中庭にも裏庭にも人の気配はなかった。大通りには警官が何人かいて、監視の眼は、昔の城壁の胸壁と、その先の田園にまで広げられていた。主《あるじ》にしても、召使いにしても、この家に戻ろうとした形跡はなかった。だが――これこそまさに強迫観念だが――マルクやハララン大尉にかけた言葉にもかかわらず、あるいは、自分自身に言い聞かせていたことにも反して、かりに実験室の煙突から煙が漏れ、見晴台の窓ガラスの奥に人影が現われても、私はそれを意外とは思わなかったであろう……。

ラグズの住民は当初の恐怖が薄れると、もう事件のことなど話題にしなくなっていた。ヴィルヘルム・シュトーリッツの幽霊にとり憑かれていたのは実のところ、ローデリヒ医師であり、私の弟であり、ハララン大尉であり、つまり私たちであったのだ!

その日、五月一三日の午後、私は気晴らしのため、スヴァンドール島の橋に向かい、ドナウ河の右岸に降りた。橋に向かう途中で波止場の前を通ったが、そこはブタペシュトからの汽船《ダンプフシフ》が、つまりマーチャーシュ・コルウィヌス号が着岸する場所だった。

そのとき、旅行中の出来事が頭をよぎった。あのドイツ人との出会い、男の挑戦的な態度、はじめて会ったにもかかわらず私の裡に生まれた相手への敵意を。さらにヴコヴァルで下船したと思ったこと、男から発せられた言葉を!そう、あれはやつだったのだ、やつでしかありえない。ローデリヒ邸の客間で耳にしたのと同じ声……。同じ話し方、同じ冷淡さ、ドイツ野郎《チュートン》らしいふてぶてしさも同じだった!

そんな考えで頭をいっぱいにしながら私は、ラグズで下船する乗客をひとり、またひとりと眺めていた……。あの男の蒼白い顔、妙な眼つき、ホフマンの登場人物を思わせる人相を探しながら。だが、いわゆる無駄骨を折っただけだった。

六時、平素そうしていたとおり、私はローデリヒ家に赴いて食事の席についた。夫人は具合がよくなっており、精神的な打撃からほとんど回復しているように見えた。ミラが妻になる日を翌日*に控えた弟は、彼女の傍にいればすべてを忘れられた。ハララン大尉も、表情は曇りがちではあったが、以前よりは落ち着いているようであった。

さらに私は、この愛すべき家族の雰囲気を明るくし、まだかすかに立ちこめている過去の暗雲を一掃しようと、できる限りのことをした。幸いにもミラが手を貸してくれた。魅力と喜びそのものである彼女のおかげで団欒は遅くまで続いた。進んでピアノの前に陣どり、マジャールの古い曲を歌ってくれたのだ。まるで、忌まわしくもこの客間に鳴り響いた、あの「憎しみの歌」を消し去るかのように。

私たちが引きあげようとすると、お嬢さまが笑みを浮かべながら私に言った。

「明日ですよ！　アンリ殿……お忘れなきよう……」

「明日はなにかありましたっけ、お嬢さま？」彼女に倣い、ふざけた調子で私は答えた。

「ええ……役所で結婚式がおこなわれるのですよ……」

「ああ！　明日でしたか！」

「それにアンリ殿は弟さんの立会人でしたわね……」

「思い出させてくれて助かりました、ミラお嬢さま……弟の立会人か！　とっくに忘れていた！」

「でしょうね！　ときどきぼんやりされていましたから……」

「それは失敬、ですが明日は大丈夫です、お約束しますよ……あとはマルクのやつさえ忘れていなければ」

「彼は私がなんとかします！」

「それはそれは！」

「では、ちょうど四時に……」

「四時ですって、ミラお嬢さま？　私は五時半だとばかり思っていました！　ご安心を……四時一〇分前には向こうにおりますから！」

「おやすみなさい……おやすみなさい……もうすぐ私の義兄《おにい》さまになる、マルクのお兄さま！」

「おやすみなさい、ミラお嬢さま……おやすみなさい！」

翌日、マルクは昼までにいくつかの用事を済ませなければならなかった。すっかり落ち着きをとり戻したように見えたため、ひとりで行かせることにした。

私はまた、念には念をということで、ヴィルヘルム・シュトーリッツがラグズで目撃されていないか確証を得られないものかと役所に赴いた。

シュテパルク氏がすぐに会ってくれ、用向きを問われた。なにか新しい情報があれば教えて欲しいと請うと、署長は答えた。

「なにもありません、ヴィダルさん。ラグズに姿を見せていないのは確かだと思っていただいて構いません……」

「まだシュプレムベルクに？」

「少なくとも昨日はあの街に、それは間違いありません」

「電報を受けとったのですか？」

「ドイツ警察からの電報を。その事実を伝えてきました」

「安心しました！」

「ええ、でも私は困っているんですよ、ヴィダルさん」

「といいますと？」

「あの妙な男《ディアブル・ドム》には——悪魔《ディアブル》とは言い得て妙ですが——国境を越える気がさらさらないようなのです……」

「結構なことですよ、シュテパルクさん」

「みなさんにとっては結構なことですが、私にとっては困ったことです！」

「なにに落胆されているのかわかりかねますが！」

「そうじゃないですか……警察の人間としては、あの魔法使いだかなんだかをひっ捕まえて、牢屋に入れておきたかったのです！　ですが、おそらくは近々……」

「おお！　近々。結婚のあとならお望みのときにいつでも、シュテパルクさん！」

　警察署長に礼を言い、私は役所を出た。

　午後の四時、私たちはローデリヒ邸の客間に集まった。二台の幌付四輪馬車がテレキ大通りで待っていた——一台はミラ、父君、母君、そして家族の友人であるノイマン判事のために。もう一台はマルク、ハララン大尉、その同僚であるアルムガルト中尉、そして私のために。ノイマン氏とハララン大尉は花嫁の、アルムガルト中尉と私はマルクの立会人だった。

　ハンガリーでは当時、民法上の結婚が、国会で長らく議論されたのち、オーストリア同様に存在していた。それは通常、極々簡単におこなわれていた——つまりは身内だけで。盛大な式は翌日、教会のためにとっておかれるのだ。

　新婦は品よく着飾っていた。刺繍のほどこされていない、薔薇色の縮緬《クレープ・ド・シン》でできたドレスは柔らかな薄布《モスリン》で飾られていた。ローデリヒ夫人もまた、とても簡素な装いだった。私と弟同様、医師と判事もフロックコート姿で、二人の士官は軽装の軍服を着ていた。

　大通りでは、市井の女や娘たちが何人か、馬車の出発を待ち構えていた。結婚はつねに女たちの好奇心をかきたてるのだ。だが明日の大聖堂には大群衆が押しかけるだろう。ローデリヒ家へのまさに敬意の証として。

　二台の馬車はローデリヒ邸の正門を出、大通りの角を曲がると、バッチャーニュ河岸、ミロシュ公通り、ラースロー通りを行き、役所の鉄柵の前で停まった。

　リスト広場と市役所の中庭には大勢の見物人がいた。つまり彼らは先日の出来事を覚えており、それに誘われてやって来たのであろうか。婚姻の間で、ふたたび怪奇現象が起きるかもしれないと思っているのだろうか。

　馬車は正面広場に入り、玄関の階段前で停車した。

　少しして、父君の腕を取ったミラお嬢さま、ノイマン氏の腕を取ったローデリヒ夫人、そしてマルク、ハララン大尉、アルムガルト中尉、私が室内に入って席についた。壁には、きわめて高価な彫刻がほどこされた化粧板が張られ、色つきの大きな窓ガラスから光が射していた。中央に広い卓があり、両端には見事な花籠が置かれていた。

ローデリヒ夫妻は新婦の父母として、戸籍責任者が座る席の両脇に腰をおろした。それと向かい合う椅子に、マルク・ヴィダルとミラ・ローデリヒが隣り合い、さらに四人の立会人が席についた。ノイマン氏とハララン大尉が右側に、アルムガルト中尉と私が左側に。

守衛がラグズ市長のお着きを告げた。この式を執りおこなうことは市長本人たっての希望であった。彼が室内に入ってくると全員が腰をあげた。

市長は卓の前に立つと、両親に向かい、娘とマルク・ヴィダルとの結婚に同意しているかを尋ねた。肯定の答えが返ってくると、弟の側にはその質問はしなかった。家族は、弟と私の二人だけだったからだ。

次に市長が言葉を向けたのは二人の許婚《いいなずけ》だった。

「マルク・ヴィダル、汝はミラ・ローデリヒを妻とするか？」

「はい」

「ミラ・ローデリヒ、汝はマルク・ヴィダルを夫とするか？」

「はい！」

市長は条項を読みあげると、法の名において二人が結ばれたことを告げた。

こうして事はなにごともなく淡々と進んだ。奇跡のような出来事は起こらず――一瞬そんな考えが心をかすめたが――戸籍の担当者が結婚証書を読みあげ、署名がされたあと、それが破られたり、新郎新婦や立会人の手から羽ペンが取りあげられたりすることもなかった。

ヴィルヘルム・シュトーリッツがラグズにいないのは間違いなかった。もしもシュプレムベルクにいるならば、同胞たちを喜ばせるためにいつまでもそこにいるがいい！

マルク・ヴィダルとミラ・ローデリヒは今、人の前で結ばれた。明日は、神の前でだ。

# 一二

五月一五日がやって来た。待ち焦がれ、ついぞ訪れないのではないかと思われたこの日が！

ついに五月一五日がやって来た。あと数時間で、神を前にした挙式がラグズの大聖堂で執りおこなわれる。

そこはかとない不安、一〇日ほど前に起きた、説明のつかない出来事のかすかな記憶が心の片隅に残ってはいたが、法のうえでの挙式が済むと、それもすっかり消え去ってしまった。役所では、ローデリヒ邸の客間で起こったような怪奇現象による混乱はいっさい起こらなかったのだ。

私は早起きをした。マルクはもっと早かった。彼が部屋に入ってきたとき、私はまだ着替えの最中だった。

弟はすでに正装、そう言ってよければ——花婿の制服姿だった。葬儀のときのような黒づくめだが、これが上流社会の制服であり、男性の地味な服装が女性の煌めくような装いを際だたせるのだ。

マルクは幸せに顔を輝かせ、その輝きには影ひとつ落ちていなかった。

弟は私を熱く抱きしめ、私は弟を胸に押しつけた。彼は言った。

「ミラがね、兄さんに思い出させたほうがいいって……」

「今日だということをだな！」笑いながら私は答えた。「では、お嬢さまに言っておくれよ、私は役所で遅刻をしなかったのだから、大聖堂でも遅刻はしないだろうってね！　昨日……私は腕時計を鐘楼に置いておいたのさ！　そしてお前もだ、マルク、皆を待たせないようにしないと！　いいかい、お前がいなくてはどうにもならないんだからな！　お前なしではなにもはじまらない！」

弟は出ていき、私は身支度を急いだ。ちなみに、まだやっと朝の九時だった。

私たちはローデリヒ邸で落ち合うことになっていた。そこからお祝いの馬車——そんな、おとぎ話のような呼び名が気に入った——が出発する段どりだった。私は、時間に几帳面であることを示すためにも必要以上に早く到着し——花嫁の美しい笑顔が褒美となろう——客間で待った。

前日、役所での式に居合わせた人々——目下の華やかな状況からして、人士とでも言おうか——が、ひとり、またひとりと姿を現わした——ただし今日は黒い燕尾服、黒いチョッキ、黒いズボンといった盛装姿で。これではマジャール人ではなく、まさしくパリジャンだった。とはいえ、ボタン穴に勲章を輝かせている者もそこかしこにおり、マルクはレジオン・ドヌール四等勲章を、ローデリヒ医師とノイマン氏はオーストリアとハンガリーの勲章を、軍政国境地帯連隊の華麗な軍服を着た二人の士官、ハララン大尉とアルムガルト中尉は軍功章と戦功章を、そして私は簡素な赤い綬をさげていた。

ミラ・ローデリヒ——もうミラ・ヴィダルと言ってもいいのだ、許婚《いいなずけ》たちはすでに法のうえでは結ばれたのだから——は、純白の、引き裾のついたモワレのドレス姿で、オレンジの花が刺繍されたブラウスを着、眼を奪うような出で立ちだった。傍らには花嫁のブーケが咲き誇り、豊かな金色の髪には婚姻の冠が載っていて、そこから大きな襞のついた、白い薄地《チュール》のヴェールが落ちていた。冠は、弟がとり戻したあの冠だ。ミラにとってそれは唯一無二の品であった。

ミラは、豪華に着飾った母親と一緒に客間に入ってくると、私のほうにやって来た。さし出された手を私は愛情たっぷりに握った、兄としての愛情をこめて。ミラは眼を喜びに輝かせて言った。

「ああ！　お兄さま、本当に嬉しい！」

醜い出来事に苛まれた過去の日々、この清廉な家族が嘗めた辛酸、その記憶さえすでに消え去っていた。ハララン大尉までもが、きれいさっぱり忘れてしまったかのようだった。彼は私の手を握りながらこう言った。

「ええ……もう考えるのはやめましょう！」

この日の式次第は以下のとおりであり——誰もがそれを褒め称えた。九時四五分、大聖堂へ出発。ラグズ知事、街の当局者や名士たちが居合わせるなか、若い夫婦が到着。お披露目に祝辞、婚姻のミサのあと、聖ミハーイの聖具室で婚姻証書に署名。ローデリヒ邸に戻り、五〇名ほどを集めて開かれる昼食会。夜、邸宅の客間でおこなわれる宴には二〇〇近い招待状が送られていた。

私たちは前日と同様、馬車に乗りこんだ。一台目には花嫁、医師、ローデリヒ夫人、ノイマン氏。二台目にはマルクと、残り三人の立会人。大聖堂からの帰路、マルクとミラ・ヴィダルは同じ馬車に乗っていることだろう。ほかにも何台かの馬車が、教会での式に参列することになっている人々を迎えに行っていた。

なお、大聖堂と聖ミハーイ広場が大勢の人でごった返すのは必至であり、シュテパルク氏は治安維持のため、なんらかの対策を講じたはずであった。

九時四五分、馬車はローデリヒ邸をあとにし、バッチャーニュ河岸に沿って進んだ。マジャール広場に到着後、そこを横切り、ミロシュ公通りに入ってラグズの美しい界隈をあがっていった。

快晴だった。空は五月の陽光に彩られていた。屋根のついた通りを、たくさんの人々が大聖堂のほうに歩いていた。そのまなざしはどれも一台目の馬車に向けられていた。若い花嫁を温かく、うっとりと眺めるまなざし。マルクもまた彼の分を受けとっていたに違いない。人々のにこやかな顔が窓越しに見え、いたるところから応じきれないほどの歓声がふり注いでいた。私は言った。

「本当に、この街からは心地よい思い出を持ち帰ることができそうです!」

「ハンガリー人はあなたの裡にあるフランスが好きで、敬意を表しているのです、ヴィダルさん。この結婚でフランス人がローデリヒ家の一員になる、われわれはそれが嬉しいのです」アルムガルト大尉が答えた。

広場に近づくと、馬を歩かせなければならなかった。それほど人々の往来が激しくなっていたのだ。

大聖堂の塔では慶事の鐘が打ち鳴らされ、東風に乗ってあたりに朗々と響き渡った。一〇時少し前には、役所の鐘楼から組鐘《カリオン》の甲高い音が届き、聖ミハーイからのよく通る鐘の声音と混じり合った。

広場に着くと、招待客を乗せてきた馬車が列をなしていた。それらは通りの左右にあるアーケードに横づけされていた。

一〇時五分ちょうど、私たちを乗せた二台の馬車が大聖堂の階段下に停車した。聖堂の正面扉は左右に大きく開いていた。

はじめにローデリヒ医師が降り、その腕を取った娘が続いた。ノイマン氏はローデリヒ夫人に腕を貸している。次に、聖堂前広場いっぱいにできた見物人の列に紛れるように、まずはマルクが、続いて私たちが地に足をつけた。

そのとき聖堂内部から巨大なパイプオルガンの音が鳴り響き、ハンガリー人作曲家コンザッシュ*の結婚行進曲が奏でられた。

ハンガリーでは当時、婚姻のミサの最後に、夫婦に祝福が与えられることになっており、これはほかのカトリック国では採用されていない典礼上の規則であった。礼拝に参列するのは夫婦ではなく、許婚であるべきということなのだろう。まずはミサ、それから婚姻の秘蹟というわけだ。

マルクとミラは、大きな祭壇の前に配された二人のための椅子に向かった。それから両親と立会人が、背後に用意されていた席についた。

内陣では、信者用の椅子も聖職者用の高椅子《スタル》もすでに人で埋まっていた。ラグズ知事、裁判官、守備隊の士官、市会議員、主だった役人、家族の友人、商工業の名士らが固まって座っていた。まばゆく着飾ったご婦人方用に、高椅子《スタル》に沿って特別席が設けてあったが、やはり空いている席はひとつもなかった。

内陣と身廊を隔てる鉄格子は一三世紀に遡る金物細工の傑作だった。その出入口の向こうに、式をひと眼見てやろうと群衆が詰めかけていた。そこまで近づけなかった者たちは中央広間に席を見つけ、椅子はすべて埋まっていた。さらに翼廊の対身廊や側廊にも住民が寄り集まっており、人の波は、聖堂前広場に通じる階段にまで伸びていた。大半が女性であるこの人溜まりに眼をやれば、マジャールの民族衣装の見本をいくつか垣間見ることができたはずだ。

ここにいる街や農村の女たちのなかで、街を騒がせたあの怪奇現象のことを未だ記憶に留めている者がいるとして、彼女たちの頭に、あれが今、この大聖堂でもくり返されるのではないかという考えが浮かんでいるだろうか。いいや、断じてそれはあるまい。なるほどあれが悪魔の仕業だったとして、教会ならば手出しはできないはずだからだ。神の聖域では、悪魔の力もその敷居で立ち往生するしかないだろう。

内陣の右で動きがあった。人々は道を開け、司祭長、助祭、副助祭、聖具係、聖歌隊の子どもたちを通した。

司祭長は祭壇の段の前まで行くと、拝礼ののち、入祭唱《イントロトゥス》の最初の文言を口にした。一方、聖歌隊の先唱者は告白ノ《コンフィテ》祈リ《オール》の一節を唱えた。

ミラは祈禱台のクッションに屈み、敬虔な面持ちで頭を垂れていた。マルクはその横に立ったまま、そして彼女から眼を離さないでいた。

カトリック教会の荘厳な儀式が包まれるにふさわしい、このうえなく華美なミサであった。パイプオルガンと代わる代わる、単旋律の憐レミノ賛歌《キリエ》、そして、イト高キ処、神《グロリア・イン・エ》ニ栄光アレ《クセルシス》の各節が奏され、高い天蓋の内部に響き渡った。

ときおり参列者が動いたり、椅子の位置を変えたり、席を畳んだりするぼやけた音が聞こえ、あるいは教会の係員が行き来して、中央広間全体の通行が妨げられていないかを確かめていた。

平素、大聖堂の内部は薄暗闇に沈み、魂はすべてを捨て、宗教的な感銘にただ委ねられる。古い時代にできた尖頭式の狭い窓や、側面の大きなガラス窓から入ってくる朧な光が、聖書の人物が鮮やかな色使いで描かれた古いステンドグラス越しに射してくるだけである。空がわずかに曇っているだけで、中央広間、側廊、後陣に光はなく、神秘的な闇のなか、祭壇の長い蠟燭の炎だけが点々と灯るばかりとなる。

だが、この日は様子が違っていた。堂々たる太陽が出ており、東向きの窓と翼廊の薔薇窓は火がついたような光を放っていた。後陣の窓のひとつから射した光線は、身廊の柱に掛かる説教壇を直に照らし、壇を巨大な肩で支えているミケランジェロ風の巨人の苦しそうな顔を鼓舞しているかのようだった。

祭鐘が鳴ると、列席者はばたばたと音をたてて立ちあがり、やがて静まりかえった。そのあいだに助祭がマタイ伝を詠唱した。

ここで司祭長はふり向き、許婚たちに訓示を述べた。か細い声で、白髪を戴いた老人の声で話をした。説かれていたのは実に簡素なことであったが、それはミラの心に届いたに違いない。司祭長は、彼女の家庭の美徳を称賛した。ローデリヒ家を、その貧しき者への献身ぶりを、その尽きせぬ隣人愛を。そしてフランス人とハンガリー人とを結びつけるこの婚姻を祝い、新婚の夫婦に天の祝福を願った。

訓示が終わると、助祭と副助祭が老司祭の脇に戻り、老司祭は奉納の祈りのために祭壇のほうに向き直った。

こうした詳細をひとつひとつ記すことができるのも、この婚姻のミサが今も私の心に深く刻まれているからである。このときのことが記憶から消え去ることは決してあるまい。

すると、パイプオルガンが鎮座する高壇から、弦楽四重奏の演奏を伴なった見事な歌声があがった。マジャール人のあいだで高名を馳せているテノール歌手、ゴットリープ*が奉納の賛歌を歌いはじめたのだ。

マルクとミラは今しがた占めていた席から、祭壇の段の前に移った。副助祭はそこで新郎新婦から多額の施しを受けとり、二人は祭司がさし出したパテナ*に、接吻をするように唇をつけた。そして寄り添って歩きながら椅子に戻った。いや、まさに！　ミラはかつてないほど美しく輝いていた。かつてないほど幸福に包まれていた！

次は、募金係の少女たちが病人と貧者への喜捨を集める番だった。聖具係に導かれ、娘たちが内陣や身廊の列のなかに入っていくと、椅子を動かす音、ドレスの衣擦れ、人々の足音がし、そのあいだ、少女たちの持つ袋に小銭が落ちていった。

三聖唱《サンクトゥス》が四声合唱で歌われ、子どもの甲高いソプラノの声がほかを圧倒した。聖別*の時が近づき、祭鐘の第一打が響くと、男たちは立ちあがり、女たちは祈禱台に身を屈めた。

マルクとミラは跪いた。そして司祭の手によって一八〇〇年の昔からくり返しおこなわれてきた奇跡が、つまり、実体変化という至高の神秘がなされるのを待った。

　この厳粛な瞬間、信者たちの敬虔な姿に感動を覚えぬ者などいようか。誰もが頭を垂れ、天に思いを馳せる、この神妙な静寂に！

　老司祭が、聖杯と、これからその言葉で聖変化させるパンの前で拝礼をした。二人の助手が祭壇の最上段で跪き、司祭が典礼に則って膝を折るのを助けるため、上祭服《カズラ》の裾を摑んでいた。聖歌隊の子どもは、手にした祭鐘を振る準備をしていた。

　すべての者が瞑想をするなか、鐘が短い間隔で二度打たれ、余韻が響き渡った。祭司はゆっくりと秘蹟の言葉を発し……。

　と、叫び声があがった――胸をかきむしるような叫び、恐怖と戦慄の叫びだった。

　聖歌隊の子どもは祭鐘を落とし、それは祭壇の階段を転がり落ちていった。

　助祭と副助祭は互いに身を離した。

　司祭長は、体を半ば仰け反らせ、強ばった指で祭壇の布にしがみついていた。今しがた発した悲鳴に口は依然として震え、顔は引きつり、眼を剝き、膝はたわみ、倒れる寸前だった……。

　そして私は見たのだ――私同様に千人がそれを見た……。

　奉納されたパンが老司祭の手からもぎ取られていた……神を冒瀆する手が、実体化した御言葉の象徴を摑んでいた！　そしてパンは割られ、粉々になった破片が内陣にぶちまけられたのだ……。

　かくなる冒瀆を前に、参列者は恐怖と戦慄に捕らわれた。

　その瞬間、私はこんな言葉を耳にした――千人がそれを耳にした。恐ろしい声、私たちのよく知る声、ヴィルヘルム・シュトーリッツの声がそれを発していた。ただし段の上に立っているはずのその姿は、ローデリヒ邸の客間のときと同様、眼には見えなかった。

「災いを……夫婦に災いがふりかからんことを！」

　ミラは叫び声をあげ、心臓が破裂してしまったかのようにマルクの腕のなかで気を失った！

# 一三

二つの怪奇現象。ラグズの大聖堂とローデリヒ邸で起きたそれは同じ者を標的とし、そして間違いなく、同じ者が仕組んだ。ヴィルヘルム・シュトーリッツ、犯人はやつ以外には考えられない。あれが曲芸の類だったと仮定してみる、いいや……パンが奪われたことも、婚姻の冠が奪われたこともそうではない！　私はあのドイツ人が、父親からなにかしら科学上の秘密をひき継いでいるのではないかと考えるようになっていた。自身を見えなくする力の発明、その秘密を……。ある種の光線は、光を通さない物体を、まるでそれが半透明であるかのように突き抜ける性質を持つ、それと同じように。だが、私はどこに迷いこもうとしているのだろう……よって、そのことは誰にも言わないでおいた。

私たちは意識を失ったままのミラを連れて帰った。自室に運び、寝台に横たえ、手当をしたが生気は戻らなかった。反応はなく、感覚もないまま。この無反応、無感覚を前にローデリヒ医師は、なす術がないと感じていた。だが、ともかくもミラは息をしており、生きている。むしろこれまでよくも生き長らえ、最後の仕打ちによくも命を落とさなかったものだ。

医師の仲間数名が邸宅に駆けつけ、寝台をとり囲んだ。ミラはぐったりと横たわり、目蓋は閉じたままで、顔は蠟のように青ざめていた。心臓が乱れた鼓動を打つたびに胸が持ちあがり、呼吸はか細かった——今にも消えてしまいそうなほどか細かった……。

マルクはミラの腕を取り、名を呼び、懇願し、泣いていた。

「ミラ……ミラ！」

その声は届いていなかった……彼女が眼を開くことはなかった……。

ローデリヒ夫人は嗚咽で声を詰まらせながら、くり返していた。

「ミラ……ミラや……ミラちゃん……。ここよ……お母さんはここよ……隣にいるのよ……」

答えはなかった。

そのあいだに医師らは強力な薬を試し、ミラは意識をとり戻すかのように見えた……。

そう、唇からぼそぼそと、よく聞きとれない言葉が漏れたのだ。しかし意味は不明だった……。マルクが握っていた指が動き……。眼が半分開く……。だが、半開きの目蓋から覗く視線は虚ろだった……それは知性の光を欠いていた！

マルクはすべてを理解した。彼は倒れこみ、叫び声を発した……。

「狂ってしまった……狂ってしまった！」

私は弟のもとに駆け寄り、ハララン大尉の助けを借りてその体を支えてやらなければならなかった。弟もまた、このまま正気を失ってしまうのではないかと思いながら！

マルクは別室に運びこまれた。命を落としかねない状態で、医師らはあらゆる手段を講じて危険を追いやろうとした！

目下の状況はいかなる結末を迎えるのだろう。ミラはやがて知性をとり戻すという希望にすがってよいものだろうか。治療は、精神の錯乱に打ち勝つことができるのか。ミラの狂気は一時的なものなのか。

私と二人きりになると、ハララン大尉は言った。

「けりをつけなければなりません！」

けりをつける？　それはなにを意味しているのだろう、なにを言いたいのか。ヴィルヘルム・シュトーリッツがラグズに戻ってきたこと、やつこそが神を汚した張本人であること、それは疑いようがない！　だが、どこに行ったらあの男を見つけることができるのか、また、捕らえられない存在をどう相手にするのか。

こうなると街の住人はどんな考えにすがるだろう。この出来事が自然現象だという説明を受け入れるだろうか。ここはフランスとは違う。フランスならば間違いなく、新聞はこの奇跡をからかい、モンマルトルの酒場ではそれをちゃかした歌が歌われるはずだ！　だが、この国ではまるで話が違ってくる。さきに記したとおり、マジャール人は生まれつき奇跡というものを信じやすい。学のない層における迷信の根絶は困難なのだ。教育を受けた人間にとって、今回の奇怪な事象は物理的、化学的な発見の産物でしかない。だが、教養のない人間にとっては悪魔の仕業ということで万事説明がついてしまう。そしてヴィルヘルム・シュトーリッツは正真正銘の悪魔だとみなされることになろう。

そう、ラグズ知事が国外追放令を出したあの外国人がこの事件にどう関わっていたのか、もはやそれを隠す必要はなくなった。聖ミハーイでの騒動のあとでは、私たちがこれまで秘密にしてきたことを闇のなかに留めておくことはできなくなった。

まずは街の新聞各紙が、ここしばらくとりやめていたこの事件に関する報道を再開した。そこではローデリヒ邸での事件と大聖堂での事件とが結びつけられていた。人心の平穏は新たなる混乱に席を譲った。住人たちはついに、いくつかの出来事が一本の線でつながっていたことを知ったのだ。ヴィルヘルム・シュトーリッツという名、それは以来、どの家でも、どの世帯でも、あの男の記憶とともに口にされるようになった。テレキ大通りにある屋敷の無言の壁、閉ざされた窓のなかで暮らしていた、あの奇怪な人物の、いわば幽霊を思い出しながら。

新聞が知らせを広めるや、群衆が大通りに押し寄せたのは当然のことだった。彼らは自分たちにもよく理解できない、抑えがたい力につき動かされていた。

一〇日ほど前、シュプレムベルクの墓地にも同じように住人が殺到した。しかしながら、かの地の者たちは、オットー・シュトーリッツがひき起こすとされた奇跡に立ち会うために参じたのであって、敵意に駆られてのことではなかった。ここラグズでは逆に、悪をなす存在の所業に対する自然な憎しみが暴発し、復讐の必要が生じていた。

また、忘れてはならないのが、信仰心の篤いこの街が感じた嫌悪だ。今回の騒ぎは大聖堂がその舞台となった！あれほど忌まわしい瀆神的な行為が聖域で犯されたのだ。ミサの最中、聖体が奉挙されたその瞬間に、神聖なパンが祭司長の手からもぎ取られ、身廊を漂い、砕かれ、説教壇の上からばらまかれたのだ！

教会は、復聖の儀式によって浄化が完了する日まで、信者の祈りに対して門を閉ざすであろう！

人々の過度の興奮はやむところを知らず、危険なほど大きくなるのは必定だった。大多数の者が、唯一納得できる説明を拒むことだろう。不可視の技術の発見という説明を。

ラグズ知事が街の精神状態を案じ、警察署長に、この状況に対して万策を講ずることを厳命したのも当然であった。人々の混乱がさらに激しくなった場合、それは最悪の結果を招きかねず、対応の準備をしなければならなかった。加えて、ひとたびヴィルヘルム・シュトーリッツの名が明かされるや、たちまちテレキ大通りの屋敷前に数百名からなる労働者、農民らが集まった。これに対して屋敷を保護し、占拠と略奪から守る必要もあった。

しかしながら、あの男が自身を不可視にする力を持っているのならば——私にとってそれはもはや否定できないことだった——つまり、カンダウレス王の宮廷におけるギュゲスの指輪*の物語が現実になったのならば、今、真の危険にさらされているのは人心の平穏だった！　もはや個人の安全といったものなど存在しない。ヴィルヘルム・シュトーリッツはラグズに戻っていたが、誰にも見られずにそうしたのだ。まだ街に居座っていたとしてもそれを確かめる術はない！　さらに、おそらく父親から相続した発見の秘密を、自身のためだけにとっておいたとは思えない。召使いのヘルマンも同様にその力を用いているのではないか。あるいは、ほかの者が己の利のために使わないとも限らない。やつらが好きなときに好きなように家に侵入し、人々の生活に首を突っこむのをどう防ごうというのだ。家族の私生活などあったものではない。自宅に閉じ籠もろうが、ひとりだという保証はなくなったのだ——誰かに話を聞かれているかもしれない。真っ暗闇のなかにいない限り、誰かに見られているかもしれないのだ。あるいは外で通りを歩くときには、知らぬ間に、眼に見えぬ者に尾行されているのではないかと、つねに恐怖に震えていなければならない。不可視の者は標的から眼を離さず、こちらを殴ろうが叩こうが思いのままだ！　ありとあらゆる犯罪行為がいともたやすくおこなわれ、それから逃れる術はないのではないか。心はいっときも休まず、社会生活は崩壊するのではないか。

新聞は、ハララン大尉と私も目撃した、あのカールマーン市場の広場での出来事をふたたびとりあげていた。見えない相手に激しく突き飛ばされたと言い張っていたあの男の話を……。だとすると、男は正しかったのではないか。通りがかりにヴィルヘルム・シュトーリッツかヘルマン、あるいは別の者にぶつかったのではないか。そして誰もが明日はわが身だと考えていた。一歩踏み出すたび、そんな遭遇に身をさらしているのではないかと。

そして、これまでのいくつかの変事が記憶に蘇ってきた。剝がされた役所の告知、テレキ大通りの屋敷を捜査した際に部屋で聞こえた足音、不意に落ちて割れた小壜のことが！

つまり、ヴィルヘルム・シュトーリッツはあの場にいたのだ、おそらくはヘルマンも一緒に。婚約の夜会のあとも、私たちの考えとは裏腹に、あの男は街を出ていなかったのだ。そうであれば、やつの寝室に残されていた水に泡が浮いていたことや、台所の竈に火が入っていたことも説明がつく。そうなのだ！　私たちが中庭、裏庭、屋敷を捜査したとき、二人は揃ってあの場に居合わせていたのだ……。見晴台で婚姻の冠が見つかったのはおそらく、家宅捜索が突然だったために、ヴィルヘルム・シュトーリッツにそれを持ち去る時間がなかったからなのだ！

私についていえば、ペシュトからラグズに向かってドナウ河をくだったときの、汽船《ダンプフシフ》での出来事もこれで説明がつく。ヴコヴァルで降りたと思っていたあの乗客はずっと甲板にいたのであり、ただ人々の眼に映らなかったのだ！

あの男には不可視性を瞬時に獲得する力がある……好きなときに現われ、好きなときに消えることができる……おとぎの国の住人が魔法の杖でそうするように。だが、それは魔法でも、魔術でも、まじないでも、呪文でも、幻灯でもない！　また、不可視にできるのは体とそれを覆っている服だけで、手にした物はその限りではないようだ。ばらばらにされた花束や、持ち去られた冠や、割られて祭壇の下にぶちまけられたパンを私たちは見ることができた。ヴィルヘルム・シュトーリッツは明らかに、調合薬の処方式を所持しており、不可視になるにはそれを飲みさえすればいいのだ……。それはどの薬品だろう？　おそらくはあの、割れた小壜のなかに入っていたものだ。ほとんど瞬時に蒸発してしまったあの調合薬だ！　だが、私たちはその処方式を知らない。知る必要があるが、どうあっても知りえないかもしれない！

ヴィルヘルム・シュトーリッツ本人についていえば、眼に見えないとしても捕まえることはできるはずだ。視覚から逃れても、思うに、触覚からは逃れられまい。やつの肉体はすべての物体に共通する三つの次元、つまり、長さ、幅、高さを備えている……。やつは、いわば血肉を備えている。なるほど見えないかもしれない、だが、触れられないわけではない！　触れられないのは幽霊だ、そして私たちが相手にしているのは幽霊ではない！

私は思った。腕でも、足でも、頭でもいい、偶然にでもあの男を摑むことができないものかと。見えなくとも捕らえることは少なくともできるはずだ……。やつがいかに驚くべき力を持っていようと、牢の壁を通り抜けることはできまい！

こうしたことも要は、誰であれ、かろうじて納得できる理屈でしかなかった。事態が依然、憂慮すべき状況にあるのは変わらず、万人の安全が危機に瀕していた。人々は恐怖に怯えながら暮らしていくしかなかった。家でも、通りでも、夜も、昼も、心安らぐことはなかった。寝室のごくかすかな音、床が軋む音、鎧戸が風に揺れる音、屋根の風見鶏のうめき声、耳元の虫の羽音、扉や、閉まりの悪い窓から入ってくる風の音、すべてが怪しかった。家での生活、夕餉《ゆうげ》の食卓、夜の団欒、眠りにつけたとして深夜の就寝中、そんなときに何者かが家に入りこみ、その存在が、侵されざるべき家庭生活《ホーム》を侵しているとも限らない！　ヴィルヘルム・シュトーリッツ、あるいはほかの誰かがそこにいて、こちらの一挙手一投足をうかがい、話を聞き、さらには家族のもっとも内なる秘密に忍びこんでいるとも限らないのだ。

あのドイツ人がラグズを去り、シュプレムベルクに戻ったということもありうる。その場合、あの発見の処方式を故国に譲り、すべてを見、すべてを聞く力をドイツの手に渡す気になりはしまいか。そうなれば大使館でも、法務省でも、政府の会合でも、もはや秘密の保持など不可能だ。国際的な安全保障などもはや存在しなくなるだろう！

だが、よく考えてみれば——これはローデリヒ医師、ハララン大尉、さらには知事と警察署長の意見であったが——ヴィルヘルム・シュトーリッツが一連の嘆かわしい行為をこれでおしまいにしたとはとても思えない。法的な婚姻が成就したのも、それはおそらく、やつがあの日、ラグズにいなかったために邪魔することができなかったからだ。だが、教会での婚姻については式を妨げた。ミラが正気をとり戻したならば、邪魔をする気をなくすだろうか。ローデリヒ家に対する憎しみはすでに消えたのだろうか。復讐心はすでに満たされたのだろうか。大聖堂に響き渡ったあの、「災いを、夫婦に災いがふりかからんことを！」という脅しを忘れてしまっていいものだろうか。

いいや！　この事件にはまだ終止符は打たれていない。あの男は復讐の計画を実行に移すためにどんな策を用意しているのだろうか！

事実やつは、昼夜を問わずいかに厳重に監視されていようと、ローデリヒ邸にまんまと忍びこむであろう。ひとたび邸内に入れば好き勝手に行動できる。どこかの一隅に身を隠し、ミラの寝室に、あるいはマルクの寝室に行くのも自由だ……。やつは犯罪を前にたじろぎはしまい！

こうしたことから人々がどれほどの強迫観念に苛まれたかを察することができる。実証的な事実の領域に踏み留まっている者も、迷信じみた空想が産んだ馬鹿げた話に流された者も！

だが、つまるところ、現在の状況を打開する方法などあるのだろうか。私には見当もつかなかった。マルクとミラが街を出たとしてもなにも変わらないであろう。ヴィルヘルム・シュトーリッツは難なくあとを追うだろうし、そもそも今の容態では、ミラはラグズを出ることができない。

ともかくも、街の住民に公然と挑み、自らは罰せられることなく人々を恐怖に陥れようとしている者が、われわれのなかに紛れこんでいることが明らかになったのである。

その同じ日の晩、役所の鐘楼のいちばん高い窓に、強い光が灯っているのを近隣の住人が——それはリスト広場からも、カールマーン市場からも見ることができた——目撃した。炎のついた松明が上下に振り回され、まるで放火魔が、市の建物を火の海にしようとしているようだった。警察署長と部下の警官たちが本署から飛んできて、鐘楼の屋根裏に直行した……。

光は消えていた。そして——シュテパルク氏の予想どおり——そこには誰もいなかった。消えた松明が床に転がり、煤の臭いを発していた。脂《やに》のついた火の粉がまだ屋根を滑り落ちていたが、火事の危険は完全に回避された。

誰もいなかった！　あの男——つまりヴィルヘルム・シュトーリッツ——に逃げる余裕があったのか、あるいは、やつは鐘楼の一角にいたのだ。捕まえられるのに、眼には見えず。

役所の前に集まった群衆は「死を！　死を！」と益なく復讐の雄叫びをあげ、ヴィルヘルム・シュトーリッツはそれを鼻で笑っていたのだ！

翌日、今度は午前中に新たな挑発。それは都全体に向けられ、戦慄を与えた。

一〇時半が告げられた直後だった。街に不気味な鐘の音、弔鐘が鳴り響いたのだ。まるで恐怖を知らせる早鐘のように。

これについては、大聖堂の鐘を打ち鳴らすのは男ひとりの手には余る。複数の共犯者か、少なくとも召使いのヘルマンがヴィルヘルム・シュトーリッツを助けたに違いない。

住人らは群をなし、聖ミハーイ広場に向かった。早鐘の連打は遠くの街区にも恐怖をまき散らし、そこからも人々が駆けつけた……。

今回もまた、シュテパルク氏と警官らは北の塔の階段に急行し、一足飛びに段をあがっていった。鐘のある場所は、庇越しに射しこむ日の光に満ちあふれていた……。

だが、塔のその階を調べようが、上の歩廊を調べようが無駄だった……。誰もいない！　誰ひとり！　すでに鐘は揺れもおさまり、おし黙った室内に警官たちが踏みこんだとき、眼には見えない鐘撞きたちはすでに姿を消していた。

# 一四

これがラグズの今の姿だった。いつもは平穏で、幸福に満ち、ほかのマジャールの街から妬まれるほどであったこの街の。喩えとしてしっくりくるのは侵略された国の街だ。絶えざる砲撃の恐怖にさらされ、皆、最初の爆弾がどこに落ちてくるのか、あるいは、自分の家が最初に破壊されるのではないかと自問しているような！

実際、ヴィルヘルム・シュトーリッツを恐れずにはいられなかった。男は街を去っていなかったばかりか、つねに街にいることを周知させようとしていたのだ。

ローデリヒ邸の状況はさらに深刻だった。二日が過ぎたが、不幸なことにミラの正気は戻らなかった。唇を開いても支離滅裂な言葉が漏れるばかりであり、とり乱した眼は誰にも焦点が合わなかった。言葉は耳に届かず、枕元にいる母のことも、マルクのことも誰であるかわからなかった。かつてあれほど陽気だった若い娘の部屋は今、深い悲しみに沈んでいた。ミラの錯乱は一時的なものなのだろうか。手当によって病を追い払うことはできるのか。それとも手のほどこしようのない狂気なのか。答えられる者はいなかった。

極度に衰弱し、まるで命の発条が壊れてしまったかのようだった。寝台に横たわり、ほとんど動かず、やっと手があがってもすぐに落ちてしまう。それはまるで、自身を包んでいる無意識状態のヴェールを持ちあげようとしているかのようだった……最後にもう一度、自らの意志を示そうとしているかのように……。マルクは身を乗り出してミラに話しかけ、唇に浮かぶ返事や、目配せを見逃すまいとしていた……だが、そんな徴候はなかった……まるでなかった！

ローデリヒ夫人についていえば、彼女の裡の母が女性に打ち勝っていた。驚異的な精神力が夫人を支えていた。夫に強いられ、せいぜい数時間を休憩に割くだけだった。だが、眠りといっても、悪夢に妨げられ、かすかな音にも眼を覚ましてしまうのだ！　部屋を歩く足音を聞いたような気がする。あの男がいる、あの男が邸宅に入りこみ……娘のまわりをうろついている！　すると起きあがり、夫かマルクがミラの枕元で寝ずの番をしているのを見て、やっとかすかな安堵を覚えるのだった……。しかし、これが数週間、数か月続いたとしたら、いつまで耐えることができるだろうか。

毎日、ローデリヒ医師の同業者たち数名が診察にやって来た。そのうちのひとりはブダペシュトから呼ばれた著名な精神病医だった。長い時間をかけて丹念にミラを検診したが、知性の鈍化についてなにか判断をくだすことはできなかった。反応はなく、発作もない。そう！　外界に対するまったくの無感覚、完全な無意識、死人のような静寂。これを前に人の技は力を持たなかった。

弟は今、離れの一室に詰めていたが、むしろミラの寝室にいると言ったほうが正しかった。傍を離れたくなかったのだ。私も役所に行くときのほかは邸宅にいた。シュテパルク氏はラグズで口にされていることを漏れなく教えてくれた。氏を通じ、住民の不安が最高潮に達していることを知った。もはやヴィルヘルム・シュトーリッツだけではなかった。やつが集めた不可視の者らが徒党を組み、その、身の毛もよだつような陰謀に対してわれわれは身を守る術もなく、街は侵略されたのだと！　ああ！　そのうちのひとりでも捕まったなら、人々はその者を八つ裂きにしてしまっただろう！

大聖堂での事件のあと、ハララン大尉とはほとんど顔を合わることがなくなった。会うのはいつもローデリヒ邸だった。私が知っていたのは、大尉がひとつの考えにとり憑かれ、私を誘うことなく、絶えず街を歩き回っているということだけだった。つまり大尉はある計画を練り、私がそれを止めにかかるのを恐れているのだろうか。あるいはヴィルヘルム・シュトーリッツと鉢合わせするという、ありそうもない偶然をあてにしているのか。あの盗人が、シュプレムベルクかどこかで見つかったという通報を待っているのか、そこに向かうつもりで。だが、私はひき留めはしなかったろう……。いや！　同行して……あの野獣を追っ払うための手助けをしたことだろう！

だが、あの男と出くわすという偶然が起きるなど理に反している。いや、あるはずがない。ラグズでも、どこか他所でも！

一八日の晩、私は弟と長い話し合いをした。弟はこれまでになく衰弱しているように見え、重い病気に罹ってしまうのではないかと不安になった。本来ならばこの街から連れ出し、二人でフランスに帰るべきであったが、ミラと離れることを受け入れるとは思えない。だが、いっそのこと、ローデリヒ一家がしばしラグズから遠ざかることは不可能ではあるまい。これは検討に値するはずだ。私はそう考え、医師に話をしてみようと決めた。

その日は結局、話し合いの最後に、私はマルクにこう言った。

「マルク、望みを捨てようとしているようだが、それは間違っているぞ……。ミラは、命には別状はない……医者たちもその点では一致している……。今は分別を失っているが、それは一時的なものだと信じるんだ……。ミラは知性をとり戻すよ……ミラはもとのミラに帰るさ……お前のもとに……家族みんなのもとに……」

「絶望するなってことだね」嗚咽に声を詰まらせながらマルクは答えた。「ミラ……ミラが……正気に戻る！　神がその願いを聞き入れてくれたなら！　だけどミラはこれからも、あの化け物のなすがままなんじゃないだろうか。これまでのことで、あの男の憎しみがおさまったと思う？　復讐としてもっと酷いことをしたがっていたら……そして、もっと……。ああ、兄さん……だめだ……これ以上は言えない！　やつはなんだってできるんだよ。そして僕たちはやつに対して無防備だ……。やつはなんだってできる……なんだって！」

「いいや、違う！」私は声を張りあげた――正直に言うと、私は本心とは異なることを答えていた。「いいや、マルク、身を守ることは不可能じゃない……やつの脅しなど効かないさ」

「でもどうやってさ……どうやって？」かっとなってマルクは続けた。「いいや、兄さんは本当のことを言ってない……。言っていることはおかしいよ！　いや！　あの下劣なやつを前に、僕たちにはなす術がないんだ！　あの男はラグズにいる……。やつは、いつでも、見られることなくこの邸宅に入ってくることができる！」

マルクの剣幕に返す言葉もなかった。弟は聞く耳を持たず、こうくり返した。

「いいや、兄さんはこの状況に眼をつぶろうとしている……。現実を見ようとしていない！」

そして私の手を摑んだ。

「今この瞬間にも、あの男はこの邸宅にいるかもしれないんだよ。いつだって、やつにつけられてるんじゃないかって思わずにはいられないんだ、部屋を移るときも……回廊にいるときも……庭園にいるときも！　誰かが隣を歩いているような気がする！　僕にぶつからないように避けたり……僕が進むと、そいつはうしろにさがったような気が……。摑んでやろうとしても……もうそこにはなにもない……なにも！」

そしてマルクは眼に見えない者を追いかけ、それに飛びかかっていった。もはや、弟の気持をどう落ち着かせたらいいのかわからなかった！　最善の策は邸宅の外に連れ出すことだったろう……遠くへ連れていくのだ……ずっと遠くへ。弟は続けた。

「それに、内輪で話していると思っていても、言ったことが筒抜けだったかもしれない。ほら……あの扉の向こうで足音が聞こえる……。やつだ……。相手をしてやる、来い！　やつを捕まえよう……叩きのめしてやる！　殺してやる……。けど……あの化け物は……まさか……死なないんじゃ？」

弟の精神はここまで来ていた。こんな激高のさなかに、いつか正気を失うのではと私が危惧するのも故なきことではあるまい。

ああ！　なぜ不可視の技術などが発見されてしまったのだろう……人類はなぜ、かような武器を手に入れてしまったのか。まるで、悪に対してまだ武装が足りていないとでも言わんばかりに！

ともかくも、私は自分の計画のことばかり考えていた。ローデリヒ一家に出発を決意させる……正気を失ってしまったミラと、失いかけているマルクをこの呪われた街から遠くへと連れ出すのだ！

ヴィルヘルム・シュトーリッツが鐘楼の上から「私はここにいる……いつでもここに！」と、いわば、叫んでから、新たな事件は起こっていなかった。だが、そのあいだに住民の心は恐怖に蝕まれていった。家という家が、あの眼に見えない者にとり憑かれてしまったと信じこんでしまったのだ！　そして、やつはひとりではない！　その命令のままに動く一団がいる！　大聖堂での一件以来、教会でさえ安全な避難場所ではなくなった！　新聞各紙は対応を試みたがうまくいかなかった。これほどの恐怖に対していったいなにができよう。

以下の出来事は、人々の狂騒がどの域にまで達していたかをよく物語っている。

一九日の午前中、私はテメシヴァル・ホテルを出、警察署長のもとに赴いた。

ミロシュ公通りに着くと、聖ミハーイ広場の二〇〇歩手前でハララン大尉を見かけた。私は大尉に合流し、こう言った。

「シュテパルクさんのところに行くのですが、同行しませんか、大尉？」

大尉は言葉を返さず、機械的に私と同じ方角に向かった。そしてリスト広場が近くなってきたときだった。恐怖の叫び声が聞こえた。

二頭の馬をつけた荷車が、猛烈な速さで通りをくだっていた。通りがかりの者たちは轢かれそうになりながら、右へ左へと避けた。荷車の御者はすでに地面に投げ出されてしまったようで、自由になった数頭の馬は逆上していた。

　すると、あろうことか、馬同様にいきり立った通行人のなかに、こんなことを考える者たちがいた。眼に見えない者が車を御している……ヴィルヘルム・シュトーリッツが席にいる、と。彼らの怒号が私たちの耳にも届いた。「やつだ！　あれはやつだ！」

　私がふり向こうとしたときには、ハララン大尉はもう私の横にはいなかった。荷車のほうに飛び出していき、通りざまにそれを止めようとしていた。

　この時間、通りはたいへんな人出だった。ヴィルヘルム・シュトーリッツだ！　ヴィルヘルム・シュトーリッツだ！　とその名を呼ぶ大声があちらこちらであがった！　誰もが興奮して車に石を投げつけ、おまけに、ミロシュ公通りの一角にあった店からはピストルが数発撃ちこまれた。

　一頭の馬が腿に銃弾を受けて転び、荷車はその体にぶつかって一回転した。

　群衆はすぐさま車に飛びかかり、それを止めようと車輪や車体や轅《ながえ》にしがみついた……そして二〇もの腕が広げられ、ヴィルヘルム・シュトーリッツを捕まえようとした……しかし誰もいなかった！


となると、やつは荷車がひっくり返る前に飛び降りたのか。あの男が、幻想小説に出てきそうな無人の馬車を暴走させ、街を恐怖に陥れようとしたのは疑いようがないのだから！

　だが、この件について彼は無関係だったのであり、それを受け入れるよりほかなかった。少しするとプスタの農民がひとり現場に駆けこんできたが、カールマーン市場につながれていたのはこの男の馬であり、それらが逆上したのだ。一頭が地面に横たわっているのを見たときの男の怒りといったらなかった！　しかし群衆は男の話になど聞き耳を持たず、彼に危害を加えかねなかったので、私たちは苦労してこの不幸な農民を安全なところに匿った。

　私がハララン大尉の腕を摑むと、彼は言葉もなく役所までついて来た。

　シュテパルク氏は、今しがたミロシュ公通りで起きた事件の報告をすでに受けていた。彼は言った。

「街は恐怖に慄いています。どこまでひどくなるのか……予想もつきません！」

　私はいつもの質問をした。

「なにか進展はありましたか？」

「ええ」シュテパルク氏は〈ウィーン特報〉《ヴィーナー・エクストラブラット》紙をさし出しながら答えた。

「新聞はなんと?」

「ヴィルヘルム・シュトーリッツがシュプレムベルクにいると伝えています……」

「シュプレムベルクに?」ハララン大尉は大声を出し、急いで記事に眼を通した。そして私のほうを向くと言った。

「行きましょう! 約束しましたよね……。夜にはシュプレムベルクに着きます……」

それが無駄足になることは確実であり、私はどう答えていいものかわからなかった。シュテパルク氏が言った。

「お待ちください、大尉。今、シュプレムベルクにその情報を確認させています。じきに電報が届きますから」

それから三分も経たず、伝令が警察署長に電報を渡した。新聞の報道は確かな筋に拠ったものではなかった。ヴィルヘルム・シュトーリッツがシュプレムベルクにいるとは認められず、ラグズを去ったとは考えにくかった。私はきっぱりと言った。

「ハラランさん、私は約束をしましたし、それは守ります。ですが今、家族にとって必要なのは私たちが傍についていることなのです」

ハララン大尉はシュテパルク氏に暇乞いをし、私はひとりテメシヴァル・ホテルに戻った。

言うまでもなく、ラグズの新聞各紙は急ぎ、馬車の事件の真相を詳らかにした。だが、それで住民の誰もが納得したかどうかは疑わしかった!

二日が経ったが、ミラ・ローデリヒの容態に変化はなかった。弟のほうは少し落ち着いたように見えた。私は、ラグズを出る計画をローデリヒ医師に話す機会をうかがっていた。賛成してくれるのではないかと期待して。

その二日間に比べ、五月二一日は穏やかではなかった。ここまで神経を昂ぶらせた民衆を前に、当局もまったくの無力を感じていた。

一一時頃、バッチャーニュ河岸を歩いていると、こんな言葉が耳に飛びこんできた。

「やつが戻ってる……やつが戻っている!」

やつとは誰か、それは察しがついた。私は、二、三の通りすがりの者に話しかけた。ひとりが言った。

「さっき誰かが、あの屋敷の煙突から煙が出ているのを見たんだ!」

「誰かが、見晴台の帳の影にやつの顔を見たんだ」別の者が断じた。

そんなデマを信じるべきかどうかはともかく、私はテレキ大通りへと向かった。

しかしながら、ヴィルヘルム・シュトーリッツがそれほど不用心に姿を現わすなどということがあるだろうか!

捕まったらなにが待ち構えているかを知らぬわけでもあるまい！　必要もなく、そんな危険を冒し、自宅の窓から姿を覗かせるなどということをするだろうか。

真偽はどうであれ、その知らせがひとつの結果を招いていた。着いてみると、すでに数百人が大通りと、裏手にある城壁上の通路にひしめき、屋敷をとり囲んでいたのだ。シュテパルク氏が指揮する警官の分隊がすぐに駆けつけたが、群衆を押しとどめ、大通りから排除するには数が足りなかった。興奮ここに極まった男女が四方から大挙して集まり、死を求める叫びをあげていた。

あの男が、やつがあそこにいる、おそらくは召使いのヘルマンも……おそらくは共犯者たちも……。そんな頑な盲信を前に、当局も手をこまねくばかりだった。群衆は呪われた屋敷を間近でとり囲み、これでは鼠一匹逃げおおせまい……通り抜けようとすれば必ずや捕まることだろう！　そもそもヴィルヘルム・シュトーリッツが見晴台の窓辺に現われたというのなら、有形の状態で、ということだ。不可視になる前ならば、捕らえることができ、今度こそ民の復讐を逃れることはできまい！

ともあれ、警官の制止にもかかわらず、警察署長の必死の努力にもかかわらず、人々は鉄柵を押し倒した。屋敷に侵入し、扉を蹴破り、窓を外し、家具を裏庭や中庭に放り投げ、実験室の器具を粉々にした。やがて炎が家屋の上階を貪り、屋根の上で渦を巻き、見晴台は猛火のなかに崩れ落ちた。

ヴィルヘルム・シュトーリッツについては、屋内を探そうが、中庭を探そうが、裏庭を探そうが無駄だった……。いなかったのか、ともかくも見つけることはできなかった。やつも、ほかの誰も……。

一〇もの箇所で火が放たれた屋敷は今、全焼寸前だった。一時間後、四方の壁だけが残った。

焼き討ちなどすべきだったのだろうか……これで人々の溜飲はさがったのか……ラグズの市民は、眼には見えなかったが、ヴィルヘルム・シュトーリッツが炎のなかで息絶えたと信ずるに至っただろうか。

いずれにせよシュテパルク氏は、屋敷の書斎にあった書類のほとんどを運び出すことに成功し、それは役所に送られた。書類を調べることでその秘密が明らかになるかもしれない……あるいは息子が大いに悪用した……オットー・シュトーリッツの秘密の数々が！

# 一五

シュトーリッツ屋敷が焼け落ちたあと、ラグズのノイローゼ状態はある程度和らいだように見えた。街の暮らしに安心が戻っていた。捕らえることはできなかったが、ともかくもあの輩の住居に火を放ったのだ。やつも一緒に燃えてしまわなかったのは心残りではあったが。あるいは――想像力逞しい一部の街の者はそう信じてやまなかった――群衆が乗りこんだとき、やつは屋敷にいたのではないだろうか。そして眼に見えない姿のまま、炎のなかで息絶えたのではないだろうか。

実際には、灰をどかし、家の残骸を掘りかえしても、その見方を是とするような証拠はなにひとつ見いだせなかった。ヴィルヘルム・シュトーリッツは火事に居合わせていたかもしれないが、火の届かない場所にいたのだ。

この間、シュプレムベルクから警察署長のもとに届いた新たな知らせや電報は、生まれ故郷の街にヴィルヘルム・シュトーリッツの姿はないという点で一致していた。召使いのヘルマンも目撃されず、二人の逃亡先についてはまるで見当がつかなかった。つまりは、彼らがラグズを去っていないことは十分にありえることだった。

悲しいことに、くり返すが、街がそれなりの平穏に包まれても、ローデリヒ邸はその限りではなかった。ミラの心の状態は改善していなかった。なにをするにも意識はなく、不断の手当にも反応はなく、周囲の者を判別できなかった。医師たちは一縷の望みにすがることさえしかねていた。症状が激変したり、発作が起こったりすれば、それに対抗し、救いをもたらすかもしれない反応を引き出すこともできよう。だが、そもそもそれがないのだ。

にもかかわらず、つねに極度の衰弱状態にあっても、命には別状がないようであった。寝台に横たわり、ほとんど動かず、死人のように蒼白だった。起こそうとすると、嗚咽に胸を詰まらせ、瞳には恐怖の色が浮かび、腕をよじらせて、唇からは支離滅裂な言葉が漏れた。記憶が戻っているのだろうか。精神が錯乱し、婚約の夜会や大聖堂での場面を思い出しているのだろうか。自身とマルクに投げつけられた脅迫の文句を耳にしているのだろうか。もしかしたら、ミラにとってはこのままのほうが望ましかったのかもしれない。少なくとも、過去の記憶を留めているのが知性であるならば、今のようにそれがないほうが。私たちに残されたのはただ、時が経つのを待つことだけだった。これまで手当ではできなかったことを、時がなんとかしてくれるだろうか。

今や、一家のその不幸な暮らしぶりは見るに忍びなかった！ 弟はもはやローデリヒ邸を離れなかった。ローデリヒ夫妻とともにミラの傍にいて、少量の食事を口に運んでやり、瞳に知性の光がかすかにでも灯らないかうかがっていた……。

一時間でいい、マルクには外に出てもらいたいところだったが、拒まれるだけだったろう。よって私が弟と会うのはローデリヒ邸を訪問するときに限られ、それはハララン大尉についても同様だった。

二二日の午後、私はひとり、街をあてどなく、偶然にまかせて歩いていた。こんな状況になにか変化を求めるのなら、偶然だけが頼りではないだろうか。

そのとき、ドナウ河の右岸に行ってみようという考えが浮かんだ。予定をしていないながら、かかる事情によって延期していた遠出を。ただし、こうした精神状態では楽しむどころではないのはわかっていたが。それでも私は橋に足を向け、スヴァンドール島を渡ると、セルビア側の岸に降りたった。

眼の前には見事な田園、畑、牧場が広がっており、一年のこの季節にふさわしく青々としていた。当然ながら、セルビアとハンガリーの農民たちには種々の類似点を見てとることができた。ともに美しい民族であり、同じ物腰をし、男たちは少々厳しい眼つきで、軍人のような歩き方をする。女たちは実に貫禄がある。だが、この国では農民、街の人間を問わず、マジャール人の王国に比べて政治熱が高いようだ。セルビアは東洋《オリオン》の表玄関とみなされており、行政上の首都であるベオグラードはその門にあたる。この国はトルコに三〇万フランの年貢を納め、名目上その属国になっているが、それでもオスマン帝国最大のキリスト教圏として踏み留まっている。あるフランス人作家は、軍人として特筆すべき資質を持つセルビア民族について、的を射たことを言っている。足を踏み鳴らすだけで一大隊の兵士が出てくる国があるとしたら、それはまさに、愛国的で好戦的なこの地であると。セルビア人は兵士として生まれ、兵士として生き、兵士として死ぬ、つねに兵士として。そしてスラヴ民族の願いのすべては、その首都ベオグラードに向けられている。いつか、この民族がゲルマン民族に対して立ちあがり、革命が勃発したならば、独立の旗を摑む手はセルビア人のそれであろう。

そんなことを考えながら私は河の土手沿いを進んだ。左手には広大な平原が続いていたが、以前は森であったところ惜しむらくも伐採されてしまったのだ。「一本の木を殺すは、ひとりのセルビア人を殺すこと！」というこの国の諺にもかかわらず。

同時に、ヴィルヘルム・シュトーリッツのことも頭に浮かんだ。田園に建てられている別荘のどこかにやつが隠れているのではないかと。また、そこでは、眼に見える姿に戻っているのではないかと。いいや！　ドナウの向こう岸同様、あの男の話はこちらでも知れ渡っている。やつら、つまり、やつと召使いのヘルマンが目撃されれば、セルビア警察は躊躇わず二人を逮捕し、ハンガリー警察にひき渡すことだろう。

六時頃、私は橋に戻り、最初の半分を渡って、スヴァンドール島の中央通りに降りた。

十歩も行かぬうちに、シュテパルク氏に気づいた。警察署長はひとりでおり、私のほうにやって来た。会話はすぐにわれわれ二人の関心事に向かった。

警察署長は新たな情報をなにもつかんでいなかった。街が、恐怖に怯えていた日々から立ち直りはじめたという点で私たちの見解は一致した。

話を続けながら、四五分ほど散歩を続け、島の北端に至った。日は落ち、闇が木々を包んでいた。島の小径に人影はなく、夜になって小屋も閉まっていた。私たちは誰ともすれ違わなかった。

ラグズに戻る時間になった。橋のほうに足を向けようとしたとき、なにやら人の話し声が私たちの耳に届いた。

私はふいに立ち止まり、シュテパルク氏の腕を取ってその歩みを止めた。そして署長にしか聞こえないように身を寄せた。

「ほら……話し声がします……あの声は……あれはヴィルヘルム・シュトーリッツの声です」

「ヴィルヘルム・シュトーリッツですと？」警察署長も口調を合わせて答えた。

「ええ、シュテパルクさん」

「もしもそうであれば、やつは私たちに気づいていません。気づかれないようにしなければ！」

「ひとりではありませんね……」

「ええ……おそらく召使いでしょう！」

シュテパルク氏は足音を忍ばせ、地面すれすれに進みながら、植えこみのほうに私を誘導した。

それでなくとも私たちは闇に守られていたため、姿を見られることなく、向こうの話を立ち聞きすることができるはずだった。

やがて私たちは、ヴィルヘルム・シュトーリッツがいると思しき場所からおよそ十歩離れた植えこみの隙間に身を隠した。人影が見えないのは、やつと召使いが不可視の状態だからだ。

つまりあの男は、すぐにその確証を得られたのだが、ヘルマンともどもラグズにいたのだ。

これは、やつの不意を衝くかつてない機会だった。おそらくは、あの男の今後の計画を聞くことができ、屋敷が火事になってからの居場所を知ることができ、最終的に本人をひっ捕らえることもできるだろう……。

私たちがここにいて、ましてや聞き耳を立てているなど、やつはゆめゆめ思っていまい。私たちは木の枝のあいだで半ば腹ばいになり、息をひそめ、なんとも言いがたい心持ちで、二人が交わす言葉を聞いた。主と召使いが植えこみに沿って歩きながら、遠くに行ったり近くに来たりするたびに鮮明になったり不鮮明になったりする声を。

私たちの耳に届いた最初の言葉はこうだった——それを発したのはヴィルヘルム・シュトーリッツだった。

「明日になれば、入居できるのだな?」

「明日になれば。そこでは、あっしらのことを知っている者はいますまい」ヘルマンが答えた。

言うまでもなく二人はドイツ語で話していたが、私もシュテパルク氏もそれは勝手知ったる言語であった。

「お前はいつラグズに戻ったのだ?」

「今朝からこちらにおります。スヴァンドール島のこの場所に、人気がなくなる頃合いを見計らって旦那さまがいらっしゃるということになっていましたから……」

「薬は持ってきたか?」

「へえ……二本を、鍵をかけて家にしまっておきました……」

「その家は、借りたのだな?」

「あっしの名で!」

「ヘルマン、そこならば間違いなく、わしらは見える姿で生活をすることができるのだな。わしらのことは知られてはいないのだな、その……」

ヴィルヘルム・シュトーリッツが発しようとした街の名は、声が遠ざかったために聞きとることができず、まさに痛恨の極みだった。ふたたび近づいてきたときにはヘルマンがくり返していた。

「そうでございます、ご安心ください……あっしが出した名なら、ラグズ警察に見つかる恐れはありませぬ……」

ラグズ警察？　ならば、やつらはハンガリーのどこかの街に住み続けるつもりなのか。

やがて足音は弱まり、遠ざかっていった。声を出せるようになるとシュテパルク氏が言った。

「どの街でしょう？　街の名は？　それを突きとめなければなりません……」

「もうひとつ、どうして二人はラグズに戻ったのでしょう？」私はつけ加えた。それがローデリヒ家にとってなによりの不安の種だと思えたからである。

そのとき二人が近づいてきた。憤懣やるかたないといった声で、ヴィルヘルム・シュトーリッツがまさにこう言いながら。

「いいや、わしがラグズを去ることはない。わしはあの一家が憎い、憎しみが晴れぬうちは断じて……そしてミラとあのフランス人が……」

彼はそこで言葉を呑みこんだが、それはまた、言葉というよりは胸から漏れるうなり声のようだった！　やつはこのとき私たちの間近におり、手を伸ばせば摑むことができただろう！　だが、ヘルマンのこんな言葉に注意を惹かれた。

「ラグズでは今、旦那さまが不可視の力をお持ちのことは周知の事実です。その方法についてはつゆ知らずとも……」

「その方法は……それが知られることはあるまい……絶対に！」ヴィルヘルム・シュトーリッツが答えた。「ラグズにはこれからもつき合ってもらうぞ！　あの一家のあとは街だ！　ああ、あやつらはわしの屋敷を焼き、わしの秘密も燃えてしまったと思いこんでいる！　間抜けどもめ！　そんなわけはあるまい！　ラグズはわしの復讐を逃れることはできないのだ。この街を、塵ひとつ残さず破壊してくれる！」

街を脅すこの文句が終わるか終わらぬうちに、植えこみの枝がぱっと左右に分かれた。シュテパルク氏が、三歩先の声に向かって突っこんでいったのだ。私が植えこみから這い出ようとすると彼は叫んだ。

「今、ひとりを押さえています、ヴィダルさんはもう一方を！」

シュテパルク氏の手が、見えなくとも触れることは十分可能な体にかかっているのは間違いなかった……。だが、馬鹿力に突っぱねられてしまい、私が腕を支えていなければ氏は倒れてしまったはずだ。

私は、きわめて不利な形で襲われることを覚悟した。なにしろこちらには相手が見えないのだから。しかし襲われることはなかった。左のほうから私たちを皮肉る笑い声が聞こえ、足音は遠ざかっていったのだ。シュテパルク氏が大声を出した。

「しくじりました！　ですが、見えなくとも、やつらの体をとり押さえられることはこれでわかりました！」

　運悪く二人を逃し、その隠れ家の場所もわからずじまいだった。知りえたのは、ローデリヒ家、そしてラグズの街が依然として、あの盗人のなすがままであるということだった。

　シュテパルク氏と私はスヴァンドール島をそのまま進み、橋を渡ると、バッチャーニュ河岸で別れた。

　その同じ晩、九時前、私はローデリヒ邸で医師と二人きりになった。夫人とマルクはミラの枕元で看病をしていた。肝腎なのは、スヴァンドール島で今しがた起きたことを直ちに医師に知らせ、ヴィルヘルム・シュトーリッツがラグズにいるという情報を伝えることだった。

　私はすべてを話し、医師は理解した。あの男の脅迫を前に、つまり、ローデリヒ家に対する復讐を続けるというやつの意向を前に、ラグズを去ることがもはや責務となったことを。ここを発たねばならないのだ……秘密裏に発たなければ……明日にはもう、あるいは今日にでも！　私は言った。

「私の唯一の問いは、ミラお嬢さまが旅による疲労に耐えられるかどうかということです」

　医師は頭を垂れた。そして長いあいだ無言で考えたあと、こう答えた。

「娘の健康は悪化してはいないのです……苦しんでもおらず……正気だけが失われています。ですが希望は捨てていません、時が経てば……」

「ともかく安静にしなければなりません」私はきっぱりと言った。「そして、それを確実にするにはほかの国に行くしかないのです。そこでなにも恐れることなく……。家族と、そして夫であるマルクに囲まれて……二人はもう決して断ち切られない縁で結ばれたのですから……」

「決して断ち切られません、ヴィダルさん！　ですが、ラグズを出ることで危険は避けられるのでしょうか。ヴィルヘルム・シュトーリッツが追ってきやしませんか？」

「いえ、私たちが秘密を守れば大丈夫です……出発の日も……旅に出ることも……」

「秘密」ローデリヒ医師がつぶやいた。

　そのひと言は、かつて弟がそうしたように、医師が抱えていた疑念を示していた。つまり、ヴィルヘルム・シュトーリッツに対して秘密を守ることなどできるのかと……。今もやつが診察室にいるのではないか、私たちの話を聞いており、新たな悪巧み《マシナシオン》を準備して、出発を妨げようとするのではないかと。

　ともあれ、出発が決まった。ローデリヒ夫人に異論はなかった。ミラを別の環境に……ラグズから遠くに一刻も早く移したがっていた。

マルクについても躊躇はなかった。ヴィルヘルム・シュトーリッツとヘルマンにスヴァンドール島で出会ったことはそもそも弟には話していなかった。その必要はないと考えたのだ。ただ、ハララン大尉が帰宅した折にはすべてを語った。大尉は声を張りあげた。

「やつがラグズに！」

ラグズを出ることについては大尉も反対はしなかった。それについては同意見であり、彼はこうつけ加えた。

「ヴィダルさんは弟君と同行されるのでしょうね？」

「当然そうします。どうしても弟の傍にいる必要がありますし、それはハラランさんも同じだと……」

「私は行きません」大尉は答え、その口調は、腹を括った男のそれだった。

「行かないのですか？」

「ええ……私は残りたい……ラグズに残らなければならないのです……やつがラグズにいるのならば……。残ったほうがいいという予感がするのです！」

予感では異を唱えても詮なく、私は異を唱えなかった。

「そうですか、大尉……」

「ヴィダルさん、私はあなたを信用しています。私に代わって家族の傍にいてください、すでにあなたの家族なのですから……」

「お任せください！」

翌日、私は駅に赴き、夜八時三七分発の列車の車室を押さえた。その晩、ブダペシュトにだけ停車し、明くる日の午前中にはウィーンに着く特急だった。そこからはオリエント急行*に乗ることにし、その車室も電報で予約した。

そしてシュテパルク氏に会いに行き、こちらの計画を伝えた。氏は言った。

「よいことだと思います。いっそのこと街ごとそうしてしまいたいくらいです！」

警察署長の不安がありありと見てとれたが、昨日あんなことを耳にしたあとでは当然のことだった。

七時頃、私はローデリヒ邸に戻り、出発の準備が万事整っていることを確認した。

八時、窓を閉めきった馬車が邸宅で待機し、あとはローデリヒ夫妻、マルク、そして、依然、意識を失ったままのミラが乗りこむだけとなった……。人目を惹かぬよう、ハララン大尉と私は別の馬車に乗り、別の道を通って駅に向かう手はずだった。

そして馬車に運びこもうとして医師と弟がミラの部屋に入ったときだった。ミラが消えていた！

# 一六

ミラが消えた！

この叫び声が邸宅に響き渡ったとき、誰もが瞬時にはその意味するところを理解できなかったはずだ。消えた？わけがわからない……それはありえないことだった……。

半時間前にはまだ、ローデリヒ夫人とマルクはミラの部屋にいた。ミラは寝台に横たわり、旅装への着替えも済み、静かで、呼吸も一定であることから眠っていると思われていた。そして少し前に、マルクが食事を口に運んでやったのだ……。

食べ終えると、医師とマルクがミラを馬車に運びこむため部屋にあがった……。寝台に彼女はいなかった……。部屋は空だった……。

「ミラ！」大声を出しながらマルクは窓のほうに駆け寄った……。

窓は閉まっていた、扉もだった。

すぐにローデリヒ夫人、続いてハララン大尉が飛んできた。

邸宅中をその名を呼んで回った。

「ミラ……ミラ？」

返事はなかった、それはわかる。ミラから答えが返ってくることは期待していない。だが、部屋にいないことをどう説明したものか。まさかミラが誰にも気づかれずに寝台を出……母親の部屋を通り、階段を降りたとでも。

細々した荷物をせっせと馬車に積んでいた私は、叫び声が響き渡ると、二階にあがった。

弟は右往左往し、狂ったように、かすれた声でくり返していた。

「ミラ……ミラ！」

「ミラだって？　なにを言っているんだ……どうしたっていうんだ、マルク？」私は尋ねた。

医師はやっとのことで答えた。

「娘が……消えたのです！」

ローデリヒ夫人は気を失ってしまい、寝台に横たえなければならなかった。

ハラランの大尉の顔は引きつり、眼は血走っていた。彼は私のほうにやって来ると言った。

「やつだ……今度もまた！」

私はしかし、よく考えてみようとした。私は先ほどまでずっと、馬車が停まっていた回廊の扉の前にいた。ミラが私に見られずにそこを通り抜け、庭園の門にたどり着けるはずがない。ヴィルヘルム・シュトーリッツならば、そう、眼には見えない！　だがミラは……ミラは？

私はふたたび回廊に降り、使用人たちを呼んだ。テレキ大通りに面している庭園の門をしっかりと施錠し、鍵は私が預かった。それから家中を、屋根裏、地下蔵、別館、塔、テラスに至るまで順にたどり、どんな片隅も漏らさずに調べた。家のあとは庭園も……。

ミラはどこにもいなかった、どこにも！

マルクの傍に戻った。弟は大粒の涙を流しながら激しくむせび泣いていた！

至急、警察署長に通告し、警官たちを動員してもらう必要があった。私はハララン大尉に言った。

「役所に行きます……来てください！」

私たちは一階に降り、待機していた馬車に乗りこんだ。正門が開くと同時に馬をギャロップで走らせ、数分でリスト広場に着いた。

シュテパルク氏はまだ署長室にいた。私は今しがた起こったことを伝えた。

平素なにごとにも動じないこの男が、このときばかりは驚きを隠すことができず、大声を出した。

「お嬢さまが消えたと！」

「はい……」私は答えた。「ありえないこととお思いでしょうが事実なのです！　ヴィルヘルム・シュトーリッツに連れ去られました！　やつは眼に見えない状態で邸宅に入りこみ、眼に見えないまま出ていったのです。やつならわかります！　ですが……ミラは……そうじゃありません！」

「どうしてそう言えるのです？」とシュテパルク氏。

そんな返答が、まるで心の裡で天啓に打たれたかのように、氏の口を衝いた。だが、それこそが唯一論理的で、唯一の真実なのではないか。ヴィルヘルム・シュトーリッツは自分と同様、ほかの者を見えなくする力も持っているのではないか。私たちはそれまで、やつと、召使いヘルマンの不可視しか念頭に置いていなかった。シュテパルク氏が私たちに言った。

「私を連れてローデリヒ邸に戻っていただけますか？」

「今すぐに」私は答えた。

「お二人についていきます……いくつか命令を出してから」

警察署長は巡査長を呼び、警官の分隊とともにローデリヒ邸に向かうよう命じた。氏は夜どおし監視をおこなうことだろう。こうして私たち三人は馬車に乗って医師宅に戻った。

屋内、屋外が再度、隅から隅まで入念に捜索された。ミラは見つからなかった、見つかるはずがなかった！　だが、ミラの部屋に入るなり、シュテパルク氏があることに気づき、私に言った。

「ヴィダルさん、変わった臭いがしませんか。これは前にどこかで、われわれの嗅覚に訴えてきた臭いでは？」

実際、あたりに、かすかな臭いが残っていた。記憶が呼び覚まされ、私は声を張りあげた。

「小壜のなかに入っていた液体の臭いですね、シュテパルクさん。実験室で、あなたが手にしようとしたときに割れた」

「ええ、ヴィダルさん。あれが不可視をひき起こす液体なのです。ヴィルヘルム・シュトーリッツはミラ・ローデリヒお嬢さまを眼に見えなくし、眼に見えないまま連れ去ったのです、自身もそうなって！」

私たちは茫然と立ちつくした！　事の次第はそうだったに違いない。そして家宅捜索の折、ヴィルヘルム・シュトーリッツが実験室にいたことももはや疑いの余地がなくなった。私たちが小壜を手に入れるのを防ぐためにそれを割ったのもあの男であり、液体はあっという間に蒸発したのだ！

そうなのだ！　ミラの部屋には確かに、あの特殊な臭いの名残があった！　そうなのだ！　ヴィルヘルム・シュトーリッツはここに来たのだ。そしてミラ・ローデリヒを連れ去ったのだ！

辛い夜だった。私は弟の傍に、医師は夫人の傍にいた。朝日がどれほど待ち遠しかったことか！

朝日？　だが、朝日がなんの役にたとう。ヴィルヘルム・シュトーリッツにとって光など意味のないものだった。それでやつが見えるようになるわけでもない。やつは、不可知の闇に身を包む術を心得ているではないか。

シュテパルク氏は朝まで邸宅に残り、それから庁舎に戻っていった。また八時頃に知事がやって来て、ミラを見つけだすためにあらゆる手を打つと医師に約束した……。

だが、なにができよう。

そのあいだにも、一日がはじまる頃にはすでに、ミラ誘拐の知らせはラグズのあちらこちらの界隈に広まっていた。それがどんな結果を招いたかを記すのはやめておくが。

一〇時頃、アルムガルト中尉が邸宅にやって来て、ハララン大尉に、なんなりと手を貸すと申し出た——しかし、いったいなにができるというのか。ともあれハララン大尉が捜索を続ける気ならば、彼はひとりではなくなったわけだが。

そして捜索の続行が彼の意向だった。アルムガルト中尉を眼にするや、一語だけ言ったのだ。

「来てくれ」

二人が出かけたとき、私はどうしても彼らに同行したくなった。

私はマルクにそのことを話した……。虚脱状態にあった弟が私の言葉を理解したかどうかは定かではなかったが、私は出かけた。二人の士官はすでに河岸にいた。道行く人々は恐れと嫌悪の念をこめ、ローデリヒ邸をおそるおそる眺めていた。街を大混乱に陥れている恐怖の嵐はここを出所にしているのだと。

合流すると、ハララン大尉はこちらを見たが、私であることにはおそらく気づいていなかった。アルムガルト中尉が私に言った。

「一緒に来てください、ヴィダルさん」

「はい、で、どちらに?」

この問いに対する答えはないままだった。どこに行くのか……偶然に任せて……偶然こそが私たちにとって、なにより確かな案内人ではないだろうか。

私たちはおぼつかない足どりで、言葉も交わさずに歩いた。

マジャール広場を通り抜け、ミロシュ公通りを行き、屋根に覆われた聖ミハーイ広場を一周した。ときおりハララン大尉は、地面に足が釘づけになったかのように立ち止まった。それから、どこに向かうともなく歩みを続けるのだった。

広場の奥の、うち捨てられた大聖堂を見ると、扉は閉ざされ、鐘は無言で、陰鬱な雰囲気を醸しだしていた。礼拝の場として信者のもとに戻ってくるにはまだ時間がかかるのだ……。

左に曲がり、後陣の裏を通ると、ハララン大尉は少し躊躇したあとビホール通りに入った。

まるで死んでいるかのようだった、ラグズの貴族たちが住むこの界隈は。足早に通りを行く人がわずかにいるばかりで、ほとんどの邸宅の窓は閉まり、まるで街全体が喪に服しているかのようだった。

通りを端まで行くと、テレキ大通りには見渡す限り、人影ひとつなかった、むしろ人が寄りつかなくなっていたのだ。シュトーリッツ屋敷の火事以来、人はこの通りに足を踏み入れなくなっていた。

ハララン大尉はどちらに向かうのだろうか。城側の、街の山の手か、ドナウ河側の、バッチャーニュ河岸か。

突然、その口から叫び声が漏れた。

「あそこだ……あそこだ……」燃えるような瞳で大尉は、今もまだ煙があがっている屋敷の焼け跡のほうに手を伸ばし、そうくり返した……。

ハララン大尉は眼に憎悪を浮かべ、その場に立ちつくしていた！　その焼け跡に否応なく引き寄せられてしまったかのようだった。そして、半ば倒壊している鉄柵のほうに飛び出していった。

一瞬ののち、私たち三人は中庭のまんなかにいた。

そこに残っていたのは、表面が炎に嘗められて黒ずんだ城壁の一部だけだった。その下に、炭化してばらばらになった屋敷の骨組み、ねじ曲がった鉄具、細い噴煙をあげる灰の山、家具の残骸が散らばっていた。右側の切妻屋根の先端には風見鶏の軸がついており、二つの文字、WSがはっきりと読みとれた。

ハララン大尉はじっと動かず、廃物の山を眺めていた。ああ！　家が焼かれたように、あの呪われたドイツ人も焼かれてしまえばよかったものを。そして、やつとともに、恐怖の発明の秘密も！　そうすれば、ローデリヒ家にこれほどの災いが、最悪の災いがふりかかることもなかったのだ！

アルムガルト中尉は、ハララン大尉の異常なほどの興奮ぶりに恐れをなし、その場から彼をひき離そうとした。アルムガルト中尉は言った。

「行こう」

「いいや！」ハララン大尉が大声をあげた。もはや人の話に耳を貸せるような状態ではなかった。「いいや！　この焼け跡を掘りかえしたい！　あの男がここにいるような気がする……妹もやつと一緒に！　眼には見えないが、やつはいる……。しっ……裏庭を誰かが歩いている……。やつだ……やつだ！」

ハララン大尉は耳をそばだて……動くなと、こちらに合図を送る……。

幻聴だろうか、しかし確かに私にも、砂の上を歩く足音が聞こえたような気がした……。

その瞬間、ハララン大尉は、彼をその場から連れ出そうとする中尉を撥ねのけ、焼け跡のなかに突っこんでいった。灰と残骸のなかに足を踏み入れ、一階の、中庭に面した、実験室のあった場所で立ち止まった……。彼は怒鳴った。

「ミラ……ミラ……」

その名が木霊となってくり返されたような気がした……。アルムガルト中尉を見ると、中尉もまた私を見、なにかを問い質そうとしていた……。

と、ハララン大尉が焼け跡を横切り、裏庭に出た。そして階段を一足跳びに降り、芝生の上に乱雑に茂っている雑草のなかに立った。

合流しようとすると、大尉が、なにかの物体にぶつかったような、そんな動きをした……。そして前進したり後退したり、手を広げたり閉じたり、身を屈めたり起こしたりしている。まるでレスリングの選手がちょうど相手の胴体を抱えこんだところであるかのように……。彼は怒鳴った。

「捕まえた!」

アルムガルト中尉と私が駆けつける。大尉の胸元から、締めつけられたような息の音がしている。

「捕まえたぞ、あの下衆野郎を……捕まえた……」そうくり返す。「手を貸してくれ、ヴィダル……手を貸してくれ、アルムガルト!」

すると私は突然、眼に見えない腕に撥ねのけられるのを感じ、激しい息づかいを間近で耳にした!

いいや! そうなのだ! それはまさに、とっ組み合いだった! やつが、眼に見えない者がそこにいる……ヴィルヘルム・シュトーリッツか、あるいは別の誰かが! 誰であるかはともかく、私たちはその者を捕らえている……放すものか……ミラの居場所を聞きだすのだ!

つまり、私がかねて考えていたとおり、やつが可視性を失なっても、その物質性のほうは存続するのだ! 私たちが相手にしているのは幽霊ではなく、死に物狂いでやれば、動きを封じることのできる肉体なのだ! そしてヴィルヘルム・シュトーリッツはひとりだ。なぜなら、眼に見えない者がほかにも裏庭にいて、やつが捕まったのを知ったなら、私たちはとっくにその者らに襲われていたであろうから。そう……やつはひとり……だが、私たちが到着したとき、彼はなぜ逃げなかったのだろうか。ハララン大尉が完全にその不意を衝き、摑みかかったからなのか。そうだ……そうに違いない!

今、眼に見えない敵は動きを封じられている。私が一方の腕を取り、アルムガルト中尉がもう一方の腕を取っている。ハララン大尉がやつに向かって叫ぶ。

「ミラはどこだ……ミラはどこだ?」

ヴィルヘルム・シュトーリッツは答える代わりに身を振りほどこうとする。私たちから逃れようと激しくもがいているこの相手は実に屈強な男だった。ここで逃してしまったら、やつは裏庭を、そして焼け跡を通り抜け、大通りに飛び出していき、そうなればもう、ふたたび捕らえるなどという希望は捨てねばなるまい! ハララン大尉がくり返す。

「ミラがどこにいるか言うんだ!」

すると、こんな言葉が聞こえた。

「言うものか！　言うものか！」

まさしくヴィルヘルム・シュトーリッツだ！　これはやつの声だ！

格闘は長く続かない……。三対一にもかかわらず、こちらの力は尽きはじめる。と、アルムガルト中尉が撥ね飛ばされて芝生に倒れ、私が摑んでいた腕も振りほどかれる。そのとき、まだ立ちあがれないアルムガルト中尉のサーベルが、鞘からぱっと引き抜かれ、それを振りかざしているのは、それはヴィルヘルム・シュトーリッツの手だった……。そう……やつは怒りに我を忘れていた。もう逃げようとはせず……ハララン大尉を殺そうとしている！　大尉も自分のサーベルを手にし、決闘のごとく両者は向き合う。一方は見えるが、もう一方は見えない！

この奇妙な戦いに割って入ることはできない。ハララン大尉には不利な戦いだった。突きを払うことはできても反撃は難しいからだ。よって大尉は防御を捨て、攻めに徹し……一撃を食らわせようとする。片や見える手が持つ、片や見えない手が持つ二本のサーベルがかち合う。

ヴィルヘルム・シュトーリッツがサーベルの使い手であるのは明らかだった。籠手打ちをすばやく返され、ハララン大尉は肩を負傷する……。だが大尉のサーベルが正面突きをくり出すと……苦痛の悲鳴があがり……芝生の雑草のなかに巨体が倒れる。

ヴィルヘルム・シュトーリッツはおそらく胸のまんなかを突かれていた……血が夥しく噴き出し、命が抜けていくと、その体が少しずつ血肉を備えた形をとり戻し……死に際の痙攣のさなか、男の姿が現われる……。

ハララン大尉はヴィルヘルム・シュトーリッツに跳びかかり、いま一度、叫ぶ。

「ミラは……妹は、ミラはどこだ？」

そこに横たわっているのはただの亡骸だった。顔をひきつらせ、眼を見開き、なおもこちらを睨みつけている――かつてヴィルヘルム・シュトーリッツであった怪人物の、眼に見える亡骸だった！

# 一七

これがヴィルヘルム・シュトーリッツの、悲劇の最期だった。ローデリヒ一家はもうこの男を恐れる必要がなくなった。しかし、その死とともに状況はむしろ悪化したのではないだろうか。

まずは警察署長に通報し、しかるべき措置をとってもらうことが火急の用件だった。私たちは以下のことを決めた。

ハララン大尉は――怪我は軽微だった――ローデリヒ邸に向かい、父君に報告をおこなう。

私は急ぎ役所に行き、事の次第をシュテパルク氏に伝える。

アルムガルト中尉は裏庭に残り、死体の傍にいる。

私たちはいったん解散した。ハララン大尉はテレキ大通りを降り、私はビホール通りに戻って、役所へと急いだ。

シュテパルク氏はすぐに私を出迎えた。あの、現実とは思えないような決闘の話をすると、氏は驚き、また怪訝そうに言った。

「それでヴィルヘルム・シュトーリッツは死ぬのでしょうか？」

「はい……ハララン大尉のサーベルが胸のまんなかを突いたのです」

「死んだ……文字どおり死んだと？」

「いらしてください、シュテパルクさん、ご自身の眼で見てください」

「見えるのですか？」

シュテパルク氏は明らかに私の正気を疑っていた。そこで私はこうつけ加えた。

「死んだあとで不可視性は継続しなかったのです。傷口から血が流れるにつれて、ヴィルヘルム・シュトーリッツの死体は人の形をとり戻していきました……」

「それを見たのですか？」

「この眼で今、貴殿を見ているように。シュテパルクさんにも見えるはずです！」

「行きましょう」警察署長は巡査長に、一ダースほどの警官を連れてついて来るよう命令すると、そう答えた。

さきに記したとおり、テレキ大通りはシュトーリッツ屋敷の火事からこのかた人通りが絶えていた。私が現場を出てからも通行人はなかった。それゆえ事件のことが広まることはなく、ラグズはまだ、あの悪人がついに厄介祓いされたことを知らずにいた。

シュテパルク氏と警官たち、そして私が鉄柵を通り抜け、焼け跡を横切ると、すぐにアルムガルト中尉の姿が見えた。死後硬直した亡骸が雑草の上に横たわっていた。体をやや左に傾け、衣服は血で濡れ、胸からは血の粒がしみ出ていた。顔に色はなく、右手は中尉のサーベルを未だ握り、もう一方の腕は半ば折りたたまれていた――すでに冷たくなった、あとは墓に行くだけの亡骸だった。

しばらく眺めたあと、シュテパルク氏は言った。

「あの男だ！」

部下の警官たちがおずおずと近づき、それを確認した。シュテパルク氏は眼で確かめたのに加え、触れて確かめようと、死体を頭から足までさすってみた。そして言った。

「死んでいる……確かに死んでいる！」

氏はアルムガルト中尉に話しかける。

「誰も来ませんでしたか？」

「誰ひとり、シュテパルクさん」

「裏庭でなにか耳にしませんでしたか……足音など？」

「まったく！」

このことから、私たちがヴィルヘルム・シュトーリッツの不意を衝いたとき、やつは、家の焼け跡のなかにひとりでいたと考えることができた。アルムガルト中尉が尋ねた。

「これからどうします、シュテパルクさん？」

「死体を役所まで運ばせます……」

「公衆の前で？」と私。

「公衆の前で」警察署長は答えた。「ラグズの住人全員が、ヴィルヘルム・シュトーリッツの死を知らなければなりません。そして亡骸が眼の前を通るのを見なければ誰もそれを信じないでしょう！」

「そして埋葬するのですね」アルムガルト中尉がつけ加えた。

「埋葬することになれば！」とシュテパルク氏。

「埋葬することになれば？」私はくり返した。

「まずは解剖すべきでしょう、ヴィダルさん。もしかすると、故人の器官を調べ、血を分析すれば、これまでわれわれが知りえなかったものが発見されるかもしれません……不可視性を生みだす物質の正体が……」

「なきものにすべき秘密です！」私は大声を出した。

「それに私としては」警察署長は話を続けた。「死体は焼いてしまい、灰を風に流してしまうのが最善だと考えています、中世の魔法使いにしたように！」

シュテパルク氏は担架を用意させ、アルムガルト中尉と私は暇乞いをしてローデリヒ邸に戻った。

ハララン大尉は父君の傍にいて、すべてを語ったあとだった。ローデリヒ夫人には、現在の状態に鑑み、念のため、なにも知らせないことにしたようだった。そもそもヴィルヘルム・シュトーリッツが死んだからといって娘が戻ってくるわけではないのだ！

弟にもまだ話は伝わっておらず、私たちが医師の診察室で待っていると知らせた。

マルクは、事件のことを聞いても、復讐が果たされたという気持にはなれなかった！ むせび泣きをしながら、こんな絶望の言葉を漏らした。

「あの男が死んでしまった！ 殺してしまった！ 死んでしまったなんて、ミラの居場所を聞きだす前に！ もう僕が生きているあいだは……ミラに……ミラに……もう二度と会えないんだ！」

その激しい苦悩に返す言葉はなかった。

しかしながら私はやってみた。その後、ローデリヒ夫人に対してもそうしたように。いいや、すべての希望が潰えたわけではない……。確かにミラの居場所はわからない……街のどこかの家に監禁されているのか、すでに街を去っているのか。しかし、それを唯一知っている男がいる……知っているはずだ……ヴィルヘルム・シュトーリッツの召使い……あのヘルマンなら……。あの男を捜すつもりだ……。ドイツの僻地であろうが、必ず見つけだしてやる！ 主人と違い、やつが口を閉ざしてもなんの得にもならない！ やつは話すだろう……話させるんだ……大金を積んででも！ そうしたらミラは家族のもとに帰ってくる……許婚《いいなずけ》のもとに……夫のもとに……そして正気をとり戻すだろう。看護と、家族の愛と、夫の愛の力で！

マルクは私の話を聞いていなかった……なにも耳にしたくなかったのだ……。弟にとって、ミラの居場所を話すことのできた男はたったひとりで、その者は死んだ……。殺すべきではなかった……秘密を聞きださねばならなかったのだ！

弟をなだめる術を知らずにいると、外の喧噪で会話が途切れた。

ハララン大尉とアルムガルト中尉が、大通りとバッチャーニュ河岸の角に面して開いている窓に駆け寄った。

まだなにかあるのか……。今の私たちの精神状態では、もはやなにが起ころうが驚くまい、かりにヴィルヘルム・シュトーリッツが蘇ったとしても！

それは葬列だった。担架に横たえられた亡骸は布で覆われてもおらず、二人の警官によって運ばれ、分隊の残りがつき添っていた……。ラグズはヴィルヘルム・シュトーリッツが死んだことを知るだろう、恐怖の日々がついに去ったことを！

見せしめのための葬列は、バッチャーニュ河岸沿いにイシュトヴァーン二世通りまで進んだあと、カールマーン市場を横切り、街いちばんの繁華街を通って役所に向かうに違いなかった。

私に言わせてもらえば、なにもローデリヒ邸の前を通ることなどなかったのだが。

私たちがいた窓辺に弟もやって来た。そこで血みどろの死体を眼にするとマルクは絶望の叫びをあげた。あの男を生き返らせることができたなら、弟は自分の命をさし出したであろう！

群衆は喧々囂々の騒ぎに我を忘れていた。男も女も子どもたちも、街の者もプスタの農民たちも！　ヴィルヘルム・シュトーリッツが生きていたなら八つ裂きにしてしまっただろう！　死んでいたがために亡骸はその報復を逃れたのだ。だが、おそらくはシュテパルク氏も言っていたように、市民たちは、ヴィルヘルム・シュトーリッツが聖なる土地に埋葬されることを望むまい。公の場で焼かれるか、あるいはドナウ河に放りこまれ、遠い黒海の深みまで流れに運ばれるかだ。

邸宅の前で半時間のあいだ怒号が轟き、やがて静まりかえった。

ハララン大尉は庁舎に行くと告げた。ヘルマンの捜索について知事との会見を望んでいたのだ。ベルリンに、そしてオーストリア大使館に書簡を送らねばならない。ドイツ警察が動員され、すぐに協力をしてくれるはずだ……。新聞各紙も手を貸してくれるだろう……。ヴィルヘルム・シュトーリッツの秘密が託された唯一の者、そしておそらくはミラを監禁しているヘルマン。その隠れ処を発見した者には賞金が出るであろう。

ハララン大尉は最後に一度、母親の部屋にあがったあと、アルムガルト中尉を伴って邸宅を出た。

私は弟の傍に残ったが、隣で過ごす時間はあまりにも辛いものだった！　落ち着かせることができず、神経の異常な昂ぶりがますますひどくなるのを見て私は身震いした。弟にとって、私が存在していないも同然であるのは肌で感じることができた。私は恐れていた、発作でも起きれば、弟はそれに打ち負かされてしまうだろうと！　まさに錯乱状態だった！　弟は出発したがっていた、その晩にでも、シュプレムベルクへ……。あの街でヘルマンのことを知らぬ者はいまい……。シュプレムベルクにいるはずなのだ……そしてミラも一緒だろうか？

　ヘルマンがシュプレムベルクにいる、それはありえることだ。だがミラについては、それは受け入れがたい。ミラが消えたのは昨日の夜であり、ヴィルヘルム・シュトーリッツは今朝、まだラグズにいたのだ……。よってむしろ私は、ミラが街の近郊に連れていかれたという考えに傾いていた……正気を失っている不憫な彼女はどこぞの家屋でヘルマンに監禁されており、おそらくは、眼に見える状態に戻ってはいないのだ！　そんな状況では、ミラを見つけだすという希望を持ち続けるのは難しいだろう。

　ともかくも弟は、私の言うことに聞く耳を持たなかった……。議論にさえ応じなかった……。ひとつの考えしか持っておらず……それに凝り固まっていた……シュプレムベルクに行くという考えに！　弟は言った。

「兄さん、一緒に行ってくれるね」

「ああ、マルク」私は答えた。どうしたらその無駄な旅を踏み止まらせることができるのだろう！

　なんとかとりつけたのは、出発を翌日にするということだった……。私はシュテパルク氏に会う必要があった。シュプレムベルク警察宛の紹介状を依頼するのだ。さらにこの件を、私たちに同行したがるはずのハララン大尉にも知らせなければならなかった。


　七時頃、そのハララン大尉とアルムガルト中尉が邸宅に戻ってきた。知事は、ラグズ近郊での捜索を早急に準備すると確約した。私と同様、知事も、ミラがヘルマンに監禁されているのはそのあたりだと考えていたのだ。

　ローデリヒ医師は依然、夫人の傍にいた。よって客間にいたのは、ハララン大尉、アルムガルト中尉、マルク、そして私の四人だけだった。

　鎧戸を閉じていたので、使用人がランプを持ってきて小卓の上に置いた。医師が降りてきたら、食堂に移ることになっていた。

　七時半が鳴ったところだった。私はハララン大尉の傍に座り、シュプレムベルクに出かける件を切りだそうとしたそのとき、回廊の扉が勢いよく開いた。

　庭園から風が入ってきて扉を押したのだろう。というのも誰の姿も見えなかったからだ。普通でないのは、その扉がひとりでに閉まったことだった……。

　そのとき——ああ！　私はあのときの光景を忘れることがないだろう！

　声が聞こえたのだ……婚約の夜会のときとは違う……「憎しみの歌」で私たちを嘲笑った耳障りな声ではなく、爽やかで朗らかな声、なによりも愛おしい声！　ミラの声が！　彼女は言った。

「マルク……マルクと、そしてアンリさんね。それから、兄さん？　さてさて夕食の時間よ！　お父さまとお母さまには知らせた？　兄さん……呼んできてくださらない、食卓につきましょうよ……。とってもお腹が空いてるの！　アルムガルトさんもご一緒していただけますわよね？」

それはミラだった……ミラ本人……正気をとり戻したミラだった……。ミラが治った！　まるで、普段と変わらず自室から降りてきたと言わんばかりに！　私たちを見ることのできるミラ、私たちには見ることのできないミラ！　眼に見えないミラだった！

私たちは茫然とし、その場に釘づけとなり、動くことも、話すことも、声のするほうに行くことも憚られた……。しかしミラはそこにいるのだ、ちゃんと生きていて、そして眼には見えなくとも、私たちはすでにそれを知っていたが、触れることはできるのだ！

ミラはどこから来たのだろう。邸宅から出たあと誘拐犯に連れていかれた家からか。だが、ということは逃げ出すことに成功したのか。ヘルマンの警戒の隙を衝き、街を横切って、誰にも気づかれずに帰ってきたのか。だが邸宅の門は閉ざされており、ミラのために開ける者もいなかったはずだ！

そうではなかったのだ。ミラが現われたことの説明はすぐになされた……。ミラは自室から降りてきたのだ。ヴィルヘルム・シュトーリッツはそこでミラを不可視にしたまま放置した……。私たちはミラが邸宅の外にいるとばかり思いこんでいたが、彼女は寝台を出ていなかったのだ……丸一日そこに横たわり、動かず、しゃべらず、意識がないままだったのだ！　ミラが自室にいるなどとは誰も思いつかず、実際、思いつくはずもなかった！

ヴィルヘルム・シュトーリッツがミラをすぐに連れ去らなかったのは、なにか邪魔が入ったからだろう、おそらくは。だが今朝、ハララン大尉に殺されていなかったら、誘拐を完遂するために戻ってきていたはずだ！

そして今、おそらくは彼女を不可視の状態にしたあの液体が作用して正気をとり戻したミラが、この一週間に起こったことを知らないミラが、そのミラが客間にいて、私たちに話しかけ、私たちを見、しかし部屋から降りてくるときに暗かったため、自分が見えていないことには気づいていないのだった！

マルクは立ちあがり、ミラを捕まえようとするかのように両腕を広げた……。

ミラは続けた。

「みんな、どうしたっていうの？　ねえ、聞いているのよ……教えてくれないの？　私を見て驚いているみたいだけど？　なにがあったのよ？　それに、お母さまはどうしてここにいないの？　ご気分でも悪いのかしら？」

言葉はそこで中断した。ふたたび扉が開き、ローデリヒ医師が入ってきたのだ。

ミラはすぐに父親のもとへ飛んでいった――ともかくも、そう推測できた――というのも、大きな声でこう言ったからだ。

「ああ！　お父さま！　なにがあったの？　それにお母さまがいらっしゃらないのだけど？　ご病気？　部屋にあがってみるわ……」

医師は、敷居のところに立ちどまり、そして理解した……。

ミラはそのあいだも父親の傍におり、医師を抱きしめ、こうくり返していた。

「お母さま……お母さまは！」

「病気ではないよ！」医師は口ごもった。「じきに降りてくる……。だから、ここにいなさい、ミラ、ここに！」

そのときマルクがミラの手を見つけた。弟は、眼の見えない人の案内をするように、その手をゆっくりと引いていった……。

だが、ミラは眼が見えないわけではなかった。眼が見えないのは、彼女のことが見えない者たちのほうだった！

マルクはそれからミラを自分の傍に座らせた……。

ミラは口をつぐんでいた。自分が現われたことで起きた、なにか奇妙な事態に怯えて。マルクは声を震わせて以下の言葉をささやいたが、ミラにはなにを言っているのかさっぱり理解できなかったはずだ。

「ミラ……ミラ！　うん！　確かに君だ……ここにいるのを感じるよ……僕の傍に！　ああ！　お願いだ……愛する人……行かないでおくれ……」

「マルク……そんなにとり乱して……みんなも……私、怖いわ……お父さま……教えて！　なにか悪いことでも？　お母さま……お母さまは！」

ミラが立ちあがるのを感じたマルクは、それをひき留めた……そっとやさしく……。

「ミラ……ミラ……しゃべってよ……もっとしゃべって！　声が聞けるなんて……ミラ……ミラ……僕の妻！　僕の愛するミラ！」

その場にいた私たちはひとつの考えに慄然としていた。ミラをもとの、眼に見える姿に戻すことのできる唯一の男は、その秘密を持ち去って死んだのだ！

# 一八

状況はもはや私たちの手に負えるものではなく、幸福な結末など見こめそうになかった。それはとても期待できない。ミラの名が、可視の世界からおそらくは永久に抹消されたことを思うなら、そこにあるのは絶望だけだ。ミラが見つかったという無上の喜びに、あの、かくも淑やかで美しい姿を二度と見られないのだという無上の苦しみが入り混じっていた。

こんな状態で、ローデリヒ家がこれからどんな暮らしを送るのかは想像がつく！

それに先んじて、まずは客間で、私たちに囲まれていたミラが絶望の叫びを放った……。自分の姿を見ようとしたが、見えなかったのだ……。暖炉の鏡に駆け寄るも、それは彼女の像を捕らえなかった……また、小卓に置かれた灯りの前を通ったとき、背後に落ちるはずの影を見ることができなかったのだ！

すべてを話さねばならなかった。すると彼女の胸からむせび泣きが漏れた。マルクは、ミラが座った肘掛椅子の横に跪き、その苦しみを和らげようとしていた。眼に見えるミラを愛していたマルク、眼に見えないミラを愛することになるマルク。それは胸が引き裂かれるような光景だった。

それから医師は、母親の部屋にミラをあがらせた。ローデリヒ夫人に、娘を近くに感じさせ、その声を聞かせたかったのだ……。

数日が過ぎた！　ミラは自分を受け入れていた。彼女が持つ心の芯の強さのおかげで、平素の生活が邸宅に戻ってきたかのようだった。ミラは、私たちに話しかけたり、質問をしたりすることで自分がそこにいることを示した。ミラのこんな言葉が今も聞こえてくる。

「みんな、私はここよ……。なにかご入り用の物はありますか？　お持ちしますよ！　アンリさん、なにをお探し？　卓に置いた本ならばここよ！　新聞？　足もとに落ちているわ！　お父さま……いつものキスの時間よ！　兄さん、なんでそんな悲しそうな眼で私を見るの？　私、にこにこしているのに！　そうやって苦しまないで！　そして……

マルク、ほらここが私の手……取ってくださらない……。庭園に行きませんか？　一緒にひと廻りしましょう……。アンリさん、腕を貸してくださらない、たくさん、たくさんお話しましょうよ！」

この、愛らしく善良な娘さんは、家族の暮らしぶりに変化がもたらされることを嫌った。マルクとミラは長い時間をともに過ごした。マルクはミラの手を取り、ミラはマルクに絶えず励ましの言葉を投げかけていた……。ミラは、将来を信じていると、この不可視の状態もいつかは終わると力強く言ってマルクを慰めた……。それが現実的な期待であったかどうかはともかく。

しかしながら例外が、唯一の例外があった。ミラは私たちに混じって食卓につくことをやめた。このときばかりは自分の存在が痛々しいものであると理解して。だが、食事が終わると客間に降りてきた。扉が開き、閉まる音がする。そして、こう言うのだった。

「私よ、みんな、私はここにいるわよ！」

それから夜まで一緒に過ごし、おやすみを言うと部屋にあがっていくのだった。

ミラ・ローデリヒが姿を消したことは街にとって一大事であったが、その再出現――これが適切な語だろう！――がさらなる大事をひき起こしたことは言うまでもあるまい！　喜びの声が方々から届き、邸宅には訪問客が殺到した。また、ミラはラグズの街を歩くのをいっさいやめ、外出時には、父、母、マルク、ハララン大尉を伴って馬車に乗ることにし、投げかけられたやさしい言葉を耳にしたときには胸を熱くした。だが、愛する者に囲まれ、庭園で座っていることを好んだ。家族にとってミラは、少なくともその心は、完全に戻っていた！

お忘れではないと思うが、ヴィルヘルム・シュトーリッツの死後、ラグズ知事はヘルマンを捕らえるため、捜索の指示を出していた。はじめはミラが隠された場所を見つけだすことが目的だった。当然、ヴィルヘルム・シュトーリッツの召使いが彼女を監禁していると推測されていたからだ。

捜索は今後も続けられるだろう。あらゆる点からして、ヘルマンは主《あるじ》の腹心でもあったはずで、秘密の一部にも通じているに違いなかったからだ。この者を見つけだせば、失われた可視性をミラがとり戻せることに疑いの余地はなかった。

実際、ヴィルヘルム・シュトーリッツは明らかに、自らを思うまま不可視にも可視にもする力を持っていた。あの男にできたことはヘルマンにもできる。やつを見つけだせばその秘密を聞きだせよう。高い報酬を出すと約束するか、主の犯罪の責任をとらせると脅すことで。なにしろ、これほど憎むべき犯罪もないのだから。

ヘルマンの件については実に迅速な対応がなされた。さらに事件は大きな反響を呼んでいた。新聞各紙が詳細を語り、世界中の読者にその経緯を伝えた。ミラ・ローデリヒは渦中の人となった！　ドイツ人化学者の発明について、社会保障の観点からそれがいかに恐ろしい結果を生むか、また、その処方式を知っているおそらくは唯一の男が、秘密を漏らさないことがいかに重要な意味を持つかが議論された。

おそらくはと言ったのは、やはりヘルマン以外に処方式を知っている者はいないと思われたからだ。もしいるのならば、ローデリヒ家のみならず、新旧大陸の警察が提示した賞金にとっくに食らいついていたはずだ。

しかし処方式を明かせる者は現われず、ヴィルヘルム・シュトーリッツの召使いこそが主の秘密を握っている唯一の存在であると結論された。

他方、シュプレムベルクでおこなわれた調査は実を結ばなかった。当局はしかし協力を惜しまなかったのであり、周知のとおり、プロシア警察はヨーロッパ随一の警察であるにもかかわらず。シュプレムベルクでも他所でも、ヘルマンが身を隠した場所を見つけだすことはできなかった。

そして！　時を移さず、その捜索が無用であることが確かな事実となった。

ラグズ市議会は、あの痛ましい事件をその記憶ごと消し去るため、テレキ大通りのシュトーリッツ屋敷の焼け跡を撤去する決定をくだした。残骸を片づけ、最後の壁をとり壊せば、大通りの側道に一軒家が建っていたことを知る縁《よすが》もなくなる。

六月二日の朝、人夫たちがシュトーリッツ屋敷に赴いて整地作業をしていると、裏庭の奥に、一体の死体が横たわっているのが見つかった。直ちにおこなわれた確認作業によると、それはヘルマンの死体であった。老召使いはここにやって来たときに不可視の状態であったのだろうが、その死によって、主同様、可視性をとり戻したのだ。また検死の結果、死因は心破裂とされた。

こうして最後の希望は潰え、ヴィルヘルム・シュトーリッツの秘密はヘルマンとともに消え去った。

実際、役所に保管されていた書類についても、それを念入りに検査したが、見つかった処方式は判然としないものばかりだった。物理学と化学に関する簡素な覚え書きであり、レントゲン線と電気による二重の作用が問題になっているようではあった。だが、そこからなにかを導きだすことはできず、瞬時に可視、不可視になる調合薬を再合成することは叶わなかった！

そうなると、ミラの姿をふたたびこの眼で見ることができるのは、その命が去ったときということになるのだろうか。つまりは彼女が死の床についたときに。

六月五日だった。昼前に弟が私に会いに来た。以前よりは比較的、落ち着いているように見受けられた。マルクは言った。

「アンリ兄さん、僕は決めたよ、まずは兄さんに知らせたかったんだ。賛成してくれると思うし、それはみんなも同じだろうけれど」

言っておくと、いや言わずにはいられないが、実はマルクの決心はなんとなくわかっていた。私は答えた。

「マルク、なにも心配せずに話すんだ！　お前はきちんと理性の声を聞いているのだろうから……」

「理性と愛のね、兄さん！　法の前でミラは僕の妻だ……。だけど僕たちの結婚はまだ神に聖別されていない。だからお願いして……受けたいんだよ、聖別をね……」

私は弟を腕のなかに引き寄せ、言った。

「わかるよ、マルク。お前の結婚にはなんの問題もないだろうよ……」

「問題があるとしたらミラだ」マルクは答えた。「ミラは僕と並んで祭壇の前で跪くつもりだ！　司祭さまはミラが見えなくても声は聞こえる。少なくとも、僕を夫にするとミラが宣言するのを聞くことができる。僕がミラを妻にすると宣言するのと同じようにね！　そのことに教会の上層部が難色を示すとは思えない、もっとも、だめならば僕が行って……」

「大丈夫さ、マルク。大丈夫だ。手続きはすべて私に任せてくれ……」

はじめに話を持ちかけたのは大聖堂の司祭だった。あの類を見ない冒瀆行為によって中断された婚姻のミサを執りしきっていた司祭長である。年老いた尊者が答えるには、この案件はあらかじめ検討済みであり、ラグズの首座大司教がローマの法廷に判断を仰いだところ、肯定的な回答を受けとったとのことだった。新婦が生者であることに疑いはなく、よって、結婚の秘蹟を受ける資格を持つのだと。

ともあれ、挙式は六月一二日と定められた。

その前日、ミラは、以前私に一度言ったことをくり返した。

「明日ですよ、お義兄さま！　お忘れなきよう！」

聖ミハーイの大聖堂は、典礼に則って復聖がされており、結婚はそこで祝われることになった。状況は同じ、立会人も同じ、ローデリヒ家の友人と招待客も同じ、住民の殺到ぶりも同じだった。

彼らの胸中に、前回よりもひと匙分多めの好奇心が入り混じっていたとしても致し方ないことだ。その好奇心は理解できるものであり、咎められまい！　おそらく参列者たちは未だにいくばくかの不安を抱いているだろうが、それを払拭できるのは時間だけなのだ！　確かに！　ヴィルヘルム・シュトーリッツは死んだ。確かに！　召使いのヘルマンはあの呪われた屋敷の裏庭で死体として見つかった……。それでも、この二度目の婚姻のミサが前回同様、中断され……新たな怪奇現象によって結婚式が妨害されるのではないかと思う者がひとりならずいたのだ……。

聖堂の内陣に新郎新婦がいる。ミラの席は無人のようだ。ミラはそこにいて、彼女同様、眼には見えない純白の花嫁衣装を着ている……。

マルクは起立し、ミラのほうを向いている。彼女の姿を見ることはできないが、近くにいるのを感じ、手を取ることで、祭壇の前に花嫁がいることを示している。

背後には立会人、つまりノイマン判事、ハララン大尉、アルムガルト中尉、そして私がおり――さらにローデリヒ夫妻がいる。不憫な母親は跪き、娘に奇跡が起こることを全能の神に祈っている！　おそらくは、この神の聖域でそれがなされることを期待しながら。まわりでは友人たち、街の名士らが中央広間に至るまでひしめき、側廊は人々でごった返している。

鐘が勢いよく打ち鳴らされ、パイプオルガンが音栓*を全開にする。

司祭長と助手が入場した。ミサがはじまり、聖歌隊の歌とともに式が進行する。奉納では、マルクがミラを導きながら祭壇の最下段に向かう。助祭が持つ袋に寄付金が落ちたあと、やはりマルクがミラを連れてもとの席に戻る。

ついに聖体の奉挙だ。祭鐘が三回打ち鳴らされたあと、聖体のパンが天に掲げられ、信者たちが静まりかえるなか、今度こそ聖別の儀が終了する！

ミサが終わり、老司祭は列席者のほうに向き直った。マルクとミラが近づくと、二人に言う。

「汝はそこに、ミラ・ローデリヒ？」

「はい、ここに」ミラが答える。

次にマルクに話しかける。

「マルク・ヴィダル、聖教会の典礼に則り、ここにいるミラ・ローデリヒを妻とすることを欲するか？」

「はい」マルクが答える。

「ミラ・ローデリヒ、聖教会の典礼に則り、ここにいるマルク・ヴィダルを夫とすることを欲するか？」

「はい」ミラが答え、誰もがその声を聞いた。司祭長が続けた。

「マルク・ヴィダル、汝、神の掟に則り、忠実な夫が妻に負う義務として、万事において忠誠を守ることを誓うか？」

「はい……誓います」

「ミラ・ローデリヒ、汝、神の掟に則り、忠実な妻が夫に負う義務として、万事において忠誠を誓うか？」

「はい……誓います」

マルクとミラは婚姻の秘蹟によって結ばれた。

式が終了し、新郎新婦、立会人、友人らは、群衆のあいだを苦労して通り抜け、聖具室に赴いた。

そこで小教区の名簿にマルク・ヴィダルの名と、もうひとつの名が加わった。眼に見えない手で記された……ミラ・ローデリヒの名が！

# 一九

これがこの話の結末である。別の、もっと幸福な結末がもたらされるまでの、かもしれないが。

新婚の二人がかつての計画を断念したのは言うまでもないであろう。フランスへの旅はもう考えられなかった。弟がパリに来ることはまれになるであろうし、ラグズに完全に腰を据えることを私は覚悟していた。それは深い悲しみだが受け入れねばなるまい。

実際、弟とその妻は、この古い邸宅に住み、ローデリヒ夫妻の傍にいるのが最善なのだ。それに、今の暮らしにも慣れていくだろうし、くり返すが、誰の眼にも、淑やかにほほ笑むミラが見えるようなのだ……。ミラは言葉をかけたり、手で触れたりすることで自分がそこにいることを示した！　ミラがどこにいるのか、なにをしているのかはつねに把握することができた。彼女は家の魂だった——魂のように眼には見えないのだ！

それにマルクが描いた、あの見事な肖像画があった。ミラはこの絵の傍に座るのが好きで、こんな声をかけて私たちを元気づけるのだった。

「見えるでしょ……。これが私……私、ここにいるのよ……私、また見えるようになったの……私に私が見えるように、みんなにも私が見えるでしょ！」

休暇の延長が許可され、私はさらに数週間ラグズに留まった。ローデリヒ邸で暮らし、辛い試練にさらされた一家と昵懇の間柄になった。街を発たなければならない日が近づくことを無念に思いながら！

ときおり私はこう考えた。新妻の姿形を二度と見られないことに絶望する必要はないのかもしれないと。なにか生理学的な現象が起きて、あるいは時の力で、失われた可視性が戻るかもしれないのだから。そしてある日、ついにミラは、私たちの眼の前にふたたびその姿を現わすかもしれない、若さと、淑やかさと、美しさに光り輝いて。

それを未来に託すとして、だが同時に、天よ願わくは、不可視の秘密が二度と発見されぬことを、それが永遠に、オットーとヴィルヘルム・シュトーリッツの墓に埋もれたままであらんことを！

完

## ミシェル・ヴェルヌ版

# 一九

以上が、あの日、七月二日に起きたこの話の結末である。酔狂にも語る気になったが、こんな奇妙な話などとても信じてもらえないことはわかっている。その非は作者の力量不足にこそあろう。だが、残念ながらこれはまったくもって本当の話なのだ。たとえ過去の記録において類例のないことであろうとも。また、未来の記録においてもそうあり続けることを私は強く望んでいるが。

弟とミラがかつての計画を断念したのは言うまでもないだろう。フランスへの旅はもう考えられなかった。マルクがパリに来ることはまれになるであろうし、ラグズに完全に腰を据えることを私は覚悟していた。それは深い悲しみだが受け入れねばなるまい。

実際、弟とその妻は、ローデリヒ夫妻の傍にいるのが最善であろう。時がすべてを丸く収め、マルクは今の暮らしにも慣れていくだろう。ミラはまた、まるで彼女がそこにいるかのように工夫を凝らしていた。ミラがどこにいるのか、なにをしているのかはつねに把握することができた。彼女は家の魂だった。魂のように眼には見えないのだ。それに姿形を完全に失ったわけではなかった。マルクが描いた、あの見事な肖像画があるではないか。ミラはこの絵の傍に座るのが好きで、こんな声をかけて私たちを元気づけるのだった。

「私、ここにいるのよ。私、また見えるようになったの。私に私が見えるように、みんなにも私が見えるでしょ」

挙式のあと、私はさらに数週間ラグズに留まった。ローデリヒ邸で暮らし、辛い試練にさらされた一家と昵懇の間柄になった。街を発たなければならない日が近づくことを無念に思いながら。だが、どんなに長い休暇にも終わりはある。私はついにパリに戻らなければならなくなった。

パリではふたたび仕事*の日々となった。衆人が思うよりも夢中になれる仕事だが、とはいえ、どんなに没頭しても、私が巻きこまれた、あのおかしな出来事を忘れることはなかった。思いは絶えず舞い戻り、ラグズに、弟とその妻に、今は夫と一緒にいる遠い彼女に思いを馳せずに過ごす日は一日たりとてなかった。

ヴィルヘルム・シュトーリッツの死をもって幕切れとな

ったあの恐ろしい場面を、私は幾度となく反芻していた。
翌年の一月初旬、私に突如ある考えが浮かんだ。あまりにも単純かつ明白なため、実際のところ、なぜもっと早くそれに気づかなかったのかと驚くばかりだった。盲いて状況が見えず、論理の力を疎かにしていたのか、そうだとしても私はそれまで、あの悲劇で生じた二つの状況を結びつけてみようとは思いつきさえしなかったのだ。その日、こんな結論が私の心に突きつけられた。つまり、私たちに敗れたあの敵の死体は、生きていたときに有していた不可視の力を失ったが、その原因は、ハラランのサーベルの一撃が招いた大量出血以外には考えられない。私は歓喜に堪えなかった。そして、すぐにこう確信した。あの謎の物質は血液中に懸濁*しており、それがやつの血と一緒に流れ出たのだと。

この仮説が認められるならば結果は自ずと導かれよう。サーベルの一撃がなしたことは外科医のメスにも可能だ*。要するにそれは、きわめて簡単な手術にすぎない。少しずつおこない、必要なだけくり返せばいいだけの話だ。失われた血液は新鮮なものに替える。やがて、ミラを見るという喜びをマルクから奪った呪われた物質が、血管から跡形もなく消える日が来るだろう。

私はすぐにこうした内容の手紙を弟にしたためた。だが、発送の間際に、マルクのほうから一通の手紙が届き、私のものは後日送るほうがよいと判断した。弟は手紙のなかである知らせをもたらしたのだが、それによって、そう、私が捻りだしたあの考えは、少なくともさしあたって無駄になったのだ。弟は、ミラのおかげで自分は父親になると言ってきた。ならば今、誰でもそう思うだろうが、ミラから血の一滴も奪うべきではない。出産の恐るべき試練を耐えるには体力が万全ではなかったのだから。

五月の末、私の甥——ないしは姪——が生まれるという知らせが届いた。弟への愛情はすでに読者の知るところゆえ、私が予定日を違えなかったことは言うまでもあるまい。五月一五日にはもうラグズにおり、父親に負けぬほどじりじりと子の誕生を待った。

それは五月二七日のことだった。この日の出来事が私の記憶から出ていくことはあるまい。人は、この世にもはや奇跡は起こらないと言う。だが、この日はそれが、私自らが真だと保証する奇跡が起きたのだ。奇跡の正体、それはおわかりだろう。つまり私が人為に頼ろうとした救いは自然がもたらした。ミラは、ラザロ*のごとく、生きて墓を出た。マルクの眼は眩み、狂喜し、陶然として、彼女が闇のなかからゆっくりとその姿を現わすのを見た。そして子どもと妻とが同時に生まれ出るのを二重の父として見た。その眼から長いあいだ隠されていた妻は、さらに美しさを増して現われたのだ。

その後、弟とミラ、ならびに私に特筆すべき話はない。私は、理想の、完璧な数学——それは到達不可能でもある。なぜなら数学は宇宙と同様に無限なのだから！——を追い求めて脳味噌を絞り、マルクのほうは有名画家として栄えある道を歩んでいる。弟はパリの、拙宅から数歩のところに構えたすばらしい邸宅に住み、そこには毎年、ローデリヒ夫妻、そして大佐になったハラランがやって来て二か月を過ごす。一方、弟夫婦のほうも毎年、返礼にラグズを訪問する。甥の——いかにも、それは甥だった！——おしゃべりもそのときばかりはお預けだ。私は伯父、そして祖父として、その子を深く愛している。マルクとミラは幸せだ。

天よ願わくは、この幸福が末永く続かんことを！　天よ願わくは、彼らが味わった苦悩がほかの誰かにふりかかることのなきように！　天よ願わくは、これで私は筆を措くが、ヴィルヘルム・シュトーリッツのあの忌まわしき秘密が、ふたたび見いだされることのなきように！

マルクとミラは幸せだ

# 訳註

● 訳註は本文該当箇所に＊を付した。

●『カルパチアの城』のヴェルヌによる原註は割註とした。

● 度量衡の数値はメートル法に換算したものを本文中に割註とした。単位換算は以下による。ただし、原文が必ずしも正確とは言えない箇所もある。

一プース＝二七ミリ（一インチ＝二五ミリ）
一ピエ＝三二・五センチ（一フィート＝三〇センチ）
一トワーズ＝二メートル　一リュー＝四キログラム
一マイル＝七・五キロメートル（中欧、東欧などの場合）

## カルパチアの城

011 【コリガン……ブラウニーとグノーム……アース、エルフ、シルフ、ワルキューレ】西洋各地の神話、伝承における幻想の生物や神族。コリガンはブルターニュ地方——ナント生まれのヴェルヌは自分をブルターニュ人だとみなしていた——に伝わるこびと。ブラウニーはスコットランドに伝わる家の精霊。グノームとシルフは錬金術師パラケルススの著作でも紹介される土の精霊と空気の精霊。エルフはチュートン民話に出てくるこびとで魔法を使う。アースは北欧神話の神族で、その主神オーディーンに仕える乙女たちがワルキューレ。

011 【ド・ジェランドー】オーギュスト。一八一九－一八四九年。著名な言語学者、教育家ジョゼフ＝マリー・ド・ジェランドー男爵の甥にあたるフランス人の著述家。妻はハンガリーの名門貴族テレキ伯爵家（⇒343頁上段訳註【フランツ・ド・テレク伯爵】参照）の出身であり、トランシルヴァニアにある妻の地所、現ルーマニアのサトゥルングに住んだ。ハンガリー独立運動（⇒341頁上段訳註【独立戦争】参照）にも加わって負傷している。『トランシルヴァニアとその住人』（一八四五、一八四七年。次項のルクリュもこの著作を参照している）ほか、ハンガリーやトランシルヴァニアの地理歴史を扱う著作が数点あり、ヴェルヌは本作の資料として用いている。

011 【エリゼ・ルクリュ】一八三〇－一九〇五年。フランスの地理学者でヴェルヌの友人のひとり。アナーキスト。政治姿勢こそ著しく異なったが、ヴェルヌはしばしばルクリュの地理学に関する著作を参照しており、複数の作品でその名が言及される。本作でもトランシルヴァニアについての記述の大半が、〈世界一周〉誌において一八七四年に発表されたルクリュの旅行記「西トランシルヴァニア鉱山地方への旅」（« Voyage aux régions minières de la Transylvanie occidentale »）や〈新世界地理〉叢書（*Nouvelle géographie universelle*, 1876, 1878）の該当巻から引き写されており、また、登場人物のネーミングにも利用されている。

011 【レテザト山】実在の山。前項に記したとおり、作品で言及される地名のほとんどがルクリュの旅行記などからの引用であり、実在する。「西トランシルヴァニア鉱山地方への旅」に付された地図（本書353頁）で各地の位置関係を確認できる。

012 【アルカディア】ギリシアに実在する地名。ただし文学、美術作品などで牧人の楽園とされ、夢幻境の代名詞となる。

012 【ダプニス……アミュンタス……ティテュルス……リュキダス……メリボエウス】文学作品における牧人の名。とりわけウェルギリウス『牧歌』に登場、あるいは作中で言及された人物たち。

012 【リニョン川】一七世紀に人気を博したオノレ・デュルフェの牧歌小説『アストレ』に登場する架空の川。

012 【ワラキア・ジウ川】ルーマニア南部を流れるジウ川は、支流である東ジウ川と西ジウ川がペトロシャニ南方で合流する。ヴェルヌの呼称はルクリュの記述に沿ったものだが、ワラキア・ジウ川が西ジウ川、ハンガリー・ジウ川が東ジウ川を指すと思われる。

012 【ヴェルスト】架空の地名か。綴りの似た町がルーマニアに存在するが、場所はヴルカンから離れたところにある。

012 【汚穢所《ブルアクルリ》】きわめて稀な古語。

012 【区《コミタ》】ハンガリーをはじめとする東欧諸国における行政区の、フランス語による呼称。

012 【恐ロシキ姿ノ番人《イマニオール・イブセ》……恐ロシキ獣《イマヌム・ベキュス》】――ウェルギリウス『牧歌』の詩句をもじったものであり、『地球の中心への旅』（一八六四年）にも挿入されている――「ソワ恐ロシキ獣ノ番人ナレド、自ラハサラニ恐ロシキナリ」（『地底旅行』朝比奈弘治訳、岩波文庫）。『二〇世紀のパリ』（一八六〇年頃に執筆と推定）、「理想の都市」（一八七五年）にも見られ、ヴェルヌのお気に入りと思われる。ただしこの句はヴィクトル・ユゴー『ノートルダム・ド・パリ』（一八三一年）第四巻第三章の章題とほぼ同一であり、ヴェルヌはむしろユゴーを直接参照していると思われる。

012 【トランシルヴァニア】現ルーマニアは、かつて存在したトランシルヴァニア、ワラキア、モルドヴァの三公国が中心となって形成されている。この小説の時代（一九世紀末）、トランシルヴァニアはハンガリーの支配下にあった。なお、ヴェルヌはモルドヴァの位置をトランシルヴァニアの西としているが、実際には東にあたる。

012 【クラウゼンブルク、ないしはコーロズヴァル】ルーマニアの都市、クルージュ＝ナポカの、前者がドイツ語、後者がハンガリー語別称。

012 【ヘルヴェティア】スイスの別称。

012 【深成岩《プルトニック》】マグマが長い時間をかけて結晶化した岩。冥府の神プルトが語源。ヴェルヌがよく用いる語のひとつ。

012 【鉄門】ルーマニア南部、セルビアとの国境近くの峡谷。ドナウ河が西カルパチア山脈を横断する地帯。この鉄門近辺の記述は、東欧が主な舞台となる他のヴェルヌ作品『美しく黄なるドナウ』（一九〇一年執筆、生前未発表）、『ヴィルヘルム・シュトーリッツの秘密』などのそれと一部重複する。

013 【ダキア】ドナウ河の北、カルパチア山脈を含む、ほぼ現在のルーマニアに相当する地域の古称。

013 【トラヤヌス帝】古代ローマ皇帝。在位九八－一一七年。二度にわたる戦争により、一〇六年にダキアをローマの属州とした。

013 【サポヤイ・ヤーノシュ】ハンガリーの対立王。在位一五二六－一五四〇年。一五二六年、モハーチの戦い（『ヴィルヘルム・シュトーリッツの秘密』でも言及される）においてオスマントルコはハンガリーを破り、ハンガリー王ラーヨシュ二世は戦死した。その空位をめぐってサポヤイが即位を宣言したが、前王と縁故のあったハプスブルク家から対立王が出た。するとサポヤイはオスマントルコに援助を求め、以後、ハンガリー支配をめぐってハプスブルク家とオスマントルコが対立することになった。

013 【レオポルト一世】ハプスブルク家の神聖ローマ皇帝。在位一六五八－一七〇五年。オーストリア・トルコ戦争に勝利し、一六九九年のカルロヴィッツ条約により、ハンガリーの大部分とトランシルヴァニアを奪還した。

013 【セーケイ人】トランシルヴァニアに居住するハンガリー系の民族集団。アッティラが率いたフン族の末裔という説は現在では否定されている。

013 【ザクセン人】一二世紀よりトランシルヴァニアに入植したドイツ人の総称。必ずしもザクセン地方出身者ではない。領土の防衛、農業、商業に従事した。また、ヘルマンシュタット（⇒339頁上段訳註【ヘルマンシュタット】参照）などの街を建造した。

013 【セイヨン】農民や羊飼いが着た、粗い布でできた上着。古語。

013 【エスパルト編み】エスパルトはスペイン南部、北アフリカに分布するイネ科の多年草。その丈夫な茎葉でつくられた帽子や手工芸品のこと。

013 【ブルク】ドイツ語で「城」の意。本作にはユゴー作品へのほのめかしが散見されるが、ブルクや城砦もユゴーが好んだモチーフ。たとえば「廃墟のブルク」（一八五七年）という印象的なデッサンがユゴーにある。

013 【オルガル】架空の地名。ルーマニア語母語者にとっては違和感があるようで、同国語版の訳者は別の名称にさし替えている。

013 【立体鏡《ステレオスコープ》】覗きこむと写真が立体的に見える装置で、原理的に現在の3D映像の元祖。一八三八年、イギリスのチャールズ・ホイートストンが発明し、一九世紀半ばから実用化されていた。なにげない言及だが、本作の結末部を予告している。

013 【稜堡】城壁の角に張り出すように築かれた防衛陣地。

014 【空を読む】ヴェルヌ自身、カミーユ・フラマリオンの著作など当時の天文学書を読み、天体に関する知識を作品に鏤めていた。類似する表現「天空を読む」は『流星を追いかけて』（一九〇一年執筆、生前未発表）などにも見られる。

014 【万能膏《プードル・サンパティック》】酸化銅の粉末。一七世紀に流行した薬で、出血を止め、傷を治すとされた。傷口から離して使用しても効き、効能が超自然現象か自然現象かで議論が巻き起こった。一八世紀初頭には忘れられた。

014 【ヴァンパイア】本作（一八九二年）とブラム・ストーカー『ドラキュラ』（一八九七年）とはトランシルヴァニアを舞台にしたゴシック小説風作品としてしばしば比較される。近代的なテクノロジーという点でも、たとえば『ドラキュラ』には「蠟管録音」といった装置が語りの仕掛けに用いられている。

014 【ストリージュ】「夜の鳥」の意で、ヨーロッパの民間伝承で恐れられたヴァンパイアの一種。ホフマン「砂男」（一八一六年）が下敷きとした夜話との類縁性も見出せる（目玉を嘴でついばむイメージ）。ユゴー『ノートルダム・ド・パリ』ではエスメラルダがストリージュとみなされて処刑される――「これなる吸血鬼ならびにヤギが、通称グレーヴ広場（中略）にて処刑されるよう判決がくだされることを！」（『ノートル＝ダム・ド・パリ』辻昶・松下和則訳、岩波文庫。「吸血鬼」が原文ではストリージュ）。

014 【グラン・ビセクスト】フランス、ベリー地方に伝わる怪物。閏年《アネ・ビセクスティル》に現われるとされる。ジョルジュ・サンドの息子モーリスが一八五七年に絵画を残している。

016 【四本と六本の歯を持つ、三歳と四歳の羊】羊の下顎についた前歯は一年に二本ずつ永久歯に代わっていくため、その本数で年齢がわかる。

016 【コルツ判事《ビーロー》】ルクリュ「西トランシルヴァニア鉱山地方への旅」に、綴りがまったく同じコルツ（Koltz）という城が挿画入りで紹介されている。

016 【鵞口瘡、青舌病、旋回病、肝蛭症、悪性水腫、鼓脹症、羊痘、腐蹄病、ラビュズ】実在する家畜伝染病。こうした名詞、とりわけ専門用語や固有名詞の羅列はヴェルヌ作品の特徴のひとつ（にして訳者泣かせ）。最後のラビュズは、フランスのトゥールーズ近辺でのみ知られる病。

016 【ビラヌ】プレイヤード版の註はこの語（birane）をルーマニア語源の「群の先頭を歩く仔羊」（birsane）の誤植とする。あるいはヴァシレ・アレクサンドリ（⇒340頁上段訳註【マノーレ】参照）が収集したバラード「ミオリッツァ」（⇒342頁上段訳註【ミリオタ】参照）で、ミオリッツァを指す「ブルサの雌羊（oiță bârsană）」と関係するか。ブルサはルーマニアの地名。

016 【ククルズ】トウモロコシ。ルクリュの旅行記からの引き写しだが、少なくとも現代のルーマニア語辞書に項目はなく、むしろバルカン半島の諸国に伝播した語。

017 【ヘルマンシュタット】ルーマニアの都市、シビウのドイツ語別称。

017 【マロシュ】ティサ川の支流、ムレシュ川のハンガリー語別称。

017 【カールスブルク】ルーマニアの都市、アルバ・ユリアのドイツ語別称。カール六世にちなむ。

017 【区《コミタ》の首府】コーロズヴァルのこと。

018 【ホフマン】E・T・A。一七七六－一八二二年。ドイツの作家。ヴェルヌにはホフマン風の幻想的な作品が複数あるが、本作と『ヴィルヘルム・シュトーリッツの秘密』はその代表格。ホフマンないしはその諸作品が直接言及されている。この行商人は「砂男」に登場する晴雨計売りコッポラを彷彿させる。

018 【「金の砂時計」の外交員】砂時計もサトゥルヌスも時に関する語であり、行商人が時計を商っていることをユーモラスに表現している。「金の砂時計」は、過ぎ去る時を指す錬金術の用語（あるいはホフマン「黄金の壺」［一八一四年］への目配せ）。サトゥルヌスはローマ神話における農耕の神で、同時に、時の神ともされる（サトゥルヌスはギリシア神話のクロノスに相当するが、このクロノスが、音が似る別の神、時の神クロノスと混同されるため）。

018 【ウプランド】ゆったりとした外套。

018 【アネロイド型気圧計】水銀を用いずに気圧を測る装置。

018 【クロイツァー】オーストリアおよび近隣諸国で使われていた通貨単位、および銅貨。つまり「一銭」の価値もないということ。

019 【ロデュック山……エジェルト】架空の地名。オルガル高原同様、ルーマニア語の訳者は別の語をあてている。

021 【リヴァドゼル】やはりルクリュの旅行記で報告されている鉱山、あるいは村の名で「リヴァゼニ」とも記されている。

021 【聖ヨハネ祭】六月二四日の夏至を祝う祭で、のちにキリスト教に採り入れられて祝祭日となった。太陽への信仰から火と結びつく。

021 【ショルト】この語はルーマニア語ではなくスラヴ語派に属する。よってルーマニア語の訳者は「悪魔」を意味するルーマニア語に代えている。

021 【フローリン】オーストリア＝ハンガリー帝国ほかの通貨単位。

一フローリンは一〇〇クロイツァーに相当する。
025 【ヴィロレ】船具などを指す語であり、この文脈にはそぐわない。方向に関する用具であると思われる。
025 【トノワール砲】バシリスク砲以下、古い時代の大砲が列挙されているが、このトノワールだけは厳密には大砲ではなく、大きな破裂音を出す装置のこと。
025 【ロニアイ】ルクリュの旅行記に見られる地名だが、現代の地図上では同定できなかった。
025 【中央トランシルヴァニア・アルプス】南カルパチア山脈。
026 【黒のロドルフ】ワラキアを建国したとされる伝説の人物、ラドゥ・ネグル公のフランス語による呼称。黒王とも。
026 【マノーレ】「棟梁マノーレ」はルーマニア伝統の口承叙事詩バラード（ルーマニア語ではバラーダ）のひとつで、いわゆる「人柱伝説」に分類される話。前項の黒王が棟梁マノーレと大工たちに命じ、クルテア・デ・アルジェシュに――城ではなく――聖堂を建てさせるが、大工たちが石を積みあげてもすぐに崩れてしまう。ある日、マノーレに、女ひとりを人柱にせよと夢のお告げがある。あろうことか最初にやって来た女はマノーレ最愛の妻アナだった。マノーレはアナを人柱にして聖堂を完成させる。それを見た黒王が、より美しい聖堂を他所に建てさせまいとマノーレと大工たちを聖堂の屋根から降りられないようにすると、マノーレらは木の翼をつくって脱出を試みる。だが、飛び降りる瞬間、マノーレは人柱になったはずの妻の声を聞き、落下。その場所に泉ができた。なお、実際にクルテア・デ・アルジェシュに聖堂を建てたのはネアゴエ・バサラブ公で一六世紀のこと。
近代においてはルーマニアの詩人ヴァシレ・アレクサンドリ（一八一八－一八九〇年）が『ルーマニア民謡集』（一八五二－一八五三年）にこのバラードを収録し、フランスでも知られるきっかけとなった。アレクサンドリはパリ留学経験があり、また一八四八年の革命（⇒341頁上段訳註【独立戦争】参照）にも加わっている。
026 【ゴルツ男爵】複数のモデルが考えられる。フォルカー・デースは、やはり音楽狂で、リヒャルト・ワーグナーの後援者であり、最新テクノロジーを完備した城を建てさせたバイエルン国王ルートウィヒ二世（在位一八六四－一八八六年）や、ファーストネームが同じルドルフで、愛人との心中事件で知られるオーストリア皇太子ルドルフ（一八五八－一八八九年）の名を挙げる。後者については、当時流行っていた心霊主義の実験でそのいかさまを喝破したという逸話が残されていることもゴルツと関連する。また、このときにルドルフに同行していた大公ジョヴァンニ・サルヴァトーレは、ジョヴァンニ・オルトという筆名を持っており、これがゴルツの名の由来だとデースは推定する（G. Orth → Gorth. ヴェルヌは草稿で Gortz をそう綴っていた）。なお、ジョヴァンニの弟ルイージはヴェルヌの読者で両者は文通相手だった。
026 【カンテック】賛歌、昔話。
026 【ドイナ】ルーマニア民謡の総称。
026 【死スマデ捧ゲヨ《ダ・ベ・マオルテ》】ジェランドー『トランシルヴァニアとその住人』からの不正確な引き写し。
026 【羅馬尼亜人ハ滅セズ《ロマン・ノ・ペレ》】やはり、ルクリュやランスロの著作からの引き写し。
027 【血みどろの反乱】一八六七年、オーストリア＝ハンガリー二重帝国の成立によって、トランシルヴァニアは以後、ハンガリーに支配される。そのことへの反乱。

027 【ロージャ・シャーンドル】ハンガリーの有名なベチャール（義賊）。一八一三－一八七八年。支配層である貴族や地主を相手に強盗などをおこなったため民衆から人気があった。その伝説性も含め、日本でいえば石川五右衛門が近いか。一八四八年のハンガリー革命（⇒次項訳註【独立戦争】参照）では義勇軍を率いて活躍したが、最終的には義賊に戻って逮捕され、サモシュー＝イヴァール（ルーマニアの都市、ゲルラのハンガリー語別称）の刑務所で没した。なおヴェルヌには、ハンガリーの伯爵を主人公に据え、デュマ『モンテ・クリスト伯』（一八四六年）にオマージュを捧げた『マーチャーシュ・シャーンドル』（一八八五年）という作品がある（旧訳の邦題は『アドリア海の秘密』）。

027 【独立戦争】一八四八－一八四九年に起こったハンガリー独立運動のこと。ハンガリー革命とも。一八四八年のフランス二月革命がヨーロッパ各地に飛び火し、ハンガリーではハプスブルク支配からの独立運動が起こったが、翌四九年に鎮圧された。

028 【司祭《ポップ》】ギリシア正教の司祭。

028 【ルーガルー】狼男。

028 【「スタッフィ」……「ババ」……「バラウール」……「ズメイ」……セルピ・デ・カーサ】ルーマニアの民話、伝承に登場する幻獣。ヴェルヌが参照したと思しきデュードネ・ランスロの旅行記「パリからブカレストへ」（一八六八年、〈世界一周〉誌に連載）によれば、スタッフィとババ（ランスロは「ババ」と表記）が諸々の不吉な力を人に行使するのに対し、「家の蛇、囲炉裏の住人（セルピ・デ・カーサ）がいる」。つまり守り神のようなものであろう。バラウール、ズメイはドラゴン。後者はルーマニア語ではズメウといい、龍人とも訳され、「勇士アゲラン」などのルーマニア民話で活躍する。

031 【ネゴイウ山】南カルパチア山脈最高峰。標高二五四八メートル。

035 【検疫所の看護人】ルクリュの旅行記では、この地方でコレラが蔓延していることが旅の通奏低音となっている。

035 【トルダ】ルーマニアの都市、トゥルダのハンガリー語別称。ただし、ここではやや異なる綴りが用いられている。

035 【塩化ナトリウム】塩。

035 【ヴァイダ・フニャド】ルーマニアの都市、フーネドアラのハンガリー語別称。この街にあるフニャド城は、フニャディ将軍（⇒341頁下段訳註【フニャディ将軍】参照）の父に与えられたもので、この家系の名の由来。

036 【オッフェンバーニャ】ルーマニアの都市、バイア・デ・アリエシュのハンガリー語別称。

036 【トパンファルヴァ】ルーマニアの都市、クンペニのハンガリー語別称。

036 【ヴェレシュ＝パタク】ルーマニアの都市、ロシア・モンタナのハンガリー語別称。「赤い小川」の意で、つまり金鉱と結びついた名。パタクの名の由来となった可能性がある。

036 【パクトロス川】ギリシア神話の川で砂金を産する。

038 【古代イスラエル人】ユダヤ人を指す。このくだりのステロタイプなユダヤ人像もルクリュの旅行記からの引き写しだが（ユダヤ人の旅籠屋が言及される）、ヴェルヌ自身にも、とりわけ『エクトール・セルヴァダック』（一八七七年）に顕著な反ユダヤ主義的言説がある。

038 【フニャディ将軍】フニャディ・ヤーノシュ。一四〇七？－一四五六年。ワラキアに生まれ、ハンガリーで活躍した武人。一四四一年にトランシルヴァニア公、のちに摂政。オスマントルコ軍の侵略に対してたびたび勝利し、キリスト教国を守った。ハンガリー、ルーマニアでは国民的英雄。息子がマーチャーシュ一世。⇓342頁上段訳註【〈マーチャーシュ王〉亭】参照。

038 【ミリオタ、つまり「小さな雌羊」だった】この命名は、ルーマニアでもっとも人口に膾炙しているとされるバラード「ミオリッツァ」のアナグラム（Miriota/Miorița）と見て間違いないだろう。ミオリッツァはこの美しいバラードに登場する雌羊の名。

040 【レアニュ＝ケー……「王の登頂道」……デヴァ砦……デートナータ……レテザト山……聖ラースロー……トルダ隘路の伝説】すべて実在の地名で、ヴェルヌはやはりルクリュの旅行記からこれらの伝説を拾っている。レアニュ＝ケーはハンガリー語で「乙女の岩」の意。聖ラースローは一一世紀のハンガリー王（アールパード朝。在位一〇七七－一〇九五年）で『ヴィルヘルム・シュトーリッツの秘密』では通りの名として言及される。

040 【コルパク】ロシアなどで着用される、とんがり帽子。

045 【ジュデ】神がユダヤ民族に与えた土地。

045 【〈マーチャーシュ王〉亭】ハンガリー王マーチャーシュ一世（在位一四五八－一四九〇年）にちなんだ屋号だと思われる。フニャディ将軍（⇓341頁下段訳註【フニャディ将軍】参照）の次男で、すぐれた君主として中世ハンガリーの最盛期を築き、学芸を保護して同国を東欧におけるルネサンス文化の一大拠点とした。『ヴィルヘルム・シュトーリッツの秘密』では蒸気船の名として言及される。なお、父フニャディともども、ドラキュラのモデルであるワラキア公ヴラド三世とは政治上、同盟したり敵対したりと複雑な関係にあった。ヴラドはマーチャーシュの妹と結婚している。

045 【ニャド川】架空の川か。フニャディ将軍（⇓341頁下段訳註【フニャディ将軍】参照）からインスピレーションを受けたか（Hunyad/Nyad）。

046 【「トラフィックス」】もともとはドイツ語で「煙草屋」の意。

059 【カットラス】片刃の湾曲刀。

059 【ケープ】袖なしマント。

059 【ロドルフ・ド・ゴルツ伯爵】ここでは爵位が伯爵となっている。

060 【レザーストッキングやチンガチグック】前者は、ジェイムズ・フェニモア・クーパー〈レザーストッキング（革脚絆）物語〉（一八二三－一八四一年）シリーズの主人公、白人のナティ・バンポーを指し、後者は、シリーズ第二作『最後のモヒカン族』（一八二六年）に登場するインディアンの名。クーパーはヴェルヌが愛読した作家のひとりで、影響関係や引用は〈驚異の旅〉全般に見られる。

072 【サラバンド】バロック期の舞曲のひとつ。

074 【クラーケン】北欧の伝説でノルウェー沖に出現するという海の怪物。

076 【『静観詩集』の詩人が言うように、彼は「恐怖を吸っている！」】詩人とはユゴーのこと。『静観詩集』（一八五六年）は愛娘の喪失――川遊びで落命――を主たる題材にしている。同詩集に完全に一致する表現は見あたらない。八章でほのめかされる「影の口が言うこと」という詩編に「苦悶の花束を吸っている」という一節があるが、むしろユゴーに一貫したモチーフ、未知なるものへの恐怖が示唆されているだろう。たとえば『海で働く人』（一八六六年）に「影はひとつ、そこから恐れが。同時にそれは複雑だ、そこから恐怖が」とある。

078 【水槽】敵の侵入を防ぐため、乾壕の底に築かれる水路。

081 【タラスク】南仏の町タラスコンに伝わる伝説の怪物。

093 【彼の描写】この作品では現在形が作為的に用いられている箇所がある。ここでは訳文に反映できなかったが、パタクは一連の怪奇現象を現在形を基調にして語っている。

093 【ヒポクラテスとガレノス】古代ギリシアと古代ローマの医師。

094 【詩人言うところの「影の口」】ユゴー『静観詩集』第六巻二六編「影の口が言うこと」を指している。

097 【フランツ・ド・テレク伯爵】ハンガリーの名門貴族でトランシルヴァニアを出自とするテレキ伯爵家を彷彿させる。たとえば、作家、政治家のラースロー・テレキ（一八一一－一八六一年）はハンガリー独立運動で活躍した。リストの「ハンガリー狂詩曲」第二番は彼に捧げられている。フォルカー・デースはシャームエル・テレキ伯爵（一八四五－一九一六年）を挙げている。この貴族は、ゴルツ男爵（⇓340頁下段訳註【ゴルツ男爵】参照）のモデルのひとりと考えられるオーストリア皇太子ルドルフの友人であり、「中央アフリカの探検家として名をなし、何度も熊狩りに出かけている」という……。テレキの名は『ヴィルヘルム・シュトーリッツの秘密』でも通りの名として言及される（⇓348頁下段『ヴィルヘルム・シュトーリッツの秘密』訳註【テレキ大通り】参照）。またテレク、テレキとも、電気（エレクトリック）の不完全なアナグラムでもある（Télek[i]-éle[c]t[r]ique=k）。

102 【圏谷】椀状の窪地。

110 【トリナクリア】シチリアの別称。古代ギリシア語起源の語で「三つの岬」の意。また同島のシンボルである三本足のゴーゴンのこと。深読みすれば今後の登場人物の関係を予告するか。

111 【ラ・スティラ】ラテン語であれば「雫」の意。また、オッフェンバックのオペラ「ホフマン物語」（一八八一年初演）のステラを彷彿させる。ヴェルヌとオッフェンバックは無名時代からの知り合いであり、のちにオッフェンバックはヴェルヌ「オクス博士」のオペラ＝ブッフ版（一八七七年）に曲をつける。ただし、オッフェンバックの「月世界旅行」（一八七五年）はヴェルヌ作品とは関係がないことをフォルカー・デースが立証している。両者は作品をめぐって対立もしたが、オッフェンバックの葬儀にヴェルヌは参列している。また、「ホフマン物語」の台本を書いたミシェル・カレとヴェルヌは若い頃にいくつかの戯曲を共作しており、ヴェルヌとアドルフ・デヌリーの共作である戯曲「不可能を通る旅」（一八八二年）の構成は「ホフマン物語」からヒントを得ていると考えられる。

「ホフマン物語」のなかでステラは、モーツァルト「ドン・ジョヴァンニ」（一七八七年）のドンナ・アンナ役を演じるが、彼女の設定は当然、ホフマン自身の短篇「ドン・ファン」（一八一四年）に多くを負っている。

111 【トリノのカリニャーノ歌劇場、ミラノのスカラ座、ヴェネチアのフェニーチェ座、フィレンツェのアルフィエーリ歌劇場、ローマのアポロ歌劇場、ナポリのサン・カルロ座】いずれも一八世紀、イタリアに建てられた有名な歌劇場。このうちアルフィエーリ歌劇場とアポロ歌劇場は現存していない。

111 【プラクシテレス】前四世紀のギリシアの彫刻家。有名な作品に、女神を全裸で表現した初の作品とされる「クドニスのアフロディーテ」がある。プラクシテレスへの言及はないものの、『カルパチアの城』と並ぶ独身者機械作品、ヴィリエ・ド・リラダン伯爵『未来のイヴ』（一八八六年）に登場する絶世の美女アリシアはミロのヴィーナス像の生き写しとされ、ラ・スティラとの相同性を見いだせる。一八二〇年に発見されたミロのヴィーナスをプラクシテレスの作とする説もあったが現在では否定されている。

111 【マリブラン】マリア。一八〇八―一八三六年。スペイン出身で、当世随一のオペラ歌手だったが二十八歳で夭折した。マリアの妹のポーリーヌもオペラ歌手で、こちらはジョルジュ・サンド『歌姫コンシュエロ』（一八四三年）のモデル。

111 【ミュッセならばこう言ったかもしれない】アルフレッド・ド・ミュッセの詩「ラ・マリブランのスタンス」が引用されている（一八三六年初出、一八五〇年、『新詩集』に所収）。同詩には「若きヴィーナス、プラクシテレスの娘よ」との一節もあり、ラ・スティラの造形と、早世した美貌の歌姫マリブランの姿が重なる。ヴィリエ『未来のイヴ』でも、（エワルド卿のなかで理想化された）アリシアが自身をマリブランになぞらえ、また、ミュッセの詩によって歌姫が不滅になったことが語られている。

111 【スタンス】同一の詩節がくり返される抒情詩。

112 【再現】「再生」、「複製」の意でも用いられる語（reproduire）。

113 【ミケーレ・グレゴリオ】架空の画家か。

113 【オルファニック】ミシェル・セールをはじめ多くの論者が、ギリシア神話に登場するオルフェウスとの音の類似を指摘している。

116 【アルコナーチのオペラ、「オルランド」】作曲者、作品とも架空だが、イタリアの詩人ルドヴィーコ・アリオストの騎士物語叙事詩『狂えるオルランド』（一五三二年）を原作としたオペラという設定であろう。アンジェリカは東国の姫の名で、シャルルマーニュ軍の将オルランドは、この姫への実らぬ恋から狂乱に陥る。「狂えるオルランド」というオペラは複数存在し、なかでもヴィヴァルディの作品（一七二七年）にはロジスティラという人物が登場する。

116 【ストレッタ】オペラなどのフィナーレでテンポを速め、緊張感を高める部分。

119 【恋する女《イナモラタ》、震えるわが心よ《ミオ・クオレ・トレメンテ》、われ死せんと欲せし《ヴォグリーノ・モリレ》……】ヴェルヌの創作。なお、ジョルジュ・ペレック『人生使用法』（一九七八年）にはヴェルヌ作品からの引用が可視、不可視の状態で多く盛りこまれているが、六章にこの一節がそのまま引用されている。

119 【ラ・スティラは死んでいた……】ホフマン「ドン・ファン」でも歌姫は舞台で発作をおこし、のちに死ぬ。もっとも、多くのオペラ作品でソプラノ役がたどる運命であるが。

119 【カンポ・サント・ヌオーヴォ】ナポリにある主要な墓地のひとつで「新墓地」の意。ポッジョレアーレ墓地とも。

125 【ファンタスマゴリー】いわゆるスライド写真の前身である幻灯機は一七世紀のキルヒャーの紹介にあるように古くから存在したが、これを用い、特に幽霊を映した見世物のこと。ファンタはファントムと同じ語源。一八世紀末から一九世紀にかけて流行し、当然、映画の前身のひとつとして考えることができる。

130 【ステファーノ】架空の作曲家か。ないしは、「オルフェオ（オルフェウス）の死」（一六一八年）という作品があるバロック期のイタリアの作曲家、ステファーノ・ランディ（一五八七年―一六三九年）への目配せか。

130 【いざ行かん《アンディアーモ》、わが心よ《ミオ・クオレ》】モーツァルト「ドン・ジョヴァンニ」の二重唱「奥様お手をどうぞ」に、「行きましょう《アンディアーム》、行きましょう《アンディアーム》、恋しい人よ《ミオ・ベネ》」という一節がある。

131 【トランシルヴァニアの首都】行政上はヘルマンシュタットであるが、ここではコーロズヴァルを指していると思われる。

133 【ゴルツ伯爵】ここでも爵位が伯爵となっている。

143 【サント・カンポ・ヌオーヴォ】ここのみ語順が変わっている。

146 【カルナック】フランス、ブルターニュ地方の町、巨石遺構で知られる。

146 【尾白鷲】この鳥（orfraie）は海岸や河川に生息するため、音が似るメンフクロウ（effraie）と混同している可能性がある。

149 【カルパチアの城の全貌】この描写もユゴー『ノートルダム・ド・パリ』に多くを負っており、また、『エルナニ』（一八三〇年）への目配せもある。

149 【ポルセンナ、リムノス島、クレタ島の迷宮】それぞれ古代の、あるいは神話の迷宮。ポルセンナは共和政ローマと戦ったとされるエトルリアの王の名で、迷宮のような霊廟を建てさせたという。リムノス島はエーゲ海の島で、大プリニウスによるとやはり迷宮がある。ダイダロスが設計したクレタ島の迷宮にはミノタウロスがおり、のちに語られるとおり、テセウスがアリアドネの糸の助けを借りて怪物を退治する。

149 【ミノス王の娘】アリアドネのこと。この「ミノス王の娘（la fille de Minos）」はフランス語のもっとも美しい詩句とされる、ラシーヌ『フェードル』（一六七七年）の一節「パシファエとミノスの娘」の半句をなす。アリアドネとフェードルは姉妹。

153 【そうだ！】本書の底本ではNon！とあり、後年の版ではOui！となっている。いずれにせよ、ここはいったん退くという文脈は変わらないだろう。

165 【その仕上げ】電気に関する発明品については啓蒙家ルイ・フィギュエの著作、たとえば〈科学の新たなる征服〉シリーズの『電気』（一八八四年）などに詳細がある。

165 【まるで向き合って座っているかのように】いわゆるテレビ電話が想起されているだろう。同時代ではすでに、エミール・デボーが『大衆物理学』（一八九一年）のなかで、その技術的な説明をおこなっている。写真電送という語（téléphote）はヴェルヌの息子ミシェル・ヴェルヌが書いた短篇「二九世紀にて。あるアメリカ人ジャーナリストの二八八九年の一日」（一八九〇年初出）にも見られる。なお、荒原邦博はこの装置と、マルセル・プルーストが『花咲く乙女たちの陰に』（一九一九年）で言及している「フォトテレフォン」との関連を探っている（荒原邦博「プルーストと『海底二万里』」『Excelsior!』第九号、日本ジュール・ヴェルヌ研究会、二〇一四年）。

169 【ビストリッツ】ルーマニアの都市、ビストリッツァのドイツ語別称。ストーカー『ドラキュラ』のハーカーは物語冒頭、この町に滞在している。

183 【カヴァティーナ】アリアの導入で歌われる抒情的な独唱曲。

## ヴィルヘルム・シュトーリッツの秘密

189 【低ハンガリー】ハンガリー南東部のこと。

189 【ヴィルヘルム・ホフマン】『カルパチアの城』に続き、ここでも言及されている（⇒339頁上段『カルパチアの城』訳註【ホフマン】参照）。その名、E・T・AのAはアマデーウスの頭文字だが、これはホフマンのモーツァルト好きが高じて自ら改名したもので、もともとはヴィルヘルムだった。ヴェルヌが意図的にヴィルヘルム・ホフマンという表記を採ったならば、見えなくなったヴィルヘルムの名を復活させたことになる。なお、氏名ともにドイツでは一般的であるため偶然の一致の可能性が高いが、アウグスト・ヴィルヘルム・フォン・ホフマン（一八一八－一八九二年）というドイツ人化学者がいる。

189 【「塗りつぶされた戸」、「トラバッキョ王」、「運命の関連性」、「失われた影】ヴェルヌはこれらのタイトルをP・クリスチャン訳『ホフマン幻想短篇集』（一八四三年）から引用している。主な邦訳タイトルは順に「世襲権」、「イグナーツ・デナー」、「物事の関連性」、「聖ジルヴェスター（大晦日）の夜の椿事」。

189 【エドガー・ポー】一八〇九―一八四九年。ヴェルヌが大きな影響を受けた作家のひとり。ヴェルヌは英語を解さなかったためボードレール訳でポー作品を読み、一八六四年には「エドガー・ポーとその作品」という小論を雑誌に寄せている。また、そのなかで中心的に紹介されている『ナンタケット島出身のアーサー・ゴードン・ピムの物語』（一八三八年。ボードレールの仏訳は一八五八年）の続編、『氷のスフィンクス』を一八九七年に出している。〈驚異の旅〉というシリーズ名もボードレール訳のポー短篇集のタイトル〈驚異の物語〉を踏まえたものと考えられる。

189 【ボナ】レオン。一八三三―一九二二年。有名な肖像画家。ロートレックほか、のちに高名になる多くの弟子を持ち、パリ美術学校の学長も務めた。ユゴーの有名な肖像画も残している（一八七九年）。きわめて写実的な肖像画を描いたことや、レジオン・ドヌール勲章を得ているなど、むしろマルク自身のモデルにもなっていると思われる。ヴェルヌ作品ではほかに『スクリュー島』（一八九五年）でも言及されている。

189 【北部鉄道会社】現在のフランス国鉄（SNCF）の前身のひとつ（一八四五―一九三八年）。パリからダンケルク、カレーなどのフランス北部、ベルギー方面への路線などがあり、ヴェルヌが住んでいたアミアンも途中駅のひとつだった。

190 【ラグズ】架空の街。名称自体は古い地図に実在するが場所は異なる。ハンガリーが舞台の一部となる『美しく黄なるドナウ』にも登場する。なお、ヴェルヌの記述からすると、生粋のマジャール人の街ラグズはヴコヴァルより下流、ノイザッツ（ノビ＝サド。⇒350頁上段訳註【ノイザッツ】参照）より上流のドナウ河沿いにあり、河を境にセルビアと接している。すると現在ではクロアチアとの国境にほど近い、セルビア・モンテネグロ領内にあると推定でき、つまりはハンガリー領ではない。

190 【セゲディン】ハンガリーの都市、セゲドのドイツ語別称。

191 【プレスブルク】スロヴァキアの首都、ブラティスラヴァの旧称、ドイツ語別称。

191 【ゼムリン】ルーマニアにかつて存在した都市、ゼムンのドイツ語別称。現在ではベオグラードの一部。

192 【ベッサラビア】現モルドヴァ共和国の旧称、一般的にはドニエストル川とプルート川と黒海に囲まれた地域を指す。

192 【鉄門】⇒337頁下段『カルパチアの城』訳註【鉄門】参照。

192 【ルスチュク】ブルガリアの都市、ルセのトルコ語別称。

192 【ガラツ】ルーマニアの都市、ガラツィのドイツ語別称。

192 【汽船《ダンプフシフ》】ドイツ語。

196 【今はなきアルザス＝ロレーヌ地方】普仏戦争に敗北したフランスは、一八七一年のフランクフルト講和条約により両地方の大半を失った。フランスがとり返すのは第一次世界大戦後であるため、愛国者ヴェルヌの生前には戻らなかった。

196 【大聖堂《ミュンスター》とその巨大な尖塔】ストラスブール大聖堂のこと。その高さで知られ、通常ペアである尖塔がひとつしかないのが特徴。

196 【ヴュルテンベルク王国……バイエルン王国】ともにナポレオン戦争中、フランスと結び王国となった。またドイツ統一に際しては当初、反プロシア的な立場をとった。

197 【マーチャーシュ・コルヴィヌス号】『カルパチアの城』で旅籠の屋号の由来となっているハンガリー王、マーチャーシュ一世にちなんでいる。通称のコルウィヌスはラテン語で「鴉」の意。⇒342頁上段『カルパチアの城』訳註【〈マーチャーシュ王〉亭】参照。

197 【デュリュイ氏】ヴィクトール。一八一一－一八九四年。第二帝政期の政治家、歴史家。ヴェルヌの言う紀行文とは〈世界一周〉誌に連載され、一八六四年に『旅のよもやま話――パリからブカレストへ』としてまとめられた著作。

197 【ジャンガダ】この筏を描いた『ジャンガダ』（一八八一年）という作品がヴェルヌにある。移動する都市や家はヴェルヌに一貫したモチーフ。作家が生まれたナントのフェドー島もかつてはロワール河の中洲にあった。

197 【エスリンクとヴァグラムの戦い】一八〇九年、オーストリアのカール大公とナポレオン軍の戦い。正確に言うと、五月におこなわれたエスリンクの戦いはナポレオンの敗戦で、七月のヴァグラムの戦いで勝利している。

198 【マルヒ川】モラヴァ川のドイツ語別称。

198 【一六世紀にフランス人とトルコ人が激戦をくりひろげた】どの戦いのことを指しているのか不明。なお、このあとの記述には齟齬があり、ペトローネル、アルテンブルク、ハインブルクといった町は、ドナウ河とマルヒ川との合流地点よりも上流にある。

198 【ハンガリー門】不明。

198 【三〇〇キロ】実際にはそれほどの距離はない。

198 【あの広大な城】ブラティスラヴァ城のこと。一八一一年の火事で焼失し、残骸の形状から「ひっくり返したテーブル」という愛称があった。第二次世界大戦後に修復されたため、現在はその奇抜な姿を見ることはできない。

198 【当地に移されたのだ】ただし、ハンガリーの議会がプレスブルクに移されていたのは一八四八年のハンガリー革命まで。

198 【一八〇五年に調印された栄えある条約】ナポレオンが大勝したアウステルリッツの戦いのあと、一八〇五年、神聖ローマ皇帝フランツ二世とのあいだで結ばれたプレスブルク講和条約のこと。オーストリアは多くの領土をフランスに割譲した。

199 【スティリア】オーストリア、シュタイアーマルク州の別称。

199 【ラーブ】ハンガリーの都市、ジェールのドイツ語別称。

199 【一八四九年のハンガリー独立運動】⇒341頁上段『カルパチアの城』訳註【独立戦争】参照。

199 【コモルン】ハンガリーの都市、コマーロムのドイツ語別称。

199 【トカイ】ハンガリー北東部の町。貴腐ワイン、アスーの産地として有名。

200 【グラン】ハンガリーの都市、エステルゴムのドイツ語別称。

200 【ヴァイツェン】ハンガリーの都市、ヴァーツのドイツ語別称。

201 【ブダ】本文前述のとおり、ブダペシュトは一六八六年までのおよそ一世紀半、オスマントルコ領だった。

201 【ギュル＝ババ】ブダ占領の際に戦死したオスマントルコの詩人、軍人。

202 【ゲッレールトの丘、つまりブロックスベルク】ブダペシュトのドナウ河沿いにある山（ヴェルヌは「丘」と記しているが、ハンガリー語では「山」の意）。ブロックスベルクはそのドイツ語別称。ドイツ語圏では魔女伝説を持つ山がこう呼称されることがある。

202 【「エッケ・ホモ」】ラテン語で「見よ、この男だ」の意。ピラトが群衆の前に晒されたイエスを指して言った言葉（「新約聖書」ヨハネ福音書19－5）。レンブラントの銅版画は数種類あり、一六五五年に制作されている。

202 【〈ウィーン特報《ヴィーナー・エクストラブラット》〉紙】〈挿画入りウィーン特報〉という新聞が一八七二年から一九二八年まで発刊されていた。『上も下もなく』（一八八九年）でも〈エクストラブラット〉の紙名で挙げられている。⇓『ジュール・ヴェルヌ〈驚異の旅〉コレクションII』本文566頁、訳註628頁上段参照。

203 【シュプレムベルク】ドイツの東、ポーランド国境に近い町。

203 【X線】Xには「未知の」という意味がある。X線は一八九五年、ドイツの物理学者ヴィルヘルム・レントゲン（一八四五―一九二三年）が発見し、たちまち世界中に知れ渡った。つまり未知ではなくなった。

206 【スラヴォニア】現クロアチアの東部地域。当時はオーストリア＝ハンガリー帝国領だった。

206 【軍政国境地帯】ハプスブルク家がオスマントルコに対する防衛を目的とし、一六世紀前半に設置。一九世紀中葉より解体がはじまり、一八八一年には全域がハンガリーなどに統合されている。よってアンリの旅がX線の発見以後であるならば公式にはすでに存在していなかったはず。

209 【ミロシュ公】セルビア公国（一八一七―一八八二年）の創立者ミロシュ・オブレノヴィッチ一世（在位一八一七―一八三九年、一八五八―一八六〇年）のことと思われる。ミロシュはオスマントルコに対する蜂起で公の称号を得、一定の自治権を獲得した。

209 【テメシヴァル】ルーマニアの都市、ティミショアラのハンガリー語別称。オスマントルコとの戦いの拠点となり、『カルパチアの城』で言及されるフニャディ将軍（⇓341頁下段『カルパチアの城』訳註【フニャディ将軍】参照）が一五世紀、この地に要塞を建てている。一六世紀からはオスマントルコ領、のちにオーストリア領。ハンガリー独立運動（⇓341頁上段『カルパチアの城』訳註【独立戦争】参照）では最後の戦地となった。産業が盛んであることでも知られる。

211 【ガラテア……ピグマリオン】ギリシア神話に登場するキプロス王ピグマリオンは、自ら彫った象牙の女の像に恋をする。ガラテアはその像の名。

212 【一八四九年】この年に収束したハンガリー独立運動を指す。⇓341頁上段『カルパチアの城』訳註【独立戦争】参照。

212 【メトシェラ、ノア、アブラハム、イサク、ヤコブ】旧約聖書に登場する族長の名で直系の関係にある。

214 【コンチェット】コンチェット（concetto）とは「気の利いたやり方で対立項を結び合わせること」を意味する。文脈にそぐわないため、フォルカー・デースは、ヴェルヌがイタリア語のソネット（sonetto 詩の一形式）と混同した可能性を示唆している。なお、次の詩はヴェルヌの創作で、二一歳頃に書かれたもの（« La vie », Bulletin de la Société Jules Verne, n°87, 1987, p.27.）。

過去はなくも、描きうる
（中略）
未来はなくも、偽りうる
（中略）
あるのは現在だけ（中略）

215 【テレキ大通り】「フォリオ」版編者のオリヴィエ・デュマによるとヴェルヌは草稿で「テレキ（Teléki）」と「テケリ（Tekéli）」の二つの綴りを混在させている。本訳書では「テレキ」で統一した。「テレキ」であればテレキ伯爵家（⇓343頁上段『カルパチアの城』訳註【フランツ・ド・テレク伯爵】参照）へのオマージュであり、「テケリ＝リ（Tekeli-li）」はポーの『ピム』終盤で強迫観念的にリズムを刻む鳴き声である（Ch. Chelebourg, « Le blanc et le noir », Bulletin de la Société Jules Verne, nº 77, 1986.）

215 【ヴィルヘルム二世】プロシア王、ドイツ皇帝。在位一八八八－一九一八年。

217 【医師の住居】この邸宅の構成は、塔をはじめ、アミアンにあるヴェルヌの自宅の間どりをほぼそのまま写したもの。

217 【バッチャーニュ】九世紀に遡るハンガリーの名門家系。とりわけ、バッチャーニュ・ラヨシュ（一八〇六－一八四九年）はハンガリー独立運動（⇓341頁上段『カルパチアの城』訳註【独立戦争】参照）の結果できた責任内閣で首相を務めた。だが、独立をめぐってオーストリアと対立し、逮捕、処刑された。

217 【マンサード屋根】フランス一七世紀の高名な建築家フランソワ・マンサールの名にちなんだ屋根の形式。屋根面が二段階になっており、上部の勾配は緩く、下部の勾配は急になる特徴を持つ。

218 【ヤシ、ドラセナ、ケルプ、××】リストは未完成のままだった。

219 【ミーリスの描く処女】オランダの画家、フランス・ファン・ミーリス（一六三五－一六八一年）、ないしはその息子のウィレム・ファン・ミーリス（一六六二－一七四七年）。どの作品であるかを特定することができないが、父の描いた作品にミラの造形を思わせるものがいくつかある。

223 【もう一度くり返すことになるのね！】「民法上の結婚」についての法整備がなされるのがフランスでは一七九二年。しかし「宗教上の結婚」もひき続きおこなわれて今に至る。

224 【ペテーフィ】シャーンドル。一八二三－一八四九年。ハンガリーの詩人。ハンガリー独立運動（⇓341頁上段『カルパチアの城』訳註【独立戦争】参照）で戦死。シャーンドル・テレキ伯爵と親交があった。

226 【バナト地方】ルーマニア西部からセルビアのボイボディナ州にかけての地域で、北はマロシュ川、西はティサ川、南をドナウ河、東を西カルパチア山脈で囲まれた一帯。

226 【小ロシア人】ウクライナ人の古称。

227 【イシュトヴァーン二世】ハンガリー及びクロアチア王。在位一一〇五－一一三一年。

227 【カールマーン】ハンガリー王。在位一〇九五－一一一六年。クロアチアを征服した。前項のイシュトヴァーン二世の父。権力を奪われないようにするため、弟と甥の眼を潰したという。

228 【リスト】フランツ。一八一一－一八八六年。超絶技巧のピアニスト、作曲家。ハンガリーに植民したドイツ人の子孫。「ハンガリー狂詩曲」や「ハンガリー幻想曲」といった曲も残している。

228 【ヴァラシュディン】クロアチアの都市、ヴァラジュディンのドイツ語別称。

228 【ナールブルク】不明。ヴァラシュディンとグラーツのあいだにあるスロヴェニアの都市、マリボル（ドイツ語別称はマールブルク）の誤記か。

228 【ラースロー】ラースローはハンガリーやポーランドの王に多い名だが、ここではハンガリー王ラースロー一世か（在位一〇七七－一〇九五年）。死後、列聖されて聖王と称された。『カルパチアの城』のミリオタはその伝説のことをヘルモッド先生から教わっている。⇓342頁上段『カルパチアの城』訳註【レアニュ＝ケー……】参照。

229 【整形外科用具】飛梁とは、建物の補強のため壁面の外側に無数に掛けられたアーチ。パリのノートルダム寺院の後陣などに見られる。この突起状のアーチが外科手術のメスを想起させるため。

229 【クラクフ】ポーランドの都市。

229 【貴族《マグナート》】ポーランドやハンガリーの貴族階級で、たいへんな権勢を誇った。ハンガリーでは上院議員の名称でもあった。

230 【ノイザッツ】セルビア北部の都市、ノビ＝サドのドイツ語別称。

233 【悪魔のもとに行くでしょうね】「遠くに行く」の意味がある。

247 【ペスマ】セルビア語で「歌」の意。

247 【ドイマ】ドイナのことか。⇓340頁下段『カルパチアの城』訳註【ドイナ】参照。

247 【ツィンバロン】ハンガリーの民族楽器。四〇本ほどの鉄の弦を、両手に持ったバチで叩いて音を出す。

247 【「ラコスの歌」……「ラーコーツィ行進曲」】前者については不明だが、二章で言及されているラコスの平原にちなむであろう。後者は有名なハンガリーの民謡で、リスト「ハンガリー狂詩曲」ほか、複数の有名作品にその旋律が引用されている。ラーコーツィ・フェレンツ（一六七六－一七三五年）はハンガリーの貴族で国民的英雄。一六九九年のカルロヴィッツ条約によってハプスブルク家によるハンガリーの支配がはじまるとハンガリー貴族や農民らが暴動を起こした。ラーコーツィはこの独立運動の指導者となり、諸外国の援助を求めて奔走、自らもオーストリア皇帝軍と戦った。だが蜂起は失敗に終わり、一七一一年に亡命した。⇓338頁上段『カルパチアの城』訳註【レオポルト一世】参照。

250 【ゲオルク・ヘルヴェークの「憎しみの歌」】ドイツの反体制派詩人ヘルヴェーク（一八一七－一八七五年）の詩集『生者の詩』（一八四〇年）に収録されている詩編だが、これが賛歌としてあったかは不明。ちなみにこの憎しみとは絶対君主制への憎しみであり、となるとプロシア人ヴィルヘルムがハンガリー人を侮辱するためにこの歌を選んだことは滑稽といえるほど分裂的である……。ヘルヴェークはこの詩集の成功で、時のプロシア王フリードリヒ・ヴィルヘルム四世と謁見し、王からは敵ながらあっぱれと評されたという。ヴェルヌがこの詩をどこで見つけ、なぜここで用いたかについては検討の必要があるが、単純にタイトルの意味だけを重視した可能性もある。

258 【「影の手」】『カルパチアの城』八章で言及されたユゴー『静観詩集』所収の詩編「影の口の言うこと」をもじった句。⇓342頁下段『カルパチアの城』訳註【『静観詩集』の……】参照。

263 【ロカイユ様式】室内装飾や家具などに用いられた貝殻型、模造石状の装飾モチーフのこと。

263 【ダーニエル】草稿では空白のままであり、オリヴィエ・デュマは「フォリオ」版でこのように補っている。本訳書でもそれに倣った。

263 【「塗りつぶされた戸」のダーニエル、「トラバッキョ王」のデナー、「コッペリウス師」の砂男】いずれもホフマンの短篇に登場する異様な人物。ダーニエルはロードリッヒ男爵家の執事で、ある秘密に苛まれて亡霊となる。物語の舞台は古城。デナーは錬金術師トラバッキョの息子で（シュトーリッツ親子の設定に似る）、ある家庭を破滅させようとする。コッペリウスは「砂男」に登場する晴雨計売りで、主人公の狂気――フロイトにいわせれば去勢不安――の引き金となる。⇓339頁上段『カルパチアの城』訳註【ホフマン】参照。

264 【ルームコルフ・コイル】ハインリッヒ・ダニエル・ルームコルフ（一八〇三－一八七七年）はドイツ出身で、主にパリで活動した技師。高圧電気を発生させるコイルを開発し、照明器具に応用した。この道具はヴェルヌ作品に頻繁に登場する。ルームコルフ・コイルは実際、X線を発生させる電源として用いられた。

264 【モワッサン電気炉】フランスの化学者アンリ・モワッサン（一八五二－一九〇七年）が発明した電気炉でたいへんな高温を発生させることができた。

264 【レトルトとアランビック】ともに蒸留器。錬金術の象徴でもある。

272 【〈ペスター・ロイド〉紙】一八五四年よりハンガリーで刊行されていたドイツ語新聞。『上も下もなく』にも登場する。⇒『ジュール・ヴェルヌ〈驚異の旅〉コレクションII』本文566頁、訳註628頁上段参照。

278 【翌日に】翌日の一四日が役所での法律上の挙式、翌々日の一五日が教会での宗教上の挙式ということ。

284 【コンザッシュ】架空の作曲家か。

286 【ゴットリープ】架空の歌手か。ゴットリープはドイツ語で「神に愛される者」の意であり、アマデーウスと同じ。

286 【パテナ】聖体を載せる皿。

286 【聖別】物や人を聖化すること。とりわけカトリックのミサで、パンとワインをキリストの肉と血に変化させること。

290 【ギュゲスの指輪】姿を見えなくする指輪。リュディア王カンダウレスから王位を奪ったギュゲスが持っていたとされる。この逸話にはいくつかのヴァージョンがある。プラトン『国家』ではギュゲスは羊飼いであり、指輪の力を使って王妃と密通、王を殺して王位を簒奪した。ヘロドトス『歴史』では、ギュゲスは王の友人で、王妃の裸体を自慢したがった王にそそのかされて王妃を覗き見し、怒った王妃とともに王を殺害したとする。いずれも女性との性的な関係と王殺し、覗き、不可視をテーマとしている。

308 【オリエント急行】一八八三年より運行が開始されており、パリとコンスタンティノープル（イスタンブール）を結んだ。ブダペシュト、ウィーンも経由地だった。

327 【音栓】パイプオルガンの部品名で、英語では「ストップ」。パイプオルガンの音色を変えるための装置だが（奏者は栓のような形状のノブを操作する）、その音色自体も指す。ヴェルヌにはやはりホフマン風の幻想譚として「レのシャープ君とミのフラットさん」（一八九三年初出）という短篇があり、その物語ではある特殊な音栓が物語のモチーフになっている。

ミシェル・ヴェルヌ版第一九章

331 【仕事】ミシェル版では別の箇所で「技師」とされている。

332 【懸濁】液体中に固体の微粒子が分散している状態。

332 【外科医のメスにも可能だ】この理論でいくとミラは月経によっても不可視が解除されるはず。だが、妊娠していたため不可視のままだった（Philippe Lanthony, « Compléments sur *Stritz* », Bulletin de la Société Jules Verne, n° 72, 1984）。ミシェルの合理主義がそこまで計算していたかどうかはともかく。

332 【ラザロ】キリストの友人。病のため死去したが、キリストの祈りによって蘇生したという。

## 主要参考文献

Pierre Larousse, *Grand Dictionnaire universel du XIX$^{e}$ siècle*.

Jules Verne, *Le Secret de Wilhelm Storitz*, édition présentée et annotée par Olivier Dumas, Gallimard, coll. « Folio », 1999.

Muguraş Constantinescu, *Pour une lecture critique des traductions, Réflexions et pratiques*, L'Harmattan, coll. « Espaces littéraires », 2013.

« Notice » in Jules Verne, *Voyages extraordinaires Michel Strogoff et autres romans*, Gallimard, coll. « Bibliothèque de la Pléiade », 2017.

『ルーマニアの民話（東ヨーロッパの民話）』直野敦・住谷春也訳、恒文社、一九七八年

ジュルカネアヌ・クラウディウ『ルーマニア――その国土と人々』佐々田誠之助訳、帝国書院、一九七九年

南塚信吾『ハンガリーに蹄鉄よ響け――英雄となった馬泥棒』平凡社、一九九二年

『バラーダ――ルーマニア口承物語詩』住谷春也訳、未知谷、二〇〇八年

『世界大百科事典　第二版』、平凡社、二〇〇八年

フォルカー・デース『ジュール・ヴェルヌ伝』石橋正孝訳、水声社、二〇一四年

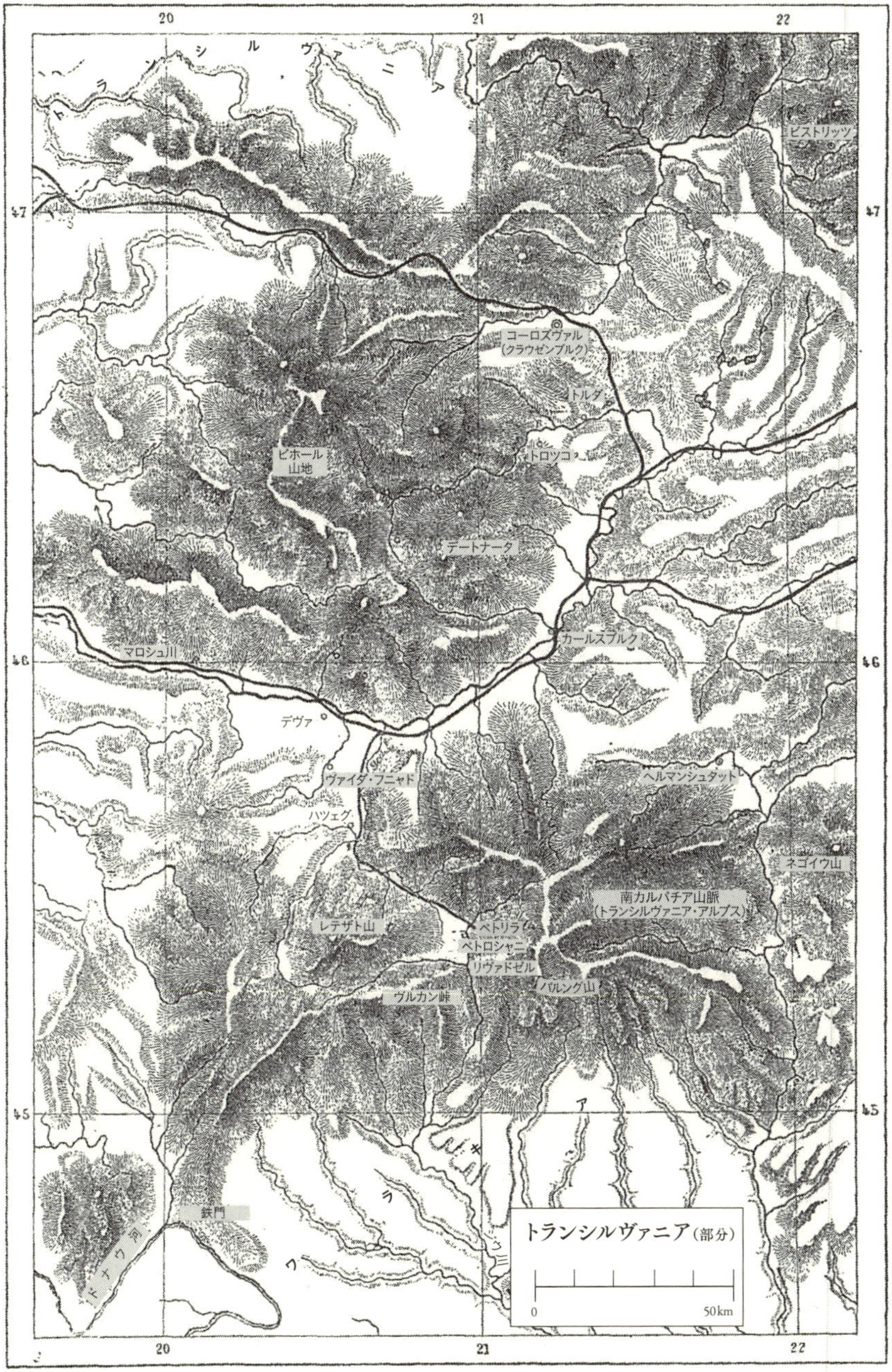


エラール工房にて印刷された原図を元に「カルパチアの城」中の地名を記載した。原図はエリゼ・ルクリュの旅行記「西トランシルヴァニア鉱山地方への旅」に付されたもの。

## 【解説】ジュール・ヴェルヌの小説世界
## 〈驚異の旅〉における幻想

石橋正孝

### ホフマンからポーへ？

本巻に収録された『カルパチアの城』と『ヴィルヘルム・シュトーリッツの秘密』は、ジュール・ヴェルヌの〈驚異の旅〉シリーズを構成する長篇小説群の中にあって、『黒いインド』（一八七七）、『氷のスフィンクス』（一八九七）、『空中の村』（一九〇一）、『ジャン＝マリ・カビドゥランのお話』（一九〇一）と並び、少なくともテーマの上で最も「幻想小説（le fantastique）」に接近した作品といってよい。ヴェルヌの代表作の多くに、広い意味での「幻想」が横溢しているのは、おそらく誰にとっても明らかだろう。単なる現実（の表象）であるにしてはあまりにも空想的でありながら、純然たる空想であるにしては異様なまでに迫真的な光景が読者の眼前に繰り広げられる。にもかかわらず、はっきり「幻想小説」と呼んで差し障りがなさそうな作品となると、生前は未発表にとどまった草稿まで視野に入れたとしても、若書きの未完長篇『一八三五年のある司祭』（これも幻想小説というよりはむしろゴシック小説だが）を別にすれば、若干の短篇小説——「ザカリウス親方または魂を失った時計師」（一八五四）、「フリッツ＝フラック」（一八八四）、「レのシャープ君とミのフラットさん」（一八九三）——くらいしか見当たらない。

この事実はそれなりに驚くべきことだ。というのは、ヴェルヌには幻想小説を書く動機があり、この種の作品をほかにもっと書いていてもおかしくはなかったように思われるからである。この疑問を解くにはヴェルヌ作品における「幻想」の性質を見極めなければならず、そのためのヒントは、本巻に収録した二作品、とりわけ『カルパチアの城』が握っている。が、さしあたってまずは、周辺的な事情から確認しておこう。ヴェルヌに先行したロマン主義の作家たちの間で、幻想小説は一種のブームであった。それが啓蒙主義とフランス革命に対する反動であれ、あるいは実証主義やリアリズムに対する反発であれ、確固とした現実世界の秩序への侵犯の意味を持っていたという点において、このジャンルを扱う論者たちの意見は概ね一致している。逆にいえば、世界の脱魔術化はすでに前提となっており、一八世紀に人気を博したゴシック小説およびそれ以前の文学とは違って、超自然的な「驚異（merveille）」を説明抜きに読者に受け入れさせることがもはや困難になっていたがゆえに、『幻想文学論序説』（一九七〇）のトドロフが言うところの「ためらい」が支配的なモードとなったのである。

読者であれ、主人公であれ、健全な懐疑心を持つ主体を襲うこの「ためらい」は、二つのジャンルの間のそれ、すなわち、合理的な説明のつかない「驚異（merveilleux）」とその反対である「怪奇（étrange）」の間で生じるものであった。そして、フランスにおける幻想文学ブームの発火点とされるホフマンが、物語の進展につれて「ためらい」が「驚異」に傾いていく作家だったのに対し、そもそも「驚異」には——それゆえ、「ためらい」には——あまり重きを置かずに、「怪奇」を限界まで突き詰めた作家がエドガー・アラン・ポーだった。ポーが描く状況はいずれも極端なもので、実際にはまず起こりそうにないが、まったくありえないとはいいきれず、常識的な現実性の範囲内にぎりぎり収まっている（あるいはそれをぎりぎりまで拡張している）。したがって、トドロフによれば、「一般にポーの作品には、「鋸山奇談」と「黒猫」は（トドロフ本人は明言していないが）「ためらい」が物語的な興味を担っているという意味で〕例外であろうが、厳密な意味の幻想小説は見出せない。彼の短篇はほとんどが怪奇に属しており、いくつかは驚異に入る」（三好郁朗訳、創元ライブラリ、一九九九年、七七頁）ということになる。

創作活動の最初期にホフマンの強い影響を受け、「ザカリウス親方」を書いたヴェルヌは、一八六二年頃にポーの作品と出会ったことが決定的な転機となって、デビュー作『気球に乗って五週間』、第二作『ハテラス船長の航海と冒険』を矢継ぎ早に生み出す。ポーに多くを学ぶことで、それまでは書きえずにいた本格的な長篇小説を初めて書き上げたのである。ポーとの出会いが、生涯の編集者となるピエール＝ジュール・エッツェルとの出会いとほぼ同時であったのも運命を感じさせる。エッツェルは、ヴェルヌも愛読していたロマン主義の作家たち——ノディエ、デュマ、バルザック、ゴーティエ等々——による幻想的な作品を好んで刊行していたばかりか、自身もP＝J・スタールの筆名で『お好みの場所への旅』等のホフマン的小説を執筆しており、勃興しつつあった写実主義には背を向けていた。そんなエッツェルがボードレールの詩と翻訳に惹かれ、ヴェルヌと出会う以前にその刊行に執念を燃やしていた（が、実現しなかった）のは、従来型の「幻想」に飽き足らないものを感じていたせいに違いない。ヴェルヌが最初に持ち込んできた小説風の英国旅行記を没にして作風の転換を促すに当たり、ポーを参考にするよう示唆した可能性も十分に考えられる。とはいえ、仮にそうだったとしても、ヴェルヌ自身が自ら求めていたものをポーに見出していなければ『気球に乗って五週間』は書かれえなかったはずであり、ましてや、生涯唯一の文芸評論をポーに捧げたりはしなかっただろう。

ホフマンは純粋にどこまでも幻想的な作品（fantastique pur）を成したが、そこにはいかなる物理的根拠も認められない。ポーの場合はそうではない。ポーの登場人物たちはともかく実在可能だ。すぐれて人間的であり、とはいえ異様に研ぎ澄まされた感性に恵まれ、神経過敏で例外的な人物であり、酸素過多の空気を吸わせたらそうなるような、いわばガルヴァニ電流を流された人々で、その生きざまは激しい燃焼にすぎないだろう。

（ヴェルヌ「エドガー・ポーとその作品」一八六四年）

ポーとホフマンの対比を通じ、ヴェルヌがここで図らずも浮き彫りにしたのは、両者が現実の秩序を揺さぶる際の揺さぶり方の違いであって、現実の秩序をその外側から揺るがす「他なるもの」（それが実際には、フロイトの言う「不気味な馴染み深さ《ウンハイムリッヒ》」なのだとしても）が、ホフマン的「幻想」における「驚異」なのだとすれば、ポー流の「怪奇」はそれにあくまで内側から揺さぶりをかけるのだといえるだろう。つまり、前者の「超自然」と後者の「（人物の）異常性」の間に機能面の違いはない。ポーの作品をフランス語に翻訳したボードレールが、それらを一括して〈驚異の物語（Histoires extraordinaires）〉と呼んだ時（一八五六年）、ほかでもないこの形容詞（直訳すれば、「異常な／尋常ならざる」となる）を選んだのは決してゆえなきことではなく、彼は、ポー作品がその明晰極まる「異常さ」において従来型の「驚異（merveilleux）」でも当世風の「幻想（fantastique）」でもないこと——ポーの独自性が超自然の排除にあること——を強調していたわけである。おそらくフランスの文脈における自作の意味を（翻訳されるまでもなく）ポー自身がすでに意識していたはずだが、実際にこうして移植されると、その面（「物理的根拠」の有無）にばかり注目が集まり、現実の内外という肝心な面が見落とされがちになったのは否めない。

そして、ポーの作風は実に多彩とはいえ、彼の精髄が三人称ではなく一人称に、長篇ではなく短篇にあるのは異論の出ないところであろうが、この二つの形式的特徴は、まさしく「内」と結びついている。ポー唯一の長篇『ナンタケット島出身のアーサー・ゴードン・ピムの冒険』が一人称でありながら長篇たりえたのは、それが「外」へと向かう「旅」だったからであり、さもなければあの例外的な長さを支えるのは困難だったはずだ。然るに、ほかに様々な作家的美質はあれ、それだけは徹底的に欠落しているものがヴェルヌにあったとすれば、それはまさしく、この「内」に対する感性だった。「外」に対する感性しか持たない彼は、作家的な特性にほかならないこの欠如のために、短篇から長篇へ、一人称から三人称への転換を経なければ、ポー的な「驚異（extraordinaire）」を移入できなかったのである。

### 〈驚異の旅〉＝反幻想小説？

確かにヴェルヌの小説世界は現実的な秩序の内側に留まっているものの、ポーとの類似性はそこまでで、物語を牽引するポー風の「異常な（しかし「他」ではない）」人物（ハテラス、リーデンブロック、ネモ、フォッグ等々）は、外部の視点からしか描かれず、その視点を担う人物たち（一人称の話者であれば、『地球の中心への旅』のアクセル、『海底二万里』のアロナックス、『氷のスフィンクス』のジョーリングであり、三人称の視点人物であれば、『八十日間世界一周』のパスパルトゥほか多数）は至って健全な常識の持ち主として、彼ら異常人に引きずられるままに、見慣れた日常空間の外部である遠く離れた異郷に赴くことで新奇な自然現象に遭遇するか、未来という外から現在に持ち込まれた未知の先進的人工物に巻き込まれるという形で、現実の秩序が外側から揺さぶられる異常事態を経験する。トドロフの分類によれば、前者は「異国の驚異」（前掲書八六頁）、後者は「器械の驚異」（同前八七頁）または「科学の驚異」（同前八八頁）にそれぞれ該当し、そのいずれであれ、「いかなる手段をもってしても説明されえない純粋な驚異」（同前）ではなく、「超自然に一定の正当化が施されているタイプ」（同前八五頁）、「最後に「種明かし」があって正当化される、不完全な種類の驚異」（同前八八頁）と位置づけられている。超自然とは言い難いのに「驚異（merveilleux）」に変わりはないのは、主体にとって「外」にあるという基本構造が維持されているからだろう。

ヴェルヌにおいて、ポー的な「驚異（extraordinaire）」の「内」の要素が大幅に後退し、構造的には「驚異（merveilleux）」と一致する反面、物語の内容的には、科学（主に地理学とテクノロジー）の名の下にひたすら「説明可能性」がクローズアップされるというこの事態は、ホフマン（同時代の多くの作家同様、ヴェルヌにとって幻想小説の同義語）の枠組みでポーが受容され、物語内容のレヴェルで幻想小説の自己否定が起きたことを意味している。トドロフが指摘するように、「ホフマンにあっては、「視線のテーマ」（中略）と、彼のテクストに見出される具体的な「視線のイメージ」との間に、確かな一致が認められ」（同前一八三頁）、ここで言われる「視線のテーマ」とは構造であり、「視線のイメージ」とは物語内部の具体的形象（トドロフは、鏡や望遠鏡といった狭義の光学装置を挙げるが、「砂男」の塔も加えるべきだろう）のことである以上、後者の具体的形象にあった超自然的な要素がヴェルヌ作品では剝ぎ取られる。代わりにより発展させられているとはいえ、単なる機械に還元されることによって起きた超自然性の剝奪が、幻想小説であることを物語内容レヴェルで否定し、同時にホフマン的な幻想小説の枠組みレヴェルでの否定を招く。構造と形象の一致というホフマン的書法が小説の枠組みレヴェルで剝き出しにされ、剝き出しにされることによって葬られているからである。ホフマン的な幻想小説の枠組みとは、いってみれば、健全な読者が異世界を覗き込むための（言語で構築された）光学装置のようなものなのであり、ヴェルヌはそれでポー的な「驚異」を覗いたのだ。当然ながら、この光学装置は、ポー的な「驚異」の重要な構成要素である異常な主体を内側から覗くことはできず、合理性しか通さない。乗り物に代表されるヴェルヌ的視覚装置は、この言語的フィルターが小説内部で自己言及的に形象化された結果と見なしうる。

では、ヴェルヌの機械（そして、副次的に、それによって見ることが可能となる自然のスペクタクルとしての「異国の驚異」）は、なぜ魅惑を失わないのか。この点については、ヴェルヌ的乗り物に関する本選集第四巻の解説で論じておいたごとく、乗り物に主導権があり、視点人物が受け身の立場に——もっと言えば、無力な立場に——置かれるからなのであるが、幻想小説の観点から改めて整理し直しておきたい。『幻想文学論序説』第七章におけるトドロフの議論を敷衍するならば、ホフマン的な幻想小説では、視覚が異様に肥大させられるあまり、肉体を捨て、純粋な視線と化した主体に訪れる思考の全能感が、実際に世界を動かしてしまう。「世界のイメージ」すなわち「非物質化された物質」（同前一八一頁）の領域に赴いた主人公は、精神と物質の境が消失する「汎決定論」を生きることになるのだ。ところが、ヴェルヌの場合、肉体を喪失してしまえば（それが字義通りに起こることは——限りなく近い状況を悪役が実現する『ヴィルヘルム・シュトーリッツの秘密』においてさえ——絶対にないが）、世界に働きかける力を失うだけである。〈驚異の旅〉の幕を開いた『気球に乗って五週間』の気球は、オディロン・ルドンのよく知られた版画作品「目は奇妙な気球のように永遠に向かう」

では、同種の「ためらい」――潜水艦か、津波か、はたまた伝説の海蛇か――が最後まで解消されずに続き、幻想小説的な雰囲気が濃厚に立ち込めるものの、現実の「海の怪異」とは得てしてそのようなものなのだろう)。各国政府の声明、そして、問題の存在の持つ高度な能力が同時代の技術力を凌駕している事実をもって、人工物の可能性がいったん否定され、未知の巨大生物であるとの確信が広く共有される。かくて、それが潜水艦であると判明するや、人工物であること自体が驚異と感じられ、その生みの親たるネモにカリスマ性を付与すると同時に、ネモがナウティルス号の卓越性を説明する循環構造が生じ、ネモに幽閉される語り手アロナックスは、彼が見せてくれる海の世界に魅惑を覚えているだけにいっそう無力となり、さらなる魅惑に囚われるだろう。

ヴェルヌ的「驚異(merveilleux)」は、それが自然の産物であっても、人工の所産であっても、ともに等しく「驚異(extraordinaire)」的な機械なのであって、しかしそうであることによって「驚異(merveilleux)」の地位を失わない。主体を無力に陥らせ、外部性を保っているからである。ヴェルヌにおいて「旅」と結びつけられたポーの「驚異(extraordinaire)」は、その接頭辞「外の(extra)」が本来の意味を回復させられたのであり、一八六六年に始まる(一八八二)における気球と同様、挿絵の中で一個の目として描かれている。それはアフリカ大陸の上を漂流する目であり、それに運ばれる主人公たちは、ルドンの気球に吊るされた皿に載せられた生首よろしく、上空で味わう全能感に比べれば、実際にできたことは無に等しい。彼らに許されるのは見ることだけであるが、神(〈驚異の旅〉では、大文字の創造者と名指される)を作者兼演出者とする壮大なからくり仕掛けを前にして、無力な立場に置かれているからこそ、圧倒的な迫力を感じずにはいられない。複数の論者(マルセル・モレ、フォルカー・デース等)が指摘する通り、ヴェルヌ的摂理は偶然と同義語になっており、幻想小説的な(一切の偶然を排除する)汎決定論とは対極にある限りにおいて、自然が主人公たちを翻弄する驚異的な機械(『エクトール・セルヴァダック』の彗星のような乗り物でなければ、パノラマに類する光学的見世物装置)になっているのである。

いうまでもなく、ヴェルヌ的主体の無力さは、『海底二万里』でより劇的な形を取る。小説冒頭で世界の海上交通を妨害し、国際世論を騒然とさせる謎の存在は、人工物か自然物のいずれかであり、超自然の介入は最初から問題にならず、「ためらい」も長くは続かない(ちなみに、作者晩年の作品である『ジャン＝マリ・カビドゥランのお話』

ったシリーズ化に伴って考案された〈驚異の旅（Voyages extraordinaires）〉の総タイトルは、それを追認し、固定化したにすぎない。だが、シリーズ化は、進行すればするほど、制約の側面を強めていく。幻想小説の自己抑圧に、エッツェルによる『二十世紀のパリ』の出版拒否（本選集II解説参照）がもたらした未来小説の抑圧が重なって、連作の基本的な性格が作り出された経緯に加え、次第に増加する過去作品がパターン化し、少なくともそのままの形では繰り返せなくなる。エッツェルにとって〈驚異の旅〉は、自社が刊行するヴェルヌ作品に顧客がどのような内容を期待すべきなのかを表示する一種の商標だったので、似たような作品を作者に求め、確立されたイメージからの逸脱には制限を加えてくる。また、ヴェルヌと並ぶエッツェル社の看板作家であったエルクマン＝シャトリアンが歴史小説とともに幻想小説を得意にしていたため、ある程度の棲み分けがヴェルヌに求められた事情もあった。

初期の総決算を果たした『神秘の島』（一八七四－七五）以後、ヴェルヌが作風の転換を模索する中で、スコットランドを舞台とする『黒いインド』（一八七七）において幻想小説と未来小説を試みたのは、したがって、禁じられた自由を少しでも回復する意味合いがあった。しかし、この小説はエッツェルによって大幅に書き直されるという憂き目を見る。一八八二年には、戯曲「不可能を通る旅」をアドルフ・デヌリーと共作し、〈驚異の旅〉の主要登場人物を再登場させた上、ホフマン的な霊薬の力で地球の中心から遠く離れた異星まで自在に飛び回らせる。ヴェルヌは、この他愛もない物語に思いもよらぬほど熱中し、エッツェルを苛立たせた。編集者の息子ルイ＝ジュールも同意見で、「驚異（extraordinaire）」に専念すべきヴェルヌが「不可能」（「驚異（merveilleux）」にほぼ等しい）にかかずらっていると苦々しげに述べている通り（一八八〇年二月一一日付父宛書簡）、作家のイメージが損なわれる事態を懸念したのであるが、ヴェルヌが〈驚異の旅〉の外で味わった解放感の大きさを示すエピソードといえる。さらに、一八八四年の『燃える多島海』を皮切りに、エッツェルに単行本化を拒否された初期中篇「シャントレーヌ伯爵」（一八六四）以来の歴史小説（『南対北』『フランスへの道』『名なしの家族』）に新機軸を求めたりもしている。

最終的に六〇篇を越えた〈驚異の旅〉全作を眺め渡せば、出来不出来にばらつきがあるのは致し方がないにせよ、ヴェルヌが受けていた制約の大きさを思うにつけ、その多様性には驚くしかない。この作家は、外的な制約に適応して独自性を発揮するタイプだったのである。先述の「不可能を通る旅」は、〈驚異の旅〉では幾重にも屈折させられているヴェルヌ個人のイデオロギー的立場（カトリックをベースとした、科学への不信感）をストレートに表現し、おそらくはデヌリー由来の巧みな作劇術もあってそれなりに読ませる興味深い作品ではあれ、それ以上のものではない。ヴェルヌはエッツェル社と専属契約を結んでおり、それ以前から付き合いのあった〈家庭博物館〉誌にだけ、年に一作の短篇小説を書くことを認められていた（一八六五年と一八六八年の契約）。エッツェルのコントロールから相対的に自由になれる機会だったわけだが、実際にはほとんど活用されていない（もっとも、そのための時間的・精神的余裕があったとは思えない）。注目すべきは、エッツェル（一八八六年にピエール＝ジュールが没したあとは、その息子のルイ＝ジュール）の許可を受けて、大部数の日刊紙〈フィガロ〉の挿絵入り付録号に書かれた三篇の短篇のうち二篇が幻想小説であり（「フリッツ＝フラック」と「レのシャープ君とミのフラットさん」）、残る一篇は典型的な「驚異（merveilleux）」譚、すなわちおとぎ話（「ラトン一家の冒険」）であったことだ。ヴェルヌは、一八七〇年代後半以降、「驚異（extraordinaire）」というジャンルが世間から非文学的とのレッテルを貼られていることに苦しむようになり、アカデミー・フランセーズへの入会を認められれば、そうした「偏見」を覆せるのではないかと考えるようになった。長年の知己である『椿姫』の作者デュマ・フィスの後ろ盾を得て試みた働きかけは功を奏さなかった。それだけに、自分は「驚異（extraordinaire）」しか書けない作家ではないと広く世間にアピールするチャンスが訪れた際に、彼が幻想小説を優先的に選んだ事実には重い意味がある。それは、彼にとって、エッツェルの制約を逃れ、普段は抑圧されている「地」を出す自由（あるいは「地」そのもの）であり、文学性の象徴であった。

## 『カルパチアの城』の自己言及性

だが――「不可能を通る旅」とは異なり、「ザカリウス親方」も含めた三篇の作品には文学的に見るべきところがあり、そうして出された「地」もさすがに一筋縄ではいかないとはいえ――、やはり幻想小説はヴェルヌの本領とはいえないように思う。エッツェルの息子のルイ＝ジュールの代になってから、ヴェルヌの自由度が上がり、幻想的傾向が強まったと指摘されることがある。『カルパチアの城』がその論拠となっているのはもちろんだが、そこで幻想小説的テーマを取り上げることによって、制約を確認しているかのような、極めつけに自己言及性の高いものなのだ。多かれ少なかれ自己言及的なところのあるヴェルヌのほかの作品と比較しても、『カルパチアの城』はこの点で際立っており、そのことは冒頭の一文にすでにあらわである。「これは空想の物語（fantastique）ではない。ただ小説じみている（romanesque）だけである。信じがたい話（son invraisenblance）だからといって本当の話ではないと結論するのはいかがなものだろう。それは誤りではなかろうか」。自己言及性のこうした表明がテクストの上ではどのような形で具体化されているのか、見ていくことにしよう。

〈驚異の旅〉の多くの作品で、主人公が物語の舞台に到着し、いわば「本篇」に当たる旅が始まるまでの移動の過程に多くの頁が割かれている。『地球の中心への旅』、『ヴィルヘルム・シュトーリッツの秘密』等を思い浮かべていただければよい。ただし、『ミシェル・ストロゴフ』、『黒いインド』、『緑の光線』、『中国におけるある中国人の苦悩』等々のように、主人公が自国の範囲内を移動する場合はその限りではなく、『三人のロシア人と三人のイギリス人の南アフリカにおける冒険』、『毛皮の国』、『クロディウス・ボンバルナック』、『空中の村』のように、主人公が最初から異国にいる場合もなくはない。こうした旅の様々なパターンには、しかしながら、共通点が一つある。それは、主人公であれ、視点人物であれ、語り手であれ、最初から最後まで登場する——すなわち、「導入部」を含めた「旅」の全過程に付き添う——人物が最低でも一人はいる、ということだ。トランシルヴァニアの地元住民であるニック・デックが、怪奇現象の生じた古城に向かってあえなく撃退される前半に対し、後半は、そこに到着した「遍歴」中のフランツ・ド・テレクが同じ企てに再度挑戦する『カルパチアの城』の特異性は明らかである。前半と後半で旅のパターンが変わり、二つの独立した小説を組み合わせたかのような構成になっており、二度繰り返される「旅」も、日帰りさえ可能な行程にすぎず、架空の土地ゆえ、地理学的な啓蒙の要素も皆無に近く、イニシエーション的な象徴性が高められている。二つのパターンの重ね合わせは、両者の共通点——舞台が移動しない——を浮かび上がらせるのだ。

浮かび上がるのは共通点だけではなく、ニックとフランツの対照性でもある。前半のニックは「仮の主人公」にすぎず、彼による露払いのあとでようやく登場する真の主人公としてフランツに照明が当たるというわけだ。とはいうものの、この小説の主人公がフランツ・ド・テレクであると仮定した場合、通常のように、彼が物語の舞台にたどり着くまでの過程が描かれず、その代わりに、地元住人による旅がわざわざ語られなければならない理由が十分には納得できない。フランツはヴェルヌ的主人公であるには、あまりにも「普通」すぎるのだ（その意味については、後ほど考えたい）。ニックと同様、フランツもまた「仮の主人公」なのではないか、と考えたくなる所以は、彼がニックとだけ対照されているわけではなく、第二章で紹介されるゴルツ男爵とも引き比べられているからである。家柄、特性の面でゴルツ男爵はテレク伯爵に伍してなんらの遜色もないどころか、一八四八年のルーマニア独立闘争に参加してハンガリーに刃向かったその過去、舞台裏からとはいえ（その徹底した人間嫌いは、やはり音楽狂であったネモをすら想起させる）、物語の冒頭から結末まで見届ける人物が彼しかいない事実は、テレク伯爵よりも遥かに彼をヴェルヌ的主人公にふさわしくしている。〈驚異の旅〉にあっては例外的なフラッシュバックを通じてテレク伯爵の来し方を振り返る第九章は取ってつけたようで、フランツが善玉である以上、彼を形式的に主人公として遇する必要があるのでそうしているかと思わせる。

これに限らず、『カルパチアの城』には、制約が制約として露呈している箇所が過度に目立っている。例えば、ダニエル・サンシュは、『カルパチアの城』に現れる「亡霊」に、ヴェルヌの幻想文学に対する「未練」の表れを見出し、「虚構性、詩、奇異さを偏重する文学に訴えることは、自明ではない。ヴェルヌは、声望において得るものを信憑性において失う危険を犯すことになるからだ。（中略）有と無で戯れるこの狡猾なレトリックは、ヴェルヌ的亡霊の似姿である」（Daniel Sangsue, *Vampires, fantômes et apparitions : nouveaux essais de pneumatologie littéraire*, Paris, Savoirs lettres, 2018, p. 153）と論じている。幻想小説に触れんがために、幻想小説は書けないという〈驚異の旅〉の基底的な抑圧が書かれ、この「見せ消ち」が亡霊によって形象化される。フランツは元より、ニックやゴルツ男爵をも差し置いて真っ先に登場する羊飼いフリックのよく見える目に、亡霊が取り憑いている城がどのように映ったか、ここで思い出しておこう。「たっぷり一マイル先の、遙か彼方の雲の切れ間に」あるにもかかわらず、「ぎらぎらした光の戯れで、城の輪郭の凹凸は生々しいほど鮮明に見え、立体鏡を覗いているかのようだった」（第一章）。結局、この小説がなんのためにその前半部をまるまる費やしているのかといえば、通りすがりの行商人からフリックが二束三文で買い取った望遠鏡（すぐれてホフマン的な小道具）と組み合わされたこの立体鏡を、幻想を発生させる装置として構築し、効率的に作動させることであり、ヴェルスト村の人々の間で猖獗を極める迷信の数々が執拗に強調されるのもひとえにそのためにほかならない。迷信に囚われていればこそ、村人たちはオルファニックの機械に翻弄される無力な立場に留め置かれるだろう。

　前半がそのために使われている以上、『カルパチアの城』の真の主人公は、城を中心とする土地、そしてそこを（オルファニックの技術的補佐を受けて）スペクタクルの舞台装置に変えるゴルツ男爵なのである。「移動」を最低限に切り詰める『カルパチアの城』は、自然のスペクタクルを繰り広げる「外」の拡張をもっぱら事としていたヴェルヌ的機械を、その原型である光学装置にまで還元し、自然のスペクタクルも含めたすべての正体――小説という人為的な仕掛け――を白日の下にするのだともいえよう（旅や乗り物は読者の気を逸らす目くらましだった）。一見したところ、これ以上の興醒めもないように思われるかもしれない。事実、舞台上で死んだ歌姫の亡霊とその正体に物語上の興味を集中させれば、幻想小説としてはいかにも中途半端であり（なにしろ、小説自身が積極的に「ためらい」に水を差すのだから）、かといって、SFを期待すれば、子供騙しに見える（この小説でヴェルヌはテレビを予言したとされることがあるが、さすがに無理がある）。

　一方で、ヴェルヌは校正段階で細かい字句の推敲に骨身を削るのを常としたのであるが、この小説以上に念入りな推敲が加えられたケースはあまりないのではないか。自己言及性を最大限に高め、制約による縛りを自ら望んで強めるような真似にヴェルヌがそこまで心血を注いだ理由は、幻想小説の形で書きたいと望んでいたことが――つまりは、ヴェルヌ的な「幻想」が――実現されていたから、と考えてみよう。幻想小説を書く動機はあったのに実作が少ないのはなぜか、という最初の問いへの答えがそこから見えてくるはずだ。

## ラ・スティラの「魂」

　カルパチアの城には悪魔が取り憑いているのではないか、とヴェルスト村の住民たちが騒ぎ始める。すべての発端はその五年前のこと、ナポリのサン＝カルロ歌劇場で天才の名をほしいままにした歌姫、ラ・スティラの突然の引退、そして最後の公演の舞台で彼女を見舞った悲劇的な死だった。この死の原因について、テクストはなにも明らかにしていない。しかし、物語のすべてはここにあるのだから、第九章を虚心に読み返さなければならない。そこでまず指摘しておくべきは、ラ・スティラの素姓が一切不明であることだ。年齢と容姿、芸術家としての特性が紹介されているだけで、正式な氏名すらわからない（過去が不明なのはフィリアス・フォッグも彼女といい勝負だが、少なくとも彼の属性その他ははっきりしている）。ラ・スティラという名は、イタリア人芸術家の姓に定冠詞を付ける用法に従ったものかと思うが、フランツが彼女を「スティラ」と呼んでいるところを見ると、ファーストネームにして本名ではと思いたくなる（この曖昧さは、『八十日間世界一周』のヒロインであるアウダを思わせる）。いずれにせよ、フランツ・ド・テレクの求婚について、「フランツ・ド・テレクが彼の名をさし出すと言ったとき、好意を隠そうともせず、それを受け入れた」とあるように、文字通り名もない存在が名を与えられることとして書かれているように読める。結婚の前に死んだ彼女の墓石には「スティラ」とだけ刻まれ、大衆に認知されただけで、本名かどうか定かでないその名しか彼女は持ち合わせていなかったらしい。そして、テレクの家名は、そんな彼女を、常に格子を閉ざした桟敷席に身を潜める不可視の存在――ゴルツ男爵――から守ってくれるはずだった。

なぜゴルツ男爵はそれほどまでにスティラを怯えさせたのか。彼女に男爵が寄せるストーカー的な偏執は、芸術家ラ・スティラに対するそれであり、男爵は、彼女個人には会おうともせず、むしろ避けていた。であるならば、スティラがどのような芸術家として描かれているのかが重要になる。「この偉大な歌い手がいかに完璧に愛の調べを、魂の激烈な感情を再現しても、人曰く、彼女の心は決して愛の作用を感じたことがなかった。ラ・スティラは誰をも愛したことがなく、そのまなざしが、舞台で彼女を囲う数千の視線に応じたことはなかった。芸のなかで、芸のためだけに、それがラ・スティラの望む生き方のようであった」（傍点引用者、以下同じ）。スティラの芸術の完璧さは、彼女が自分の再現している感情を実際には感じたことがなく、実生活上と芸術上とを問わず、他者による感情表現の効果を受けたこともないからこそなのだとすれば、聴衆に働きかける効果を作り出すだけの機械のような存在であり、聴衆の反応との相互作用を純粋に追求した結果、完璧さの域に到達できたのだろう（フランツ・ド・テレクは、「まるで、眼には見えない、断ち切ることの叶わぬ紐によってこの歌姫に結わえつけられてしまったかのごとく、すべての公演に立ち会い、観衆の熱狂によって舞台が真の成功に変わるさまを目のあたりにした」とある）。しかし、その場合、彼女は、オルファニック（彼も氏素姓が定かでなく、音楽の作用に不感症）が「ここ数年のあいだに電気学者たちが実現した発明を完成させ」「より洗練された応用によって、さらに驚異的な作用をひき出せないかと」（第一五章）精魂を傾けた機械と相似形をなしていたことになる。おそらくラ・スティラがゴルツ男爵を恐れたのはこのためなのだ。男爵は彼女が機械であること――ゆえに、「「世界の魂」と正しくも称された電気」（第一五章）を意のままにするオルファニックによって複製（さらには凌駕）可能であり、彼女の芸術家としての唯一性を殺害しうること――を知っており、彼女のエネルギー源である「反響」を返さないただ一人の観客だった。彼にとって、「もはや歌姫の声は、息をするための空気のごと、それなしでは生きていけないかのよう」に、一方的に彼女の声を――「効果」だけを――夜ごと劇場で吸い込んでいたのである。そう、あたかも（トランシルヴァニアを本場とする）吸血鬼のごとく（なお、ブラム・ストーカーの『ドラキュラ』が発表されたのは『カルパチアの城』刊行の五年後のこと）。

男爵は「ラ・スティラの歌を聴くためだけに生きていた」かもしれないが、それ以上に、ラ・スティラは男爵のためだけに生きさせられていた。この時、いわば魂を持たない機械であるがゆえにその秘密を知る者の意のままにされるスティラの無力な立場と、彼女に本名がないらしい事実との間に奇妙な並行関係が浮上してくる。本名を隠すことで無敵になっていたネモは、彼が設計・建造した潜水艦にナウティルス号と命名する行為によって自身の魂を分かち与えていた。ヴェルヌにおいて本名と魂の間に等価関係が成立しているのだとすれば、魂を持たない機械であることが致命的な弱点であるように、隠すべき本名を最初から持たないことは人を無力な存在にするのだ。テレク伯爵との結婚がスティラをゴルツ男爵の呪縛から解放する真の理由もここから明らかになる。『八十日間世界一周』のクロノメーターになぞらえられた主人公、フィリアス・フォッグが結婚によって機械から人間に生まれ変わったことを思い出そう。結婚が機械に魂を付与することも可能な秘儀であるとするこのような見方は、新たな名を付与するという結婚の権能の一つに根拠を置いているのではないか。「ザカリウス親方」以来、ヴェルヌにおける悪役はしばしば、結婚を妨害し、新郎の地位を強奪しようとする存在であった事実も考え合わせるべきだろう。彼らの密かな狙いは、結婚のおかげで得られる魂にあったのではないか。

トドロフが、「幻想」の局面のひとつは精神と物質の境の溶解にあって、それはしばしば慣用的な比喩が字義通りに現実化して起こると述べている（前掲書の第五章と第七章）。ヴェルヌ的「幻想」はまさにこの水準で捉えられなければならない。ラ・スティラの結婚がテレク伯爵への愛のためではなく、彼の家名＝魂を得て「人間」になるためであり、そのためには、由緒正しい家柄の出で、なおかつ、歌姫のファンになるや否や結婚を望むような「人間」らしいフランツが好ましい相手であって、彼からの求婚を受け入れた際、「人間」らしい感情は感じたことがなかったはずの彼女が彼に「共感」を覚え、それを「隠さなかった」時点で、否、それ以前に命の危険を感じた段階で、彼女は自分のそれまでのあり方をすでに裏切り始めていたと考えられる。それまでの彼女は聴衆からの投影を具現化するだけで、役柄との完全な不一致によって芸術上の完璧さに到達した、社会的には空虚な存在（名を持たない存在）、舞台の上でしか意味を持たぬ存在であった。しかも、このあり方が説明された箇所の全体が「人曰く」と伝聞の枠に収められていたように、それは聴衆から押しつけられたものだった（そして、実際にスティラがその通りであったことを確定できる部分はテクスト内には存在しない）。誰も愛さないとは特定の個人を愛さないということだから、要するにファン全員との擬似恋愛しか許されていないということであって、なにやらどこかで聞いたような話である。結局のところ、「芸のなかで、芸のためだけに」という生き方は、生きさせられているだけの話なのであり、ゴルツ男爵のケースはその極端な形にすぎない（そして、「反応」を出し惜しみする彼とて、桟敷席を常時予約はしている——金は出している——わけで、これまたどこかで聞いたような話である）。それ自体が幻想（投影）だとしても、彼女を生身の個人として愛しているフランツを受け入れたスティラは、役柄との不一致を強制される機械であることを拒否し、真に自分の人生を生きようとしたのであった。

この小説が厄介なのは、この不一致にも——むしろこの不一致にこそ——「魂」の語が当てられていることなのである。

> そしてついに、「オルランド」のヒロインが死ぬ劇的な場面がやって来た。アルコナーチの見事な音楽が聴く者の心をこれほどまでに貫いたことはなく、ラ・スティラがこれほどまでに熱情的な節回しでヒロインを演じたこともなかった。まるで魂全体が唇から滲み出ているかのようだった……。しかし声はときおり途絶え、かすれかけていた、もう二度と聞くことの叶わぬ声が！
> （第九章）

> 歌い手の魂が砕けたあの場面
> （第一〇章）

> 最後の歌詞とともに歌姫の魂が砕けてしまった、あのフィナーレの曲だった。
> （第一六章）

日本語として自然に読めるよう、訳文では「かすれる」「砕ける」と訳し分けられている動詞は、原文ではすべて briser になっている。固いものをばらばらにするというニュアンスから、暴力的に破壊するという意味にまで広く使われるごく一般的な動詞である。直前の引用はすべて、ラ・スティラの引退公演のクライマックス、「恋する女、震えるわが心よ、／われ死せんと欲せし」の絶唱と同時に彼女が死んでしまうシーンに関わり、魂と声が重ね合わせられているのがわかるだろう。機械のごとく壊れてしまうものと見なされる声としての魂は、役柄との不一致、生身の不在そのもので、魂の抜け殻となった肉体にも、そして機械にも担われうる。『カルパチアの城』の大詰め、城主ゴルツ男爵一人のためだけに再生された稀代のオペラ歌手が夜な夜な絶唱を繰り返す舞台と化していた城の最上階で、フランツは、囚われの「狂女」を目にする。

　動いていないように見えるその唇からは、息がたち昇っているかのようだった……。理性に見捨てられていても、歌い手としての魂は過日のままだった。

（第一六章）

ここまでの箇所では、「歌い手の魂」「歌姫の魂」（原文はそれぞれ l'âme de l'artiste, l'âme de la cantatrice）という曖昧な言い方がされていたのに、ここでは一転、「歌い手としての魂（son âme d'artiste）」と厳密を期した表現がなされており、この後者は、科学によって合理的な説明が可能な生命原理、電気が「世界の魂」と呼ばれる場合の「魂」に該当する。そこから遡って、前者の「魂」は、スティラが結婚によって得ようとした永遠のそれなのか、それとも後者の物質的な意味に還元されてしまうのか、という、トドロフの定義する幻想小説的ためらいが（フランツと読者のうちに）改めて引き起こされる仕掛けになっている。現実の掟の中で最たるものである時間の外にあるのか、それともその内にあるのか。「魂」という語のこの曖昧さは、事実、第九章に描かれたスティラの死の場面にすでにあり、それが再生によって増幅されるのだ。

　神のみが与えられる永遠の魂と物質的な生命原理。相反する二つの意味に同じ語を当てることは、単にためらいを生じさせるだけに終わらず、その極みとしてスティラの死を招く。自分の機械であるラ・スティラが一人の人間になろうとするのを男爵が許すはずはなく、「芸術家としての魂」——彼が（永遠の魂よりも）本来的な魂と見なす、役柄との不一致——を彼女が捨て去るというのなら、その字義通りの消滅を、すなわち、「われ死せんと欲せし」という慣用的比喩表現の現実化による役柄との一致を——「芸術家としての魂＝声」の複製によって生身の彼女を不要にする作業と並行して——彼女に迫らざるをえない。というのも、この一致は、本来別物であるはずの二者を強引に「魂」と呼ぶ男爵の論理が介在しない限り成立せず、男爵の論理を受け入れていなければ、彼女が彼の呪縛下に置かれること自体、そもそもありえなかったからである。初めから死んでいる機械が死ぬことはなく、死んで初めて「人間」であったと認定される——「芸術家としての魂」の死をもって「永遠の魂」が彼岸で彼女にもたらされるというこの事態が起きた時点で、男爵を代表とする独身者たちの支配下に最後まで彼女があった事実が証明され、複製された「芸術家としての魂＝声」は永久に彼一人の手元に残される。永遠に時を刻み続ける時計の発明によって、物質に永続的な生命を与え、神に等しくなったと信じるザカリウスのごとく、ゴルツ男爵は、永続化された生命を自家製の魂と称して生命源にする。ホフマン「砂男」における自動人形オリンピアの破壊シーン、ザカリウスの死の場面、再生されたスティラが砕け散る一幕、そして男爵自身の死の場面の間に、フォルカー・デースが指摘した表現レヴェルの一致は、書き手や作品の違いを超えて貫かれるテクストの論理を開示している（Volker Dehs, « Inspiration du fantastique : Jules Verne et E.T.A Hoffmann », *La revue des lettres modernes*, « Jules Verne 5 », Paris, Minard, 1987, p. 179)。

ロッコの弾はゴルツ男爵には命中せず、しかし、彼が両腕に抱えていた箱を粉々にした。

男爵は恐ろしい叫び声をあげた。そして、こうくり返した。

「彼女の声が……彼女の声が！　彼女の魂が……ラ・スティラの魂が……砕けてしまった（brisée）……砕けてしまった……砕けてしまった！」　（第一六章）

物質を過信した者は物質によって滅びる。では、この結末に至る前のゴルツ男爵は勝利していたといえるのか。この小説のテクスト上の論理では、録音が永久に再生できるのは、彼女の声として壊れた魂は果たして永遠のそれなのか、あるいは機械的な原理なのか、というためらいが永続する性質のものだからであって、である以上、その物理的な追認である録音は「永遠の魂」を認める敗北以外の何物でもない。そしてそれは、テレク伯爵の求婚がなければ、起こりえなかったという意味で、「彼女を殺めしは汝なり！テレク伯爵、汝に災いあれ」といわれねばならず、その彼への復讐はたまたま最高の形で果たされるだろう。カルパチアの城で彼が再見した、あの最後の時のままの——正確には、絵画なのであの時以上の——姿のスティラは「立ったまま、微動だにせず、彼の愛したあのまなざしで——そのまなざしは若き伯爵に、魂のこもった愛情を投げかけている……」（第一六章）。だが、それは千々に砕かれ、鏡のからくり／主観の投影と判明し、「まるで魂全体が唇から滲み出ているかのよう」（第九章）に思えたあの時の魂の正体に対するためらいがその強度を増して回帰する――恋の力のせいでオルファニックの機械に対してこの上なく無力になったテレクに。その瞬間、時間が止まり、流れが遅くなったかのように、何度でも繰り返され、どこまでも引き伸ばされうるためらいがふたたび現在形を取るだろう。

　ゴルツ男爵の顔に怯え……。わけのわからぬ恐怖に体が麻痺する……。はたと口に手をやると、血で赤く染まっている……。彼女はよろめき……その場に倒れる。

（第九章）

**『カルパチアの城』から『ヴィルヘルム・シュトーリッツの秘密』へ**

　一八九二年三月四日付のルイ＝ジュール・エッツェル宛書簡で、第九章について「小説全体の中で一番書くのが難しかった章」と漏らし、その困難に見合うだけの労力をかけた甲斐があったとの思いが著者にはあったらしく、九一年の六月から八月にかけ、おそらく挿絵版の棒組みゲラを少なくとも四回修正し、頁組に移行後も、八月から一〇月にかけ、三回は細かい修正を続けている。翌年に〈教育娯楽雑誌〉での連載が始まったあと、すでに事実上完成している挿絵版のゲラに基づいて新たに組まれる一八折判の通常単行本のゲラも要求し、そこに加えた最終的な修正を雑誌連載版と挿絵版に反映させるよう求めている。実際、『カルパチアの城』の本文は、本選集の読者にはすでに明らかな通り、極めて入念に書かれている。それゆえ、この力作が世に認められなかった時の失望は大きく、「わたしがあてにしていた作品、『［クローディウス・］ボンバルナック』と『カルパチア』に読者はそっぽを向いた。がっかりだ」と同じくルイ＝ジュールにこぼしている（一八九三年一一月一九日付書簡）。

　さらに書簡を遡ると、一八八九年一一月一〇日の時点で草稿そのものはすでに用意できていたことがわかる。この草稿（鉛筆による下書きの上からペンで書き直されている）が一八八四年に書かれた、とする驚きの新説を、昨年（二〇一七年）に刊行された本作のプレイヤード版の注解担当者、アンリ・セピが提唱しているが、根拠は不明。カルパチア地方に関する主な情報源であったエリゼ・ルクリュ「西トランシルヴァニア地方の鉱山地帯への旅」（「必要なものは全てここに見つけた」と一八九一年七月二〇日付ルイ＝ジュール宛書簡にあり）は一八七四年下半期の雑誌

〈世界一周〉に掲載され、オーギュスト・ド・ジェランドーの『トランシルヴァニア地方とその住民たち』はアシェット書店より一八四五年と四七年に二巻に分けて刊行されており、八四年の執筆は不可能ではない。これが事実なら、ヴェルヌはピエール＝ジュール・エッツェル存命時にすでに本作を書いていたにもかかわらず、おそらく彼には見せず、その死後三年にしてようやくルイ＝ジュールに刊行を提案したことになる。草稿には多くの直しがあり、刊行ヴァージョンと比較すると大筋の変更はないものの、表現レヴェルで相当に変わっている（すでに触れた現在形の箇所は概ねそのままだが、第一六章では、一部過去形になっていた文章が現在形に直されている）。

当初は大部数の〈イリュストラシオン〉に連載されることを望み、それが頓挫すると、『八十日間世界一周』等のヴェルヌ作品を連載した〈タン〉紙を次善の発表先に希望した。表向きの理由は、あまり青少年向けの主題ではない、ということだったらしい。しかし、いつもの〈教育娯楽雑誌〉への連載が決まり、特に問題になりそうな九章の見直しを編集者に求められたところ、読者にショックを与えるような記述はない、と答えている。[1]つまり、単に〈教育娯楽雑誌〉連載に乗り気ではなかったのだ。この作品が一般紙に掲載されれば、世間の自分に対する評価を変える可能性があると思っていたのだろう。

それから五年後の一八九七年、H・G・ウェルズが『透明人間』を発表する。この二人はしばしば比較され、そのことにどちらも苛立っていたが、ヴェルヌはこの小説の概要だけ聞き知って（彼は英語ができなかった）むくむくと対抗心が湧き上がるのを覚えたのであろう、翌年の四月一七日から六月二三日までの間に『ヴィルヘルム・シュトーリッツの秘密』の第一稿を書き上げた。ヴェルヌ研究家のオリヴィエ・デュマがこの作品を『カルパチア』の「双子の兄弟」と評した通り、舞台の上でもテーマの上でも近接性が高い。ただ、『カルパチア』以上に女性性の問題に（特に結末で）踏み込んでいたため、長らく書き溜めた原稿のストックの中にしまい込まれていた。『透明人間』の仏訳が出た一九〇一年の前後に一度手直しをしたと見られ、盗作と取られかねない箇所がないか、チェックも兼ねていたのだろう（その必要はほとんどなかったはずだが）。二年後の一九〇三年に健康状態が急激に悪化して執筆を取りやめたヴェルヌは、この世を去るほぼ一年前の一九〇四年二月一日になって初めて、『シュトーリッツ』刊行に向けて動き始める（草稿には現行のタイトルしか書かれていないが、この段階では『見えないもの（*L'Invisible*）』との二択で迷っていた）。が、実際に居住するアミアンからパリのルイ＝ジュール・エッツェル宛に送られたのは、文字通り最後に書かれた作品である『世界の支配者』だった。半年後の同年九月二六日、生前最後の刊行作品となった『海の侵入』の原稿をパリに送付した際、その次の作品の候補に『シュトーリッツ』を挙げ、生きている間に優先的に刊行を見届けたいと述べている（この時、ヴェルヌの手元にはまだほかに七作の未発表作品があった）。にもかかわらず、没する一か月前の一九〇五年二月五日に送付を予告された新しい原稿はまたもやこの作品ではなく、『地の果ての灯台』で、その次の作品も『黄金の火山』に差し替えられていた。『地の果ての灯台』というタイトルが気に入った編集者が、それを『海の侵入』とセットで挿絵版にするのを嫌い、代わりに『シュトーリッツ』を、と要望してくる。これを受け、「混じりけなしのホフマン（du pur Hoffmann）」で『見えない許嫁』というタイトルにもできるような内容なので書き直しを要すると先手を打った上で（一九〇五年三月五日付書簡）、ヴェルヌは遂に二〇年近く昔の旧稿を郵送する。ところが、今度はエッツェルが受け取った原稿を読む時間を取れずにいるうちに、三月二四日に作者本人がこの世を去ってしまった。

死後に残された未発表作の扱いをめぐって、ヴェルヌの息子ミシェルとエッツェルの間に生じた軋轢の詳細は省く。重要なことは、エッツェルの積極的な後押しの下、ミシェルが父の遺作を精力的に改竄し、ほとんど別の作品といっていいほど書き換えた事実である。その中には、生前ジュールの指示で書かれた『トンプソン旅行代理店』のほか、ほぼ間違いなくミシェルの単独作である「永遠のアダム」、友人の作家アンドレ・モーレルに提供された下書きを書き直してなった『バルサック調査団の驚くべき冒険（サハラ砂漠の秘密）』が含まれる。それらすべてがジュールの単独作として刊行された。それだけではない。ジュールが考えていた刊行スケジュールが守られたのは、一九〇五年の『地の果ての灯台』、翌年の『黄金の火山』までで、それ以後はミシェルの都合が優先され、『シュトーリッツ』は、遺稿が実際に存在していた長篇の中では最後に回され、一九一〇年に世に出た。この改稿ヴァージョン（以下ミシェル版）がミシェルによるもので、ジュール版と大きく異なる事実は、一九七六年から翌年にかけ、イタリアのヴェルヌ蒐集家ピエロ・ゴンドロ・デラ・リーヴァが、ヴェルヌの遺作のオリジナル原稿をタイプライターで写した控え（ミシェルが書き直しのために作成したもの）をエッツェルの子孫から買い取り、これに基づく版を、オリヴィエ・デュマがジュール・ヴェルヌ協会より刊行した一九八五年以降に知られるようになった。次いで一九九六年にアルシペル出版より単行本が、一九九九年にガリマール出版の文庫「フォリオ」から普及版がそれぞれ刊行され、一般読者もジュール版を手軽に読める状況が整った。

以上の経緯を見れば、原作者を含めた関係者たちがいかにこの作品を持て余したのか、理解できる。どのような部分が刊行を躊躇させたのか、という点については、ミシェルの改稿が物語っている。まずルイ＝ジュールの要請で、時代が一九世紀から一八世紀に移された。時代的に遠ざけ、科学色を薄めてホフマン性を強調し、読者に受け入れられやすくしたのだろう。ミシェルにはこの変更の意味が理解できず、鉄道、ホフマンその人、X線等々、一八世紀には存在していなかった事柄を虱潰しに削除する煩瑣な作業を強いられた（それは完全にはなされていない）。また、大聖堂での宗教婚においてシュトーリッツが聖体に加える冒瀆は、敬虔なカトリック信者であった父とは異なり、無神論者だったミシェルには滑稽としか思えなかったと見え、削除されている。透明化したシュトーリッツの登場回数を増やし、その暴力性を強調しているほか、時代を一八世紀に移したルイ＝ジュールの意図とは裏腹に、合理的な説明を多く加え、父の原作の不自然さ（それが魅力でもあるわけだが）を極力軽減しようと努めている。例えば、語り手のアンリは、透明化のプロセスに関して、七色の光線のほかに見えない光があるのではないか、と思いつき、オットー・シュトーリッツ秘伝の薬を飲むと、体の中に太陽光線が入った段階で目に見えない光線に変わり、体の外に出る段階でまた元に戻るという仮説を立てている。さらにジュールが無視している要素として、透明化に対する解毒剤を導入し、二種の薬をストックしておく必要性のためにシュトーリッツたちの行動に制約を加えた。かくて、アンリと警察署長のシュテパルク氏が偶然盗み聞きをするシュトーリッツ主従の会話は、シュトーリッツ宅の廃墟地下に透明化薬とその解毒剤のストックがあることを明らかにする。つまり、ミシェル版では、アンリたちは待ち伏せによってシュトーリッツの身柄を取り押さえ、警官隊に包囲された後者は追い詰められて剣を抜くのである。こうしてある面で不自然さをなくしたことが別の面で不自然さを生む結果となる。ミラが透明化されて連れ去られたことはすでに判明していたのだから、解毒剤の存在は結末のサスペンスを台なしにしてしまう。そこで、シュトーリッツ憎しの一念に凝り固まった警察署長たちが、地下で見つかった薬をすべて破棄することになり、読む方は激しい違和感を覚えることになった。

だが、最大の変更点はもちろん、透明化されたミラを元に戻したことだ。その詳細は本巻に収録されたミシェル版の最終章に直接当たっていただくとして、最後に強調しておきたいのは、透明化のおかげで「家の魂」になり、ある意味でスティラの願望を叶えてしまったミラ・ロードリッヒ改めヴィダルが、いかにジュールを魅惑し（彼がこの作品の草稿を二〇年近く秘蔵し続けたのは箱入り娘への愛着を連想させる）、彼の死後、息子たちをいかに翻弄したか、という点だ。未練を残したスティラの亡霊の「作用」をここに見ずにいるのは難しいのではないだろうか。

註

［1］ところが、実際には、ラ・スティラと愛との（無）関係を説明する記述が〈教育娯楽雑誌〉ではすべて削除され、フランツが彼女に覚えた「初恋」も「それまで彼が夢見ることしかできなかった理想」と抽象的にいいかえられていることが今回初めて明らかになった。他の章でも、例えば第一章でミリオタとニックを望遠鏡で覗きながらフリックが口にする台詞「ああ！　惚れた者同士……惚れた者同士の！　さあ、もっと近う寄れったら。わしのほうは、筒の先っぽで二人に寄っているからの。婀娜っぽいしぐさのひとつも見逃すまいて」が削除されている。〈教育娯楽雑誌〉でこのようにはっきりと年少読者への配慮から異文が生じたケースは、管見の限り、他に確認されていない。

# 訳者あとがき

## 幽霊と透明人間

透明人間といえばなんといってもH・G・ウェルズ『透明人間』（一八九七）が知られていますが、もうひとりのSF文学の祖、ジュール・ヴェルヌにも透明人間ものがあると言ったら驚かれる読者も多いのではないでしょうか。本書所収、このたび本邦初訳となった『ヴィルヘルム・シュトーリッツの秘密』（一九一〇）はまさにそのヴェルヌの透明人間ものです。しかし、その触れこみでこの物語を読みはじめても、ウェルズとの違いといったものは早々に念頭から消えていくかもしれません。本作は〈驚異の旅〉シリーズのなかでは確かにマイナーな部類に入りますが、諸々の意味で知られざる問題作であり、危険な爆発物を秘めたような作品ではないかと訳者は考えています。少なくともヴェルヌの後期作品は駄作が多いという偏見はぱっと吹き飛ぶことでしょう。

本書のもう一篇は山間の古城を舞台にした幽霊譚、『カルパチアの城』（一八九二）です。こちらはヴェルヌ入魂の一作であり、きわめて精緻に執筆、構成されており、刊行当時こそ反響のなさにヴェルヌは落胆しましたが、今日では傑作のひとつに数えられています。東欧ルーマニアを舞台にしたゴシック風小説という共通点から、ブラム・ストーカー『ドラキュラ』（一八九七）ともしばしば比較されます。しかしこちらもまた怪奇小説、心霊主義的な小説、逆に科学小説を期待すると、そこに見つかるのはただ一篇の小説《ロマン》かもしれません。

ともあれ、するとこの二篇は〈驚異の旅〉、つまり冒険という娯楽性と、地理学や科学知識の啓蒙を絶妙に組み合わせた作品群のなかでは傍系的な位置にあり、ヴェルヌが人の提灯で灯をとっていると思われるかもしれません。それはある程度は是であれ、しかし両篇が秘めるヴェルヌらしさは決して他に引けをとらず、そして、なにより作品がきわめて現代的な、それもまさに今、二一世紀に通じるテーマを扱っていることを強調しておかなければなりません。その文学性についても本書収録の解説が説明しているとおりです。訳者は〈驚異の旅〉シリーズのなかでとりわけこの二作品を偏愛してきましたが、これを共有していただけるか、まずは本篇をお読みいただけましたら幸いです。

## 見えない花嫁と元祖ヴァーチャル・アイドル

豊かな文学作品は多様な切り口を供するものですが、本書の二篇もその例に漏れません。まずは神話学。ミシェル・セールが説くように『カルパチアの城』（以下、『カルパチア』）が死んだ妻を冥界に探しにいくオルフェウス神話の類型であるならば、『ヴィルヘルム・シュトーリッツの秘密』（以下、『シュトーリッツ』）は当然、各文化圏にある透明化の神話の系譜に連ねることができるでしょう。そもそも広い意味での不可視というテーマはヴェルヌ作品に遍在しており、種々の形で姿を見せない登場人物は枚挙に暇がありません。たとえば『カルパチア』では劇場でのゴルツ男爵がそうでしたし、その筆頭はもちろんキャプテン・ネモです。なお、不可視の技術によって国家が混乱に陥るという『シュトーリッツ』での危惧は、現代における諜報活動、監視カメラ網、ステルス機を思うと未来予想の様相を呈します。

科学的合理と幻想性という点では、『カルパチア』冒頭のやや矛盾さえしている一節をどう読むかが問われます。冒頭の一文は「これは空想《ファンタスティック》ではなく、小説《ロマネスク》のようなだけで、あくまで実話である」と読めますが、さらに「幻想小説《ファンタスティック》ではなく小説《ロマン》である」とも解せるからです。一方、『シュトーリッツ』の不可視技術はほぼ魔法であって、たとえば薬剤によって服まで見えなくなってしまうことには思わずツッコミを入れたくなるでしょう。フォルカー・デースが指摘するように、『カルパチア』については斜陽の貴族制も大きなテーマですし、『シュトーリッツ』ではナショナリズムという政治的な問題が顕在化しています。作家との関連でいえば、ヴェルヌ若き日の失恋を作品に結びつける研究もありますし、文学史的にはホフマンはもちろん、訳註でも一端を示したとおり、ウェルギリウスからシャルル・ノディエ、デュマ父子、そしてヴィクトル・ユゴーまで、とりわけ『カルパチア』は間テクスト性に富んでいます。のちのガストン・ルルー『オペラ座の怪人』（一九一〇、原題を直訳すれば「オペラ座の幽霊」）との比較も興味深いでしょう。地理学、科学的著作のコピペ、そこからの創造というヴェルヌの〈手法〉も両作品で衒いもなく用いられています。

ただし、この二篇に共通かつ中心的なモチーフはなにかと問われれば、それは「不在の女性への熱情」ないしは「男性の一方的な女性への情念」ということになるはずです。ゴルツにとっては舞台上の歌姫へのファン心理、あるいは声へのフェティシズム（ジャン＝ジャック・ベネックスの映画「ディーバ」（一九八一）を思い起こさせます）、テレクにとっては死んでしまった許婚への情熱、シュトーリッツにとっては民族的に結ばれない女性への横恋慕、そして肖像画家マルクにとっては見えなくなった花嫁への、あるいは絵に描いた妻への倒錯的な愛でしょうか。ニックとミリオタをその対極に置くこうしたパッションは時代を問わず普遍的な心情ですが、一九世紀に源を発するテクノロジーは視覚聴覚情報の保存を可能にし、女性の姿と声を人工的に再現することを可能にしました。つまり写真術、蓄音機の発明です。望遠鏡といったホフマン的な光学器機《レンズ》から近代の科学的驚異へ。フリックとオルファニックが韻を踏んでそれを示す『カルパチア』で描かれるのは、蓄音機と写真術によって再生された亡き女であり、死して人工の幽霊となった歌姫になおも固着する男の悲劇でした。

　フランスのシュルレアリスト、ミシェル・カルージュは主著『独身者機械』のなかで、機械文明下におけるこうした性愛を現代の神話であるとし、一群のアート作品、文学作品を〈独身者機械〉というタームのもとに分析しました。『カルパチア』も独身者機械作品のひとつとして俎上にあげられています——一九五四年の版では触れられず、一九七六年刊行の増補版で一章を割いて分析されています——が、そもそもカルージュは第二次大戦後のヴェルヌ復権に大きな貢献を果たした人物のひとりであり、付け焼き刃的に『カルパチア』を加えたわけではありません。

　カルージュの独身者機械論の出発点はマルセル・デュシャン「彼女の独身者たちによって裸にされた花嫁、さえも」（一九一五–二三、未完）という難解な作品の一部をなすオブジェ「大ガラス」であり、ガラスは彼の提唱する現代の神話において共通の要素として最重要視されます。そして多分にこじつけ的なカルージュの論考が今なお説得力を持つのは、このガラスが現代においては映画のスクリーン、テレビのブラウン管、パソコンのモニター、スマートフォンの画面などの比喩として有効であるからでしょう。男／女はガラスの向こうで再生される相手の姿を見、声を聞くことはできるが、触れることはできない。ガラス越しの男女は互いを見、欲望しつつも精神的、肉体的に触れ合うことはできない——たとえばヴィム・ヴェンダースの映画「パリ、テキサス」（一九八四）などにも印象的な場面があります——これが独身者機械神話の悲劇です。

　こうしてカルージュは『カルパチア』に、現代の各種メディアに映るスターとファンとの関係を類推しましたが、ラ・スティラが歌姫であり、やはり独身者機械作品であるヴィリエ・ド・リラダン伯爵『未来のイヴ』（一八八六）の美女アリシア——瓜二つのアンドロイドがつくられる――が舞台女優だったことを考えるならば、独身者機械作品の一部は、劇場から映画館へ、生身の女優から機械装置によって再生される女優への移行を先見した作品を指すでしょう。すると映像から生身の女優さえも排除し、透過スクリーンに投影され、歌声まで人工化されている歌姫《ディーヴァ》、現代日本のヴォーカロイド、初音ミクはラ・スティラという文学的幻想をさらにアップデートして実現したテクノロジーと言えるのではないでしょうか。やがて光学器機は仮想現実《ヴァーチャル・リアリティ》へとさらなる進化を遂げます。その文学的な先駆けであるアドルフォ・ビオイ＝カサーレスの『モレルの発明』（一九四〇）が独身者機械作品に加わり、さらに現実のテクノロジーが詩人たちの夢想に追いつくなか、一九八〇年代北米サイバーパンク運動では仮想現実《ヴァーチャル・リアリティ》が具体化され、二一世紀に続く現代的なテーマに接続されます。

　このガラス、つまり透明な壁という観点からすると、『シュトーリッツ』では透明なのは男女自体であり、接触は可能であることから作品の構造は複雑化しています。カルージュは同作について書名のみを一九五四年版で言及し、分析はしていません。しかし少なくとも透明化とはホフマン的な視線、つまり一方的な視線――望遠鏡を通して見る、塔から見る――を別の形で獲得する手段です。ミラ（Myra）という命名は鏡《ミラー》の語源でもあるラテン語のmirare（注意深く見る）に由来するはずです。ここでは、見られる女性／見る男性がキアスムをなしているかのようです。二作合わせて四人の独身者と、独身者機械となった二人の花嫁――ちなみに彼女たちは相手を愛していたのでしょうか。スティラは舞台でしか存在していないようですし、ミラはマルクの花嫁になるよりも、結婚によって語り手の義妹になることを喜んでいるような節さえあります――のうち、ゴルツ／テレクがラ・スティラのガラス、声を砕くことで自らも死を受け入れることは（テレクの一時的な狂気は、彼が実質的には死んだことを意味するでしょう）神話的に正当な結末ですが、問題は『シュトーリッツ』の最終章です。

　まずはマルクが「実物よりも実物らしく描く」肖像画家であったという伏線が回収されます。こうしたわかりやすい作品のオチはヴェルヌに一貫した創作原理であり、マンネリという美徳も含め、もはや名人芸の域に達しています。同様にヴェルヌ作品の多く、あるいはほとんどは結婚で「幕引き」となり、『シュトーリッツ』もそのパターンを踏み外しませんが、この作品におけるヴェルヌ父の結末はお読みになられた通りです――訳者はこの一九章を読んだときに、あまりの衝撃に思わず「えっ？」と声が出てしまいました。この極端に短い最終章をどう考えたらよいのでしょう。諸々の理由が考えられます――この作品は草稿であるため未完成である。死を直前に控えていた老作家の筆力が落ちていた……など。あるいは、この状態のミラこそが、ヴェルヌの、ひいては独身者の理想の花嫁だとしたいのでしょうか？　小説の完成度という点で『カルパチア』は『シュトーリッツ』を凌駕するでしょうが、後者はこの最終章によって、はるかに危うく、そして深い余韻を残す作品になっていると思われます。

かりにそうであれば、この究極の独身者性は、視覚と聴覚による仮想現実に囲まれているわれわれ現代人の「戸惑い」を先どりしているのではないでしょうか。衣食住が足りた人間の脳内世界は肥大化し、現実世界との齟齬に悩むことになります。そこから芸術が生まれるのも事実でしょう。ではテクノロジーはその乖離をいっとき埋めるものなのでしょうか、それとも助長するものなのでしょうか。現代では、生身の異性との関与がますます困難になり、種々の「脳内嫁」に癒やしを求める男性が増えていると言われます、あるいは女性が脳内婿に。ストーカー行為とは脳内世界と現実世界を強引に接続してしまうことでしょう。シュトーリッツのストーカー化と不可視の技術の継承、ゴルツのひき籠もりとオルファニックからの技術提供のあいだにはどのような因果関係があるのでしょう。握手のできるアイドルとは、あくまでアイドルというものがガラスの向こう、画面の向こうにいることの裏返しとしてあるはずです。そのガラスを割り、アイドルシステムという実体化した独身者機械を自ら砕いて社会規範の外に出るファンもごく稀にいます。あるいは「家の魂」となったミラに、古典的な「しゃべる肖像画」——ポーに「楕円の肖像画」（一八四二）という短篇があります——よりも、アニメの美少女キャラを想起してしまったのは訳者の脳が腐っているからでしょうか。そして「書く」という光学器機を持っている作家は（解説参照）、残忍にも読者に対しては、花嫁を永遠の「脳内嫁」にしたまま筆を措いてしまうのです。現実世界とは皮膚で触れられる世界であり、視聴覚テクノロジーではそれを獲得することができません。しかしなんとも都合のいいことに、ヴェルヌの花嫁には接触することもできます。触れられる魂？　触れられる「脳内嫁」、自分が描いた理想の女性、何年経っても皺ひとつ寄らないミラをマルクは愛し続けるのでしょうか……われわれを大いなる戸惑いのなかに置き去りにして。

ヴェルヌから現代日本のメディアを考える——これを論理の飛躍とするかどうかは読者諸氏に問うとしましょう。ただしヴェルヌが予言をしているなどと言いたいのではありません、ある種の普遍的な精神の傾向を問題にしているのです。しかし少なくともジュール版とミシェル版の最終章を比べてみるならば、いかにミシェルが常識的であり、ジュールがそうでないかは明白ではないでしょうか。作品に女性の登場人物が出てこないという理由で――そもそもそれは半分しか当たっていませんが――ジュール・ヴェルヌが女嫌い《ミソジニー》作家というわけではないのです。

**参考のために、そして映画版**

本来ならば視覚と聴覚の再生テクノロジーは厳密に区別しなければならないでしょう。フェリシア・ミラー＝フランク『機械仕掛けの歌姫』（大串尚代訳、東洋書林、二〇一〇）では〈女の声〉の表象という観点から『カルパチア』が論じられています。初音ミクとの関係については拙論で恐縮ですが「人工の声をめぐる幻想――ヴェルヌ、ルーセル、初音ミク」（塚本昌則、鈴木雅雄編著『声と文学』平凡社、二〇一七）があります。神話学的な側面からはミシェル・セール『青春　ジュール・ヴェルヌ論』（豊田彰訳、法政大学出版局、一九九三）を。『シュトーリッツ』に関する日本語文献は今のところ乏しいですが、日本ジュール・ヴェルヌ研究会の会誌「Excelsior!」第九号が小特集を組んでいます。また同一二号には荒原邦博氏の「『失われた時を求めて』と『ヴィルヘルム・シュトーリッツの秘密』、あるいは反ユダヤ主義と反ドイツ感情をめぐる「横断線」と「器官なき身体」」という論考があります。この論文は二〇一七年に慶應義塾大学でおこなわれたシンポジウム「ジュール・ヴェルヌ再発見――作家と大衆作家」での発表をもとにしていますが、近年中に同会の全発表を書籍化する予定がありますのでぜひこちらもご覧ください。

『カルパチア』は何度か映像化されていますが（フランスで一九七六年、ルーマニアで一九八一年）、なかでもチェコスロヴァキアで制作されたオルドリッチ・リプスキー監督「カルパテ城の謎」（一九八一）がよく知られています。また独身者機械作品に傾倒しているアメリカのクエイ兄弟が監督した「ピアノチューナー・オブ・アースクエイク」（二〇〇五）は当初『モレルの発明』を映画化する予定でしたが権利の問題で頓挫し、『カルパチア』とレーモン・ルーセル『ロクス・ソルス』（一九一四）を混ぜ合わせたような筋立てになっています。ラ・スティラ（この映画ではマルヴィーナ・ヴァン・スティル。マルヴィーナは『ロクス・ソルス』に出てくるオペラ歌手）が歌い、倒れる冒頭の場面が印象的です。またオペラ（一九九二年）や朗読劇（二〇一四年）にもなっています。『シュトーリッツ』についてはヴェトナム系フランス人映画監督エリック・ル・アンが一九六七年にテレビドラマとして制作した作品があります。

＊

本書は『カルパチアの城』(*Le Château des Carpathes*, Hetzel, 1892)、『ヴィルヘルム・シュトーリッツの秘密』(*Le Secret de Wilhelm Storitz*. Bulletin de la Société Jules Verne, n°74, 1985 掲載版と Gallimard, coll. « Folio », 1999 に再録された版を参照)の全訳です。『カルパチアの城』の底本は挿画の入っていない、いわゆる一八折版ですが、同年に刊行された八折版所収のレオン・ブネット(詳しい紹介が本選集『蒸気で動く家』の訳者あとがきにあります)による挿画をすべて収録しました。また訳出中に時宜よく刊行されたプレイヤード版(*Michel Strogoff et autres romans*, Gallimard, coll. « Bibliothèque de la Pléiade », 2017)も随時参照し、とりわけその註釈を訳註に盛りこみました。なお『カルパチア』には塩谷太郎氏による抄訳(偕成社、一九六八)、安藤次男氏による完訳があります(集英社、一九六八。一九九三年に文庫化)。『シュトーリッツ』については本書解説にあるとおり、ミシェル版とジュール版の二つのヴァージョンが存在しますが、本書に収録したのは後者、つまりヴェルヌ父のテクストです。

今回、本邦初訳となる同作品についてジュール版のみを訳出したことについては若干の悔いもあります。一九一〇年の刊行から七〇年以上に亘って流布してきたのはミシェル版であり、父の版が公開された現在でも入手は可能だからです。また、さきに述べたとおりジュール版はあくまで草稿を編者が起こしたもので、高齢のヴェルヌにはそれができませんでしたが、そうでなければ推敲を重ねていたはずです。ただし訳者個人としてはジュール版最終章の衝撃と感動があり、当初から父の版を訳すことに迷いはありませんでした。また、やや雑な見解ではありますが、二ヴァージョンの決定的な違いは時代設定が異なる点よりは最終章にあるのは明らかであり、本書では一九章のみミシェル版を付記することにしました(*Le Secret de Wilhelm Storitz, Hier et demain*, Hetzel, 1910. ジョルジュ・ルゥによる挿画を一葉収録)。

訳出について少々。ルーマニア、ハンガリーなど東欧の地名、人名にはひじょうに手を焼きました。ヴェルヌも言及していますが、この地域の都市名はハプスブルク家やオスマントルコ支配の歴史のなかで複数の名称を与えられてきた経緯があり、現代の地名とは異なることが多々あります。方針としては、実在の地名についてはヴェルヌ——というかヴェルヌのネタ本(エリゼ・ルクリュ「西トランシルヴァニア鉱山地方への旅」など)——が採用している呼称を採り、訳註で現代の地名を示すことにしました。架空の地名についてはフランス語原書の綴りをそのままフランス語読みしてカタカナ表記しました。人名についてはゲルマン系と思しき名のみ、ドイツ語の読みに概ね沿ったカタカナ表記とし（ただしドイツ語としては綴り間違いや不自然な名称が少なくない）、そのほかの人物についてはルーマニア人でもハンガリー人でも基本的にはフランス語読みとしました。訳註にも記したとおり、ヴェルヌが造語したそれらの多くは現地の言語としては不自然であるため、それをさらに捻ることはしませんでした。

私の専門は、ヴェルヌを崇拝していた詩人レーモン・ルーセルであり、現在はヴェルヌとルーセルの比較という課題にとり組んでいます。ヴェルヌ作品を端から読んでいくなかで気づいたのは『海底二万里』などの有名タイトルよりむしろ、ヴェルヌ晩年の作品の驚異的な面白さでした。小説とはなにかを問うようなマンネリズム、つまりある種のマニエリスムや、凡百の創作文法を嘲笑う破天荒さ——しばしば拙さとみなされる——に驚愕したのです。『シュトーリッツ』の最終章はその典型でした。それが天啓となって私はヴェルヌをもっと学ぼうと、十年ほど前、日本においてヴェルヌ研究を牽引してこられた私市保彦先生を訪ね、続いて、日本ジュール・ヴェルヌ研究会の立ちあげを企図しました。そこで出会ったのが国際的なヴェルヌ研究者で文芸批評の新鋭としても活躍されている石橋正孝氏であり、彼のもとに研究者仲間が集い、本選集の訳者チームが形成されました。その意味では『シュトーリッツ』がなければ私がこの企画に名を連ねることもなかったわけで、このように大きな転機となった作品を自分の訳で世に出せることは大きな喜びです。読書会で多くの示唆をいただいた日本ジュール・ヴェルヌ研究会のみなさん、とりわけ訳文について貴重なご指摘を賜った石橋正孝さん、櫛木千尋さん、フランス語の質問に答えてくださったオリヴィエ・ベッサール＝バンキさん、ドイツ語についてご教示いただいた山本賀代さんに深く感謝申しあげます。

ヴェルヌを読んでさらに気づくのは、これは日本に限らず、その受容の偏りです。SF的な要素、有名作品を否定するわけではありません。しかしこの作家の文学的営為を全体として眺めるならば、ヴェルヌは——ルーセルがいみじくも見抜いていたように——真の文学者、書くという行為の極北に近づいた師《メートル》であり、その磁力に世界中の読者が今なお引き寄せられているのです。一九世紀の青少年向け科学冒険小説の裏側、現代にも通じるヴェルヌの謎めいたなにか、それを探求し、広く伝えたいというのが日本ジュール・ヴェルヌ研究会での活動および翻訳紹介の動機になっています。本書と本選集がその役割を少しでも果たすならば幸甚の至りです。Bonne lecture !（よい読書を！）

二〇一八年八月二九日　三田にて　訳者識

# 細目次

【著者】

Jules Verne（ジュール・ヴェルヌ）

1828年，フランス北西部の都市ナントに生まれる．二十歳でパリ上京後，代訴人だった父の跡を継ぐことを拒否し，オペレッタの台本やシャンソンを執筆する．1862年，出版者ピエール＝ジュール・エッツェルと出会い，その示唆を得て書いた『気球に乗って五週間』で小説家デビューを果たす．以後，地理学をベースにした冒険小説を次々に発表．作者が1905年に没するまでに六十篇を超えたそれらの小説は，いずれもエッツェル社から刊行され，1866年以降，その挿絵版が〈驚異の旅〉という総タイトルの下にシリーズ化された．代表作は，『地球の中心への旅』『海底二万里』『八十日間世界一周』『神秘の島』『ミシェル・ストロゴフ』等．多くの科学者や探検家が子供の頃に読んで強い影響を受けただけではなく，コナン・ドイル以降のジャンル小説の書き手はもちろん，レーモン・ルーセル，ミシェル・ビュトール，ジュリアン・グラック，ジョルジュ・ペレック，ル・クレジオ等々，ヴェルヌとの文学的血縁関係を自認する作家は少なくない．

【訳者】

新島進（Niijima, Susumu）

慶應義塾大学文学部仏文科卒業，同研究科修士課程（フランス文学）修了，レンヌ第二大学で博士号（文学）取得．現在，慶應義塾大学教授．専門はレーモン・ルーセル．共著書に『ジュール・ヴェルヌが描いた横浜――『八十日間世界一周』の世界』（慶應義塾大学教養研究センター選書）．訳書にレーモン・ルーセル『額の星・無数の太陽』（國分俊宏との共訳，平凡社），ジュール・ヴェルヌ『レのシャープ君とミのフラットさん』（大学書林），ミシェル・カルージュ『独身者機械』（東洋書林），レーモン・クノー『青い花』（水声社）ほか．日本ジュール・ヴェルヌ研究会事務局長．

［カバー装画］

堀江栞（Horie, Shiori）

「剝がれた心」2017　65.2 × 53cm　和紙　岩絵具

ジュール・ヴェルヌ〈驚異の旅〉コレクション
V

カルパチアの城　ヴィルヘルム・シュトーリッツの秘密

ジュール・ヴェルヌ

新島進 訳

2018年10月31日　初版第1刷発行

発行者　丸山哲郎
装　幀　間村俊一
装　画　堀江　栞
発行所　株式会社インスクリプト
〒101-0051 東京都千代田区神田神保町1-14
tel: 03-5217-4686　fax: 03-5217-4715
info@inscript.co.jp
http://www.inscript.co.jp

印刷・製本　中央精版印刷株式会社
ISBN978-4-900997-75-2
Printed in Japan


落丁・乱丁本はお取り替えいたします。
定価はカバー・帯に表示してあります。